竹取物语

豐子愷譯文手稿

竹取物语　伊势物语　落注物语

[日]佚名 著　丰子恺 译　蒋云斗 注

天津人民出版社
天津出版传媒集团

图书在版编目（CIP）数据

丰子恺译文手稿：竹取物语；伊势物语；落洼物语 /（日）佚名著；丰子恺译；蒋云斗注. -- 天津：天津人民出版社，2023.3

ISBN 978-7-201-18902-4

Ⅰ. ①丰… Ⅱ. ①佚… ②丰… ③蒋… Ⅲ. ①民间故事－作品集－日本 Ⅳ. ① I313.73

中国版本图书馆 CIP 数据核字 (2022) 第 216499 号

丰子恺译文手稿：竹取物语；伊势物语；落洼物语

FENG ZIKAI YIWEN SHOUGAO：ZHUQU WUYU; YISHI WUYU; LUOWA WUYU

出　　版　天津人民出版社
出 版 人　刘　庆
地　　址　天津市和平区西康路 35 号康岳大厦
邮政编码　300051
邮购电话　（022）23332469
电子信箱　reader@tjrmcbs.com

总 策 划　沈海涛
策　　划　金晓芸
责任编辑　康悦怡
特约编辑　郭聪颖　燕文青　康嘉瑄　郭金梦
装帧设计　马思玉　汤　磊　李晶晶　孟庆瑞　肖　瑶

印　　刷　天津市银博印刷集团有限公司
经　　销　新华书店
开　　本　787 毫米 ×1092 毫米　1/16
印　　张　64.5
插　　页　12
字　　数　266 千字
版次印次　2023 年 3 月第 1 版　2023 年 3 月第 1 次印刷
定　　价　498.00 元

目录

永遠的丰子愷

百年過去，回看五四那代啟蒙與教育家，志向最遠，
動機最純，心地最善。（神奇的是，他們都以文藝名興人
的通才意識而自許自勉，丰先生正是其中一位典範。
丰先生的相貌，俊朗清和，晚年蓄胡，在風雲動盪中照
樣安詳寧適，葆有江南鄉賢與西洋士紳的風度。他的譯
作、散文、漫畫、箴言，他育人喻世的風範，如春風，如春雨，
和煦而溫良。

我的童年，世道無書，只借到過一冊丰先生的《西洋近世
十大音樂家》，從此受他指引，熱愛古典音樂。當然，我
還曾見到丰先生獨樹一幟的漫畫。初見即終生難忘。

他的筆意承續明清木版畫，但就此開民國初年

丹青用箋

的漫畫風氣，一派天真。他的通俗，絕不土氣。他的簡率，純然(因)發乎天性。他寫在畫邊的文句詩言，介於孩子的牙牙學語和長者的諄諄勸導。沒有人能仿效他，度越世紀，他的漫畫依然清新動人，無可超越。

欣聞豐先生從未出版的三卷本譯作《竹取物語》《伊勢物語》《落洼物語》✿首度面世，誠哉讀者有幸。我猜，豐先生的譯筆相較周氏兄弟的同類作品，諒必另有神采。

以上，謹向永遠的豐子愷先生致敬。

陸丹青

二〇　丹青用箋　八月廿日

✿ 此处指手稿。

翻译再创作的无限乐趣

20世纪20年代以后，日本文学作品陆续被翻译、引进中国，并为大众广泛阅读。新文学旗手鲁迅、周作人兄弟，翻译国木田独步、夏目漱石、森鸥外等人的作品，于1923年集结出版《日本当代小说》，此后中国便兴起了日本现代文学翻译、推介的高潮。

然而，对日本古典文学的全面翻译与介绍始于中华人民共和国成立后国家出版工程启动之时。1961年至1965年间，丰子恺先生完成的《源氏物语》的翻译便得益于此，只是因为其后的特殊时期，出版进程被大幅延迟。

不难想象，通过翻译《源氏物语》，丰子恺先生在加深对日本古典文学理解的同时，也非常享受翻译时可以充分发挥其中国古典文学深厚修养的乐趣。丰版《源氏物语》的文风让人想起《红楼梦》，和歌被翻译成五言绝句或两句七言古诗，使读者像读中国白话文小说一样亲切、熟悉。换言之，译者丰子恺自己创立了这种独特的翻译技法，并享受着重新创作的乐趣。这应该就是70年代初期，其在遭受不幸期间翻译《竹取物语》《伊势物语》和《落洼物语》的原因之一。虽然这三部作品均不能与史无前例的名著《源氏物语》（紫式部，1008年）相提并论，但它们堪称日本古典文学的杰作。

《竹取物语》（作者不详，9世纪末至10世纪初）是日本最早的物语作品，作为民间故事在大众中广为流传，九年前吉卜力还推出了著名的动画作品（《辉夜姬物语》，2013年），可以说是最受欢迎的日本通俗经典。《伊势物语》（作者不详，10世纪后期）是第一部以和歌为核心的物语，对包括《源氏物语》在内的日本文学和文化产生了巨大影响。与其他两部作品相比，《落洼物语》（作者不详，10世纪后期）知名度稍低，但因女主攻坚克难的剧情感人至深而广为流传。自古以来这三部物语经常化身为绘画作品，如今我们可以轻松地在绘本、漫画、动画中欣赏。

随着《丰子恺译文手稿》的出版，我们将进一步了解丰子恺先生的翻译业绩。您不仅可以欣赏到书法名家丰子恺先生的硬笔书法，还可从其推敲修改的笔迹中想象丰子恺先生的表情，学习丰子恺先生的文字表达，重温丰子恺先生翻译再创作的无限乐趣。✽

西槙伟

日本熊本大学文学部教授

2022年9月13日

人生短 艺术长

丰子恺先生曾对子女说过一段话，大意是中华文化有数千年的历史，流传下来的只有少数文学作品，其他的都被历史淘汰了。而现代的文学作品，当然也有不少优秀的，但毕竟还没有经过历史的沉淀，数千年后仍能流传的才是精华。这样看便知道古代文学的可贵。日本文化与华夏文化同根同源，也是一样的。

20 世纪初，丰子恺的老师李叔同先生、夏丏尊先生都留学过日本，经亨颐先生执掌的浙江第一师范学校也聘请了日本老师，并配有专职翻译。丰子恺有时奉恩师李叔同先生之命，陪伴老师的日本艺术家友人游览西湖，所以很快就学会了基本日语。1921 年，丰子恺筹措到了一些路费，随即毫不犹豫地踏上了东瀛求学之路。虽然囊中羞涩，只能在日本游学十个月，但他却利用间暇，广泛访问了日本的博物馆，观赏了日本的舞台表演，打卡了东京神保町的许多书店和地摊，从而很快就可以轻松阅读日文的名著了。

掌握日语口语则需要广泛接触日本社会各阶层，丰子恺与同为留日学生的口琴表演艺术家黄涵秋，有时会结伴到神奈川的江之岛游玩。海鸟长鸣，天风枕袖，两人叫上一壶日本正宗黄酒，配上一个壶烧，几杯黄酒下肚，和侍应聊聊地方风土人情，很快就提升了口语能力，掌握了俗语俚语词汇。这些经历，都为日后翻译日本文学打下了基础。

20 世纪二三十年代，丰子恺与内山完造先生在上海结下了深厚的友谊。他们同住在虹口区四川北路附近，丰子恺经常散步至内山书店，看看有何新到的日文书籍，和内山先生及其夫人聊聊天，同进进出出的文化名人喝杯茶，交流一下各种闲情逸事。日本汉学家吉川幸次郎评价丰子恺：『如果在现代要寻找陶渊明、王维这样的人物，那么，就是他了吧。』吉川幸次郎甚至在 1940 年的东京翻译出版了丰子恺的《缘缘堂随笔》，并引发了谷崎润一郎感慨丰子恺是中国『最像艺术家的艺术家』之语。看来，丰子恺笔下的洞幽烛微，在唯美主义主导的日本找到了一点点的共鸣。

光阴荏苒，白驹过隙，花甲之年的丰子恺于 1961 至 1965 年期间，完成了日本女作家紫式部的经典名著《源氏物语》的翻译。这本书著于 11 世纪初，是世界上现存最早的长篇小说，译成中文达百万字。

劳动了五年后，古稀之年的丰子恺于 1970 年下半年又开始了新的翻译工作，这次翻译的是他喜爱的日本古典文学作品《竹取物语》和《落洼物语》。接着在 1972 年，丰子恺又翻译了《伊势物语》。所有这些翻译，都采用中国古典诗体翻译日本和歌，散发着浓郁的中国古典文学的韵味，使人感怀中日之间，似乎静静流动着一衣带水的文脉痕迹。

纵观丰子恺先生的家庭教育，七个子女从小熟读《古文观止》、唐诗宋词，同时还精通外文。

譬如长子丰华瞻，复旦大学教外语，格林童话译全集；又如长女丰陈宝，世界名曲全翻译；次女林先教英文，次子元草做编辑，更有三女丰宁欣，杭州大学教数学；还有幼女丰一吟，随侍子恺三十载，日俄英译做助手；最后幼子丰新枚，两千唐诗在心中，六国外语不离口。

了解了这样一个家庭，就不难理解丰子恺先生为何在动荡岁月之中，依然能够云淡风轻、落笔从容、古朴工整、章节有序地翻译这些日本名著了。或许，在丰子恺的一生之中，永远铭记的都是这句话：『人生短、艺术长。』

丰羽

匆匆于2022年8月26日

译者序言

竹取物语，是日本最古的物语传说之一，成立于公历八百十一年，作者不详。内容记述一个砍竹的老翁，在竹中发见一个小女子，带回家中，养育长成，变成一个绝色美女。许多达官贵人向她求婚，皇帝要她入宫，她都不答应。后来有一年中秋之夜，天神将她迎归月宫云云。

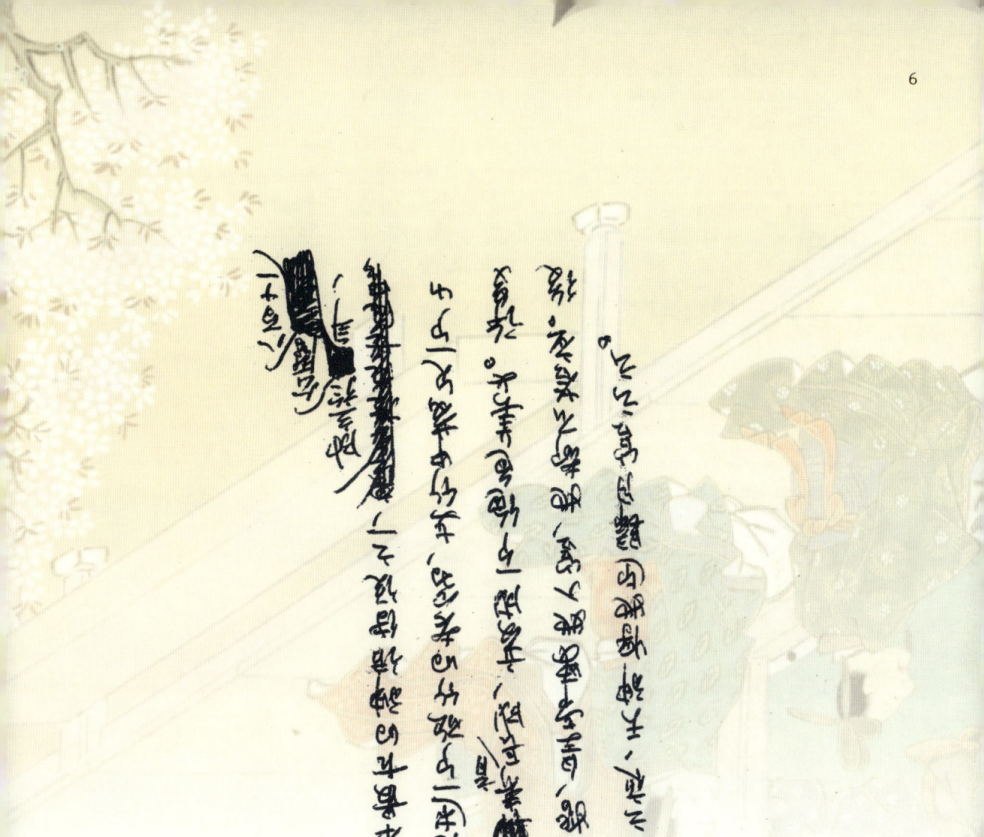

国立国会图书馆藏《竹取物语绘卷》（馆藏号：000007307801）为日本江户时代前期绘制，分为上、中、下三卷，从中选取 21 幅场景插图。

いまは昔、竹取の翁といふもの有けり。野山にまじりて竹を取りつつ、よろづの事に使ひけり。名をば、さかきの造となむいひける。

その竹の中に、もと光る竹なむひと筋ありける。あやしがりて、寄りて見るに、筒の中光りたり。それを見れば、三寸ばかりなる人、いとうつくしうてゐたり。

✿ 三寸：《竹取物语》的一个特色是大量使用数字『三』，如：三寸、三日、三月等。

竹取物语

一、辉夜姬的出生

從前，有一个取竹的老公公。他常到野山中去伐竹，拿來制成竹篮、竹笼等器物，賣给别人，以为生計。他的姓名叫做讃岐造麻呂。有一天，他照例去取竹，看見有一枝竹，幹上发光。他觉得奇怪，走近去一看，但見竹筒中有光射出。再走近去仔细看看，原来有一个约三寸長的可爱的小人，住在裏頭。於是老公公說："你住在我天天看見的竹子裏，當然是我的孩子了。"就把這孩子托在手中，回家去了。

老公公把這孩子交给老婆婆撫養。這孩子長得非常美麗，

この児、やしなふ程に、すくすくと大きになりまさる。三月ばかりになるほどに、よきほどなる人に成ぬれば、髮上げなど左右して、髮上げさせ、裳着す。

✽ 梳髻：日本女子成人时会将发髻梳起。

✽ 裙子：『裙子』对应日文原文的『裳』，是日本女子成人后穿的盛装。

可是身體十分细小，只得養她在籠子裏。

老公公自從找到了這孩子之後，去取竹时，常常看見竹節中有許多黄金。於是這老頭子便自然地变成了富翁。

這孩子在養育中一天一天地長大起來，正像筍变成竹一樣。三个月之後，已經变成了一个姑娘。於是給她梳髻，給她穿裙子。老公公把她養在家裏，不使出門，千般万般地憐愛她。這期间，這孩子的相貌越来越漂亮，使得屋子裏充滿光輝，沒有一處黑暗。有时老公公心緒不好，胸中苦悶，只要看到這孩子，苦痛自然全消了。又有时，即使動怒，一看到這孩子，立刻心平氣和了。此後老公公仍然天天去取竹，每一節竹裏都有

世界の男貴なるも、賤しきも、いかでこのかぐや姫を、得てしがな見てしがなと、音に聞きめでて惑ふ。

✿三室户：对应日文原文的『御室户』，具体所指不明，一说是京都南部的宇治一带，一说是奈良北部的三轮山一带。

✿斋部：日本古代负责祭祀活动的氏族，又作『忌部』。

黄金。於是家中日漸富裕，變成了一個有錢的長者。

這孩子逐漸長大起來了。老公公就到三室户*地方去請那个齋部秋田*來，給她起名字。秋田稱她為『弱竹的輝夜姬』。或者寫作『輝映姬』，意思是夜間也光彩煥發的。取名後三天之間，老翁舉行慶祝，大開筵席，表演種種歌舞音樂。不論男女，都被請來參加宴會。

二、求婚

天下所有的男子，不論富貴之人或貧賤之夫，都想設法娶得這輝夜姬。他們傳聞其名，心中恍惚有如撩亂，希望只見一面也好。住在輝夜姬家附近的人、和住在她家隔壁

あたりを離れぬ君達、夜を明かし、日を暮らす、多かり。をろかなる人は、「用なき歩きは、よしなかりけり」とて、来ずなりにけり。

的人，也不能窥见輝夜姬的容颜，何况别的男子，他们通夜不眠，暗中在墙上挖一个洞，张望窥探，聊以慰情。從這时候起，這种行为称为偷情。然而他们只是暗夜裏在无人居住之處漫步，一点效果也没有。至多只能向她家裏的人开口，好像要講什么事情。然而没有人理睬他们。說到這樣，他们还不懊悔。那些公子哥兒難免離不開這地方，有許多人日夜在這裏徘徊。

會得斷念的人们，知道已經没有希望，在這裏徘徊徒劳無益，於是回心轉意，不再来了。然而其中还有五个有名的人，依然不断地来訪。這五个人不肯斷念，仍是日日夜夜地

その名ども、石作の皇子・くらもちの皇子・右大臣阿倍御主人・大納言大伴御行・中納言石上麿足、この人々なりけり。

石竹皇子：日文原文多写作『石作皇子』，一说是多治比岛（624—701），又称丹比真人岛，第 28 代天皇宣化天皇（生卒年不详）的玄孙，697 年任左大臣。左大臣是日本古代最高行政机构太政官的长官，与右大臣一同掌管全国行政事务，官位在右大臣之上。

车持皇子：一说是藤原不比等（659—720），奈良时代的公卿，官至右大臣。其父是藤原镰足，其母是车持氏。曾参与《大宝律令》《养老律令》的编纂，主张迁都平城京。其女宫子是第 42 代天皇文武天皇（683—708，697—707 在位）的妃子，其女光明子是第 45 代天皇圣武天皇（701—756，724—749 在位）的皇后，即光明皇后。藤原不比等为藤原家族的世代繁荣奠定了基础，去世后追封正一位太政大臣，谥号为文忠公。

阿部御主人：一说是阿倍御主人（635—703），694 年成为阿倍氏的氏族长。696 年任大纳言，701 年任右大臣。右大臣是太政官的长官，与左大臣一同掌管全国行政事务。

梦想着。其中一人叫做石竹皇子，另一人叫做车持皇子，又一人叫做右大臣阿部御主人，再一人叫做大纳言大伴御行，最后一人叫做中纳言石上麻吕。这些人，只要听见那里的女人容貌美丽，即使是世间寻常的女人，也立刻想看看。因此听到了辉夜姬的大名，心中焦灼不堪，魂梦颠倒，饭也不吃。便跑到她家附近，徘徊彷徨，一直毫无用处。写了信送去，也得不到回音。于是相思成病，写了失意的诗送去，然而也没有答覆。明知无用，心一直不死，隆冬天气，冰雪载途之时，或者炎夏六月，雷鸣雨打之时，他们还是照常不断地来访。有一天，有一人把老翁叫出来，低头合掌，向他恳求道，

この人々、ある時は、竹取を呼び出て、「娘を吾に賜べ」と、伏し拝み、手をすりのたまへど、「おのが生さぬ子なれば、心にも従はずなむある」と言ひて、月日すぐす。

✿大伴御行：日本飞鸟时代的贵族，生年不详，卒于701年，694年成为大伴氏的氏族长，是大伴安麻吕（?—714）之兄，大伴旅人（665—731）的伯父。672年壬申之乱时支持大海人皇子（天武天皇，?—686，673—686在位），是活跃在天武、持统（645—702，690—697在位）、文武（683—707，697—707在位）三朝的重臣，官至大纳言。大纳言是太政官的次官，官位在左大臣、右大臣之下。

✿石上麻吕：日文写作『石上麿足』，一说应是活跃在奈良时代的贵族石上麻吕（640—717），壬申之乱时支持友大皇子历任中纳言、大纳言，704年升任右大臣，708年官至左大臣。中纳言是太政官的次官，官位在大纳言之下。

「请把您的女儿嫁给我！」

老翁只是回答他道：

「她不是我所生的女儿，我不能自由作主。」

不知不觉地又过了些时光。

这样，这些人回家去，都魂牵梦萦，懊恼之极，便去求神拜佛，或者许下愿心，要菩萨保佑他们忘怀这女子。然而还是无用。于是他们又都回来，老公公虽然这样说，难道这女子可以终身不嫁人么？于是照旧到辉夜姬家的附近来徘徊，藉以表示他们的至诚。

老翁看到了这般光景，有一次对辉夜姬说：

かぐや姫、「何事をか、のたまはむ事は、うけたまはらざらむ。変化の者にて侍けむ身とも知らず、親とこそ思ひたてまつれ」と言ふ。

「我家最高贵最高贵的姑娘！你原是神佛轉生，不是我這个老头子所生的孩子。但是我费尽心血养育你大来，你可否顾念我這点微劳，听我说一句话呢？」

辉夜姬答道：「啊呀！你说什么话我都要听。不过你说我是变怪转生，我直到现在一向不知。我只知道你是我的生身之父呀。」

老翁说：「啊，那真再好没有了！我现在已经七十多岁。我实说，我的命运在今日或明日，不得而知了。我有一句话要对你说：大凡是人，既已生在這世界上了，男的一定要娶一个女的，女的一定要嫁一个男的，這是人世间的规则呀。如果這样，

かぐや姫のいはく、「よくもあらぬかたちを、深き心も知らで、あだ心つきなば、後くやしき事もあるべきを、と思ふばかりなり。

方才门户增光，人口繁荣。就是你，也非走这条路不可呢。」

辉夜姬答道：「那里有这等事，我不高兴。」

老翁说：「哎呀！你虽然是神佛转生，但总是一个女人呀。论左，我活着的时候，不妨如此度日。但倘我死了，怎么办呢？那五个人，那样经年累月地来访，对你热恋之心实在很深。他们已经听言要娶你。你应该早定下个决心，和其中那一个人定亲，好么？」

辉夜姬答道：「唉，这些都是庸庸碌碌的人嘛，不知道对方的心，而贸然地和他定亲，到后来他的心变了，教人后悔莫及。无论这个地位怎样高，相貌怎样好，不知其心而同他定亲，断乎不可。」

かぐや姫のいはく、「なにばかりの深きをか、見むと言はむ。いささかのことなり。人の心ざしひとしかむなり。いかでか、中に劣り優りは知らむ。五人の中に、ゆかしき物を見せたまへらむに、御心ざしまさりたりとて、仕うまつらむと、そのおはすらむ人々に申したまへ」と言ふ。

『嗯，你说得有理。』老翁点头称是，又说：『那末，你究竟想同怎样的人结亲呢？那五个人都是对你很诚心的呀。』辉夜姬答道：『怎样的人么？我并无特别的要求，只是一些些小事。那五个人之中，无论哪个都很诚心，有什么可说那一个优，那一个劣呢？所以，我希望，谁把我所最喜欢的东西给我取来，谁便是最诚心的人，我就做这人的妻子。请您这样对他们说吧。』

『这办法很好。』老翁也表示赞成。

到了晚快，那五个人都来了。他们有的吹笛，有的唱谣曲，有的唱歌，有的吹口笛，有的用扇子打拍子。他们这样

いづれも劣り優りおはしまさねば、御心ざしのほどは見ゆべし。仕ふまつらむ事は、それになむ定むべき。

做，想把辉夜姬诱出来。于是老翁出来对他们传话了：

『列位大人呀！你们长年月地劳驾到我这荒僻的地方来，实在很不敢当！我的风烛残年，朝不保夕。所以我已经对我家这女孩子说，叫她仔细想想，在这样诚恳的五位大人之中，选定一位，终身嫁与。女孩子说：「我怎么能知道他们对我的爱情的深浅呢？」这话也说得有理。她又说，你们五位之中，情情孰优孰劣，是不能说的。所以，你们五位之中，谁能把她所喜爱的东西拿来给她，便是谁爱情深，她便嫁给谁。我以为这办法也好。你们无论那一位，都不会怨恨我吧。』

くらもちの皇子には、東の海に蓬莱といふ山あるなり。それに銀を根とし、金を茎とし、白き玉を実として立てる木あり。それ一枝折りて賜はらむ。

✿燕子的子安贝：子安贝长约二寸到三寸，表面有黑褐色斑纹，可护佑怀孕女子，顺利产子。据传子安贝是燕子筑巢时所用，故又称燕子的子安贝。

五个人听了这话，都说："这样很好。"老翁便走进去，把这话传达给辉夜姬。

辉夜姬说："对石作皇子说，天竺有佛的石钵，叫他替我去取来。"

又说："对车持皇子说，东海有一个蓬莱山，这山上有一株树，根是银的，茎是金的，上面结着白玉的果实，叫他替我折取一枝来。"

她继续说："君住（呢）叫他把唐土的火鼠裘取来给我。大伴大纳言呢，把龙头上发五色光芒的玉给我取来。石上中纳言呢，把燕子的子安贝取一个来给我。"

翁、「難き事どもにこそあなれ。この国にある物にもあらず。かく難き事をば、いかに申さむ」と言ふ。

老翁说：「唉，都是难题。这些都不是这国内所有的东西。这样困难的工作，叫我怎样向他们传达呢？」

老翁有些为难，辉夜姬说：「有什么困难呢！你只管对他们说就是了。」

老翁出去，把话照样传达了。那些王公贵人听了，大吃一惊，心灰意懒地说：「出这等难题，为什么不爽爽快快地说，不许你们在这块地步行呢？」大家垂头丧气地回去了。

三、佛的石钵

虽然如此，但他们回去之后，总觉得不看到辉夜姬，没有做人的意义。其中石作皇子最为机敏。他仔细寻思，石钵既然

海山の　道に心を　つくし果て
ないしのはちの　涙ながれき

✽大和国：日本旧国名，又称和州，五畿（山城国、大和国、河内国、和泉国、摄津国）之一，是日本大和政权的发祥地，飞鸟京、藤原京、平城京皆在其境内。原写作倭国，后将『倭』改为『和』字，并冠以『大』字，改称『大和』。今奈良县。

✽宾头卢：全称宾头卢·颇罗堕，宾头卢是名，颇罗堕是姓，是佛教十八罗汉之一。

在天竺，任何人拿不到的。但他又想回来 在那遥远的天竺之地方，这也是独一无二的东西。即使走了千万里，怎么能把它取来呢？"于是有一天，他到辉夜姬那里报告："今天我动身到天竺去寻取石钵了。"过了三年，他走到大和国*十市郡的某山寺里去，把宾头卢*（十六罗汉之一）面前的煤烟熏黑的钵取了来，装在一只锦袋里，上面用人造花作装饰，拿去给辉夜姬看。辉夜姬觉得奇怪，伸手向钵中一摸，摸出一张纸来。展开一看，纸上写着一首诗：

渡海越山心血尽

取来石钵泪长流

置く露の　光をだにぞ　やどさまし
小倉山にて　何もとめけむ
白山に　あへば光の　失するかと
はちを捨てても　たのまるるかな

辉夜姬看了那钵，有没有光，原来微萤火那样的光也没有。于是回报他一首诗：

一点微光都不见，

多分取自小仓山。

（小仓山正是大和国十都市的一个山名。仓字意与暗字相同，故此诗甚为巧妙。可惜这里翻译不出的。——译者注。）辉夜姬便把这钵交还他。皇子把钵抛弃在门前，再写一首诗：

钵对美人光自灭，

我今抛钵不抛君。

他把这诗送给辉夜姬，但辉夜姬不再回答了。皇子见她不

くらもちの皇子は、心たばかりある人にて、朝廷には、「筑紫の国に湯あみにまからむ」とて暇申して、かぐや姫の家には、「玉の枝取りになむまかる」と言はせて、下りたまふに、仕ふまつるべき人々、みな難波まで御送りしける。

✤筑紫国：九州岛北部筑前、筑后两国的古称，因距离大陆较近，负责海防与外交的大宰府便设在此地。后代指包含丰（丰前、丰后）、肥（肥前、肥后）等国在内的九州全域，又称竹斯、竺志。

✤难波：大阪市一带的古称，又称浪速、浪花，自古便是交通要塞。据《日本书纪》记载：『戊午年春二月丁酉朔丁未，皇师遂东，舳舻相接。方到难波之碕，会有奔潮太急，因以名为浪速国，亦曰浪华。今谓难波，讹也。』

眯，咕嚷着回家去了。他虽然抛弃了那钵，但其心不死，希望或有侥幸，可以再来求爱。从此以后，这样厚颜无耻的行为，叫做抛钵。（钵字与耻字发音相同。——译者注。）

四、蓬莱的玉枝

车持皇子是个深思远虑的人。他对外说是要到筑紫国※（九州）去治病，就请了假，来到辉夜姬家里，对那些仆役说："我现在就动身去取玉枝了。"就向九州去了。他的属下的人，都到难波※港来送行。皇子对他们说："我此行是很秘密的。"因此他并不多带从人，只带几个贴身侍者，就出发了。送行的人看他走了，都回京去。

その時、一の宝なりける鍛治工匠六人を召しとりて、たはやすく人寄り来まじき家を作りて、竈を三重にしこめて、工匠らを入れたまひつつ、皇子も同じ所に籠りたまひて、領らせたまひたるかぎり十六所をかみに、蔵をあげて、玉の枝作りたまふ。

这样，大家以为他到蓬莱国去了。岂知三天之後，皇子的船又回到难波港来了。他预先苦心劳思地布置好，一到之後，立刻去把当时第一流的工匠内麻吕等六人叫来，找一个人迹难到的地方，建造起一座门户森严的房子来，叫这六个人住在里头。他自己也住在那里头。外加，把他自己所管辖的十六所花园捐献给神佛，仰仗神佛的援助，制造玉枝。这玉枝竟制造得同辉夜姬所要求的分毫不差。於是皇子拿了这玉枝，偷偷地来到难波港。他自己坐在船里，派人去通知家里的人，说"今天回来了"。他脸上装出长途旅行後的疲劳之相。许多人来迎接他。

くらもちの皇子は優曇華の花持ちて上りたまへり。

✿ 优昙华：即优昙花，梵文优昙波罗（Udumbara），原产于印度，是佛教的圣花。相传三千年一开花，花开之时必有祥瑞。佛经中常以此花比喻佛陀出世的稀有难遇，佛法之难得。

皇子把玉枝装在一只长柜里，上面加以覆盖，拿着走上岸来。於是世人纷纷传说："车持皇子取得优昙华回来了。"大家赞叹不止。

辉夜姬闻得这消息，想道："我难道要输给这皇子了么？"心中闷闷不乐。过了不久，听到有人敲门的样子，车持皇子来了。他还穿着旅行的服装。只得由老翁出来接待他。

皇子说："我拚了性命，终于取得了这玉枝。请你快快拿去给辉夜姬看！"

老翁拿进去给辉夜姬看，但见其中附着一首诗：

いたづらに　身はなしつとも　玉の枝を
手折らでただに　帰らざらまし

身经万里长征路，
不折玉枝誓不归。

玉枝是玉枝，诗是诗，都是千真万确的。辉夜姬看了，茫然若失。老翁走进来了，说道："嗟嗟！你吩咐皇子去取蓬莱的玉枝，他分毫不差地取来了。现在还有什么借口说呢？皇子还穿着旅行服装，没有到过自己家里，直接到这里来了。来，你也快点出去和他会面，同他成亲吧。"辉夜姬默默不语，只是手支着面颊，唉声叹气，沉思瞑想。

皇子则另是一套，他以为现在辉夜姬没得话说了，便

親のの給ことを、ひたぶるに辞び申さんことのいとおしさに。

10

毫不客氣地跨上走廊來。老翁認為這也是應該的，便对輝夜姬說道：「這玉枝是我們日本國裏所沒有的。現在此刻，你不能拒絕他了。況且，這位皇子的品貌也是挺優秀的呢。」

輝夜姬懊恼得很答道：「我一直不听老爹的話，實在很抱歉。我故意把取不到的東西叫他去取，想不到他真個取來了，真是出我意料之外。如今如何是好呢？」老翁都不管一切，連忙準備新房。他對皇子說道：「這棵樹究竟生長在甚麼地方？要在路遠之極，美麗得很呢！」

皇子回答道：「你聽我講：前年二月間，我乘船從難波

命死なばいかがはせむ、生きてあらむかぎりはかくありきて、蓬萊といふらむ山に遭ふやと、浪に漕ぎただよひありきて、わが国のうちをはなれて、ありきまかりしに、ある時は浪荒れつつ、海の底にも入りぬべく、ある時には、風につけて知らぬ国に吹き寄せられて、鬼のやうなるものいできて殺さむとしき。

港出发。起初，船到海中，竟朝那个方向走好呢，完全没有办法。然而我非去走去，这些愿望不达到，我不能生世上做人。于是让我的船随风漂泊。我想：如果死了，那就没有办法，只要活着，总会找到这个蓬莱山。那船漂流了好久，终于离开我们的日本国，走向遥远方去了。有时风浪很大，那船似乎要沉没到海底里去了。有时被风吹到了莫名其妙的国土，其中走出些鬼怪来，我几乎被它们杀死呢。有时会迷失却方向，成了海中的迷途者。有时食物吃完了，竟拿草根来当饭吃。有时来了些非常可怕的东西，想把我们吞食。又有时，取海中的贝来充饥，苟全

船の行にまかせて、海にただよひて、五百日といふ辰の時ばかりに、海の中にはつかに山見ゆ。船のうちをなむ、せめて見る。海の上にただよへる山、いと大きにてあり。その山のさま、高くうるはし。

性命。有时生起病来，旅途无人救助，只得听天由命。这样地住在船中，听它漂泊，凡五百天。到了第五百日的早上辰时（八九点钟）左右，忽然望见海中远处有一个山，大家喜出望外。我从船中眺望，看见这座山浮在海上，很广大，很高，形状非常美丽。我想，这大概就是我所寻求的山了，一时欣喜无量。然而总觉得有些可怕，便沿着山的周围行船，观察了二三天。忽然有一天，一个天仙打扮的女子从山上走下来，拿着一只银碗来汲水。于是我们也舍舟登陆，向这女子问讯：「这座山叫什么名字？」女子回答道：「这是蓬莱山。」啊，我听到了这句话，欢喜不可支。再问这女子：

その山、見るに、さらに登るべきやうなし。その山の、そばひらをめぐれば、世中になき花の木ども立てり。黄金・白銀・瑠璃色の水、山より流れ出でたり。それには、色々の玉の橋渡せり。そのあたりに、照りかがやく木ども立てり。

「請教你的芳名。」女子答道：「我叫做寶嵌琉璃。」就飄然地走進山裏去了。

「且說這座山，非常險峻，簡直無法攀登。我繞著山的周圍步行，看見許多奇花異卉，都是我們這世間所看不到的。金銀琉璃色的水從山中流出來。小川上架著橋，都是用各種美麗的寶玉造成的。周圍的樹木都發出光輝。我就在其中折取一枝。這一枝其實並不特別出色，但和輝夜姬所要的完全相符，因此我就折了回來。據說這山的景色，實在是無可比倫的絕景。我本想在那裏多住些時，以便飽看美景。但是既已取得此花，便無心逗留，

くれ竹の　よよの竹とり　野山にも
さやはわびしき　ふしをのみ見し

12

連忙乘船回來了。幸而歸途是順風，走了四百天多些，就到此地了。這完全是神的願力廣大的善報。我於昨日回到難波港。我的衣服被潮水打濕，還沒有換過，就直接到這裏來了。」

老翁聽了這番話，非常感動，連聲嘆息，口占一首詩送他：

「常入野山取新竹，

平生未歷此艱辛。」

皇子聽了，說道：「我多年來憂愁苦惱的心，而好容易到今天才安定了。」便答他一首詩：

わが袂　今日かはければ　侘しさの
ちぐさの数も　忘られぬべし

长年苦恋青衫湿，

今日功成泪始干。

这样看来，这是皇子的计谋骗到她完成了。可是忽然有六个人，走进辉夜姬家的院子里来。其中一人拿着一个棒，棒头上挂着一个字条，写着请愿的文字。他说道："细工所头目汉部内麻吕上言：我等六人为了制造玉枝，粉身碎骨，艰苦绝粒，千有余日，皆已精疲力尽，然而不曾得到一文工资。务请即刻偿付，以便分配。"

老翁听了一惊，问道："这些细工人说的究竟是怎么一回事？"

此时皇子困窘狼狈，闭口无言。辉夜姬听到了，说道："快把

まことに蓬莱の木かとこそ思ひつれ。かくあさましき虚ごとにてありければ、はや、とく返し給へ。

13

她们请愿的文字给我看。」但见上面写道：「皇子与我等贱之细工人同共隐居一处，凡千余日，命我等制造精美之玉枝。当时曾蒙惠许：成功之日，不但酬劳从丰，并且授予官爵。我等思量，此乃皇子之妾夫人辉夜姬所需要之物，我等应向此地领赏，今日即请赏赐。」

辉夜姬看了这请愿书，正在愁眉不展的时候，忽然笑逐颜开，便唤老翁进来，对他说道：「我以为这真个是蓬莱的玉枝，正在疑虑，原来这是假的，我真高兴！这种讨厌的伪物，你会送进来。赶快叫他拿出去！」

老翁也点头称是，说道：「分明是伪物了，应该叫他

まことかと　聞きて見つれば　言の葉を
飾れる玉の　枝にぞありける

家裏。

輝夜姬現在心情開朗了，便寫一首詩來回答皇子：

花言巧語真無恥

偽造玉枝騙誰

將這詩和那偽造的玉枝一起送還了他。

老翁本來和皇子親切地談話，現在意氣頹喪，只得假裝打瞌睡。皇子想起身回家，覺得不成樣子；那麼，只得坐著吧，又覺得難爲情。於是只得低着頭躲着。直到天色暗黑，才偷偷地從輝夜姬家溜了出去。

輝夜姬把剛才來請願的六個細工人叫進來，她感謝他

一生の恥、これに過ぐるはあらじ。女を得ず成ぬるのみにあらず、天下の人の、見、思はむことの、恥づかしき事。

14

们，给了他们许多金钱。匠人们非常高兴：「啊，今天如意称心了」！拿着金钱回家去。岂知在途中，被车持皇子派来的人痛打一顿，打得头破血流，金钱也被掳去，只得四散逃命。

事已至此。车持皇子叹道：「我一生的耻辱，无过于此了。不但不能得到所爱的女子，并且是被天下人耻笑。」他就独自一人逃到深山中去了。他的家臣们带了许多人四处找寻，但杳无踪影，大约他已经死了。

推想皇子的心情，非但无颜再见他的朋侪，即使在他的家臣面前也觉得可耻，因此只得隐身匿迹。从此之后，世人称此种行为为「离魂」。

火鼠の皮衣、此国になき物也。をとには聞けども、いまだ見ぬなり。世にある物ならば、此国にも持てまうで来なまし。いと難きあきなひなり。

✽小野房守：一说是虚构的人物。

五、火鼠裘

右大臣阿部御主人，家中财产丰富，人丁繁荣。他写一封信给那年乘来日本的中国贸易船上的王卿，托他买一件火鼠裘。他在侍从中选一个精明能干的人，叫做小野房守的，叫他把信送给王卿。房守来到贸易船停泊的博多地方，把信呈上，并且附一笔货款。王卿得信，即便作覆：

「火鼠裘，我中国并无此物。我曾闻其名，却并未见过。如果世间确有此物，则贵国应有船来。阁下不曾见过，则恐世间并无此物也。总之，阁下所嘱，乃难中之难。

かの唐船来けり。「小野の房守まうで来て、まう上る」といふ事を聞きて、歩み疾うする馬をもちて、はしらせかへさせ給ときに、馬に乗りて、筑紫より、ただ七日に上りまうできたる。

✿只走七天：据《延喜式》记载，当时从筑紫国大宰到京都需花费十四天。

15

然而，万一天竺（印度）有此物的来我国，则鄙人可向我国二三富翁询问，或可藉彼等之助力而获得，亦未可知。如果世间绝对无此物，则所付货款，当奉还尊价如数璧还。专此奉覆。」

王卿带了小野房守回到中国。几个月之后，他们的船又来到日本。小野房守乘了这船回到日本，即将入京。阿部御主人等得厌烦了，闻讯之后，连忙派人用快马去迎接。房守快马加鞭，只走七天，已从筑紫（九州）来到京城。他带来一封信，信中写道：

「火鼠裘，我曹派人四处购求。据说此物在现世、在古代，

今の世にも昔の世にも、此皮は、たはやすくなき物也けり。昔、かしこき天竺の聖、この国に持てわたりて侍ける、西の山寺にありと聞きをよびて、朝廷に申て、からうじて買ひとりて、たてまつる。

✿ 西方：此处是指中国的西部。

都不易见到。但闻从前有天竺僧持来中国，保存在遥远之西方寺中。这是朝廷有旨要买，好容易买到的。我去购求时，办事人说此款不够。当即由我补足，从于他处买到。务付黄金五十两，请即送还。如果不愿付出此款，则请将裘送还为荷。"

阿部御主人得到此信，笑逐颜开，说道："那有这话！金钱真是些小事，岂有不送还之理，当然会送还的。啊，我得到此裘，真乃莫大的喜事啊，"他欢欣之余，合掌向中国方面拜谢。

装火鼠裘的箱子上，嵌着许多美丽的宝玉。裘是绀

限なき　おもひに焼けぬ　皮衣

袂かはきて　今日こそは着め

16

青色的。毛的尖端发出金色光辉。此裘穿得薄了，可放在火中烧，烧过之后，就更加清洁。但此裘火烧不坏，还是其次，首先是其色泽之美丽。实在，此物僅手看看，也觉得是一件可贵的珍宝。

阿部御主人看々这裘，赞道：「辉夜姬欲得此物，不是无理的。啊！造化造化！」便将裘放入箱中，饰以花枝。他大大地装扮，以为今夜可以泊宿在辉夜姬家，得意扬扬地出门。此时吟一首诗，放入箱中。诗曰：

热恋情如火　不能烧此裘

经年双袖湿　今日庆方收

とまれかくまれ、まづ請じ入たてまつらむ。世中に見えぬ皮衣のさまなれば、これをと思ひ給ね。人ないたくわびさせ給たてまつらせ給そ。

阿部御主人站在辉夜姬家的门前了。叫开门询问，老翁出来了，接了火鼠裘的箱，拿进去给辉夜姬看。

辉夜姬看了，说道："啊，这裘多么漂亮呀！不过，是不是真的火鼠裘，还不可知呢。"

老翁答道："还有什么真假呢！你把裘藏在箱中吧。这是世间难得见到的裘，你必须相信它是真的。像你这样一味怀疑别人，实在是不行的。"说着，就去请阿部御主人进来。他想，这回她一定嫁这人了。老翁当然也这样想。婆婆也如此想。老翁常常为了辉夜姬没有丈夫，孤身独居，觉得非常可怜。所以希望找到好男子，使她夫妻团圆。无奈

この皮衣は、火に焼かんに、焼けずはこそ、まことならめと思ひて、人の言ふことにも負けめ。「世になき物なれば、それをまことと疑ひなく思はん」とのたまふ。猶、これを焼きて心みん。

17

这女孩子无论如何也不肯，他也不能勉强她。

辉夜姬对老翁言道：「把这裘放在火中烧烧看。如果烧不坏，才是真的火鼠裘，我就遵他的命。你说这是世间难得见到的裘，确信它是真的。那么，必须把它烧烧看。」

老翁说：「你这样说，倒也很有道理。」他立即去觅，把辉夜姬的话传达给大臣。

大臣说：「这裘啊，中国境内也没有，独是千方百计访得来的。关于它的品质，还有甚么可怀疑呢？既然这样说，我快些拿来烧烧看吧。」

这裘一放进火里，立刻噼噼啪啪地烧光了！辉夜姬

名残りなく　燃ゆとしりせば　皮衣

思ひのほかに　をきて見ましを

說，「請看，這便可知道是一張假的皮毛。」大臣看到這光景，面孔就像草葉一般發青了。輝夜姬高興得很，連忙作了一首答詩，放在裝衣裳的箱子裏，送給御主人。詩曰：

假裘實火炙　立刻化灰塵
似此凡庸物　何勞枉費心

這樣，大臣只得悄悄地回去了。外面的人們便問：「聽說阿部大臣拿了火鼠的裘衣來，就做了輝夜姬的夫婿，已經來到這屋子裏了。大概住在這裏了吧。」另有人回答他說：「沒有沒有！那件裘放在火裏一燒，劈劈拍拍地燒光了，因此輝夜姬把他趕走了。」世人都知道這件事。從此以後，凡是不能

龍の頸に、五色に光る玉あなり。それ取りてたてまつりたらむ人には、願はんことをかなへん。

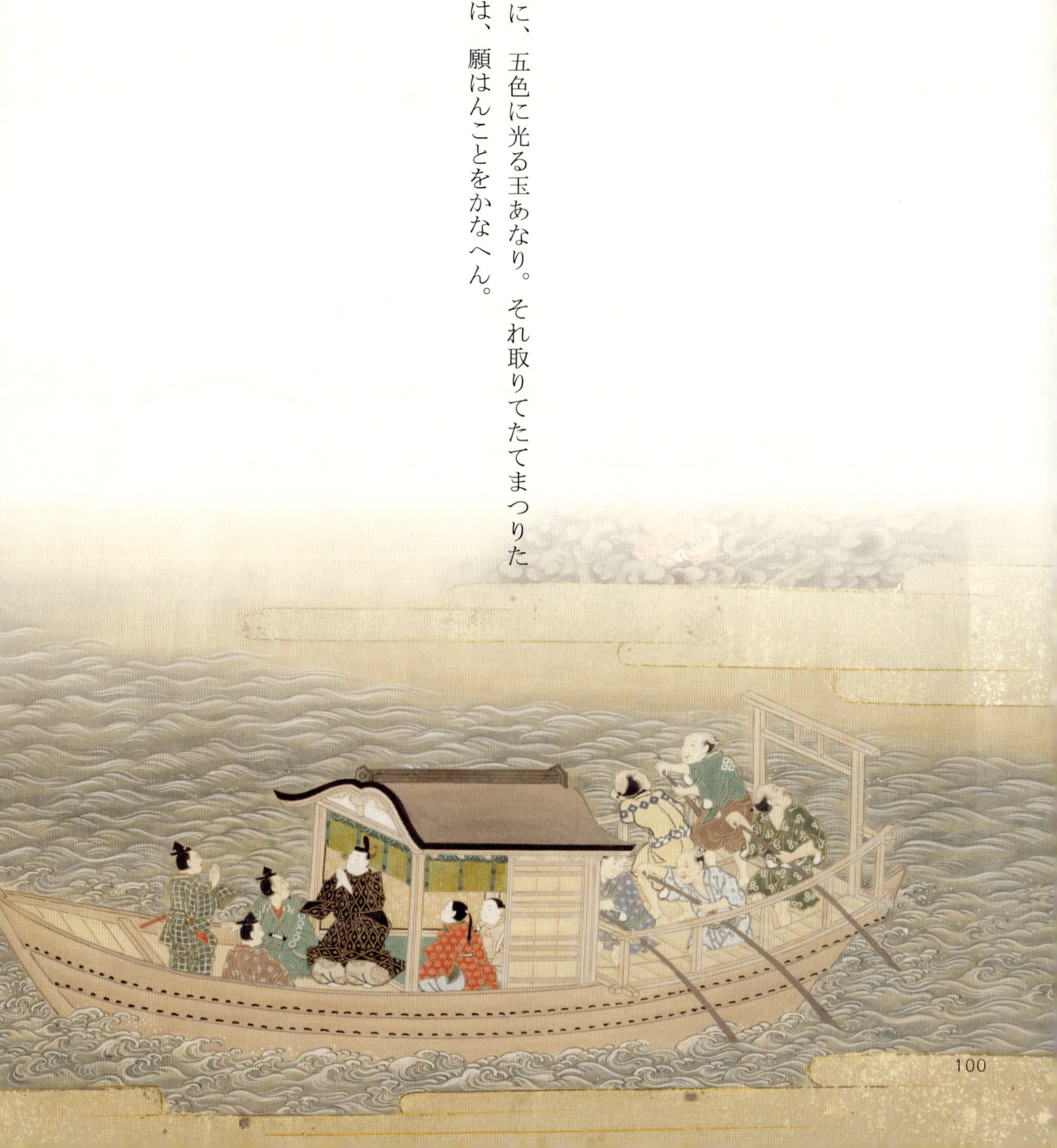

18

成遂的事情，叫做「河部主人」。

六、龍頭上的珠子

大伴御行大纳言把家中所有的家人都召集攏来，对他们说：「龍的頸上有一塊發出五色光輝的玉。那一个取得到，随便你要什么東西，都给你。」

听了這话的人都说：「我家主人的命令，實在是很可感谢的。不过，這塊玉，大概是很难取得的宝物吧。龍的頸上的玉，怎樣才能取得呢？」這些人都嘀咕着，叫苦。

於是大纳言说：「做家人的，为了完成主人的願望，性命也要捨棄。這是家人的本分呀！况且龍這东西，並非

この国になき、天竺・唐土の物にもあらず。此国の海山より、龍はをり上る物也。いかに思ひてか、なんぢら、難きものと申べき。

我國沒有的特產於唐土（中国）、天竺（印度）的东西。我国的海边山上，常有龍爬上爬下。你们怎么想到所说是难事呢？」

家人们答道：「那么，没有办法。無論是怎樣难得的宝物，都願遵命去找求吧。」

大纳言看了他们的神情，笑道：「這才不錯。我這大伴家裏的家人，是天下闻名的，难道會違背我主人的命令么？」於是家人们出门去找求龍頭上的玉了。大纳言把家中所有的絹、绵和金子都取出來，交給這些家人們，作為他們的路費。又对他們说：「你们出門之後，我就吃齋念佛，直到你們回來。如果取不到這玉，不准你們回家到我這裏來！」

給はせたる物、をのをの分けつつ取る。あるいはをのが家
に籠りゐ、あるいはをのが行かまほしき所へ往ぬ。

19

家人们听了主人的嘱咐，一个个恭恭敬敬地出门去了。他们都想：主人说，如果取不到龙头上的珠子，不准再回到这里来。但这东西，根本是取不到的。他们就各自随心所欲地东分西散了。他们都咒骂主人，说他好奇。主人给他们的东西，他们把随意分配一下。有的拿了东西回家乡去了。有的随心所欲地到别处去了。他们都讥谤大纳言，说道：不管是爹娘还是主人，这样胡说八道，叫我们没有办法了。

大纳言全然不知道这情况。他说："这给辉夜姬住居，这种普通房屋太不像样。"便连忙建造起特殊的房屋来。室内四壁涂漆，墙上着泰窑粧饰，施以各种色彩。屋顶

うるはしき屋を造り給て、漆を塗り、まき絵して壁し給て、屋の上には、糸を染めて色に葺かせて、内のしつらひには、言ふべくもあらぬ綾をり物に絵をかきて、間ごとに貼りたり。

上也染成五彩，挂上各种美丽的帘子。每一个房间里都张着美丽无比的锦绣的壁衣。此外，把他本来的老婆和小老婆都赶走。无论何事，他都不管，一天到晚为了迎接辉夜姬而忙碌。

且说派出去取龙头上的玉的家人们，大纳言朝朝夜夜地等待，过了年底，到了明年，一直音信全无。大纳言不胜焦灼，便悄悄地带了两个随身侍从，微行来到难波港。看见一个渔夫，便问他："大伴大纳言家的家人们乘了船去杀龙，取他头上的玉，这新闻你听到过么？"

渔夫笑道："哈哈，你这话真奇怪！第一，为了做这[illegible]

わが弓の力は、龍あらば、ふと射殺して、頸の玉は取りてん。
をそく来る奴ばらを待たじ。

20

為這件事情而放船出去的船户，在這裏一个也沒有。」

大納言听了這話，心中想道：「這些船户都是沒志氣的。他們不知道我大伴一家的強大，所以講這種膽怯的話。」又想：「我們的弓多少有力強！只要有龍，一箭便可把牠射殺，取牠頸上的玉，這是毫無問題的。這些家人們去得不歸，直到現在還不回來，我在這裏老等，實在不耐煩了。」他就雇了一只船，向海中到處巡遊，漸行漸遠，不覺來到了筑紫（九州）的海邊。

這時候，不知怎的，起了一大風暴，天昏地黑，那船只被風吹來吹去，這到什么方向，完全不得而知。風越來越大，把船

御船、海の底に入らずは、神落ちかかりぬべし。もし、幸ひに神の助けあらば、南の海に吹かれおはしぬべし。うたてある主の御許に仕うまつりて、すずろなる死にをすべかめるかな。

吹到了海的中央。大浪猛力地打击船身，船被波浪包围了。雷声隆隆，电光闪闪。好个大纳言，到此也束手无策了。他叹道："唉！我平生从来不曾吃过这种苦头。不知到底怎么样哟！"

那个船户哭着说道："我长年驾着这船来来去去，从来不曾碰到这种可怕的情况。即使幸而船不沉没，头上的雷电也会来打死我吧！即使幸而神佛保佑，船也不沉，人也不死，结果是这船吹到了南海洋中。唉！我想不到碰着了这个古怪的雇客，弄来替他拼命，真是悲惨的了！"

大纳言听了他的话，说道："乘船的时候，船户的话是最

神ならねば、何わざをか仕うまつらむ。風吹き、浪はげしけれども、雷さへ頂に落ちかかるやうなるは、龍を殺さんと求め給へば、あるなり。はやても、龍の吹かする也。はや、神に祈りたまへ。

21

可靠的。你为什么说出这种可怕的话来呢？」说着，不知不觉地口中吐出青水来。

船户说：「我不是神佛，有甚么办法呢？风吹浪打，都是长年以来习惯的。但这雷电交加，一定是你想杀龙的原故。这暴风雨一定是龙神带来的。你赶快祈祷吧！」

大纳言听了这话，忽然说道：「啊，你说的是。」便大声祈祷：「南无能量大明神菩萨！请听愚告，小人愚昧无知，胆大妄为，竟敢图谋杀害神龙，实属罪大恶极！！自今以后，不敢损害神龙一毛，務请饶恕，不胜惶恐之至。」

三、四日吹て、吹き返し寄せたり。浜を見れば、播磨の明石の浜也けり。

✽播磨国：日本旧国名，又称播州，属山阳道，现兵庫县西南部一带。

他大声念這祈祷，有时起立，有时坐下，有时哭泣，念了千百遍。恐是因此之故，雷声渐々地停息了。天色渐々明亮起来，但風还是猛烈地吹着。

船户说道："啊，如此看来，刚才的風原是龍神菩萨带来的。但現在的風，方向很好，是順風，不是逆風。我们可以乘这風回家乡去了。"但大纳言已經嚇丧了胆，無論如何不相信船户的话。

这風继续吹了三四天，似乎可把船吹到原来的地方去了。並把向海岸一看，這是播磨国的明石地方的海岸。但大纳言误以为到了南海的海岸，疲劳之極，躺倒在船裏了。他带

からうじて起き上り給へるを見れば、風いと重き人にて、腹いとふくれ、こなたかなたの目には、李を二つつけたるやう也。これを見たてまつりてぞ、国の司も微笑みたる。

来，叫两个随身侍从便上岸去报告当地的衙门。衙门里就特地派人员来慰问。但因大纳言不能起身，直挺挺地躺在船底里。无可奈何，只得在海岸的松树底下铺一条席子，扶他起来躺在席子上了。到这时候，大纳言方才知道这里不是南海的海岛。他好容易坐起身来。这个人平常有些伤风，就神色大变。这时候竟变成腹部膨胀，眼睛像两颗李子一般突出的人。原来的员看了都窃笑。

大纳言连忙叫衙门里的人替他备一顶轿子，坐了回家。以前他派出去取龙头上的玉的家人们，不知从哪里知道消息，现在都回来了，对他说道："我们因为取不到龙头上的玉，所以

龍は、鳴る神の類にこそありけれ。それが玉を取らむとて、そこらの人々の、害せられなむとしけり。まして、龍を捕へましかば、又こともなく、我は害せられなまし。よく捕へずなりにけり。

不敢回來。現在，大人自己也已完全相信此物的難取了，想來不會責罰我們，所以回來了。」

大納言聽起身來對他們說道：「龍頭上的玉，是難怪你們取不到的。原來龍是與雷神同類的。所以你們去取牠頭上的玉，牠要殺死你們許多家人。如果你們捉住了這條龍，連我也要被殺死了。幸而你們沒有把龍捉住。這大約是輝夜姬這個壞傢伙在當中設的陰謀。我今後決不再走到她家附近去。你們也不要到她那里去。」就把家中剩有的綿絮和金子賞賜了取不到龍頭上的玉的家人們。

從前離婚了的妻子聽到了這消息，幾乎笑斷了肚腸。

大伴の大納言は、龍の頸の玉や取りておはしたる。いな、さもあらず。御眼二に、李のやうなる玉をぞ添へて、いましたる。

23

新造房子屋頂上掛着的五彩帶子，都被鷂鷹和烏鴉銜去做窠了。

於是世間的人們都說：「聽說大伴大納言去取龍頸上的玉了。原來沒有取到，眼睛上生了兩個李子回來了。啊呀吃不消！」從此以後，凡做無理的事，叫做「啊呀吃勿消」。

七、燕子的子安貝

中納言石上麻呂對家中僕役們說：「燕子作窠時，你們看見就報知我。」僕役們問：「大人要做甚么呢？」答道：「我要取燕子的子安貝。」

僕役們說：「我們屢屢看見殺過許多燕子，但牠們的肚

おかしき事にもあるかな。もつともえ知らざりつる。興あることと申たり。

子裏從來沒有這樣的東西。也許，燕子產卵的時候會生出這東西來的。然而，怎樣能得到呢？燕子這東西，一看見人就逃走的呀。」

另外有一個人說：「宮中大廚房內，煮飯的屋子的柱子上的許多洞裏，都有燕子做窠。叫幾個壯健的人在這裏搭起架子來，爬上去，向許多洞裏察探。這裏燕子很多，說不定有一兩只正在產卵，就可把牠們打死，奪取子安貝。」

中納言聽了這話，非常高興，說道：「這辦法很對，我倒沒有想到。你的話很有道理。」就選了忠實的男僕二十人，在那裏搭起架子來，叫他們爬上去。中納言不斷地派

此燕の子安貝は、悪しくたばかりて取らせ給なり。さてはえ取らせ給はじ。あなないにおどろおどろしく廿人の人の上りて侍れば、あれて、寄りまうで来ず。と申。

24

人去问：「怎么样？子安贝取到了没有？」

可是，那些燕子看见这许多人爬上来，都嚇怕了，不敢飞进来。就有人把这情况报告中纳言。中纳言悲叹了，不知如何是好。

这时候，大厨房里有一个司事的老人，名叫麻吕的，走来对中纳言说：「大人要取子安贝，我倒有一个办法呢。」家人们通报中纳言，中纳言便召见这老人，亲切地同他谈话。麻吕说道：「要取燕子的子安贝，这办法是没有用的。这样做，一定取不到。第一，这样乌簇簇的二十个人爬上去，那些燕子便嚇坏了，不敢飞进来。应该把这架子拆掉，叫这许多人都

燕、子産まむとする時は、おをささげて七度めぐりてなん、産み落すめる。さて、七度めぐらむおり、引きあげて、そのおり、子安貝は取らせ給へ。

去下来。然後選定一个男子，叫他坐在一只大篮子裏，篮子上縛着一根索子，用滑車掛在樑上。燕子飛來了，連忙拉索子，篮子便升上去了。這男子便伸手去取子安貝。這樣，保管你取到手。」

中納言說：「這確是个好办法。」便把架子拆毀，把那些人叫回来。他問麻呂：「那末，怎么會知道燕子要產卵了，而把人拉上去呢？」

麻呂答道：「燕子要產卵了，尾巴一定向上翹起，翹了七次，卵就產下来。看到牠第七次翹尾巴的時候，便把篮子拉上去，便可取到子安貝。」

中納言、よろこび給て、よろづの人にも知らせ給はで、みそかに寮にいまして、男どもの中に交じりて、夜るを昼になして取らしめ給。

25

中纳言听了这话，欢喜无量，便偷偷地走进大厨房，挤在人丛中，日日夜夜地督促仆人去取子安贝。一方面，因为麻吕教他这方法，他大大地褒奖他，对他说道："你不是我家的家人，却很符合我的心呢。"他说只有取得子安贝，我就像已经取得了那样高兴，脱下自己身上的衣服来，赏赐给麻吕，对他说道："今晚你要再到大厨房来，帮助帮助我。"便叫麻吕暂时回去。

天色渐暮，中纳言来到大厨房。一看，燕子果然正在做窠。而且正如麻吕所说，尾巴正在翘动。连忙叫人乘入笼子里，把笼子拉上去，叫他伸手到燕子窠里去摸。

「吾、上りて探らむ」とのたまふて、籠に乗りて釣られ上りて、窺ひ給へるに……

那人摸了一会，说道："什么也没有！"

中纳言生气了，说道："这是你不会摸的原故。"他想另外选一个人去摸，左思右想，终于说道："还是我自己上去摸吧。"便坐在那篮子里，那篮子徐徐地拉上去了。

他向燕子窠里窥探，好极了！燕子正在翘尾巴。他连忙伸手到窠里去摸，摸着了一块平板板的东西，便叫道："啊，有了，有了！把我放下来吧！麻吕，有了呢，有了呢！"人们围集拢来，来把篮子上的索子拉下来。岂知太用力了，那索子被拉断。同时篮子里的中纳言倒跌下来，正好落在一只大锅子里。

物はすこしおぼゆれども、腰なん動かれぬ。されど、子安貝をふと握りもたれば、うれしくおぼゆる也。まづ紙燭さして来。この貝、顔見ん。

人們方吃一驚，趕快走來，把中納言抱起來。一看，他的一雙眼睛泛白，呼吸也停止了。連忙把水灌進他口中去，過了好一會，他方才醒過來。人們把他的手臂和腿按摩一下，然後把他從鍋子上抱下來，問他：「你現在覺得怎麼樣？」中納言上氣不接下氣地說道：「稍微好些了。腰還是動不得。但子安貝我牢牢地握在手中，目的達到了。不管別的，趕快拿蠟燭來，讓我拜見這件寶貝。」

他抬起頭來，張開手來一看，原來握着的是一塊陳舊的燕子糞。中納言叫道：「唉！沒有貝！」

從此以後，做事無效，叫做「沒有貝」。

年を経て　浪たちよらぬ　住の江の

まつかひなしと　聞くはまことか

中纳言看到这个不是子安贝，当然不能紫花绳子裹送给辉夜姬，以借大为退表。况且又是折断了腰骨。他做了愚蠢的事情，以致弄坏了身体，害怕这事被世人知道，不胜苦恨。但他越是苦恨，身体越是衰弱。取不到贝，还在其次，被世人耻笑，才真是丢脸。这比普通患病而死更没面子。

辉夜姬闻知了这消息，做一首诗去慰问他，诗曰：

经年杳杳无音信
空望贝儿取不成

家人把这首诗念给中纳言听了，中纳言在苦闷之中抬起

かひはかく　有ける物を　わびはてて
死ぬる命を　すくひやはせぬ

27

纸来，叫人拿纸笔来，写一首答诗。诗曰：

敢见不成侍政得

拟命只须一见君

他写完这诗，就断气了。辉夜姬闻此消息，深感抱歉。

八、出猎游幸

皇帝闻得辉夜姬的美貌盖世无双，有一天对一个名叫侬子的女官说："听说这女子对爱慕她的男人，都看得同仇敌一样，绝不听他们的话。你去看看，究竟是怎样一个的女子。"

侬子奉了圣旨，退出皇宫，来到竹取翁家里。竹取翁

仰ごとに、かぐや姫のかたち、優におはす也、よく見てまいるべきよしのたまはせつるになむ、まいりつる。

恭敬地迎接。使者对那老婆婆说："皇上说，你家的辉夜姬相貌美丽，盖世无双，特地命令我来看看。"

老婆婆说："好好，我就去对她说。"便走进去对辉夜姬说："赶快出去迎接皇帝的使者！"但辉夜姬答道："那里的话！我的相貌并不怎么美丽。看人看看的，怎么可以出去会见皇帝的使者呢？"她无论如何不肯听话。

老婆婆说："你这话多么无礼！皇帝的使者难道可以待慢的么？"辉夜姬说："我这样说，并没有得罪皇帝呀。"她完全没有想会见使者的样子。

老婆婆想，这孩子是她从小养育大来的，同自己生

必ず見たてまつりてまいれと、仰せ事ありつるものを。見たてまつりてまつらでは、いかでか帰りまいらむ。国王の仰ごとを、まさに、世に住み給はん人の、うけたまはり給はで有なむや。いはれぬ事なし給ひそ。

出来的一樣。然而对她講話，她满不在乎地反抗。她想责備她，也不知道怎樣講好。

老婆々（姑娘，）就出来回复使者：「我家的这孩子，真是太对不起了！这一个毫不懂事的女孩子，外加脾气强，无論如何不肯出来拜見呢！」

女官說：「可是，皇上說一定要我来看々。我如果看不到，是不能回去的。皇上說的話，這國土裏的人难道可以不聽的么？你們不可以說這沒道理的話！」

她繳到她责備。然而赫夜姬聽了這話，不但絕不答应，又說道：「如果我違樣說是違背皇帝的話的，就請從速把我

汝が持ちて侍るかぐや姫、たてまつれ。顔かたちよしとき
こしめして、御使を賜びしかど、かひなく、見えず成にけり。

殺死吧！」

女官無可奈何，只得回宮去報告皇帝。皇帝說：「唔唔，這樣的心腸，是可以殺死許多人的。」便置之不理。然而，總覺得心中不快，這樣強硬的女子，難道可以輸給她么？他回心轉意，有一天，便把竹取翁叫來，對他說道：

「把你家的輝夜姬送到這裏來！聽說她的容貌非常美麗，以前我曾派使者去看，但結果是徒勞往返。是你教她這樣無禮的么？」

竹取翁誠惶誠恐地回答道：「那裏那裏！小人不敢。不過這個女孩子，恐怕是不肯進宮的。

もはら、さやうの宮仕へ、仕うまつらじと思ふを、しゐて仕うまつらせ給はば、消え失せなんず。御官爵仕うまつりて、死ぬばかり也。

29

实在也弄得毫无办法。不过，且让小人回去好好劝她一番吧。」

皇帝听了这话，对他说道：「这才不错。难道你养育大来的人，你能不由你作主吧！如果你把她送进宫来，我封你一个五品官员。」

竹取翁欢喜回家，对辉夜姬晋道：「皇帝对我如此说，难道你还不答应么？」

辉夜姬答道：「不不，无论怎样，我决不去当宫女。如果再要强迫我，我就消灭了。这有什么呢：你等待我去当宫女，以便取得你的官位，而同时我死去了。」

竹取翁说：「啊呀，这使不得！我要得到爵禄，而叫我

天下の事は、とありとも、かかりとも、御命のあやうさこそ、大きなる障りなれば、猶、仕うまつるまじきことを、まいりて申さん。

的可爱的孩子死去，这成什么话呢？不过，你究竟为什么那样地嫌恶当宫女呢？讲不到死的呀！」

辉夜姬答道：「我这样说了，如果你还以为我是说谎，那么我请你把我送进宫里去看，看我是否还去不死。过去有许多人诚心诚意地经年累月求我，我尚且都不答应。皇帝的话是昨天今天的事呢。如果我答应了，世间的人将怎样地讥笑我！这等可耻的事情，我总是决不做的。」

竹取翁说：「天下之事，无论怎样大，决不会害你到你的生命。那么，让我再进宫去回报皇帝，说你不肯当宫女，就是了。」

仰の事をかしこさに、かの童を、まいらせむとて仕うまつれば、「宮仕へに出し立てば、死ぬべし」と申。宮つこ麻呂が手に産ませたる子にもあらず。昔、山にて見つけたる。かかれば、心ばせも、世の人に似ず侍。

30

竹取翁就进宫去，对皇帝说：“上次皇上的话，小人非常感激，立刻去劝小女入宫。岂知这女孩子说：‘要我入宫，我情愿死。’原来这孩子，不是我这造麻吕（竹取翁的姓名）亲生的，是在山中找得来的，因此她的性情和普通人不同。”

皇帝听了这话，说道：“啊，对了对了！造麻吕啊！你家住在山脚边么？这样吧，让我到山中去打猎，就借此去看看你家的赫奕姬，好吗？”

竹取翁答道：“这是再好没有了。当她不知不觉地坐在家里的时候，皇帝突然出行幸，便看到她了。”

于是皇帝选定一个日子，到山中去打猎。他闯进赫奕

をのが身は、此国に生まれて侍らばこそ使ひ給はめ、いといておはしましがたくや侍らん。

姬家，一看，只见一片光辉之中，坐着一个清秀美丽的女子。皇帝想，这是此人了，便向她走过去。这女子站起身来，向里面逃。皇帝走上前去，拉住了她的衣袖。女子就用另一衣袖来遮住了脸。但皇帝已经清楚地看到了她的相貌，被她的美丽所迷惑，如何也不肯离开她呢！他想就此把她拉出来。

此时辉夜姬开言道：“我这身体，倘使是这国土里生出来的，将就替你皇帝服役。可是我不是这国土里的人，你硬拉我去，是没有道理的呀。”

皇帝听了这话，就说道：“岂有此理！无论如何，定要拉她出来。”他叫辇舆开过来，想把辉夜姬拉到车子里去。

さらば、御ともにはいて行かじ。もとの御かたちとなり給ひね。それを見てだに帰なむ。

31

真奇怪，皇帝辉夜姬向身体消灭，影迹全无了！皇帝想："呀呀，这便完了！原来真如竹取翁所说，这个不是普通的人。"于是说道："好，好，我不再想带你回去了。你快回复原形，让我再看一看，我就回去了。"辉夜姬就现出原形来。

皇帝看了辉夜姬回原形，爱情愈加热烈，不能自制了。心中无论爱情如何热烈，现在已毫无办法了。他便向竹取翁道谢，使翁能让他看到辉夜姬，他很高兴，应予褒奖。翁也很感谢，拿出酒食招待皇帝的随从人。

皇帝离开了这辉夜姬而回去，心裏实在恋々不舍，带着依々不舍的情绪而上車。

帰るさの　行幸物うく　思ほえて
そむきてとまる　かぐや姫ゆへ

葎はふ　下にも年は　へぬる身の
何かは玉の　うてなをも見む

臨行作了一首詩送給輝夜姬，詩曰：

空歸鑾駕愁無限
只為姬君不肯來

輝夜姬回答他一首詩：

蓬門茅舍經年住
金殿玉樓不要居

皇帝看了這首詩，留戀不想回去了。他的心掉落在這裏，似乎覺得有人在後面拉住他的頭髮。然而，在這裏宿一夜，到底不行。無可奈何，只得回駕。

自此以後，皇帝覺得經常在他身邊侍奉的女子們，

かぐや姫のみ御心にかかりて、ただ独り住みし給。よしなく御方々にも渡り給はず、かぐや姫の御もとにぞ、御文を書きて通はせ給。

32

和辉夜姬一比较，竟有云泥之差。以前所称为美人的，同辉夜姬比较起来，竟是不成问题的了。

皇帝的心中，经常有辉夜姬的幻影留存着。他每天只是独自一人，寂寂寞寞地过日子。他意气消沉，不再走进皇后和女官们的房中去，只是写信给辉夜姬，诉说衷情。辉夜姬也写优美的回信给他。自此以后，皇帝随着四季的移变，就种种美丽的花卉草木而吟咏诗歌，寄给辉夜姬。

九、天上的羽衣

辉夜姬和皇帝通信，互相慰情，不觉过了三年。有

かぐや姫の、例も月をあはれがり給へども、このごろとなりては、ただことにも侍らざめり。いみじくおぼしなげく事あるべし。

一年中春季之夜，辉夜姬看月色甚美，忽然异常地哀愁起来，沉思了。从前有人说过：注视月亮的脸是不好的。因此家人都劝辉夜姬不要看月亮。但辉夜姬不听，乘人不见，便又去看月亮，并且哀哀饮泣。

七月十五日满月之夜，辉夜姬来到檐前，望着月亮沉思默想。家人看见了，便去对竹取翁说：“辉夜姬常常对着月亮悲叹。近来看她的样子，特殊了。她大概心中有什么悲伤吧。要好好地注意呢！”

竹取翁便对辉夜姬说：“你到底有什么心事，因而如此愁眉苦脸地眺望月亮？你的生活很美满，并没有什么不自由呢。”

かぐや姫、「見れば、世間心ぼそくあはれに侍る。なでう、物をか嘆き侍べき」と言ふ。

33

赫映姬答道：「不，我并没有什么特殊的忧愁和悲哀，只是一看到月亮，便无端地感到这世间又哀，因而心情不快。」

竹取翁一时放心了。后来有一天，他走进赫映姬的房间里，看见她还是愁眉不展地沉思瞑想。老翁着急了，问她：「女儿啊！你到底在想什么？你所想的到底是怎样的一件事呢？」赫映姬回答的还是「没有，我并没有想什么，只是无端地心情不快。」老翁就劝她：「嗳，所以我劝你不要看月亮呀！你为什么看了月亮就这样地默想呢？」

赫映姬答道：「不过，我难道可以不看月亮么？」她还

八月十五日ばかりの月に出居て、かぐや姫、いといたく泣き給。人目もいまはつつみ給はず泣き給。

差照旧，月亮一出，她就到檐前去端坐着，沉思瞑想。所可怪者，凡是没有月亮的晚上，辉夜姬并不沉思默想。有月亮的晚上，她总是叹气，沉思，终而至于哭泣。仆人们看到了，就低声地议论，说姑娘又在沉思默想了。而老翁全家的人，都毫无办法。

将近八月十五的有一天晚上，月亮很好，辉夜姬走到檐前，放声大哭起来。这是从来不曾有过的情事，她竟不顾旁人，哭倒在地。老公公和老婆婆吓坏了，连声问她为了何事。辉夜姬啼啼哭哭地答道：

「实在，我老早就想告诉你们的。只恐两老伤心，因此

をのが身は、この国の人にもあらず、月の都の人なり。それを、昔の契ありけるによりなん、この世界にはまうで来りける。いまは、帰るべきになりにければ、この月の十五日に、かのもとの国より、迎へに人々まうで来んず。

34

直到今天沒有說出。然而不能永遠不說出來。到了今天此刻，不得不把全部情況告訴你們了。實在，我這个身体，並不是這世間的人。我是月亮世界裏的人。由於前世某種因緣，被派遣到這世間來的。現在已經是要回去的時候了。這个月的十五日，我的故國的人們將要來迎接我。這是非去不可的。使你們悲嘆，我覺得可憐，因此從今年春天起，我獨自煩惱。"說罷，哭到在地。

竹取翁听了這番話，說道："這究竟是怎么一回事！你原是我從竹子裏找來的。那时你真不过像菜籽那么大。現在怎樣，現在養得和我一樣高了。到底誰要來迎接你？

月の宮古の人にて父母あり。片時の間とて、かの国よりまうで来しかども、かく、この国にはあまたの年を経ぬるになん有ける。かの国の父母の事も覚えず、ここには、かく久しく遊びきこえて、慣らひたてまつれり。いみじからむ心地もせず、悲しくのみある。されど、をのが心ならず、まかりなむとする。

不行不行，這是斷乎不可以的！」

接着，他大声号哭，叫道：「要是這樣，還是讓我去死了吧！」

這情景實在悲痛不堪。

但輝夜姬說：「我是月亮世界裏的人，在那裏有我的父母親。我到這國土裏來，本来說是極短时間的。但終於住了這么長的年月。現在，我对月亮世界裏的父母親，並不怎樣想念，倒是觉得此地馴熟可親得多。我回到月亮世界去，一点也不觉得高兴，只是觉得悲哀。所以，並不是我有什么壞心，實在是無可奈何，不得不去的。」

於是輝夜姬和老翁一同哭泣。許多女傭，長时間

御使に竹取出会ひて、泣く事かぎりなし。此事を嘆くに、鬚も白く、腰もかがまり、目もただれにけり。翁、今年は五十ばかりなりけれども、物思ふには、片時になむ老になりにける、と見ゆ。

35

随侍辉夜姬，日想这位姑娘，人品贤甚高尚优美，令人敬爱，现在听说要分别了，大家悲伤不堪，水浆不入口，只是相与愁叹。

皇帝闻到了这消息，就派使者到竹取翁家来慰问。老翁出来迎接使者，话也说不出来，只是号啕大哭。老翁为了悲哀，头发忽然白了，腰也弯了，眼睛糜烂了。他今年只有五十岁，（前文言七十岁，此处言五十岁，想是作者笔误。——译者注）由于伤心，突然变老了。

使者向老翁传达皇帝的话："听说辉夜姬近来常常忧

この十五日になん、月の都より、かぐや姫の迎にまうで来なる。たうとく問はせ給。この十五日は、人々賜はりて、月の宮この人まうで来ば、捕へさせん

✿中将：应是近卫府中将。近卫府是六卫府之一，负责皇宫守卫、天皇出行护卫等。近卫府一般设大将一名、中将一名、少将两名、将监四名、将曹四名，此外还设府生、番长等职，其中大将官阶最高，为从三位。

我悲嘆，是甚的么？」

老翁啼哭地恭述：「多承皇帝挂念，实在很不敢当！本月十五日，月亮世界里要派人来迎接辉夜姬。我想恭请皇帝派一大队兵马来。如果月亮里那些使者来了，就把他们捉牢。不知可不可以？」

使者回宫，把老翁的情况和他的话全部奏告了皇帝。皇帝说：「我只见过辉夜姬一面，尚且至今不忘。何况老翁朝夕看到她。如果这辉夜姬被人接去，教他情何以堪呢！」

到了这个月的十五日，皇帝命令各警卫处，选出六卫部队，共二千人，以少将高野大国为中将，担任钦差，

家にまかりて、築地の上に千人、屋の上に千人、家の人々はいと多かりけるに合はせて、空けるもなく守らす。この守る人々も、弓矢を帯して、おもやの内には、女どもを番にをりて守らす。

36

领兵来到竹取翁家。

大军到竹取翁家，便分派一千人站在土墙上，一千人站在屋顶上。命令家中所有的男仆，分别看守每一个角落。这些男仆都手持弓箭。正屋之中，排列着许多宫女，叫她们用心看守。老婆婆紧紧地抱着辉夜姬，躲在库房里。老翁把库房的门锁好，站在门前看守。

老翁说：“这样守护，难道还会输给天上的人么？”又对屋顶上的兵士说：“你们如果看见空中有物飞行，即使是很小的东西，也立刻把它射杀。”兵士们说：“我们有这么许多人看守，即使有一只蝙蝠在空中飞，也立刻把它

さし籠めて、守り戦ふべき下組をしたりとも、あの国の人を、え戦はぬ也。弓矢して射られじ。かくさし籠めてありとも、かの国の人来ば、みな開きなむとす。

射殺，以拋棄成乾貨。」老翁聽了這話，確信無疑，心中非常高興。

但輝夜姬說：「無論關閉得怎樣嚴密，無論怎樣準備戰爭，但對那國土裏的人，是不能戰爭的。甚至，用弓箭射他們，他們是不受的。再則，即使這樣鎖閉，但那國土裏的人一到，鎖自然會脱開。這裏的人無論怎樣勇武地準備戰爭，但那國土裏的人一到，個個都沒有勇氣了。」

老翁聽了這話，怒氣沖沖地說：「好！等那些人來了，我就用我的長指爪挖出他們的眼球。還要揪住他們的頭髮，把他們的身體甩轉來。然後剝下他們的褲子，教他們

こは高になのたまひそ。屋の上にをる人どもの聞くに、いとまさなし。いますかりつる心ざしどもを、思ひも知らで、まかりなむずる事の、口おしう侍けり。

37

女這裏的許多人面前出醜！"

赫夜姬說："噯！你不要這樣大聲說話。被屋頂上的武士們聽到了，不是很難為情的麼？我辜負了你們長時間的養育之恩而要回歸去，實在抱歉得很。今後我能够長久地住在這裏，我多麼喜歡！然而做不到，不久我就非去不可了。這是可悲的事。我因為想起兩親養育之恩未報，歸途中苦痛一定不堪，所以最近每月來，每逢月亮出來，我就到簷前去請願，希望在這裏再住一年，至少住到年底。然而不得許可，所以我如此悲嘆。使得你們為我耽心，實在是非常抱歉的。月亮世界裏的人，是非常美

望月の明さを、十合はせたるばかりにて、ある人の毛の穴さへ見ゆるほどなり。大空より、人、雲に乗りて下り来て、地より五尺ばかり上る程に、立ち連ねたり。

的麗的，並且是不會衰老的，又無毫無苦痛的。我現在將要到這樣好的地方去，然而我一點也不覺得快樂。倒是要我離開■你們兩個衰老的人，在我覺得非常悲哀，甚々不捨呢。」說罷嚶々啜泣。

老翁說：「咳，不要說這傷心的話了。無論怎樣美麗的人來迎接你，都不須擔心。」他就恨月亮世界裏的人。

這樣那樣地過了一會，已經將近夜半子時。忽然竹取翁家的四周發出光■輝，比白晝更亮。這光輝比滿月的光要加亮十倍■，照得人們的毛孔都看得清楚。這時候，天上的人乘雲下降，離地五尺光景，排列在空中。竹取翁家裏的人，不論

中に、心さかしき者、念じて射んとすれども、ほかざまへ行きければ、あれも戦はで、心地ただ痴れに痴れて、まもりあへり。

38

在屋外的或在屋内的，看到了這光景，大家都好像被魔鬼迷住，茫然失却知觉，全無戰鬥的勇氣了。有几个人略有感觉，知道這樣不行，勉強拿起弓箭來發射。然而手臂無力，立刻軟下去了。其中有幾个特别強硬的人，提起精神，把箭放了出去，然而方向完全錯誤。因此，誰也不能戰鬥，但觉神志昏迷，只得互相顧視，默默無言。

這时候，但見離地五尺排列在空中的人们，相貌和服装都美麗，令人吃驚。他們帶了一輛飛車來。這車子能够在空中飛行，車頂上張着綢的蓋。這些天人之中有一个大將模樣的人，走出来叫道："造麻呂！到這裏來！"

翁答へて申、「かぐや姫をやしなひたてまつること、廿余年に成ぬ。「片時」との給に、あやしく成侍ぬ。又異所に、かぐや姫と申人ぞおはすらむ」と言ふ。

刚才神气活现的竹取翁，现在好像喝醉了酒，匍行而前，拜倒在地。天人对他说道："你好愚笨啊！因为略有功德，所以我们暂时叫辉夜姬降生在你家。至今已有很长时间；你又获得了许多金子。你的境遇不是已经大大地好转，和以前判若两人了么？这辉夜姬，为了犯了一点罪，所以暂时叫她寄身在你这下贱的地方。现在她的罪已经消除，我们来迎接她回去。所以你不要悲伤哭泣。快快把辉夜姬送出来吧！"

老翁答道："你说暂时叫辉夜姬降生在我家，可是我将她抚养大来，至今已有二十多年了。大概你所说的辉夜姬，一定是降生在别处的另一个辉夜姬吧。"

立て籠めたる所の戸、すなはち、ただ開きに開きぬ。格子どもも、人はなくして開きぬ。女抱きてゐたるかぐや姫、外に出ぬ。え止むまじければ、たださし仰ぎて泣きをり。

39

他又说：「你这里的辉夜姬，现在患着重病，躺在那里，决不能出门。」

天人不回答他，却把那飞车拉到老翁家的屋顶上，叫道：「来，辉夜姬啊！不要只管住在这种污秽的地方了！」

这时候，以前关闭的门户，都自动地开了；格子也都自己敞开了。老婆婆紧紧地抱着的辉夜姬，此时翩然地走出来了。老婆婆想拉住她，无论如何也拉不住，只得仰望而哭泣。老翁无可奈何，只管伏地号啕。

辉夜姬走近老翁身旁，对他说道：「我即使不想回去，也必须回去。现在请你目送我升天吧。」

なにしに、悲しきに、見をくりたてまつらむ。我を、いかにせよとて、捨てては昇り給ふぞ。

老翁说：「我这样悲恸，怎么还能欢送■？你抛撇了我这老人而升天，叫我怎么办呢？还是请你带了我同去吧。」说罢哭倒在地。辉夜姬烦躁不堪，不知怎样才好。后来她对老翁说：「那么，让我写一封信留在这里吧。你想念我的时候，就请拿出这封信来看看。」说罢，便一面哭泣，一面写信。她的信上写道：

「我如果是同普通人一样地生长在这国土里的人，我一定侍奉双亲直到百年偕老，■便不会有今日的悲恸。然而我不是■这样的人，必须和你们别离，实在是万分遗憾！现在把我脱下来的衣服留在这里，作为我的纪念物。此后每逢

壷なる御薬たてまつれ。きたなき所のもの、きこしめしたれば、御心地あしからむ物ぞ。

40

有月亮的晚上，请你们看看月亮。唉！我现在抛弃了你们而升天，心情就像落地一样。」

于是有一个天人拿一只箱子来，箱子里盛着天的羽衣。另有一只箱子，里面盛着不死的灵药。这天人说：「壶中的药送给辉夜姬吃。因为她吃了许多地上的秽物，心情定然不快，吃了这药可以解除。」便把药送给辉夜姬。辉夜姬略微吃了一点，想把余下的塞进她脱下来的衣服中，想送给老翁。但那天人阻止她，立刻取出那件羽衣来，想给她穿上。

辉夜姬说道：「请稍等一会！」又说：「穿上了这件衣服，

今はとて　天の羽衣　きるおりぞ
君をあはれと　思ひいでける

心情也会完全变异。现在我还有些话要说呢。”她就拿起笔来写信。天人等得不耐烦了，说道：“时候不早了！”辉夜姬答道：“不要说不懂人情的话啊！”便从容不迫地写信给皇帝。信上写道：

“承蒙皇帝派遣许多人来挽留我的升天，但是天上不许人家，定要迎接我去，实在无可奈何。我非常悔恨，非常悲恸。以前皇帝要我入宫，我[illegible]不答应，就因为我身有此複杂情节之故，所以不顾皇帝扫兴，坚决拒绝。实属无禮之极，今日回思，不胜惶恐之至。”末了附诗曰：

羽衣着得升天去

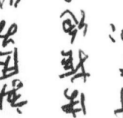

回忆君王事可哀

なにせむにか、命もおしからむ。たが爲にか。何事も、用もなし。

41

她在信中添加壶中的不死之药，将交与钦差中将。一个天人便拿去送给中将。中将受取了。同时，这天人把天的羽衣披在辉夜姬身上。辉夜姬一穿上这件羽衣，便不再想起老翁和悲哀等事。因为穿了这件羽衣的人能忘记一切忧患。辉夜姬立刻坐上飞车，约有一百个天人护了这车子，就此升天去了。这里只留下一个老公公和一个老婆婆，悲嗟号哭，到此毫无办法了。旁人把辉夜姬留下的信读给老翁听。他说："我为什么还要爱惜这条命呢？我们还为谁活在这世间呢？"他生病了，不肯服药，就此不起了。

中将率领一班人回到皇宫，把不能对天人作战而不能挽

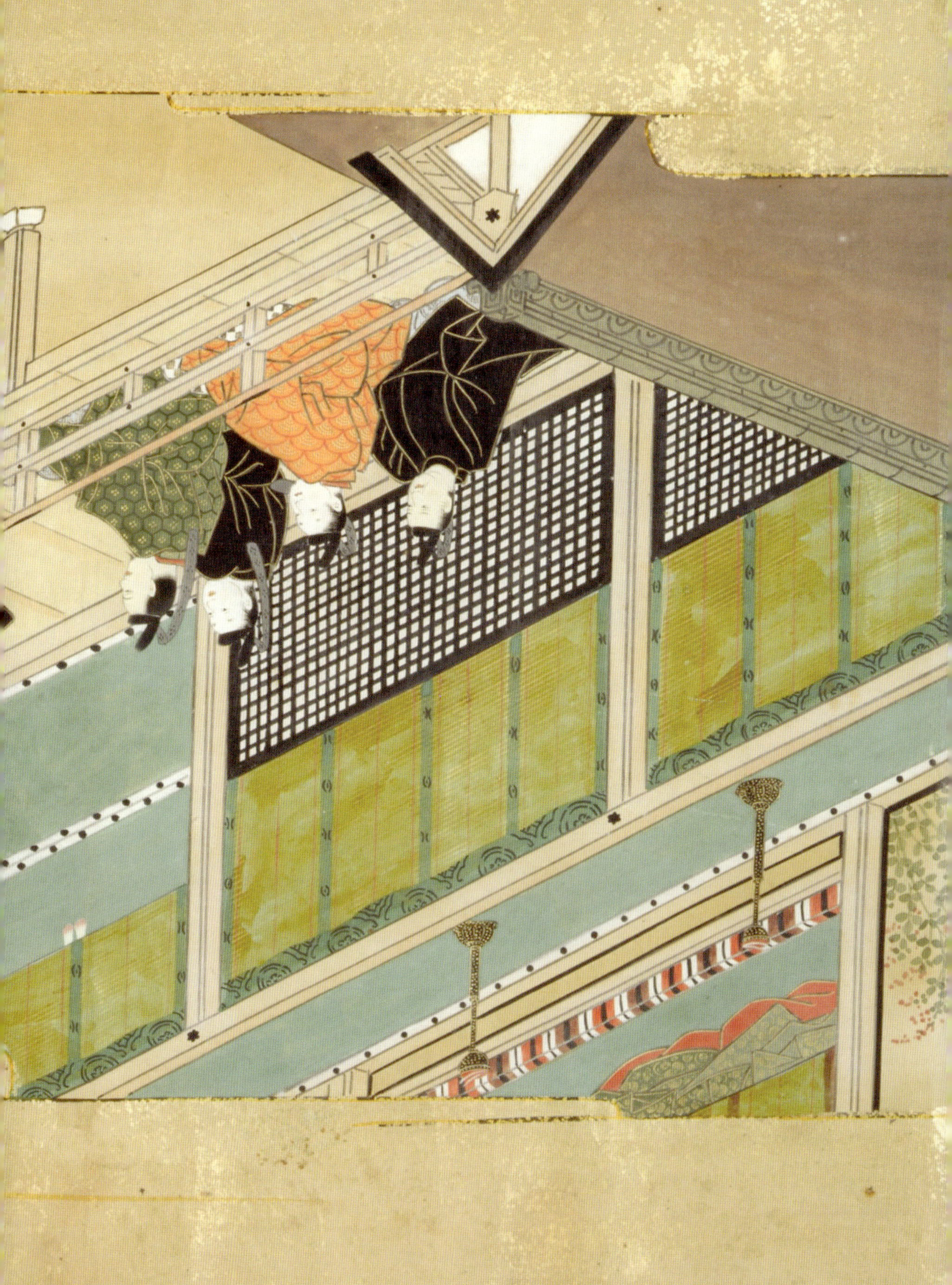

逢ことも　涙にうかぶ　我身には

死なぬくすりも　何にかはせむ

✽ 骏河国：日本旧国名，又称骏州。属东海道，今静冈县境内。

将辉姬的情况详细奏闻，并把不死之药的壶和辉夜姬的信一併呈上。皇帝看了信，非常悲恸，从此饮食不进，废止歌舞管弦。

有一天，他召集公卿大臣，向他们问道：“那一座山最接近天？”有人奏道：“骏河国的山，离京都最近，并且最接近天。”皇帝便写一首诗：

不能再见辉夜姬

要用不死之灵药

他把这首诗放在辉夜姬送给他的不死之药的壶中，交给一个使者。

御文、不死の薬の壺ならべて、火をつけて燃やすべきよし、仰せ給。そのよしうけたまはりて、兵士どもあまた具して、山へ登りけるよりなん、その山を「富士の山」とは名づけける。

這使者名叫月岩笠。皇帝叫他拿了詩和壺到駿河國的那个山的頂上去，並且吩咐他：到了山頂上，把這首御製的詩和輝夜姬送給他的不死之藥的壺一併燒燬。月岩笠奉了皇命，帶領大隊人馬，登上山頂，依照吩咐办事。從此以後，這个山就叫做不死山，即富士山。（不死与富士發音相似——譯者註）這山頂上時出來的煙，直到現在還是上昇到雲中，到月亮的世界裏。古來的傳說如此。

伊势物语

豐子愷譯文手稿

竹取物语　伊势物语　落洼物语

[日]佚名 著　丰子恺 译　蒋云斗 注

天津出版传媒集团
天津人民出版社

国文学研究资料馆藏《伊势物语绘卷》（馆藏号：200024363）为日本江户时代前期绘制，从中选取7幅场景插图。

✿ 在原业平（825—880）：日本平安时代前期的歌人，其父为平城天皇（774—824，806—809在位）的皇子阿保亲王（792—842），其母为桓武天皇（737—806，781—806在位）之女伊都内亲王（？—861）。在日本古代，天皇的姐妹或者女儿称作『内亲王』。业平在家族中排行第五，故被称为在五中将、在五、在中将等，是六歌仙之首、三十六歌仙之一。历任左近卫将监、左兵卫权佐、左近卫权少将、右马头、右近卫权中将、藏人头等。《三代实录》中评价他为『体貌闲丽、放纵不拘、略无才学、善作倭歌』，可见业平是一个潇洒自在的美男子，虽资质平庸，但十分擅长和歌。最早的敕撰和歌集《古今和歌集》中共收录业平之作三十首，此三十首均可见于《伊势物语》。

国学院大学图书馆藏《伊势物语绘卷》（馆藏号：贵 1874-1875），为日本江户时代前期绘制，分为一、二两卷，从中选取 38 幅场景插图。

譯者小序

伊勢物語是日本平安时代的歌物语，成之於公曆九百零四年。內容以某男性的一生為中心，叙述許多男女情事，共有一百二十五則，每則皆有詩歌。此物語很像中國詩經的國風。國風多色情詩，此物語亦然。作者未詳，一說是以平安朝代初期的歌人在原業平的歌稿為中心而編成的。在原業平是當时和歌名手，乃三十六歌仙之一。他是阿保親王的第五王子，世稱在五中將，或在中將。

春日野の　若紫の　すりごろも
しのぶの乱れ　かぎりしられず
みちのくの　しのぶもぢずり　誰ゆゑに
乱れそめにし　われならなくに

「谁家物缕如新绿，
使我春心乱似麻。」

年纪还很青，而说话全是大人口气。那两个女的，大概也觉得这样地咏歌是富有趣味的吧。

從前有一首古歌：

「君心何故如麻乱，
都正为君梦想劳。」

上文的歌，是巧妙地运用这古歌的意思而吟成的。從前的人，虽然年纪很青，就会试行即兴地表现風流情懷。

✿西京：此处西京应为平安京的西京，平安京仿照隋唐时期的长安城而建，纵贯南北的朱雀大路将都城分为东京（左京）和西京（右京）两个区域，西京开发较晚，较东京萧条。

2

第二話

從前有一个男子。那时候的奈良都，居民已經遷走；這新的平安都，家屋還沒有建設完整。有一个女子住在這新的西京。✽這女子的性情和容貌，都比世間一般女子優秀。而除了容貌美麗之外，特別是另有一種高雅的氣品。此人似乎已有情郎，並非至今還獨身的。這男子对她有真心的愛，去訪問她，談了種々的話。他回去之後作何感想呢？送她這樣的一首歌。时在三月初頭，正是春雨連綿的日子。

起きもせず　寝もせで夜を　明かしては
春の物とて　ながめ暮らしつ
思ひあらば　むぐらの宿に　寝もしなむ
ひじきものには　袖をしつつも

✿鹿尾菜：又名羊栖菜，是一种藻类植物。日文读作『ひじきも』，又称『ひじきもの』，这与床榻所用卧具的『ひしきもの』读音相似，此处为双关语。

✿二条皇后：藤原长良（802—856）之女藤原高子（842—910），是藤原基经（836—891）之妹。866 年入宫成为第 56 代天皇清和天皇（850—881，858—876 在位）的女御，其子为第 57 代天皇阳成天皇（868—949，876—884 在位）。

「不眠不坐過宵夜，
春雨連綿鎮日愁。」

第三話

從前有一個男子。他把一些製鹿尾菜用的海藻送給他所戀慕的女子，附一首歌：

「若教卿免相思苦，
枕袖臥葎茵不辭。」

這是二條皇后尚未奉侍清和天皇、而是普通身分的女子時的事。

✽皇太后：此处应为藤原冬嗣（775—826）之女藤原顺子（809—871），是第54代天皇仁明天皇（810—850，833—850在位）的皇后，被称为五条皇后，其子为第55代天皇文德天皇（827—858，850—858在位）。

✽东京的五条：横贯平安京东西的大路自南向北依次为一条、二条、三条……直至九条，东京的五条即指东京（左京）区域内的五条大路。

✽西边的屋子：此处应是平安贵族所居寝殿西侧的配殿，即西配殿之意。

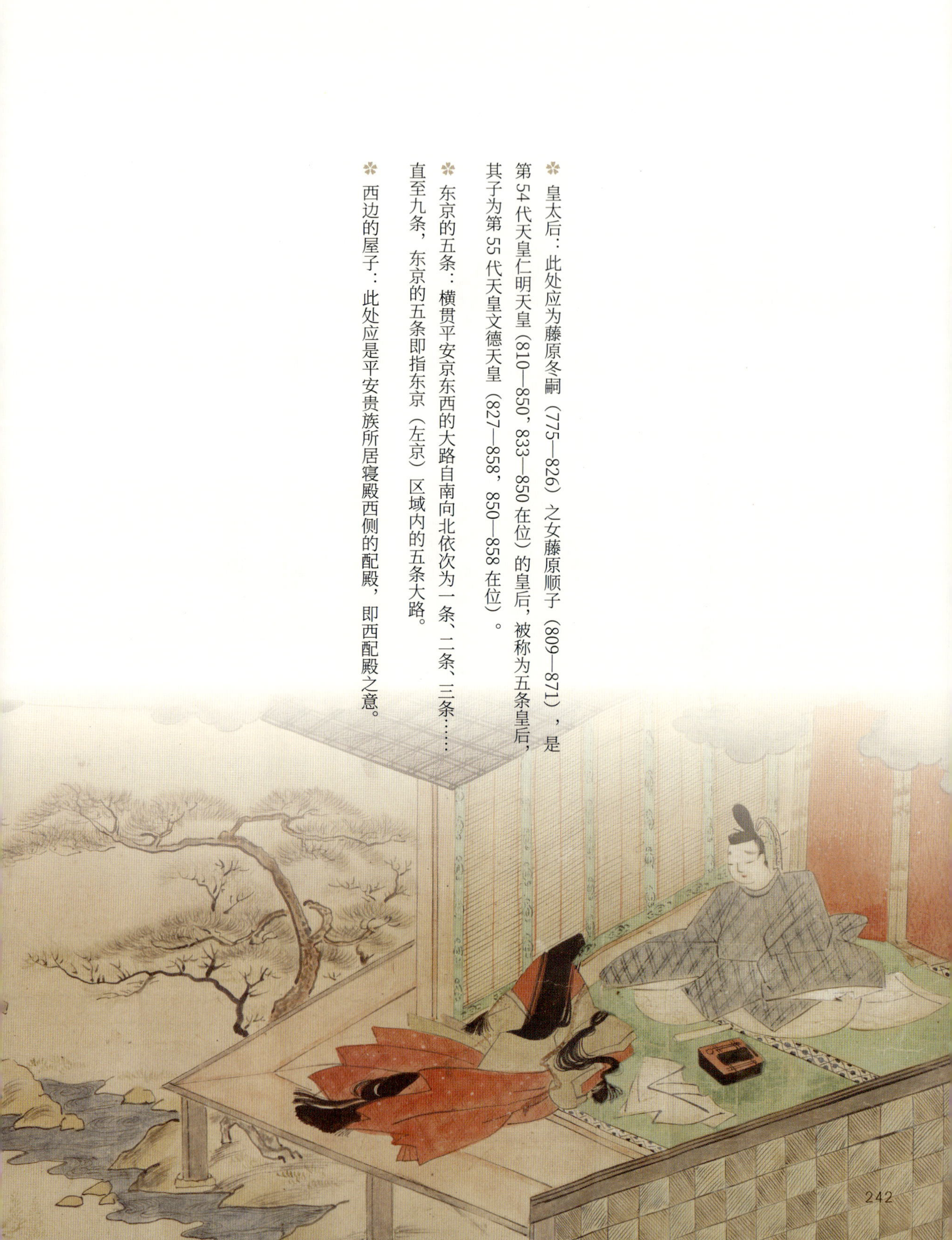

（中译者附注：日语鹿尾菜与枕袖发音相似，翻译不可能。）

第四話

從前，皇太后住在東京的五条地方。其西邊的屋子裏住着一个女子。有一个男子，並非早就來慕這女子的，只因偶然相傳，一見傾心，纏綿日久，終於情深似海了。不意那年正月初十過後，這女子忽然遷往別處去了。向人打聽，知道她所住的屋子。然而這是宮中，他決不能前往尋訪。這男子就抱着愛戀苦惱之心而度送日月。

翌年正月，梅花盛開之際，這男子想起了去年之事，便

月やあらぬ　春やむかしの　春ならぬ
わが身ひとつは　もとの身にして

去寻访那女子已经不住了的西边的屋子，站着眺望，坐着凝视，但见環境已經完全变更了。他流着眼泪，横身在這荒寂的簾下的地板上，直到凉月西沉，回想去年的恋情，吟成诗歌如下：

『月是去年月，春犹昔日春。
我身雖如舊，不是去年身。』

到了天色微明之时，含着饮泣地回家去。

第五話

從前有一个男子。他和住在东京的五条地方的一个女子私

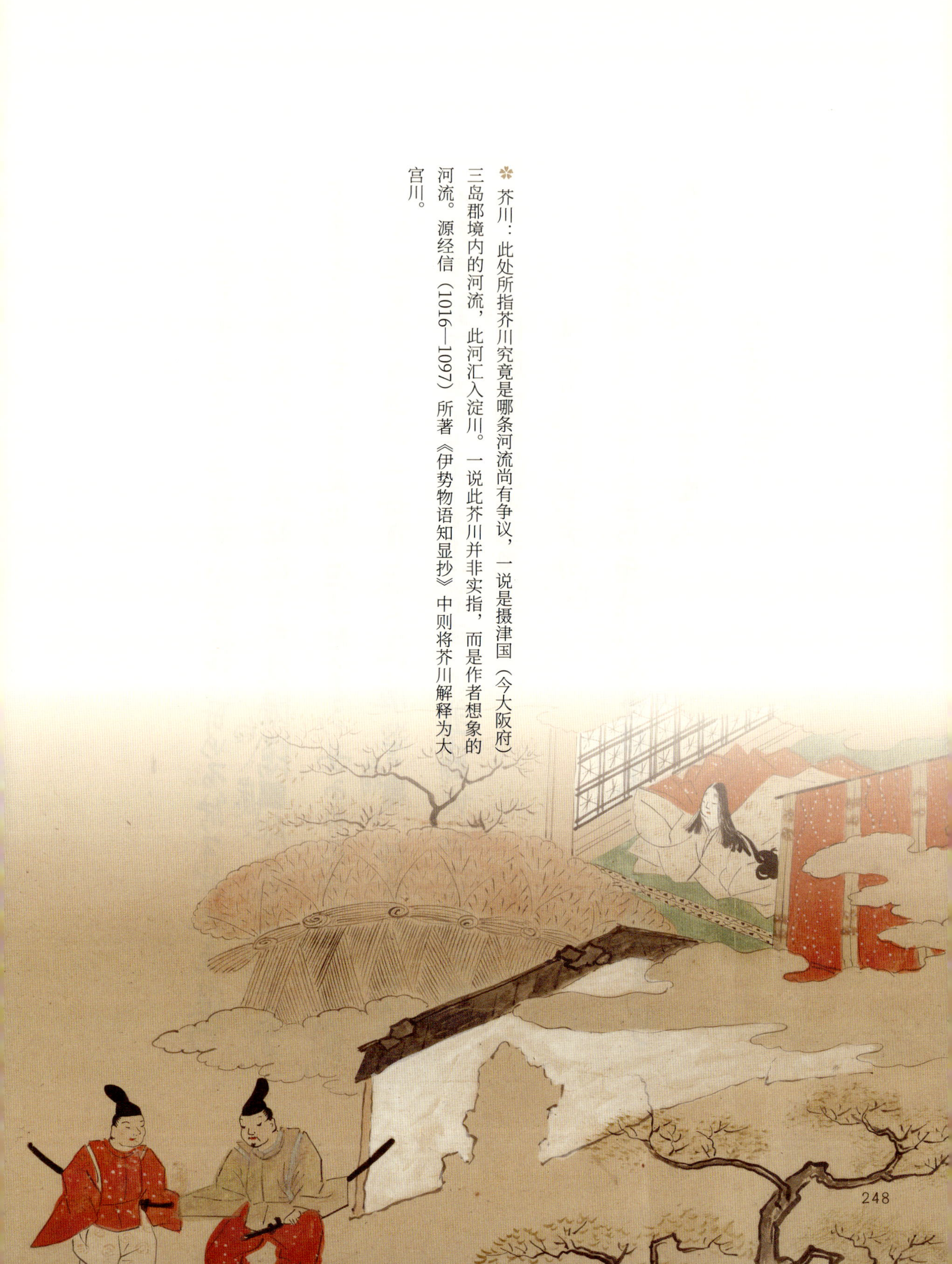

✿ 芥川：此处所指芥川究竟是哪条河流尚有争议，一说是摄津国（今大阪府）三岛郡境内的河流，此河汇入淀川。一说此芥川并非实指，而是作者想象的河流。源经信（1016—1097）所著《伊势物语知显抄》中则将芥川解释为大宫川。

從前有一个男子。他和一个決定不能公開結婚的女子私通，繼續了好多年。這女子也並不嫌惡這男子。因此這男子終於和這女子約通，在某一天黑夜裏把這女子偷出來，相偕逃走了。他們沿着一條名叫芥川的河流的岸边走去，女的看見路旁的草上處々有露珠閃々發光，便問男的：「那些是什么東西呢？」但男的前途遙遠，並且夜已很深，因此男的沒有回答的餘裕。

這期間忽然雷声轟响，大雨下降了。男的看見這地方有一所荒蕪了的倉屋，不知道這裏面有鬼，把女的隱藏在這裏面了，自己拿着弓，背着箭壺，站在門口。他

白玉か　何ぞと人の　問ひし時
つゆとこたへて　消えなましものを

✿女御：在宫中侍奉天皇的女子，地位在皇后、中宫之下，更衣之上。

一心希望天快点亮才好。这期间鬼已早把这女子一口吞食了。这时候女子大叫一声「啊呀！」然而这声音被雷声遮没，男的没有听到。

好容易雷雨停息，天色渐明。男的向仓屋中一看，不见了他所带来的女子。他捶胸顿足地哭泣，然而毫无办法了。于是他咏一首诗：

「问君何所似，白玉體苗條。

君言如秋露，我愿逐君消。」

说明：这是二条皇后当女御的从她的嫁宫中当侍从时的事。这二条皇后气品高尚，容貌美丽，因此有一个人

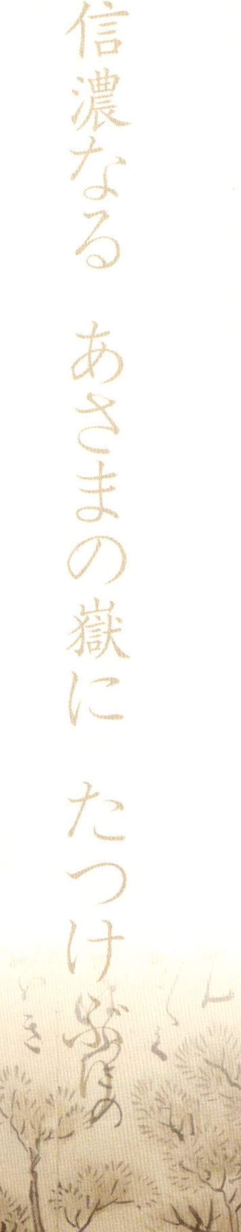

信濃なる　あさまの嶽に　たつけぶり
をちこち人の　見やはとがめぬ

✿信浓国：日本旧国名，又称信州，属东山道。今长野县一带。

✿浅间岳：即浅间山，位于今群马县与长野县境内的活火山，海拔2568米。

✿三河国：日本旧国名，又称三州，东海道十五国之一。今爱知县东部。

✿八桥：位于今爱知县知立市东部，逢妻川（又称遇妻川）南岸，现存八桥遗迹。

第八話

從前有一个男子。這男子認定自身在京都是个無用之人，不想再住下去，便希望在寥落的東國去找求自己可住的土地，出門旅行去了。他在途中眺望信濃國的淺間嶽上昇起來的煙雲，詠歌如下：

「信濃山下青煙起，
遠國行人入眼來。」

原有一兩个朋友相偕一同旅行，然而沒有一个人能作赴東國的領路人，前途茫茫地旅行去，信步地走到了三河國的一个叫做八橋的地方。

駿河なる うつの山べの うつつにも

夢にも人に あはぬなりけり

✽ 宇津山：位于今静冈县静冈市和志太郡之间，宇津谷峰为东海道著名的险峰。

✽ 茑萝：又名寄生，一年生草本植物。茑萝常与女萝连用，比喻关系十分亲密。

他們向着那有名的宇津山進行。眺望前途，但見此後即將步入的山路上，樹木繁茂，天光陰暗，道路狹窄，外加蔦蘿藤蔓繁生，教人不知不覺地膽怯起來，覺得這真是意想不到的窮途了。

此時對方有一個山中隱士走來了。叫道：「你們為什麼走到這深山中來？」諸人吃了一驚，仔細看看，這山中隱士原來是在京都時舊曾相識的。於是寫了一封信給時刻不忘的都中的戀人，請託這山中隱士設法送去。信中有歌曰：

「駿河宇津山下路，
征夫夢也不逢人。」

時しらぬ　山は富士の嶺　いつとてか
鹿子まだらに　雪のふるらむ

✿ 富士山：位于山梨和静冈两县之间的圆锥状活火山，海拔约 3776 米，是日本列岛的最高峰。自古被誉为灵峰，山顶有浅间神社。又称不二山、不尽山、富岳、芙蓉峰等。

✿ 比睿山：位于京都府京都市和滋贺县大津市之间，最高峰大比睿海拔 848 米。

✿ 武藏野：广义上指武藏国全域。武藏国是日本旧国名，又称武州，原属东山道，771 年后改属东海道。今东京都、埼玉县的全域及神奈川县东部。

✿ 下总：日本旧国名，属东海道。今千叶县北部和茨城县西部。

✿ 隅田川：别称墨田川，下游又称大川，是武藏和下总两国的界河。流经东京都东部，汇入东京湾。

8

仰望富士山，在这炎暑的五月中，顶上还盖着白雪。便咏歌曰：

「富士不知时令改，
终年积雪满山头。」

这富士山，如果拿都中的山来比较，■其大小足抵得二十个比叡山。形状像个晒盐的沙堆，实甚美观。

再继续旅行，来到了武藏野和下总交界处的大河边。这大河名叫隅田川。

这男子和人们一起站立在河岸边，回想过去，好容易来到了这遥远的地方。正在亲切地共话之时，一个船夫叫道："喂，请

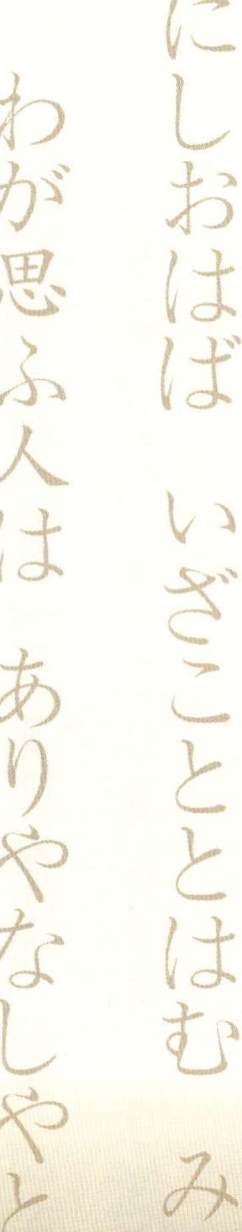

名にしおはば　いざこととはむ　みやこどり
わが思ふ人は　ありやなしやと

✽ 鹬鸟：泛指长腿水滨鸟类，种类较多。一般体色暗淡，嘴细长，趾间无蹼，常在水边或水田中捕食小鱼、贝类等。

✽ 都鸟：即赤味鸥，通体白色，嘴、脚和趾为暗红色。

你们快些上船吧，天已經黑了呢！」被他一催，大家都上了船。然而大家滿懷寂寞，在抛撇了的京都中，不能没有難忘的人，因此各人都在心中悲嘆。

正在這时候，忽见一只白色的水鳥，在水上游来游去捕魚。這水鳥全身雪白，只有嘴和脚红色，身体有鹬鳥*那么大。在京都看不到這種鳥，因此没有一个人知道這是什么鳥。這男子便問船夫，船夫答道：「這就是都鳥……」那个叫做都鳥*的呀。」他便詠詩道：

「都鳥應知都下事，
我家愛侣近如何？」

武藏野は　今日はな焼きそ　若草の

つまもこもれり　われもこもれり

而被捕的。有别个人不知道这男子已经被捕，继续到这野路上来寻找。他们说："这原野中一定有盗贼躲着。"想把草丛烧着，以便捉他出来。隐在草中的女子听到了，唱出一首诗歌来：

"今朝请勿烧枯草，
吾与情郎伏草中。"

人们听见了歌声，便把女子捉住，和以前捉住的男子一并拉了回去。

第十二話

武藏鐙　さすがにかけて　頼むには
問はぬもつらし　問ふもうるさし
問へばいふ　問はねば恨む　武藏鐙
かかるをりにや　人は死ぬらむ

✽ 独身的镫：原文中用日语假名写作『むさしあぶみ』，其对应的汉字是『武藏镫』，即武藏国产的马镫，武藏镫一词表明主人公所处之地。同时，由于马镫通常成对使用，暗指主人公对远在京城的恋人的思念之情，以及自己孤独的心境。

11

從前有一個流浪到武藏野盡頭的男子，寫一封信給他從前親近的一個京都女子，信中寫道：『明言難為情，不言不放心。我好苦悶也。』下面署名只是『獨身的鐙』*兩字。此後便音信全無了。

那京都女子詠了這樣的一首詩寄給他：

『既將心相許，此外復何求？
無信心悲戚，有書亦惹愁。』

這男子看了這詩，覺得苦痛不堪，便詠如下的詩：

『有信君多語，無書我如仇。
人生當此際，一死便甘休。』

なかなかに　恋に死なずは　桑子にぞ
なるべかりける　玉の緒ばかり

✽陆奥国：日本旧国名，又称奥州，属东山道，包括今青森、岩手、宫城及福岛等县。

第十三話

從前有一个男子。無端地流浪到了遥遠的陸奥國地方。這地方有一个女子，大概她認為京都的男子是可珍貴的吧，一直对他表示爱慕的態度，詠詩曰：

『切莫殉情死，應同蝶舞奴。

平生歡聚處，無限好風光。』

這女子不但人品粗俗，連詩歌也鄉氣。但這男子，大概是可憐她吧，竟來到她家裏，和她共寢枕了。但天還沒有亮，這男子就起身要回去了。女子便詠惜别的詩：

夜も明けば　きつにはめなで　くたか
まだきに鳴きて　せなをやりつる
栗原の　あねはの松の　人ならば
都のつとに　いざといはましを

12

『要鷄啼夜半，催走私情郎。
待到天明後，定將水桶装』。

但這男子不管她，过了若干時，終於回京都去了。臨行時寫一首詩送給這女子：

『青松生草野，不能化人身。
安得同車去，相將赴上京？』

但這女子不懂得詩的意義，歡喜得很，常常對人說：

『他在想念我。』

第十四話

しのぶ山　しのびて通ふ　道もがな
人の心の　おくも見るべく

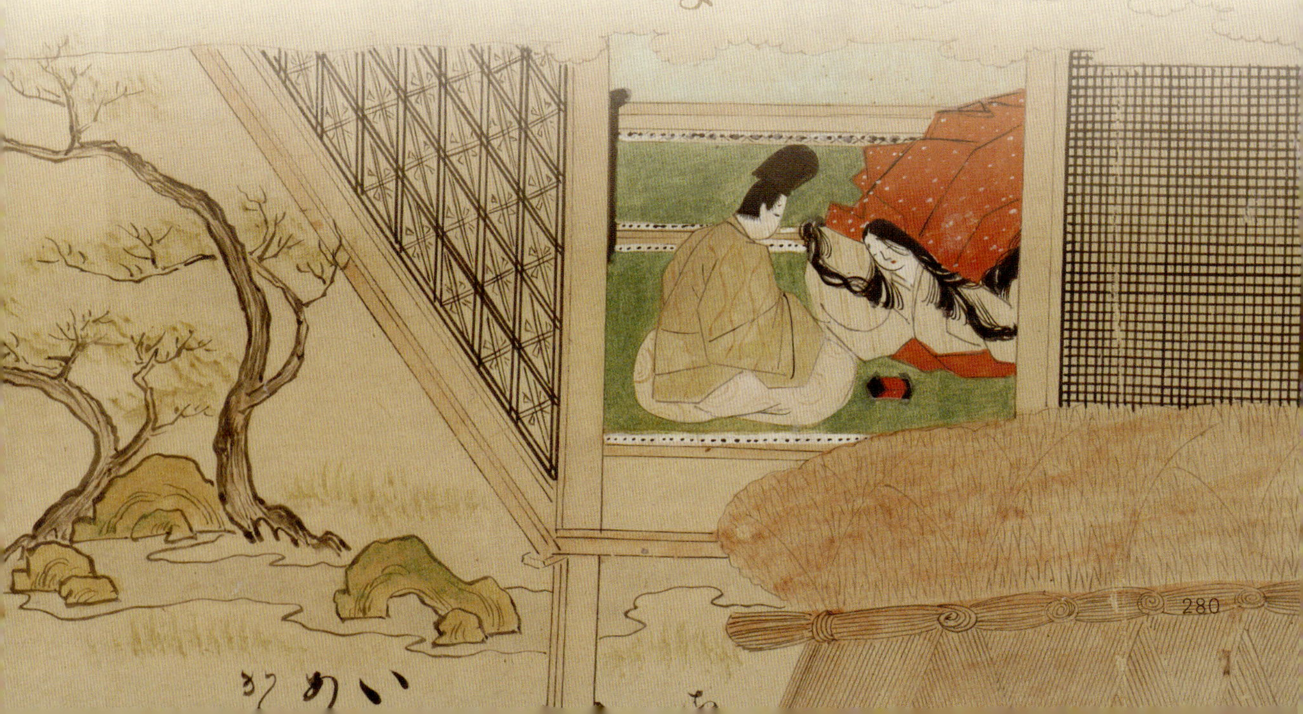

從前，有一個男子來到奧州，和一個毫無可取的人家的女兒私通了。說也奇怪，這女子完全不像一個鄉下姑娘，似乎是有來歷的。他就詠詩道：

「何當潛入君心裏，
窺見靈台底奧深。」

那女子覺得這男子的人品和詩歌都無限優美，然而此身住在這毫不足道的野蠻地方，無可奈何，謙抑為懷，不敢和詩。

第十五話

手を折りて　あひ見しことを　かぞ
十といひつつ　四つは経にけり
年だにも　十とて四つは　経にけるを
いくたび君を　たのみ来ぬらむ

了長年的往昔，不免發生衰老之感。他想有所表示，但因貧窮，錢別也做不到。考慮的結果，寫一封信給近來親睦的朋友，信中寫道：「因此之故，拙妻終於出家了。拙連表示一點心意也做不到，就此送她出去，不勝遺憾之情。」末了附一首歌：

「結髮共處情長久，

屈指於今四十春。」

朋友看了這封信，覺得可憐，便把許多衣服加被褥送給他，附詩一首如下：

「共處長年逾四十，

夫人幾度感君情？」

これやこの　あまの羽衣　むべしこそ
君がみけしと　たてまつりけれ

秋やくる　つゆやまがふと　思ふまで
あるは涙の　ふるにぞありける

14

有常大喜，詠詩道：

「羽衣應是君家物，

下賜判身不敢當。」

他不勝感激之情，又加詠一首：

「秋來霜露濃如許，

感激涕零袖不乾。」

第十七話

有一個長久不曾來訪的人，在櫻花盛開的時候來看花了。附近人家的女主人詠一首歌送給他：

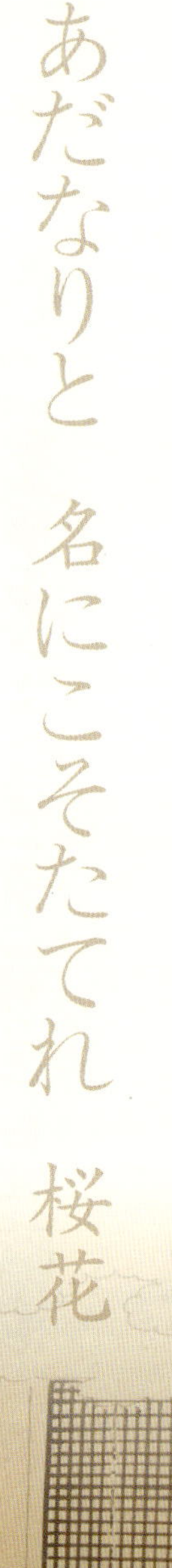

あだなりと　名にこそたてれ　桜花

年にまれなる　人も待ちけり

今日来ずは　あすは雪とぞ　ふりなまし

消えずはありとも　花と見ましや

『櫻花自昔易消散，
今朝留待賞花人。』
這來客回答她一首歌道：
『今朝過後飄香雪，
不曾消溶定是花。』

第十七話

從前有一個性情有些浮躁的女人。有一個男子住在她的家附近。這女子設想，這男子是好色而善於吟詠的，便想試試他的風流心看。便折取一枝稍稍開過了的菊花，送

あまぐもの　よそにも人の　なりゆくか
さすがに目には　見ゆるものから

あまぐもの　よそにのみして　ふることは
わがゐる山の　風はやみ也

地方當差，所以女的每天看到這男子。可是這男子竟莫知莫覺，似乎不知道這女子是在這裏的。這女子便詠一首歌送給他：

「可憐蹤隔雲天遠，

注目遙看欲語難。」

那男子和她一首道：

「我來倏如行雲過，

只為山中有暴風。」

是表示懷恨。因為這女子原是一個風騷女子，有着許多情郎。

君がため　手折れる枝は　春ながら
かくこそ秋の　もみぢしにけれ

16

第十九話

從前，有一個男子，看見了住在大和國裏的一個女子，寄與相思，互相訂交，成了夫婦。在同居期間，男的因為是在宮中供職的，不能長住在此，便別卻這女子，回到京都去了。時在暮春三月，此人在歸途中看見柔嫩的楓樹紅而美，便折取一枝，添附在一首歌上，從途中托人送給這大和的女子，歌曰：

「為汝一枝親手折，
春紅凄艷似秋楓。」

いつのまに　うつろふ色の　つきぬらむ
君が里には　春なかるらし

出でていなば　心かるしと　いひやせむ
世のありさまを　人は知らねば

此人回到了京都，這女子派使者送來一首和歌：

「何時轉變成秋色？
料想君家沒有春。」

第二十話

從前有一个男子和一个女子。兩人情投意合，世無比倫，一向毫無半点浮薄之心。但不知怎的，為了秋毫之末似的一点兒感情衝突，那女子感到夫婦生活的苦痛，決心脫離家庭。她臨行時，在室中某處題了這樣的一首歌：

「出去人言心輕率，

いまはとて　忘る草の　たねをだに
人の心に　まかせずもがな
忘草　植うとだに聞く　ものならば
思ひけりとは　知りもしなまし

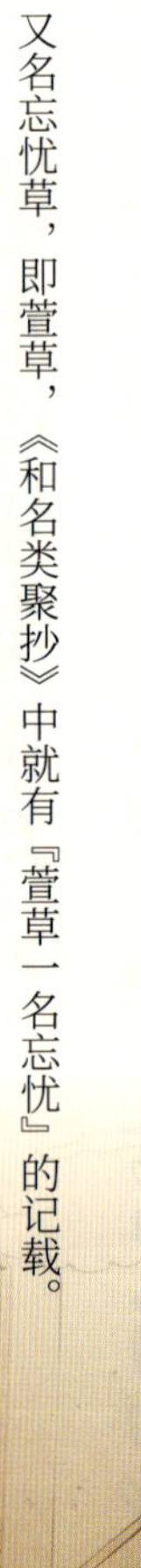
✿ 忘草：又名忘忧草，即萱草，《和名类聚抄》中就有『萱草一名忘忧』的记载。

面影長留彼眼前。」

此後這女子一直不回家來。但是日久以後，大約是思不住了吧，詠了這樣的一首歌，托人送來：

『久别縱當思舊夢，

莫教忘草✻植君心。』

那男子就回答她一首歌：

『聞道卿心栽忘草，

渾忘舊怨始心安。』

不久這女子就回來了，夫婦之間的感情比以前更加深切了。

但那男子詠歌道：

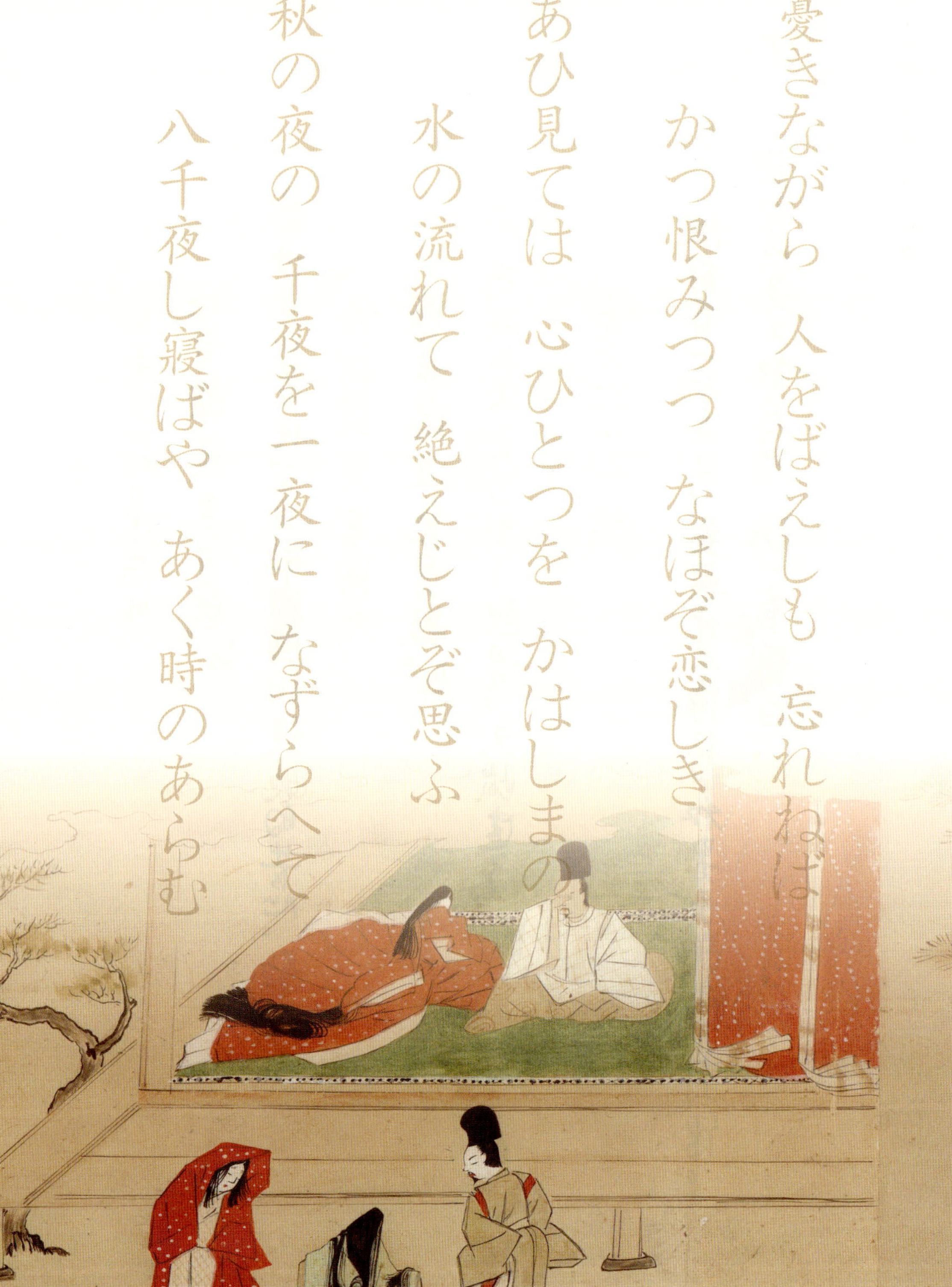

憂きながら　人をばえしも　忘れねば
かつ恨みつつ　なほぞ恋しき
あひ見ては　心ひとつを　かはしまの
水の流れて　絶えじとぞ思ふ
秋の夜の　千夜を一夜に　なずらへて
八千夜し寝ばや　あく時のあらむ

『人雖可恨終難忘，
一半恩情一半仇。』

她把這首歌擱好，放在家裏，然後出走了。既而回想：不知男的有否看到這歌，我原是想警誡他一下的，便再詠一首詩曰：

『不作巫山夢，神交自怡悅。
猶如島旁水，既分終當合。』

這天晚上我回家去，和男的共衾枕了。寢後兩人交談過去未來之事，直到天明。男的誠懇地詠一首詩：

『但願秋宵永，千宵併一宵。

秋の夜の　千夜を一夜に　なせりとも

ことば残りて　とりや鳴きなむ

19

八千宵苦度，别恨始全消。」

女的回答他一首歌：

「縱使千宵成一夜，

談情未了曉雞鳴。」

男的覺得這女子比以前更加可愛了，便和她做夫妻。

第二十三話

從前，有一個在農村中耕作度日的人，家裏有一個男孩子。這男孩子和鄰家一個女孩子為游戲伴侶，常在井戶邊一起玩耍。但是隨着年齡長大起來，男的和女的

筒井つの　井筒にかけし　まろがたけ
過ぎにけらしな　妹見ざるまに

くらべこし　ふりわけ髪も　肩すぎぬ
君ならずして　たれかあぐべき

逐漸疏遠，相見时都觉得难为情了。然而男的决心要娶這女子，女的也倾心於這男子，父母們向她們提出别的親事，她們听也不要听。

有一天，男的詠了這樣的一首詩送給女的：

『當年同汲井，身似井欄高。
久不与君會，井欄及我腰。』

女的和他一首詩道：

『當年初覆額，今日过肩身。
此髮情誰結，除君無别人。』

後來兩人終於如愿称心地結婚了。

✽ 河内国：日本旧国名，又称河州，五畿之一。今大阪府南部。

✽ 高安里：即高安郡，属河内国，今大阪府八尾市东部一带。因《伊势物语》中此段有关于业平到高安郡探访河内姬的记述，故后人将业平探访河内姬时往返路线命名为业平道，高安郡也因业平道闻名。

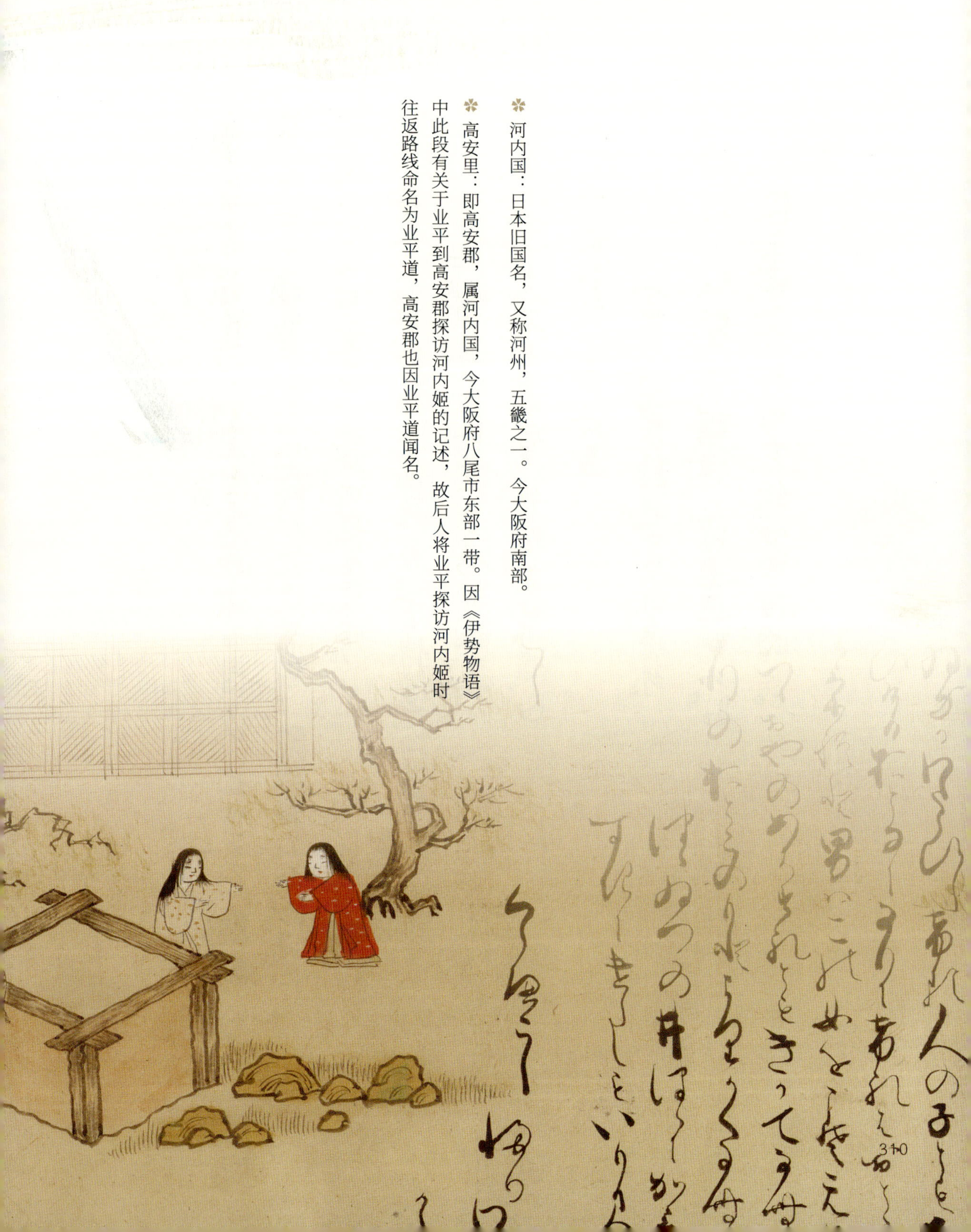

20

过了若干年月，女子的父母都死了，生计渐渐困难了。女的無可如何，男的以为既是男子，不能和女的度送清苦的生活，便到各處去做行商。這期间他在河内国*的高安里*地方结識了第二个爱人。

雖然如此，本来的妻子並不对他表示怨恨之色，每次總是热心地替他準備行裝，送他出门。於是男的起了疑心：莫非這女子有了外遇，所以巴不得我出门？有一天，他装作赴河内去，却躲在庭中的樹蔭裏，窥探情况。但見這女子濃妝艷飾，愁容满面地站在门口向外眺望，吟唱這樣的诗句：

風吹けば　沖つしら浪　たつた山
夜半にや君が　ひとりこゆらむ

✿ 立田山：又名龙田山，位于奈良县生驹郡三乡町和大阪府柏原市交界处，自古便是往来大和国与河内国的交通要道，也是日本赏红叶的胜地。

「立田山下路朝寂，
暗夜夫君獨自行。」

男的听到了這詩句，覺得這女子無限地可憐，此後極少到河内去了。

有一次，他又到河内高安里那女子的家裏，但見她不像從前那樣裝扮得齊齊整整，卻很隨便地把頭髮胡亂攏起，拉長了面孔，變成了一个令人討厭的女子，正在自己拿着杓子把飯盛進碗裏去。這男子看到了這模樣，覺得無聊之極，此後不再到她那裏去了。

秋の野に　ささわけし朝の　袖よりも
あはで寝る夜ぞ　ひちまさりける

みるめなき　わが身をうらと　しらねばや
離れなで海人の　足たゆく来る

這女子就在那地方待到她死去了。

第二十四話

從前有一個男子。他愛慕一個女子。這女子不願意和他同居，但並不決切謝絕，卻用言語舉動來暗示。男的便送她一首詩曰：

「秋晨行竹叢，雨袖露滂沱。
不及孤眠夜，衣襟越潤多。」

這風流女子回答他一首詩曰：

「我身雖俗物，君豈不知情。

思ほえず　袖にみなとの　さはぐかな

もろこし船の　よりしばかりに

✿ 大唐舟：日文写作『もろこし船』，汉字写作『唐土船』或『唐船』，此处是指往返中日两国的大船。

夜夜空來往，情形太苦辛。」

第二十五話

從前有一个男子，恋慕一个住在五条地方的女子，然而終於不能到手。他的朋友同情於他，來安慰他，說道：「聽說你終於不能得到那个女子，我很同情於你呢。」

這男子就送一首詩來回答這朋友，詩曰：

「不料君相慰，感恩淚滿衣。

淚多如海岸，潮湧大唐舟。」

第二十六話

わればかり　もの思ふ人は　またもあらじと
思へば水の　下にもありけり

みなくちに　われや見ゆらむ　かはづさへ
水の下にて　もろこえになく

✽ 竹席子：日本古代将竹子编成的帘子遮在水盆上方，防止盆中水向外溅。

從前，有一个男子到一个女子家裏去住一夜，不再去了。女子的母親非常懊恨，等女兒朝上起来盥洗的时候，走过去拿住她盖在臉盆上的竹蓆子，把它丢掉了。女兒哭起来，她無意中看見哭泣着的自己的面貌反映在水盆裏，就詠一首詩：

「唯我多愁思，人间無等倫。
豈知清水下，更有一愁人。」

那个不再来了的男子听到了這首詩，和她一首道：

「青蛙無友誼，也能共同鳴。
盥影盆中者，多分是我身。」

などてかく　あふごかたみに　なりにけむ
水もらさじと　むすびしものを

✽ 皇太子：指贞明亲王，即第 57 代天皇阳成天皇，其父是清和天皇，其母是二条皇后。

✽ 近卫府：六卫府（左近卫府、右近卫府、左卫门府、右卫门府、左兵卫府、右兵卫府）之一，负责皇宫警卫、天皇出行警备等。

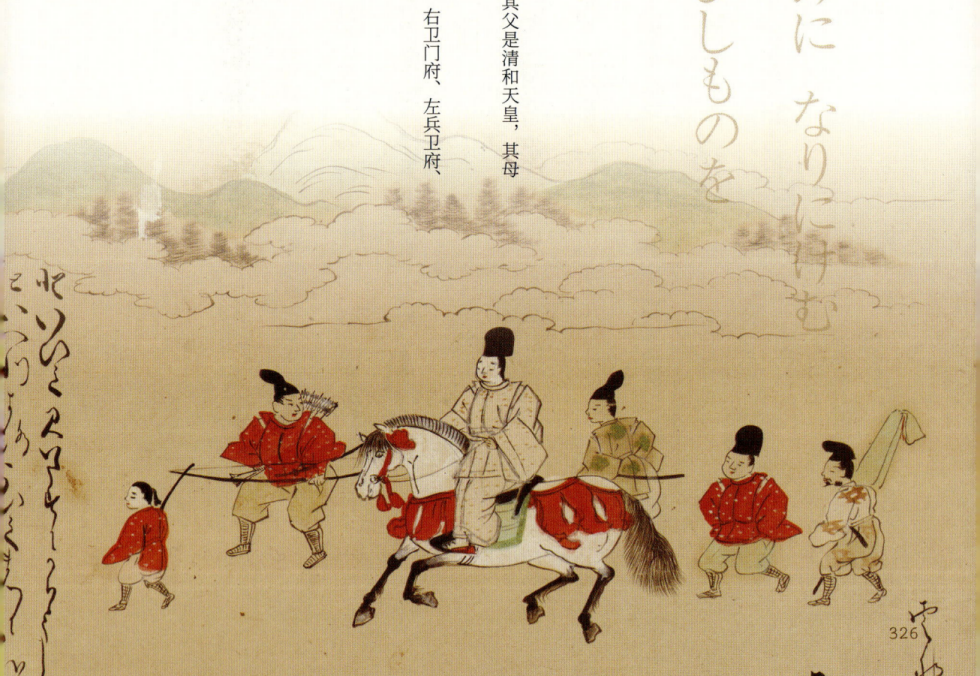

24

第二十七話

從前有一個女子，厭惡她的男子，出家而去。男的無可奈何，詠了這樣的一首歌、、

「山盟海誓齊猶在，
何故相逢似此難？」

第二十八話

從前，皇太子的母后的宮女在櫻花賀宴上招待許多宮人的時候，有一個近衛府的官人詠這樣的一首詩、

花にあかぬ　嘆きはいつも　せしかども
今日の今宵に　似る時はなし
あふことは　玉のをばかり　おもほえて
つらき心の　長く見ゆらむ

「年々花若賞，常恨太匆匆。
今歲看花日，此情特別濃。」

〔註〕所言皇太子的母后的女御，乃暗指清和天皇的女御，即二条的皇后高子。所言近衛府的官人，乃暗指在原業平（見譯者的序）。近衛是宮中的武官。

第二十九話

從前有一个男子，作了這樣的一首歌，送給他偶然遇見過一次的女子：

「相見匆匆如短夢，
君心雖若似長繩。」

いへばえに　いはねば胸に　さはがれて
心ひとつに　嘆くころかな

總之是無可非難的吧。

第三十三話

從前有一个男子，詠了這樣的一首詩，送給一个無情的女子，詩曰：

「欲說無由說，不言心更焦。
此时情緒惡，愁歎到深宵。」

這是真真難於忍受了而詠的詩吧。

第三十四話

玉の緒を　あわ緒によりて　結べれば
絶えてののちも　あはむとぞ思ふ

谷せばみ　峰まではへる　玉かづら
絶えむと人に　わが思はなくに

27

從前有一個男子，由於漫不經心，和一個所歡的女子斷絕了往來，詠了這樣的一首詩送給她：

「巧結繫明玉，雖寬永不鬆。
猶如君与我，别後必重逢。」

第三十五話

從前有一個男子，長久不去訪問所歡的女子了。這女子懷恨在心，推想他如此疏遠，大概是已經忘記我了吧。那男子就詠了這樣的一首詩送給她：

「蔓草生幽谷，連綿上頂峯。

我ならで　下紐解くな　あさがほの
夕影またぬ　花にはありとも

ふたりして　結びし紐を　ひとりして
あひ見るまでは　解かじとぞ思ふ

兩情長如合，應与此相同。」

第三十七話

從前有一個男子，和一個多情女子相親愛。他看見這女子如此風騷，頗有些兒不放心，便詠了這樣的一首詩送給她：

「君如庭中花，未晚即变色。

切勿外來人，漫解裙帶結。」

那女子回答他一首詩道：

「共綰合歡帶，同心結已成。

除非君欲解，不把帶輕分。」

君により　思ひならひぬ　世の中の
人はこれをや　恋といふらむ
ならはねば　世の人ごとに　なにをかも
恋とはいふと　問ひしわれしも

第三十七話

從前有一个男子，因為他所親愛的朋友紀有常到他處去，久不歸來，便詠了這樣的一首詩送給他：

「久待無消息，翹盼多苦辛。

世人從來變，恐是此心情。」

紀有常回答他一首詩如下：

「平生無戀愛，不解此中情。

不料君相問，安能指教君？」

第三十八話

✿西院天皇：即日本第53代天皇淳和天皇（786—840，823—833在位），是第50代天皇桓武天皇的三皇子，其母是藤原旅子（759—788），其兄分别为第51代天皇平城天皇和第52代天皇嵯峨天皇（786—842，809—823在位）。淳和天皇退位后，一直住在平安京四条以北、大宫以东的西院，故称西院天皇。

✿崇子：即淳和天皇的女儿崇子内亲王（？—848），其母是橘清野（750—830）之女橘船子（生卒年不详）。

✿源至：嵯峨天皇之孙，其父源定（815—863）828年被赐源姓，性格敦厚温雅，喜好音乐，其子源举（生卒年不详）。其孙源顺（911—983）是三十六歌仙之一，编撰有汉和对照辞典《倭名类聚抄》（又名《和名类聚抄》《和名抄》）。

從前有一位西院天皇，他的皇女名叫崇子。這皇女死了。舉行葬儀的晚上，住在宮邸隔近的一個男子想看看送葬的儀式，搭在（一輛）女車中出去了。等候了很長的時間，靈柩的車子還不出來。這男子只是表示了哀悼之意，不想參觀了，便準備回去。這時候，天下有名的滑稽家源至，也來參觀了。他看見這邊的車子是女車，便走近去，說些調笑的話。這個源至最愛看女人，便拿些螢火蟲投進女車中去。

車中的女子想：「螢火的光，照得見我們的姿態吧。」想把螢火蟲捏出去。這時候同乘的那個男子就詠一首

一个相貌不很难看的少女。但她的母親是一个精明的人，耽心着長此下去，兩人互相思慕，也许會変成不能分離的關係，便想把這少女遣送到别處去。她心中雖然這樣想，但是暫时不動，看看樣子再説。

這男子原是个孝順兒子，没有反对父母的勇氣，不能阻止母親的行事。那少女是个卑賤的僕役的身分，當然没有抗拒主人命令的力量。在這期間，兩人的相思愈加深切起来了。於是母親連忙把這少女驅逐出去。那男子流着血淚歎息，没有挽留這少女的办法。不久這少女被人帶着出門去了。她詠了一首歌，托送她的人帶回来給那男子：

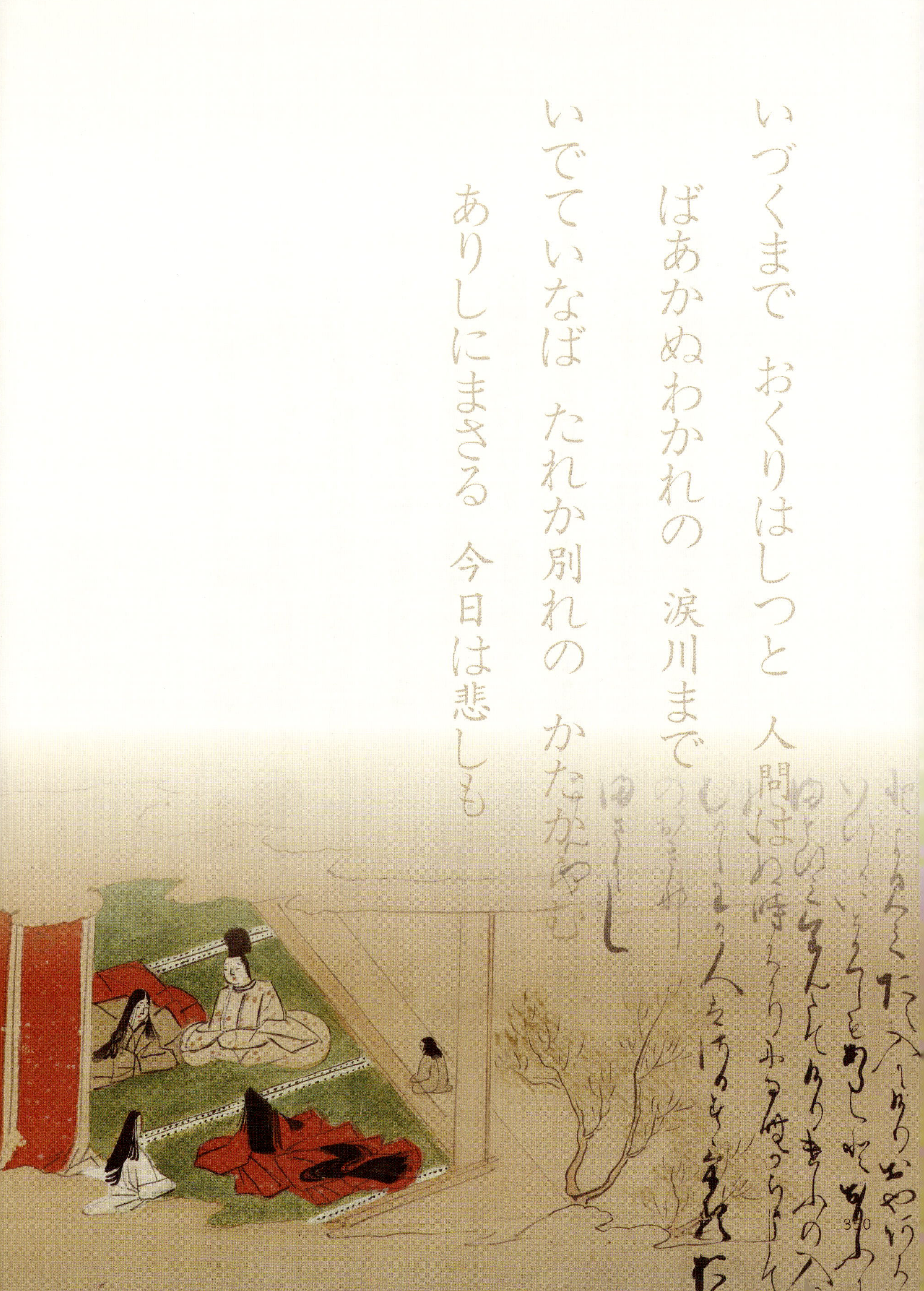

いづくまで　おくりはしつと　人問は
ばあかぬわかれの　涙川まで
いでていなば　たれか別れの　かたからむ
ありしにまさる　今日は悲しも

30

「欲知送我行何處，
淼々淚川無盡時。」
男的看了，啼々哭々地詠一首歌道：
「昔时相爱無窮苦，
今日分離苦更多。」
詠罷之後便氣絕了。[四]母親看到了，非常吃驚。她平日看他不起，常々喋々不休地罵他。想不到竟鬧出這樣的事情來。但兒子確已氣絕，母親慌張不堪，連忙求神拜佛。結果是今天傍晚氣絕，到了次日黃昏戌时（八点鐘左右）才蘇醒過來。

從前的青年，如此拚着性命热中於恋爱。當世年長的人，也不能有這樣純潔的至情。

第四十話

從前有姊妹二人。一人的丈夫身分低微而家道貧困，另一人則嫁了一个身分高貴而財產豐富的丈夫。丈夫身分低微的那个女子，於十二月三十日，為了丈夫沒有新年裏穿的新衣，無可奈何，只得把舊的外衣親自洗滌。她原是很當心的，但因不慣於作這種苦工，將要晾的時候把這外衣的肩頭弄破了。這女子毫無办法，只有哭泣。那个身分

むらさきの　色こき時は　めもはるに
野なる草木ぞ　わかれざりける

✲ 绿色的外衣：根据《养老律令》，以朝服的颜色区分官阶，一位是深紫、二位和三位是浅紫、四位是深绯、五位是浅绯、六位是深绿。此处外衣为绿色，所代表的官阶应是较低的六位。

✲ 古歌：此处所指古歌应为《古今和歌集》中所收和歌。《古今和歌集》为905年醍醐天皇下令编撰的一部和歌集，纪贯之、纪友则、凡河内躬恒、壬生忠岑等参与编撰，于913年完成，全书共收1100首和歌。《古今和歌集》是日本文学史上最早的敕撰和歌集，也是八代集（平安时代到镰仓时代的八部敕撰和歌集，分别是《古今和歌集》《后撰和歌集》《拾遗和歌集》《后拾遗和歌集》《金叶和歌集》《词花和歌集》《千载和歌集》《新古今和歌集》）之一。

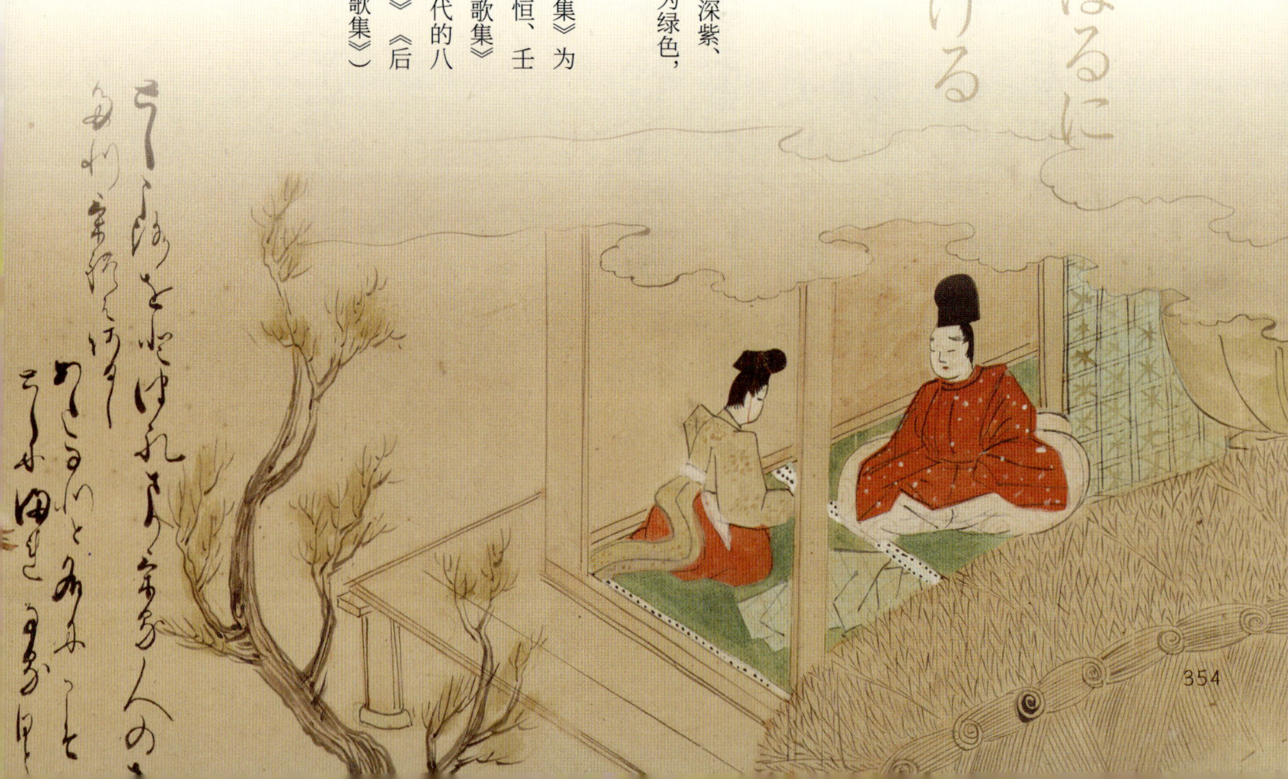

31

高貴的男子聞知此事，非常可憐她，立刻拿出一件漂亮的綠色的外衣來，送給這女子，附一首歌曰：

『一樣紫丹皆可愛，
一家姊妹本同根。』

古歌有云：『紫丹開遍武藏野，一枝可愛萬枝嬌。』他那首歌就是根據這古歌而作的。

第四十二話

從前有一個男子，他明知某女子性情風騷，卻和她親愛。但這女子也有甚長處，並不十分令人討厭，

いでて来し　あとだにいまだ　変らじを
たが通ひ路と　いまはなるらむ

✿ 贺阳亲王：桓武天皇的七皇子，生于794年，卒于871年，其母是公卿多治比长野（706—790）之女多治比真宗（769—823），历任刑部卿、治部卿、中务卿、大宰帅等。

所以這男子始終和她通情。然而因為這女子生性如此，所以他还是很不放心。但已經結了不解之緣，總是每晚去訪。後來有兩三天，因有事故，不曾去訪，便詠了這樣的一首詩送給這女子：

「君家常出入，足跡絕無留。
不意分携後，有人重踏否。」

他因為懷疑這女子的心，所以詠了這樣的詩送她。

第四十三話

從前有一位親王，叫做賀陽親王。這親王可憐那些當差

ほととぎす　汝が鳴く里の　あまたあれば
なほうとまれぬ　思ふものから

32

的女子，对待她们非常和愛。因為如此，自然有許多優秀的侍女來服侍他了。其中有一个特别惹人注目的妙齡女子。那些男子當然不能無動於中。有一个最早和她通情的男子，以為這女子只有她一个情人，豈知並不如此，另有一个男子，在很久以前早已和她發生親密的關係了。這男子聞知此事，寫了一封異常痛恨的信給她，並在信中畫一隻杜鵑，附一首歌道：

「杜鵑處處嬌聲囀，
可愛时多恨亦多。」

那女子為欲安慰這男子，回答他這樣的一首歌：

名のみ立つ　しでの田をさは　けさぞ鳴く
いほりあまた　とうとまれぬれば

いほり多き　しでの田をさは　なほ頼む
わが住む里に　声し絶ずは

「佳有嬌声非取媚，
请君勿怨我多啼」。

這时候正好是杜鹃啼徹的五月中也。男的便也回答她一首歌道：

「但得我鄉声不绝，
飛鳴處々也無妨。」

第四十三话

從前有一个男子。他替一个将赴外地任職的人置酒餞别，把這人请到他家裏来。因为两人是知朋友，所以叫他的妻子

目離るとも　思ほえなくに　忘らるる
時しなければ　おもかげに立つ

大幣の　引く手あまたに　なりぬれば
思へどえこそ　頼まざりけれ

深厚，闊別多年，勢必兩相遺忘也。」

這信中有怀恨之意。那男子便回答他一首歌：

『分攜雖久無时忘，

面影長留我眼前。』

第四十六話

從前有一个男子，愛慕一个女子，希望和她相會。但那女子因為一向聞知這男子的心常々移变，所以每次都给他冷淡的回信。後來她詠了這樣的一首歌送給他：

『聞道君家多豔客，

うら若み　ねよげに見ゆる　若草を
人のむすばむ　ことをしぞ思
初草の　などめづらしき　言の葉ぞ
うらなくものを　思けるかな

✽妹妹：在日本古代，男子可与同父异母的妹妹相恋结婚，此处妹妹应为同父异母的妹妹，所以男主人公才会做这样的和歌赠予妹妹。

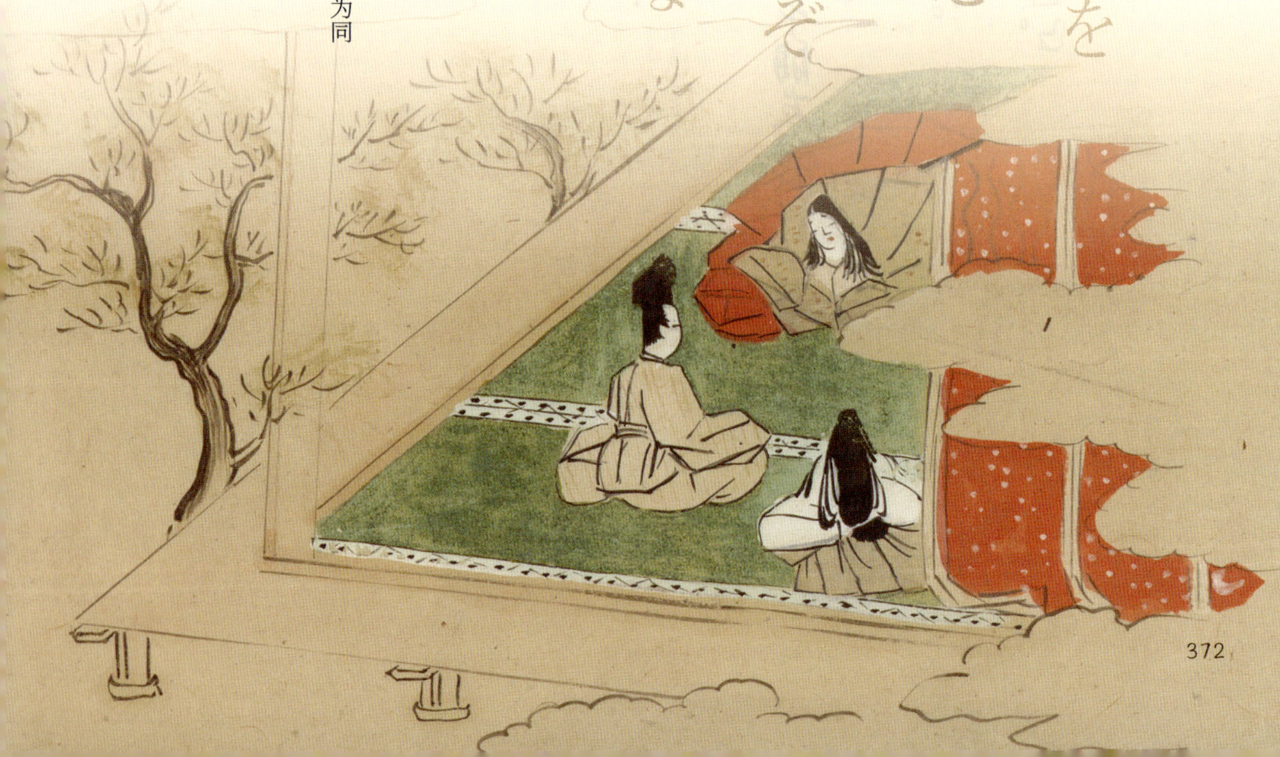

第四十八話

從前有一个男子。他看見自己的妹々正在彈琴，容貌非常美麗，便詠詩曰：

『柔嫩如春草，青々太可憐。
他年辭繡閣，知傍阿誰邊。』

妹々回答他一首詩道：

『將我比春草，斷言太不倫。
阿兄真可笑，信口作評論。』

第四十九話

鳥の子を　十づつ十は　重ぬとも
思はぬ人を　思ふものかは
朝露は　消えのこりても　ありぬべし
たれかこの世を　たのみはつべき
吹く風に　去年の桜は　散らずとも
あなたのみがた　ひとの心は

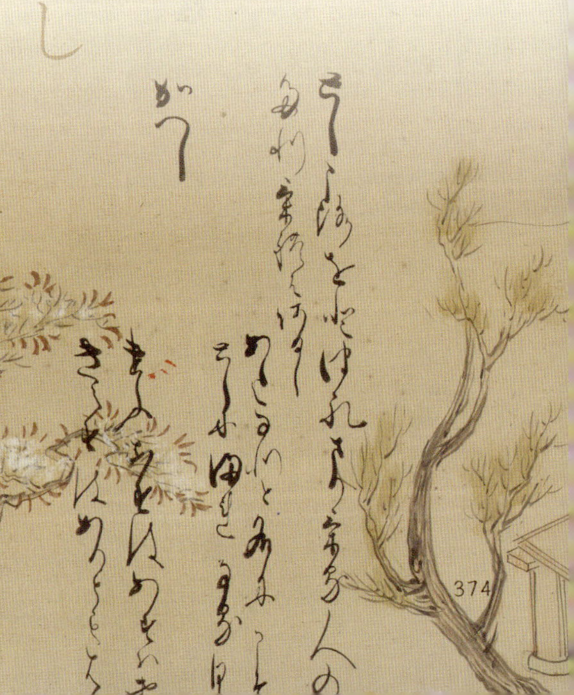

374

36

從前有一个男子。他所認識的一个女子怨恨他，説他浮薄。他也怨恨那个女子，説你自己才是浮薄，送她一首歌道：

「浮薄女郎如有信，
百枚雞卵可堆高。」

那女子回答他一首詩道：

「朝露雖消散，尚餘幾滴存。
茫茫浮世上，那有萬全人。」

男的又送她一首歌道：

「蕩婦心情如可恃，
櫻花經歲不凋零。」

ゆく水に　数かくよりも　はかなきは
思はぬ人を　思ふなりけり
植ゑし植ゑば　秋なき時や　咲かざらむ
花こそ散らめ　根さへ枯れめや

從前，有一个男子想和一个女子相會，總难成功，後来好容易成功了。两人罄談胸中積懷的期間，報曉的雞叫了。這男子便詠一首詩：

『何故雞鳴早，殘燈尚未清。
情長談不了，遂道是深宵。』

第五十三話

從前有一个男子，詠一首詩送与一个無情的女子，詩曰：

『現世無由見，除非夢裏逢。
醒來襟袖濕，疑是露華濃。』

思はずは　ありもすらめど　言の葉の
をりふしごとに　頼まるるかな

38

第五十四話

從前有一個男子，日來思慕一個女子，但終於不能到手。他就詠這樣的一首詩：

「芳情不屬我，我已早灰心。
忽憶溫柔語，希望一線存。」

第五十五話

從前有一個男子，思慕一個女子，睡着也想她，起來也想她，終於不能忍受，詠這樣的一首歌：

わが袖は　草のいほりに　あらねども
暮るれば露の　やどりなりけり
恋ひわびぬ　海人の刈る藻に　やどるてふ
我から身をも　くだきつるかな

「我袖雖非伏草藪，
淚珠如露濕通宵。」

第五十六話

從前有一个男子，恋慕一个身分高貴的女子，秘密恋敢告人。但無論如何難於接近她。他就詠一首詩，托人送給這女子，詩曰：

「片面相思久，心中隱痛深。
如蟲宿水藻，暗裏自喪生。」

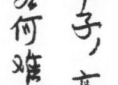

第五十七話

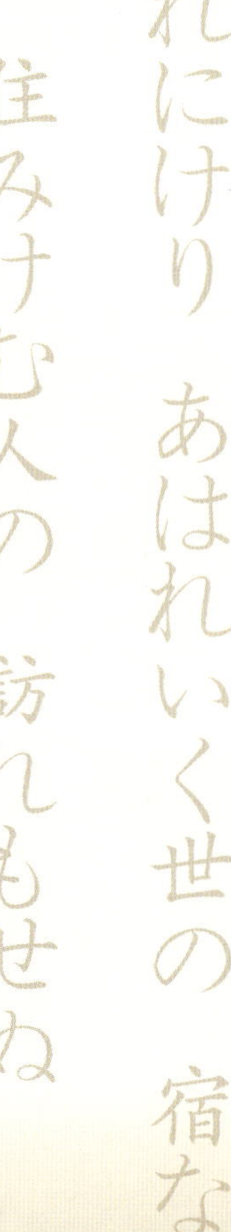

荒れにけり　あはれいく世の　宿なれや
住みけむ人の　訪れもせぬ

✿山城国：日本旧国名，又称城州，五畿之一，今京都府南部地区。山城国境内有木津川、淀川、宇治川、桂川、鸭川、高野川等大河名川，土地肥沃。山城国下辖乙训、葛野、爱宕、纪伊、宇治、久世、缀喜、相乐八郡，乙训郡位于山城国西部，今京都市西南部。乙训郡境内发现很多古墓遗迹，据此可推测此郡开发较早。

✿旧都长冈：即奈良时代后期的都城长冈京，位于山城国乙训郡境内，今京都府向日市、长冈市一带。长冈京自 784 年 6 月开始营建，同年 11 月桓武天皇迁都于此，直至 794 年长冈都是都城。据《续日本记》记载，平城京迁都长冈的理由在于其水陆交通便利，乃交通要道。

從前有一個不结人緣而好色的男子。他在山城國乙訓郡的舊都長岡地方蓋一所房子住居着。他的鄰居，是某貴婦人之家，家中有十幾個侍女。這是農村地方，有一天這男子吩咐僕人們到田間去割稻，對他們作種種指示。那些侍女看見了，故意和他開玩笑，嘲笑他道：『看呀，這個好色專家在幹這種事情呢！』便成群地闖進他家裏來。這男子狼狽起來，逃進裏面的房間裏去了。其中有一個侍女詠歌一首來嘲笑他，歌曰：

『百年老屋荒涼極，

人影全無死氣沉。』

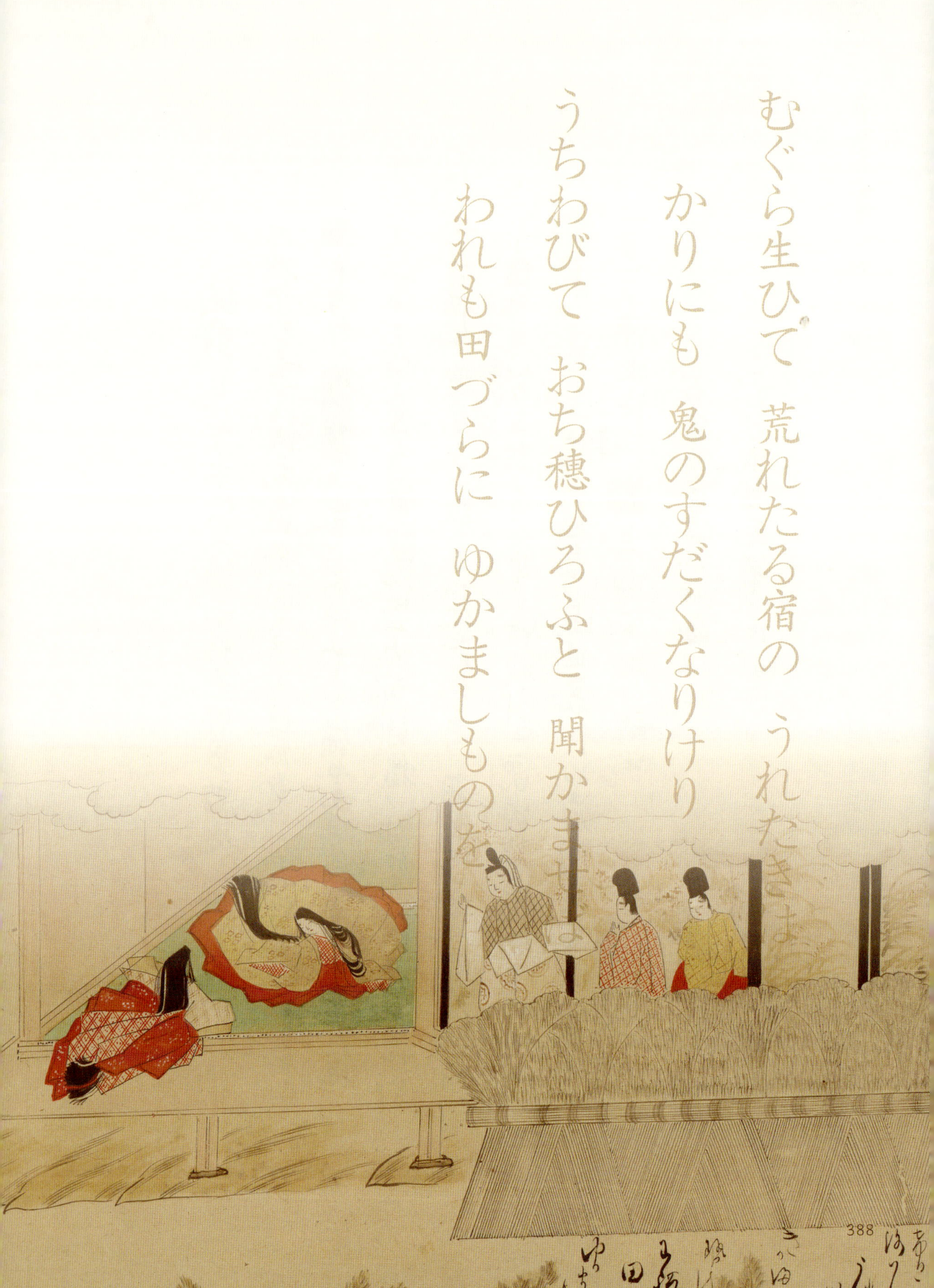

むぐら生ひて　荒れたる宿の　うれたきは
かりにも　鬼のすだくなりけり
うちわびて　おち穂ひろふと　聞かませば
われも田づらに　ゆかましものを

於是大家在他家裏坐下了。

那男子從裏面房間裏回答她一首歌道、

『蓬門敗壁荒涼極，

鬼怪成群闖進來。』

侍女的對他說道、『來，請你走出來。我們幫助你去拾落穗吧。』那男子回答她們一首歌道、

『見說飢人欲拾穗，

我當相助赴田邊。』

第五十八話

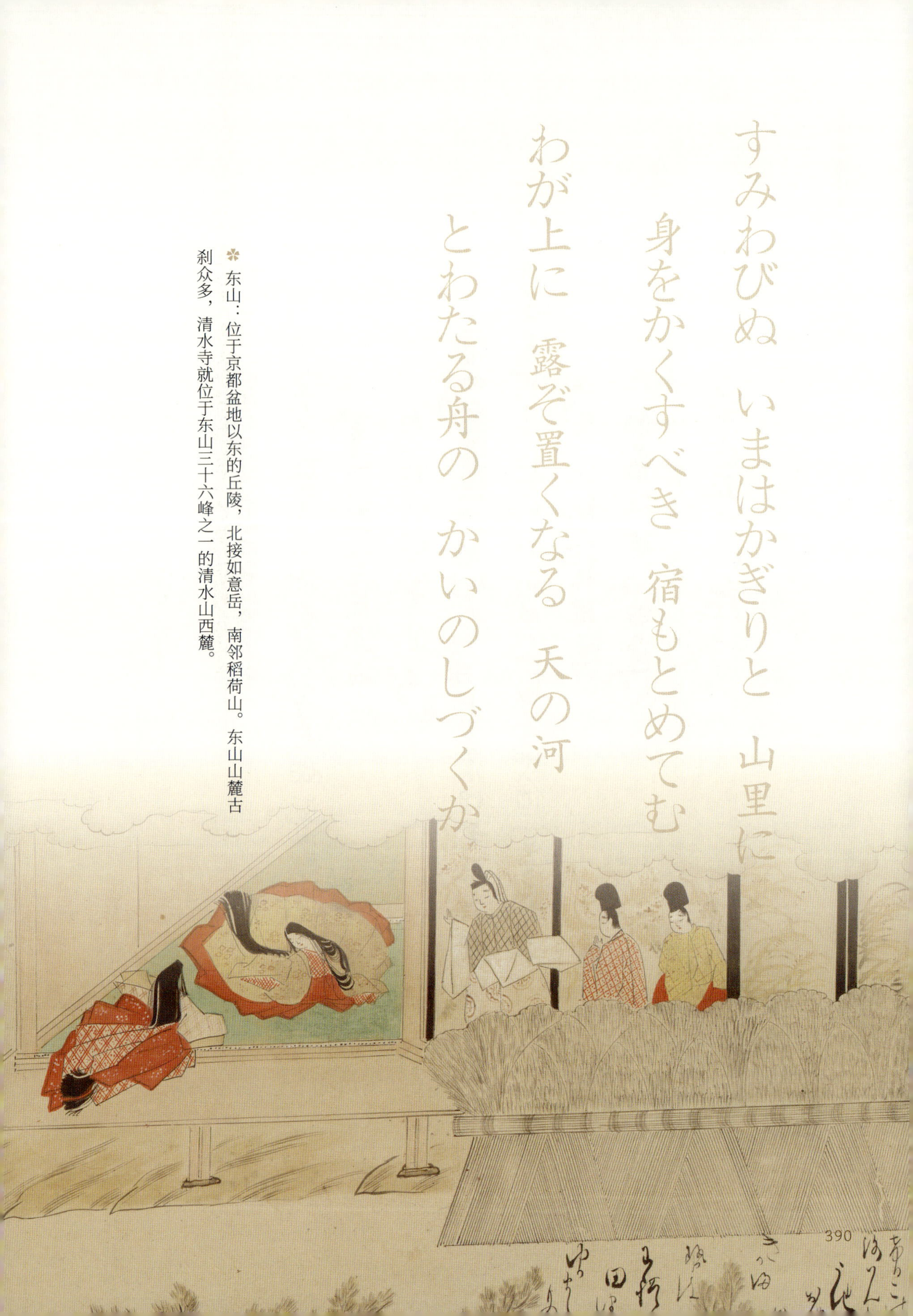

すみわびぬ　いまはかぎりと　山里に
身をかくすべき　宿もとめてむ

わが上に　露ぞ置くなる　天の河
とわたる舟の　かいのしづくか

✿ 东山：位于京都盆地以东的丘陵，北接如意岳，南邻稻荷山。东山山麓古刹众多，清水寺就位于东山三十六峰之一的清水山西麓。

40

從前有一個男子，不知怎的厭惡都市生活，想從京都移居到東山去，詠了這樣的一首詩：

『久厭京塵擾，今朝赴遠方。
隱身山澤裏，何處有雲房？』

在這時候，這男子不知考慮什么重大心事，忽然氣絕了。旁人連忙在他額上澆些冷水，悉心看護，好容易把他救活了。他就詠一首詩：

『醍醐灌於頂，額上露珠凝。
莫是天河畔，仙槎棹水淋。』

他終於沒有死。

✤宇佐八幡宫：位于大分县宇佐市南宇佐，又称八幡宫、八幡大神宫、宇佐神宫、宇佐宫等，供奉第15代天皇应神天皇、比卖大神和神功皇后。每逢国家大事，朝廷都会派遣使者去宇佐八幡宫敬奉币帛。文中男子作为天皇的敕使，便是去宇佐八幡宫敬奉币帛的使者。

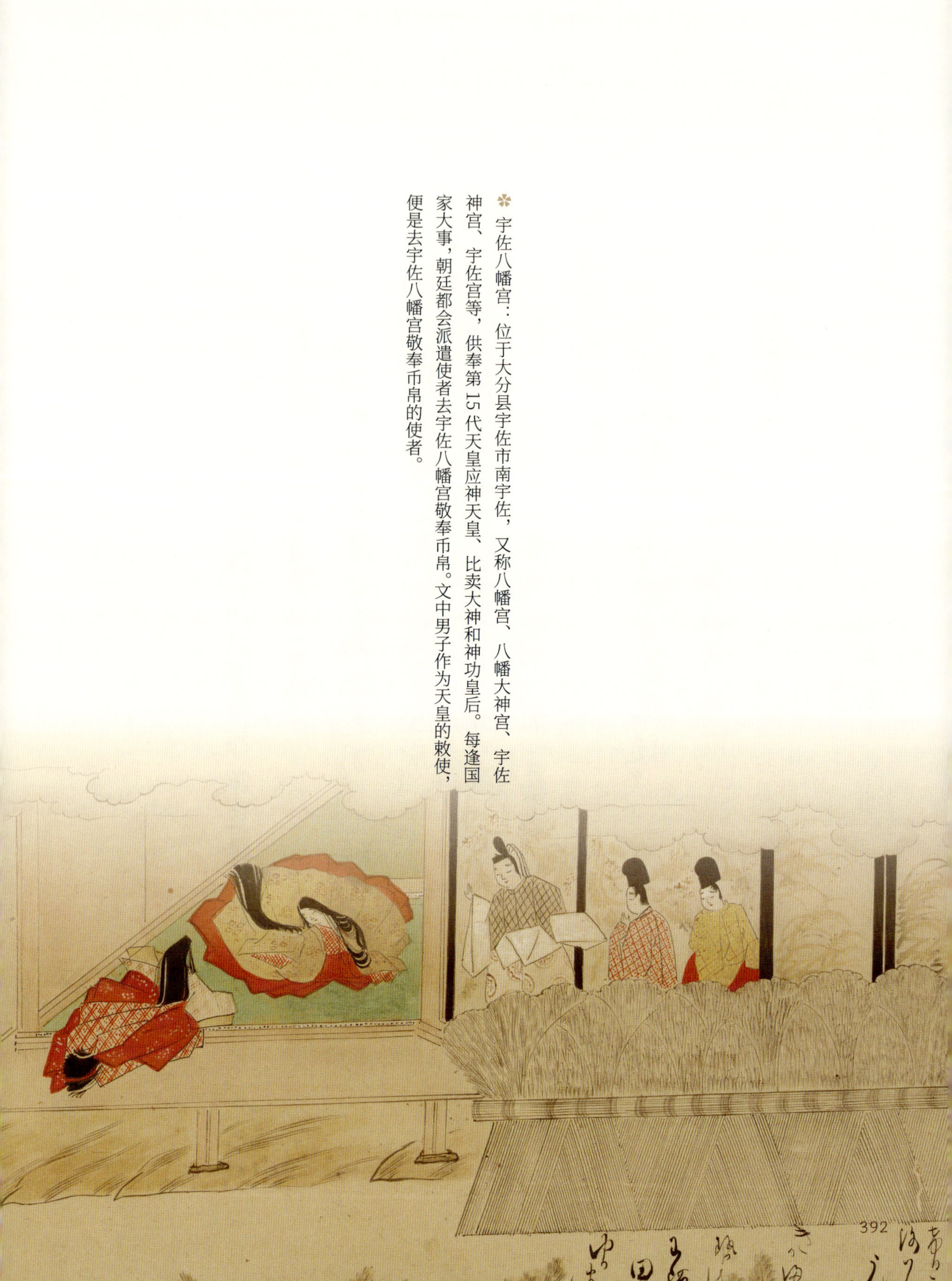

第五十九話

從前有一个男子，因為在宮中任職，事務紛忙，自然和他的妻子疏遠了。另有一个男子對他的妻子說說：「我是真心愛你的。」她就跟着他逃到遠方去了。

後來，這男子當了天皇的勅使，到宇佐八幡宮去。聞知這女子已經當了接待勅使的吏目的妻子。這男子便對這吏目說說：「我要請你家夫人來行酒，否則我便不飲。」這後夫無可奈何，只得叫他妻子捧了杯子到席上來侍酒。這男子拿起酒肴中的一只橘子來，誦一首詩道：

さつき待つ　花たちばなの　香をかげば
むかしの人の　袖の香ぞする
染河を　渡らむ人の　いかでかは
色になるてふ　ことのなからむ

✿河名染：即染河，御笠川的上游，位于福冈县太宰府市，流经太宰府天满宫一带，又名染川、思川、逢初川。

41

「五月橘柑熟，聞香暗斷腸。當年紅袖上，也有此濃香。」

那女子听了這詩，深悔當時愚昧無知，輕易出走，又深感此行可恥，就入山當尼姑去了。

第六十話

從前有一个男子，到筑紫國（九州）去，就住在那裏了。有一个女子在門簾裏對另一个女子說：「此人是京中的色情家，又是有名的滑稽家呢。」這男子听見了，詠一首詩道：

「此地河名染，渡河必染身。」

名にしおはば　あだにぞあるべき　たはれ

浪のぬれぎぬ　着るといふなり

我今来此地，染作色情人。」

那女子回答他一首詩道：

「同心雖名染，染衣不染心。

君心原已染，莫怪染同深。」

第六十一話

從前，有一个男子為了宮中事務繁忙，長久不去訪問他所鍾情的女子了。這女子想必是不很賢惠的，被一个毫不足道的人的甜言蜜語所誘惑，跟到鄉下去，居身當了他鄉人家的僕役。

いにしへの　にほひはいづら　桜花

こけるからとも　なりにけるかな

42

有一次，這男子偶然到這哪个人家去借宿，這女子便到這故夫面前来照料食事。此时這女子身分降低了，像一般女僕那樣用絹帕包着長々的頭髮，穿着一件織出遠山景色的青布長襖，全是女僕打扮了。

到了夜裏，這男子对主人說：「日间到這裏来过的那个女人，请你叫她到這裏来。」主人遵命，叫這女人出来了。這男子問她：「你还記得我么？」便詠一首歌道：

「櫻花香色今何在？

剩有空枝向晚風。」

這女子覺得可耻，话也回答不出。男的問她：「为什

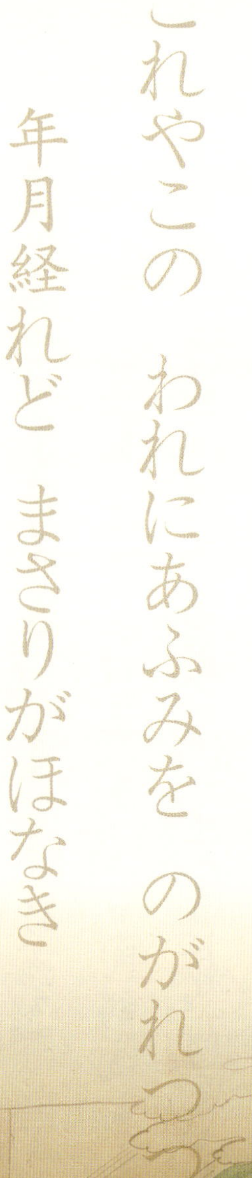

これやこの　われにあふみを　のがれつつ
年月経れど　まさりがほなき

么不回答我呢。」女子只是说道：「泪水涌出，眼睛也看不见，话也……」男的又咏一首歌：

「厌弃故人逃远国，
虽经年月恨长存。」

便解下身上的衣服来送给她。女的不受，就此逃走了。逃到什么地方，不得而知。

第六十二話

从前有一个年纪虽大而情还是风骚的女子。她希望同一个以多情出名的男子相会，然而无法说出口来。因此有一次

43

她捏造出一種無稽的夢話來，叫她的三個兒子到身邊，講給他們听。老大和老二回答她一些不好听的話。老三詳了這夢，答道：「這一定是即將會見美男子的前兆。」老婆子听了這話非常高興。

老三心中想：別的男子不足取，如果可能的話，教她和在五中將業平①（譯者註：見譯者的序。）相會吧。恰巧中將出來打獵，老三在路上碰到了他，便拉住了他的馬頭，向他請求，說有這樣的一個願望。中將可憐這個老女，這天晚上便到她那裏去住宿了。

然而此後這老女天天等候，中將竟不再來了。老女便

百年に　一年たらぬ　つくも髪
われを恋ふらし　おもかげに見ゆ
さむしろに　衣かたしき　今宵もや
恋しき人に　あはでのみ寝む

走到中将家門前，從垣间向内窺探。中将看見了，詠一首诗道：

「百年如一歲，鶴髮可憐生。

向我垂青眼，莫非有愛情？」

她立刻在馬上加鞍，表示即將出門的樣子。老女以為她要來訪了，慌々張々地走回家去，被田间的荊棘和枳殼刺傷身体也顧不得了，茫々然地走回家裏，非常疲勞，躺倒在蓆上了。

中將就像老女剛才所做的一樣，站在垣外窺探，但見這老女寂寞得心焦，唉聲嘆氣，思量只得睡覺了，却詠一首诗道：

蓆上鋪衣袖，曲肱當枕茵。

44

恋人难再會，今夜守孤衾。

中將听了這诗，觉得可憐，這天晚上又去這老女的家和她同衾了。

人世常態，男女之間總要仔细考慮对手的老少美醜，厭棄老醜的人也很多。這在五中將却不講究這種差别，可见他是一个心情歡暢的人。

第六十三話

從前有一个男子和一个女子。兩人互有情書往还，然而不曾约期相會，寄詩訴衷情。那男子满怀怨恨，不管女子

吹く風に　わが身をなさば　玉すだれ
ひま求めつつ　入るべきものを
とりとめぬ　風にはありとも　玉すだれ
たが許さばか　ひま求むべき

✽ 某天皇：此处应为第 56 代天皇清和天皇，是文德天皇的四皇子，其母是太政大臣藤原良房之女明子（828—900）。879 年出家，法名素真。后葬于京都水尾，故又称水尾帝。

的情況如何，詠了一首詩送給她：

「輕身如有術，願化作清風。
吹入湘簾隙，向君訴苦衷。」

那女子回答他一首詩道：

「縱使清風細，虛空觸手難，
除非經許可，不得入湘簾。」

兩人的交往止於如此。

第六十四話

從前，某天皇時代，有一個女子，是恩寵深厚的侍女，

思ふには しのぶることぞ まけにける
逢ふにしかへば さもあらばあれ

✿禁色：日本古代，对着装颜色有严格规定，如黄栌染、青、赤、黄丹、深紫、深绯、深苏枋七种颜色为天皇及皇族专用。

✿大御息所：御息所是指诞下皇子或皇女的女御、更衣。大御息所则是天皇的生母，此处是指清和天皇的生母藤原明子。

✿从妹：藤原明子伯父藤原长良之女，即二条皇后藤原高子。

✿殿上：即殿上间，位于平安宫内里清凉殿的南侧，相当于会议室或休息室，只有公卿等官阶较高的人可以进入。文中男子在殿上供职，故可以自由出入。

45

天皇特许她穿禁色衣裳的。（譯者注：從前的皇宫中，有若干種顏色的衣服，只许天皇及皇族等穿着，臣下不得服用，即深紫、深红、深苏枋色等，名曰禁色。）這女子是天皇的母親——即称为大御息所的——的從妹。有一个在殿上供職的男子，自稱姓在原的，年纪還青，和這女子相識。因为他是个少年人，所以准许他在殿上的婦女所住的房间裏出入。他有一次来到這女子所住的房间裏，和她相对而坐。這女子很狼狽，对他说道：「這叫什么樣子呢！你這種行为，不是要使彼此身敗名裂么？」那男子詠一首诗道：

「莫得因欢会，相思苦不禁。

✿ 禁中：皇宫、宫中。

但能常相見，萬死也甘心。」

他更無一点退避的樣子。這女子就走出殿上的房間，回到自己的臥室裏去了。

殿上的房間，他尚且不怕，何況臥室裏，他更加無所顧忌，被人看見也不管，來得更勤了。這女子無計可施，就回到娘家去了。

這男子想道：「這樣反而方便了。」便更加頻頻地訪問女子的家鄉了。外人聞知此事，都笑道：「世間果有這樣恬不知恥的男子。」

這男子來到女子的家鄉，住了一晚，次日一早回到禁中，

✿ 执事人：对应的日文原文为『主殿司』，后宫十二司之一，掌管后宫洒扫、沐浴、火烛、轿子等事务，此处或指负责相关事务的下等官员。

✿ 阴阳师：在阴阳寮供职的官员，掌管占卜、风水等事务，通常设六人，品阶为从七位上。此外，大宰府也设阴阳师一人，品阶为正八位上。

✿ 禊祓：用清水洗去身上的罪孽与污垢、祓除不祥的一种祭祀活动。

46

不儀早上打掃殿宇的執事人等看見，迅速地把自己的鞋子脫下來，丟進一直裏面的地方，表示他昨晚並非值宿，跟在上殿來了。

他每天扮演這樣的醜劇，卻私下考慮：不久事情要露了，生怕自己和那女子都要被視為無用之物而受免官處分，終於身敗名裂吧。他便向神佛祈求：「如何是好呀？請佛菩薩消除我這熾狂的心情吧！」然而心情更加熾狂起來，竟會無緣無故地湧起戀愛之情。

於是請幾個陰陽師和神巫來，叫他們舉行禊祓，求神明消除他的戀情。準備了禊祓需用的種種物品，來到

恋せじと　みたらし河に　せしみそぎ
神はうけずも　なりにけるかな

加茂川上。岂知在祷祓中，[illegible]苦痛反而更加增長，恋情比以前更加热狂了。他就咏[illegible]一首詩：

「我神情痴狂，别我色情腸。
却被神明误，色情反更强。」

收拾回家去了。

此时的天皇，容姿端丽，每天早上修行，热心念佛，声音莊嚴清徹。那女子听到了這声音，[illegible]悲痛哭。心念[illegible]如此尊嚴的君王，她自己不能委心奉侍，必是前[illegible]世作孽之故吧。受了那个少年的誘惑，行将身敗名裂了。

這期间，天皇听到了這件事情。這男子应该處重刑的，

あまの刈る　藻にすむ虫の　われからと

音をこそ泣かめ　世をば恨みじ

47

但特地從寬，把那男子放逐到附近地方。那女子的從妹御息所，命令她從宮中退出，把她禁閉在自己殿宇內的庫房中，以示懲戒。這个為戀愛而消瘦了的女子，啼啼哭哭地詠一首詩：

「小虫藏藻裏，被刈自丧身。

今我亦如此，责己不尤人。」

她在禁閉中，每天只是哭泣。

那男子還是忘不了她，每天晚上從放逐地点偷偷地混進來，到那女子禁閉的屋子旁边，專心一意地吹笛，並用優美的声音歌唱悲哀的歌曲。女子只能閉在庫房裏，

さりともと　思らむこそ　悲しけれ
あるにもあらぬ　身をしらずして
いたづらに　ゆきては来ぬる　ものゆゑに
見まくほしさに　いざなはれつつ

听到了这声音，知道是那个人，但是决定不能和他见面了。

她不敢出声歌唱，只是在心中默念一首诗：

『知女关心我，辗转多苦辛。

我身遭禁闭，半死半生存。』

那男子不得和这女子相会，只得每夜到这里来，歌唱这样的诗：

『来也徒然去，归时空手归。

只因贪接近，来往百千回。』

第六十五語

難波津を　今朝こそみつの　浦ごとに
これやこの世を　うみ渡る船

48

從前有一个男子，因為在攝津國地方有自己的領地，所以和兄弟及朋友們一起向攝津附近的難波方面去遊玩。他看見洲渚邊有許多船舶來來往往，便詠詩道：

「今朝來海岸，放眼看舟行。
名浦千帆盡，形同厭世人。」

同行諸人聽了這首詩都很感動，不能再詠別的詩歌，就此回家去了。

第六十七話

從前有一个男子，為了想散心，約了幾个相好的朋友，

きのふけふ　雲のたち舞ひ　かくろふは

花の林を　憂しとなりけり

✿和泉国：日本旧国名，又称泉州，五畿之一，下辖大鸟、和泉、日根三郡，现大阪府南部一带。

✿住吉：位于大阪市南部，今大阪市住吉神社一带。此处反复出现『住吉』，表达出主人公此行的愉快心情。

於二月中到和泉國去遊玩。在途中眺望河內國的生駒山，但見峯巒忽隱忽現，白雲來去變化，一刻也不停頓。朝來是陰天，近午就放晴。仔細一看，春雪正積壓在樹梢，皚皚皆白。看了這景色，同行諸人中只有一个人詠詩：

『山中花上雪，二月未消溶。
忽被遊人見，白雲日日封。』

第六十七話

從前有一个男子，約了友朋到和泉國去旅行。途經攝津國、住吉鄉、住吉濱等地方，看見風景實在美麗，便下馬步行，

雁鳴きて　菊の花さく　秋はあれど
春のうみべに　住吉のはま

✽狩猎的敕使：朝廷每年派很多敕使赴各地捕捉野禽，供宫廷宴会使用，狩猎即鹰猎。

✽伊势神社：应指伊势神宫。伊势神宫位于三重县伊势市，主要由内宫皇大神宫和外宫丰受大神宫构成，又称伊势大神宫、大神宫、二所皇大神宫等。

49

以使你细欣赏。同行中有一人说："请你为这美丽的佳吉海边咏一首诗吧。"他就咏道：

"雁叫菊花发，秋天景色优。
此乃名住吉，春日也宜留。"

别的人听了这首秀美的诗都很感动，谁也不再咏了。

第六十八話

從前有一个男子。他當了狩猎的勅使，来到伊势国地方。那时候有一位皇女在伊势神社中修行，她的母亲暗中关照她说："你得比对寻常的勅使更加热烈地招待他。"因此这修行的

皇女特别親切地待遇他。她晨间一早準備，議這勅使出门去打獵。到了傍晚，特地請他回到她自己的殿宇内来泊宿。在如此鄭重地招待的期间，這男子利用這情况，向這修行的皇女求愛，终於订了婚约。兩人歡聚的第二日之夜，男的对女的说："我無論如何也要和你相聚。"皇女的雖然知道此身应该謹慎，但也不能决切地拒绝他。然而皇女修行的殿宇内，往来人目眾多，兩人终於不能相會了。只因這男子是勅使中的主要人物，所以他寝室離内殿不遠，自然和女人的閨房相近。因此女的等到

四周的人寝静之后，约夜半子时光景（十二时），悄悄地走进男子的房间里去了。这时候这男子为了相思，不能成寐，开着门躺在席上，向门外眺望。但见朦胧的月光中，有人影出现。仔细一看，一个小孩子站着，那女的就站在小孩子后面。男的喜出望外，就引导她到自己的房间里来，从夜半十二时到三时左右，两人共寝了。这期间不曾谈得一句话，女的就回去了。男的悲叹欢会太短，依旧不能成寐。

第二日晚上，男的一早就焦灼地等候她。然而不能从他这里派使者去催，只得眼巴巴地等着。到了天色将晓的时候，女的派出天那个小孩子送信来了。拆开一看，并

君や来し　われや行きけむ　おもほえず
夢かうつつか　寝てかさめてか

かきくらす　心のやみに　まどひにき
夢うつつとは　今宵さだめよ

✽ 斋宫寮：主管斋宫事务的机构，衙署位于伊势国多气郡竹乡（今三重县多气郡明和町），其长官多由伊势国守兼任。分为内院、中院、外院，内院供斋王使用，中院是斋宫寮长官的居所，外院为主神司和斋宫十二司所用。斋王是指在伊势神宫或贺茂神社修行的未婚皇室女子。

無書文，只有一首歌：

「君来抑去难分辨，

夢耶真耶不可知。」

男的看了，非常悲傷，啼啼哭哭地詠一首答歌：

「闇夜不分真與夢，

来宵重會始能知。」

天亮這女孩子要回去，自己就出門去打獵了。他自在田野中奔來奔去打獵，却心不在焉，只盼望今宵人靜後早得歡會。可是真不湊巧，伊勢的太守，兼任齋宮寮頭目的人，聞知狩獵的敕使駕臨，舉行通宵的

かち人の　渡れど濡れぬ　えにしあれば

またあふ坂の　関はこえなむ

51

宴會來招待他。他不但不得歡會，又因勅使有預定的日程，當日非出發赴尾張國不可。於是男女兩人都偷偷地悲嘆流淚，不能再得歡會了。

天色漸明，男的正在準備出發的時候，女的派人送出一只餞別的酒盃來，酒盃上寫着一首歌的前一句：

「緣淺如溪能徒步」

男的便拿起松明燒剩的炭末來，在酒盃內側寫出後一句：

「越山渡海約重來。」

不久天色大明，男的就走出國境，向尾張國去了。

第六十九話

見るめ刈る　かたやいづこぞ　棹さして
われに教へよ　あまのつり船

✿ 大淀：位于伊势国多气郡一带，今三重县多气郡明和町附近。地处大堀川入海口伊势海湾，自古渔业发达。

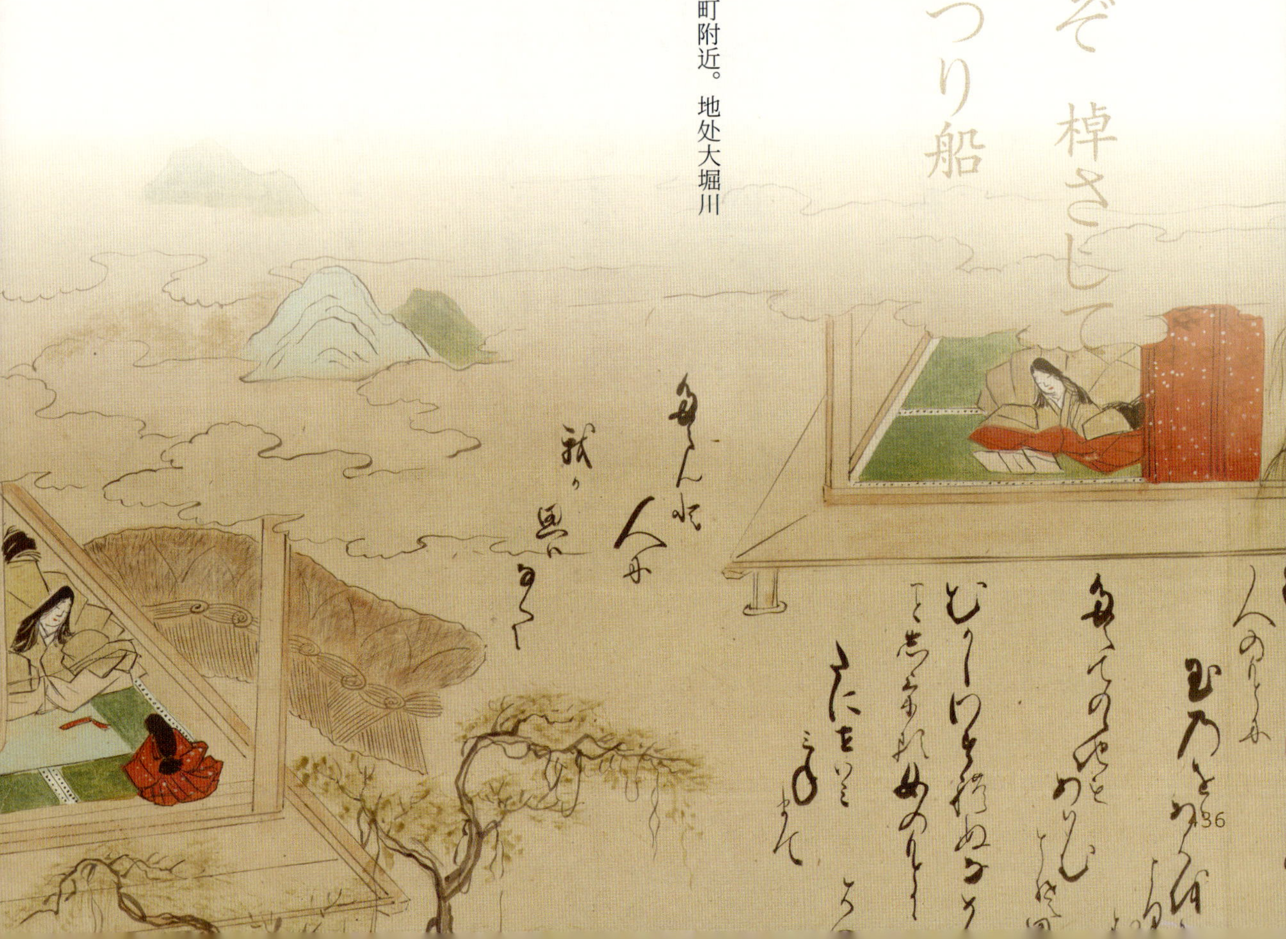

從前有一個男子，完成了狩獵敕使的任務而歸去的时候，在伊勢的大淀地方的渡口泊宿一宵。在此修行的皇女派幾個使者來招待他，其中有以前相識的那個小孩子。他就托這個孩子帶回一首詩，

「漁翁刈海藻，此藻名相見。
我思見伊人，敢請君指點。」

第七十話

從前有一個男子，當了天皇的敕使，到伊勢來參謁

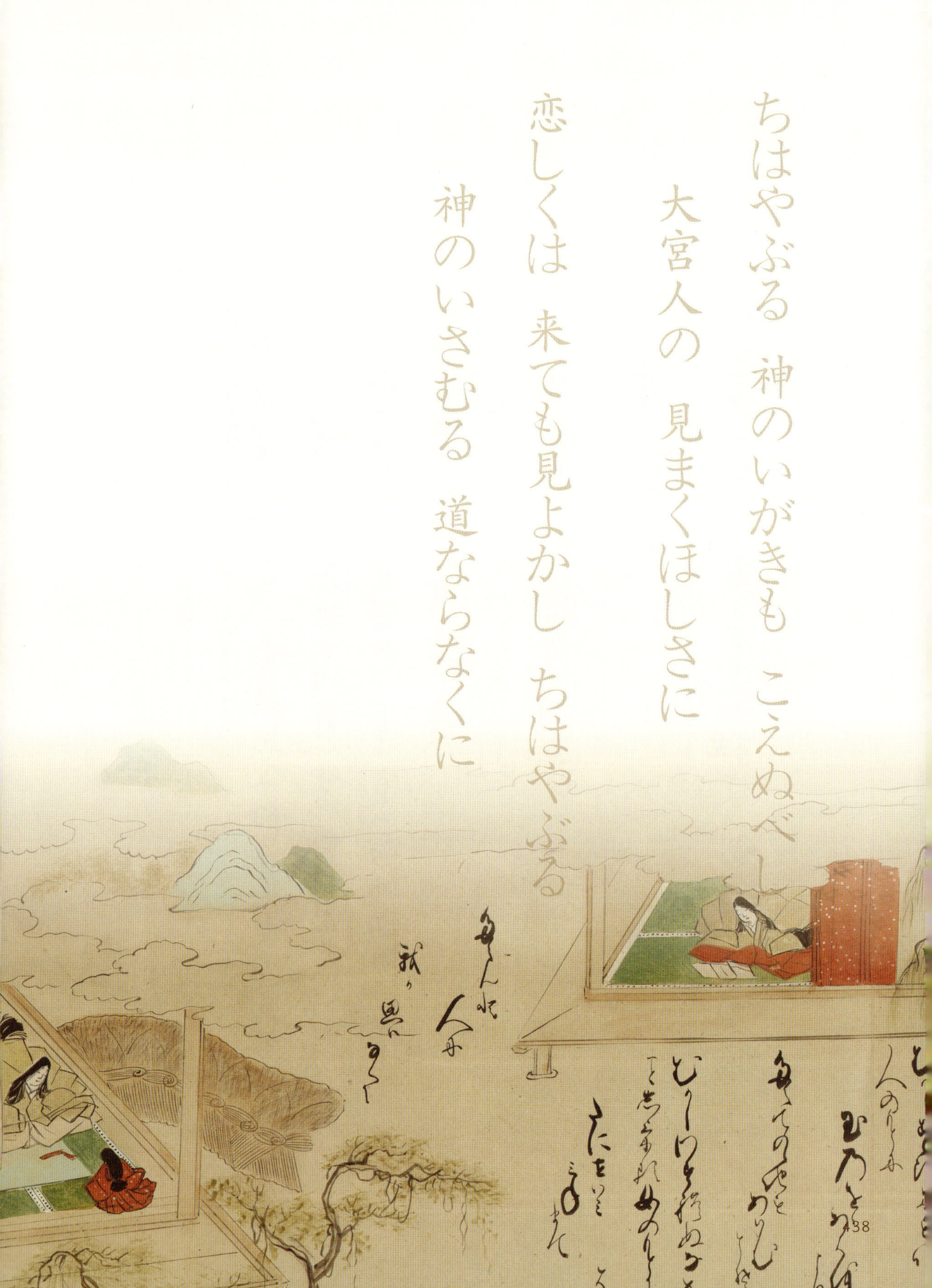

ちはやぶる　神のいがきも　こえぬべし
大宮人の　見まくほしさに
恋しくは　来ても見よかし　ちはやぶる
神のいさむる　道ならなくに

52

在此修行的皇女。有一个在皇女处当差的女子，经常觉得色情后的，偷偷地写了一首歌送给这敕使，歌曰：

「痴心欲看花都客，
神圣斋宫跳得过。」

那男的回答她一首歌道：

「男女相逢神不禁，
多情倩女早光临。」

第七十二話

从前有一个男子，满怀怨恨地写信给伊势国的一个女

大淀の　松はつらくも　あらなくに
うらみてのみも　かへる浪かな

子，彼逝矣，痴想再度与君歡會，豈知事与願違，只得就
此遠赴他國了！」

那女子回答他一首詩道：

「伊勢青松下，波濤日月來。
青松無怨色，波抱恨情回。」

第七十三話

從前有一个男子，他明白知道自己的戀人住在遠地方，
然而非但無法和她談話，連送一封信去也不可能。他只能在那地方
附近徬徨，在心中相思，詠了這樣的一首詩：

目には見て　手にはとられぬ　月のうちの
桂のごとき　君にぞありける

岩根ふみ　重なる山に　あらねども
あはぬ日おほく　恋ひわたるかな

5-3

「举头能望見，伸手是虚空。
好似月中桂，高居碧海中。」

第七十三話

從前有一個男子，痛恨一個性情倔強的女子，詠了這樣的一首詩：

「雖有高山隔，也無峻嶺遮。
如何望不見，愁嘆向天涯。」

第七十四話

大淀の　浜に生ふてふ　みるからに
心はなぎぬ　かたらはねども
袖ぬれて　あまの刈りほす　わたつうみの
みるをあふにて　やまむとやする
岩間より　生ふるみるめし　つれなくは
しほ干しほ満ち　かひもありなむ

從前有一个男子，勸誘一个伊势国裏的女子，对她说道：

「你跟我一同到京都去，無思無虑地度日子，不是好么？」

那女的回答他的是這樣的一首詩、

「雖非生根松，依戀此茅屋。

但得常相見，我心已满足。」

她的態度比以前更加冷淡了。那男子詠一首歌送给她、

「莫根只要常相見，

不作巫山雲雨仙？」

女的也送他一首歌、

「但須相見無时斷，

なみだにぞ　ぬれつつしぼる　世の人の
つらき心は　袖のしづくか

54

绝妙风流是月戚。」

男的又送一首诗送给她：

「世上無情者，使人落泪珠。

日来襟袖上，泪水永滂沱。」

這个难於通情的女子，世间少有其例。

第七十五話

從前，二条皇后还是當皇后，而称为皇太子的母親的時候，有一天去到寺院拜佛，那地方有一个在近衛府供職的老人。随從人等受得了種々賞賜物品，這老人也得到

大原や　小塩の山も　今日こそは
神代のことも　おもひいづらめ

✿田村帝：即第55代天皇文德天皇，仁明天皇的皇长子，其母是藤原冬嗣之女顺子，即五条后。因其葬于山城国葛野郡田邑乡（今京都市右京区太秦三尾町一带），故又称田邑帝。日文中『邑』和『村』的读音相同皆为『むら』。

✿多贺几子：藤原良相（813—867）的长女，850年成为文德天皇的女御，又称西三条女御，生年不详，卒于858年，有些文献将其记载为多可几子。其父藤原良相是藤原冬嗣第五子，与兄长藤原良房等共同编修《续日本后记》。其妹多美子（?—886）更是德才兼备，864年成为清和天皇的女御，备受宠爱。

✿安祥寺：位于京都市山科区，由仁明天皇的皇后藤原顺子发愿而建，开山祖师为真言宗高僧惠运（798—869），惠运曾于842年入唐求法，师从长安青龙寺义真法师。

一份。他就詠一首詩奉呈皇后，詩曰：

「屋上老松樹，應多閱世勞。
我今年已邁，尚夢憶前朝。」

皇后看了這詩，也有所感而悲傷么，還是怎么樣？筆者不得而知了。

第七十六話

從前，有一位稱為田村帝的天皇。其時的皇妃名叫多賀幾子。這皇妃逝世了，官家於三月末在安祥寺舉行追薦的法會。許多人奉上供品，這些供品集合起來，其數有好幾千。

山のみな　移りて今日に　あふことは
春の別れを　とふとなるべし

✲ 右大将：右近卫府长官，又称右近卫大将、右近大将、右将军，与左近卫大将官阶相同，为从三位。

✲ 藤原常行：藤原良相之子，多贺几子之兄。生于836年，卒于875年。曾任右近卫大将，又称西三条右大将。

✲ 右马头：右马寮的长官，负责管理各地官马及牧草。此处的右马头应是在原业平。

55

這許多供品穿在樹枝上，陳列在寺内的大殿上，望去竟像一个高山。

這時候，有一个右大將，名叫藤原常行的，在法會經了之後，召集一班歌人，以今日的法會為題目，添加春日的心情而詠歌。其時有一个身任右馬頭的老人，老眼昏花，望々這些堆積如山的供品，詠一首歌道：

「諸卿供品如山積，

為惜春光不再回。」

這首歌，說在後來，並不能算是佳作。但在當時，這樣的歌都要算作上品的，所以大家感動，讚歎。

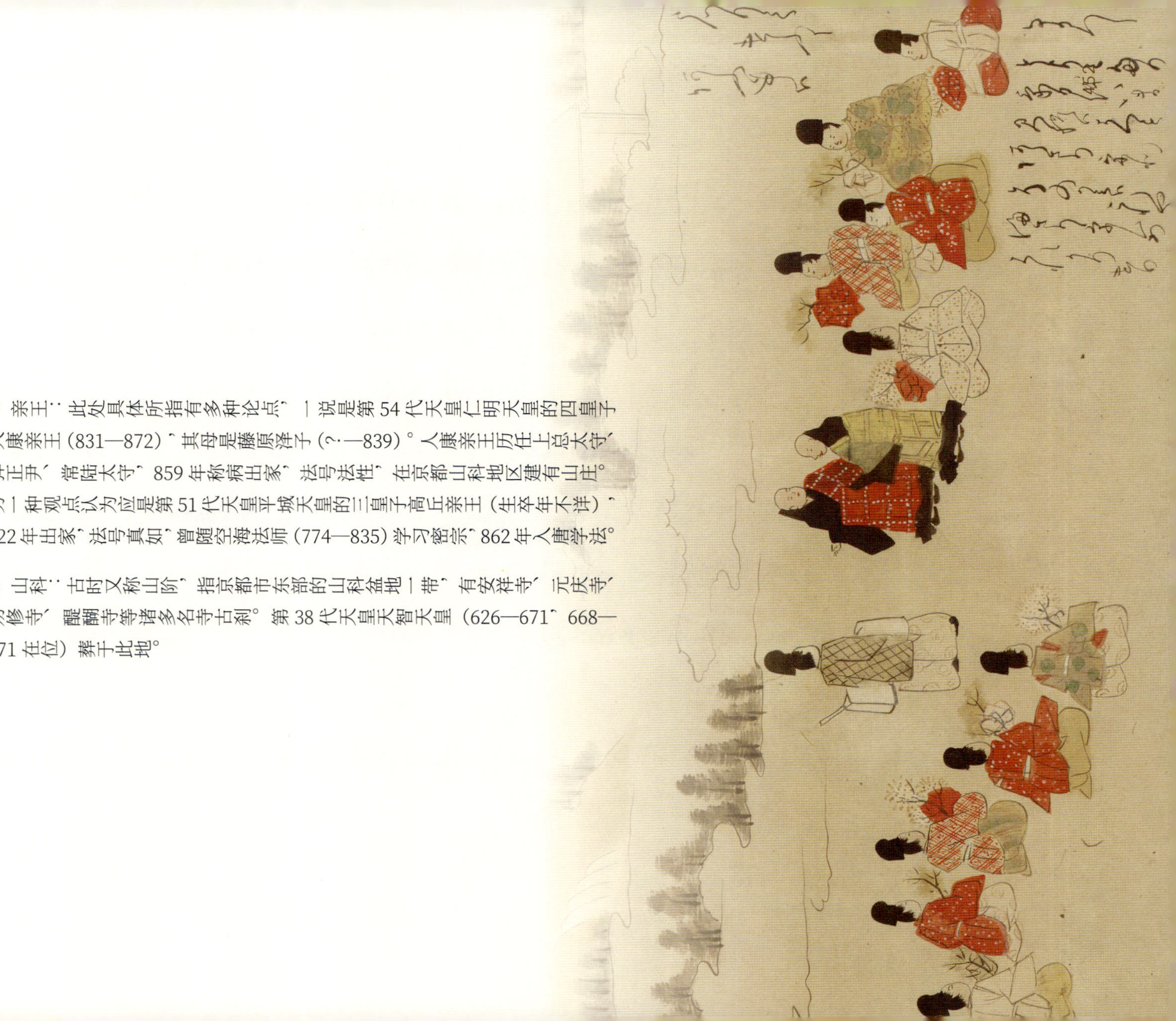

✿ 亲王：此处具体所指有多种论点，一说是第 54 代天皇仁明天皇的四皇子人康亲王（831—872），其母是藤原泽子（?—839）。人康亲王历任上总太守、弹正尹、常陆太守，859 年称病出家，法号法性，在京都山科地区建有山庄。另一种观点认为应是第 51 代天皇平城天皇的三皇子高丘亲王（生卒年不详），822 年出家，法号真如，曾随空海法师（774—835）学习密宗，862 年入唐学法。

✿ 山科：古时又称山阶，指京都市东部的山科盆地一带，有安祥寺、元庆寺、劝修寺、醍醐寺等诸多名寺古刹。第 38 代天皇天智天皇（626—671，668—671 在位）葬于此地。

第七十七話

從前，文德天皇時代，有一位妃子叫做多賀幾子。這妃子死了，官家在法淨寺舉行四十九日的法事。右大將藤原常行參與這法會。回來的時候，到一位當了禪師的親王所居的山科地方的嚴宇内去訪問。庭院裏有從山上瀉下來的瀑布，又有人造的小川，景色十分幽雅。

右大將对禪師親王說："身在他處，心常傾慕，每以無緣拜謁為恨。今宵得侍奉左右，不勝榮幸之至。"親王大喜，命令左右準備夜宴。

✽ 三条邸：位于西京三条的藤原良相的百花亭，866年清和天皇曾行幸于此，赏樱赋诗。

✽ 莳绘：始于奈良时代的一种漆器工艺技法，类似于描金，又称泥金画漆。

後来右大將從親王殿宇中退出，和隨從人員商議，『我們這次拜謁親王，一点禮物也不曾帶得，甚是抱歉。記得從前天皇行幸家大人三条邸時，紀伊國的民人獻上那地方的千里濱所產的一塊岩石，形狀非常秀美。只因其不行幸的日子，這塊岩石就此安放在某吏目房間面前的溝裏。這是庭院裝飾的好材料，我想奉獻與這位親王。』我派隨身人員前往搬取。

不久岩石送到了。一看，形狀比傳言所聞更為優美。僅奉獻上一塊岩石，不大雅觀，便教隨從人員詠詩。其時有一个當右馬頭的人，把青苔切細，像蒔繪一般地在

あかねども　岩にぞかふる　色見えぬ
心を見せむ　よしのなければ

わが門に　千ひろあるかげを　植ゑつれば
夏冬たれか　かくれざるべき

岩石上■搞出一首诗来。诗曰：

「侍奉灵岩石，区区一点心。
忠贞如日月，藉此表深情。」

第七十八話

从前，同姓氏的家里有一个亲王诞生。有许多为新建的产屋咏歌祝贺人。其中有这个人，是亲王的外祖父一族中的■一位老翁，咏这样的一首歌：

「门前种竹高千丈，
冬夏清阴庇护深。」

〔注〕所谓同姓氏，应是指在原氏。

濡れつつぞ　しひて折りつる　年のうちに
春はいく日も　あらじと思へば

✿ 藤花：暗喻赠予对象『某贵人』为藤原氏权贵。

57

第七十九話

從前有一個人，住在一所衰頹了的屋子裏，庭中種着藤花。這庭院中别的花木一点也沒有，只有這藤花美妙地開着。三月末有一天，主人不顧春雨霏霏，親手折取一枝藤花，將以奉獻與某貴人，附一首詩曰：

「藤花開過也，春色已闌珊。
冒雨殷勤折，請君仔細看。」

第八十話

塩竈に　いつか来にけむ　朝なぎに
釣する船は　ここに寄らなむ

✽ 左大臣：太政官的长官，与右大臣一同掌管全国行政事务。本段所指左大臣应是第 52 代天皇嵯峨天皇之子源融（822—895），872 年升任左大臣。其府邸位于京都东六条加茂川岸边，府名为河原院，故又称河原左大臣。太政官是律令制度下的最高国家行政机构，直接对天皇负责。

✽ 加茂川：属淀川水系，又称贺茂川、鸭川。与高野川交汇处为界，上游为贺茂川，下游为鸭川，现统称为鸭川。因自北向南流经京都东部，故又称东河。

✽ 盐浦：位于宫城县松岛湾，又称盐釜浦。此地风光明媚，源融曾模仿此地景致建造河原院。

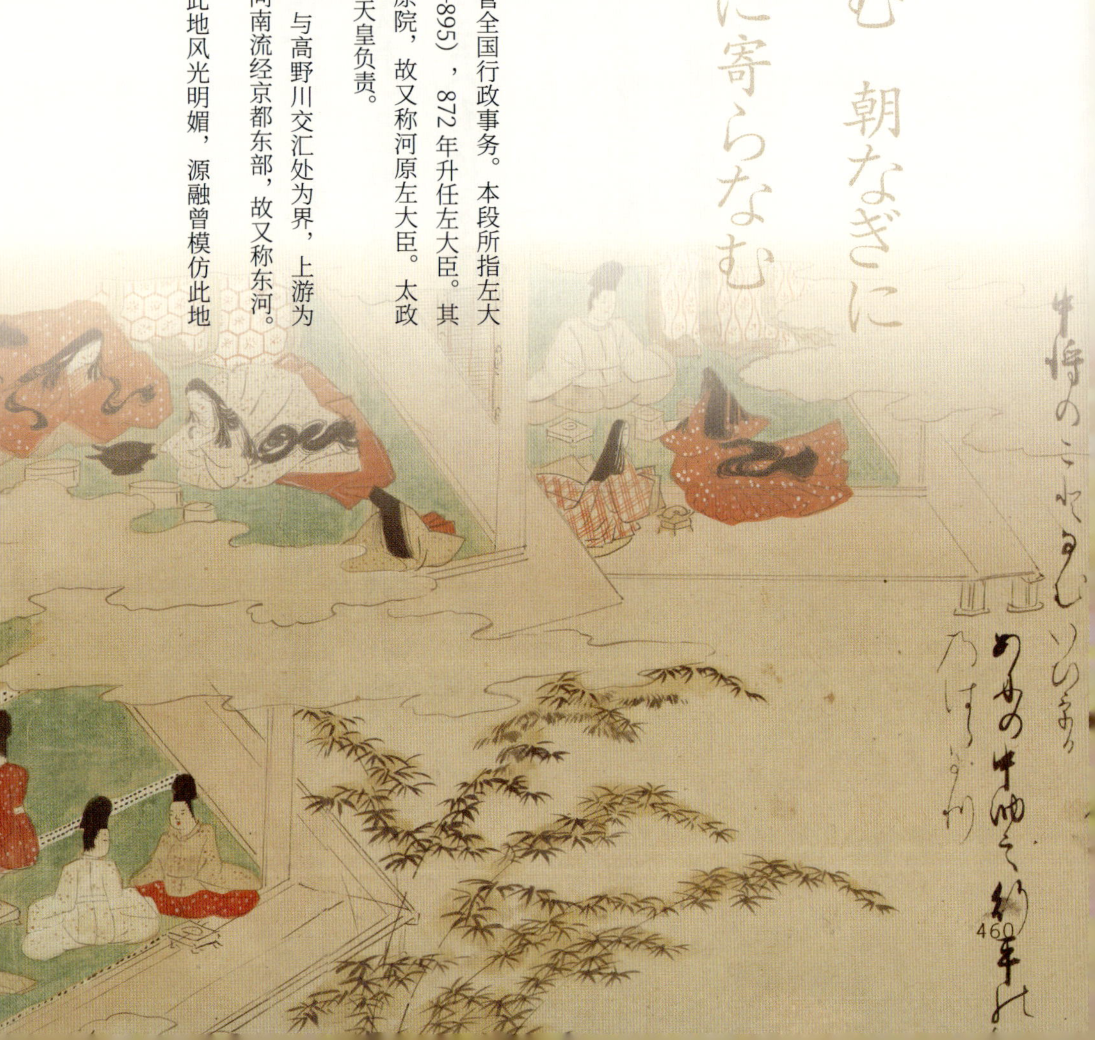

從前有一位左大臣，在加茂川岸边的六条地方建造一所風雅的宅院而住居着。十月下旬，菊花一度凋謝而重新盛開的时候，恰好紅葉呈艷，濃淡相間，十分美麗。左大臣就在此时邀請幾位親王来賞花，通宵宴飲，並演奏管弦。天色微明之时，諸人讚美府邸風致之幽雅，吟詠各種詩歌。這时候有一个像乞丐那樣襤褸的老人，蹲踞在府邸的门檻下面的泥地上，等别人詠畢之後，也詠一首詩道：

「何日来鹽浦，從容垂釣舟。
君風輕拂面，到此且遨遊。」

✿ 六十余国：又称六十六州，是基于律令制度划分的六十六个国，分属五畿七道，其中畿内为五国，东海道、东山道、北陆道、山阳道、山阴道、南海道、西海道七道共六十一国。

✿ 山崎：又称山埼、山碕、山前，位于淀川北岸，京都府乙训郡大山崎町大山崎与大阪府三岛郡本町山崎一带。古代由山城国管辖，是连接京都、大阪的交通要塞，山崎驿是当时畿内最大的驿站。此地亦是平安时代的皇家猎场，嵯峨天皇曾在此建山崎离宫，又称河阳宫（意为淀川北岸的宫殿）。

✿ 水无濑：位于大阪府三岛郡岛本町天王山西麓，地处水无濑川与淀川的交汇处，山水秀美。古代曾建有皇家离宫。

✿ 右马头：865 年在原业平被任命为右马头，此处的右马头应是在原业平。惟乔亲王（844—897）善诗歌，与纪有常、在原业平等交往甚密。

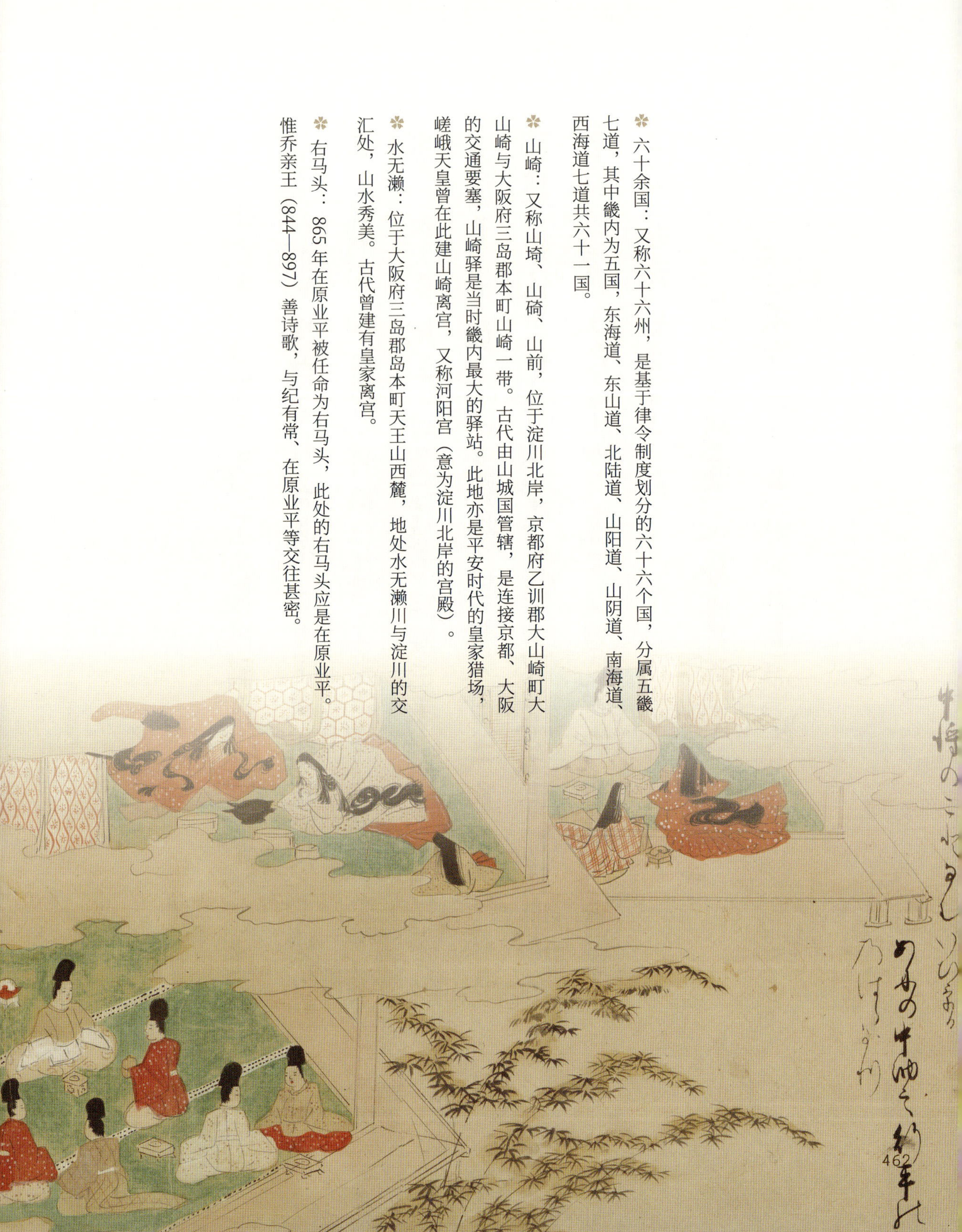

58

筆者以前赴陸奥旅行时，看見那地方有許多珍奇美妙的風景。然而我朝六十餘國之中，比得上鹽灶地方的風景，一處也沒有。所以這老翁讚美這庭院風景时，特别提出鹽灶浦，其得意是說『自己彷彿是不知何时来到了鹽灶浦上。』

第八十二話

從前有一位叫做惟喬親王的皇子。這皇子在山城國的山崎附近叫做水無瀨的地方有一所别莊。每年櫻花盛開之时，皇子必來居住。這时候，有一个當右馬頭的官職的人，

世の中に　たえてさくらの　なかりせば
春の心は　のどけからまし

散ればこそ　いとどさくらは　めでたけれ
憂き世になにか　久しかるべき

✽ 交野：位于大阪府枚方市与交野市一带，是平安时代的皇家猎场，自古便是赏樱胜地。

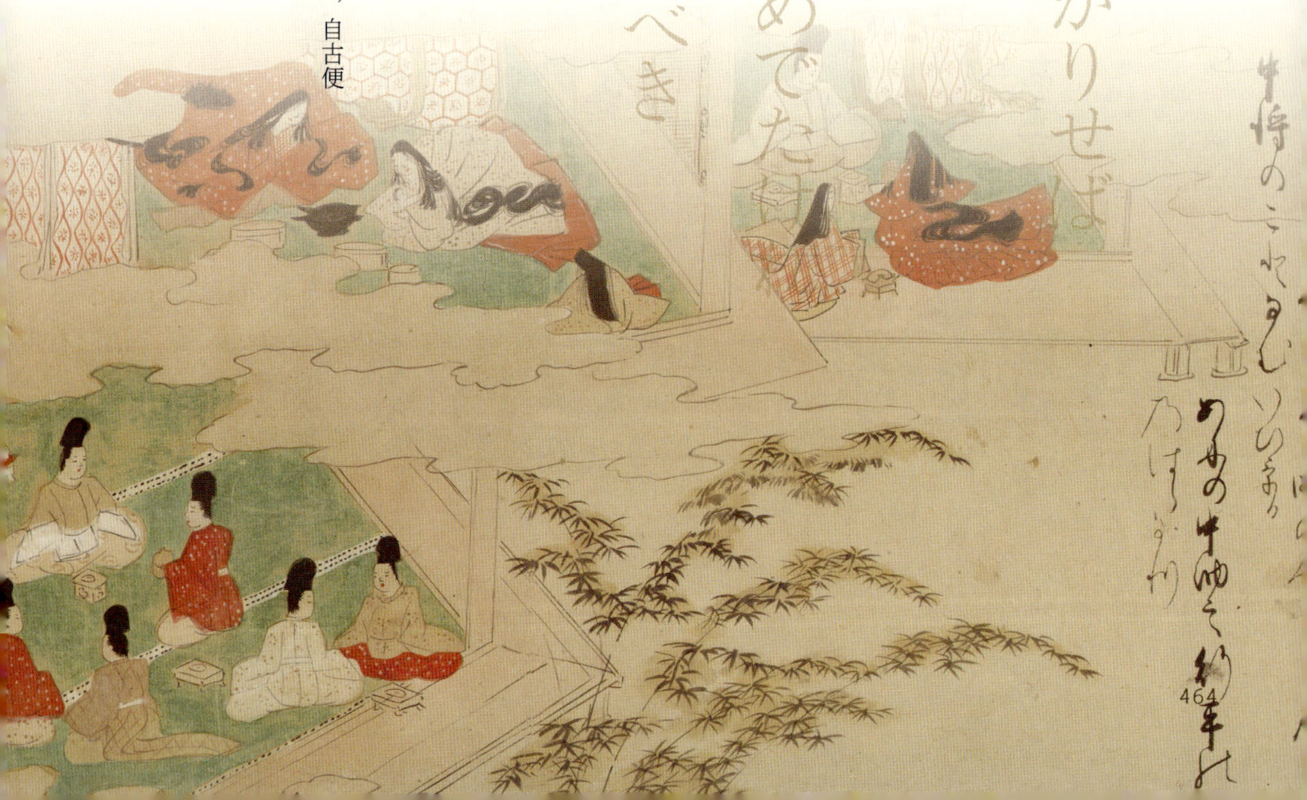

一定陪同前來。歷年既久，這個人的姓名記不起了。這位王子出門去，名為打獵，其實只愛在春日的田野中飲酒賦詩。有一天出獵，來到一个叫做交野的渚上，看見那裏有一株梅樹，姿態窈窕可愛，便在這樹下下馬，手折花枝，插在頭上。上者、中者、下者，一齊吟詠詩歌。那右馬頭詠的詩是：

「花間人躑躅，花落人傷心。
減卻櫻花種，一春處太平。」

另一人詠詩曰：

「莫怪花易落，勸人大有功。

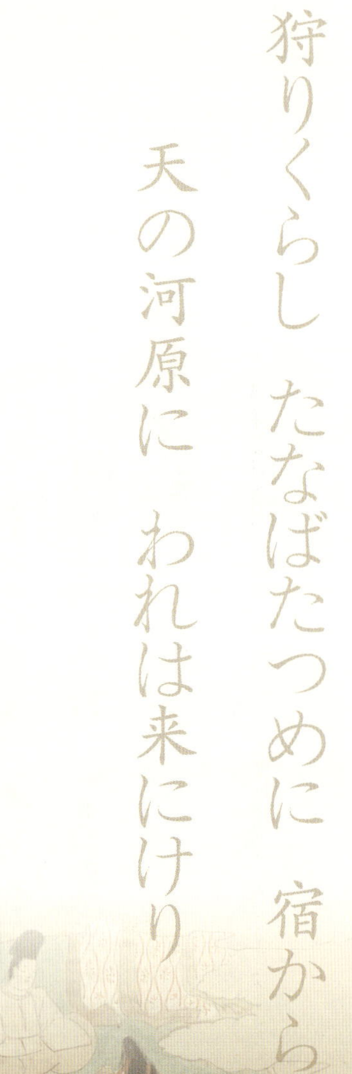

狩りくらし　たなばたつめに　宿からむ

天の河原に　われは来にけり

✿ 天河：发源于妙见山南麓，是淀川的支流，流经大阪府枚方市一带。

59

無常原迅速，正與此花同。」

後來大家離開櫻花林下而歸去，日色已漸向暮了。隨從人等命僕役拿了酒肴，從狩獵地方走來。皇子說應將此酒飲盡，便去另找景色優美的地方，來到了名叫天河的河岸上。

於是右馬頭向皇子獻一盃酒。皇子說道：「在交野打獵，來到了天河邊上。你且將此意詠詩，然後獻酒吧。」右馬頭便詠道：

「天河臨近也，狩獵到天涯。

聞向誰行宿，河邊織女家。」

皇子深為感佩，反復吟詠這首詩，終於不能和唱。

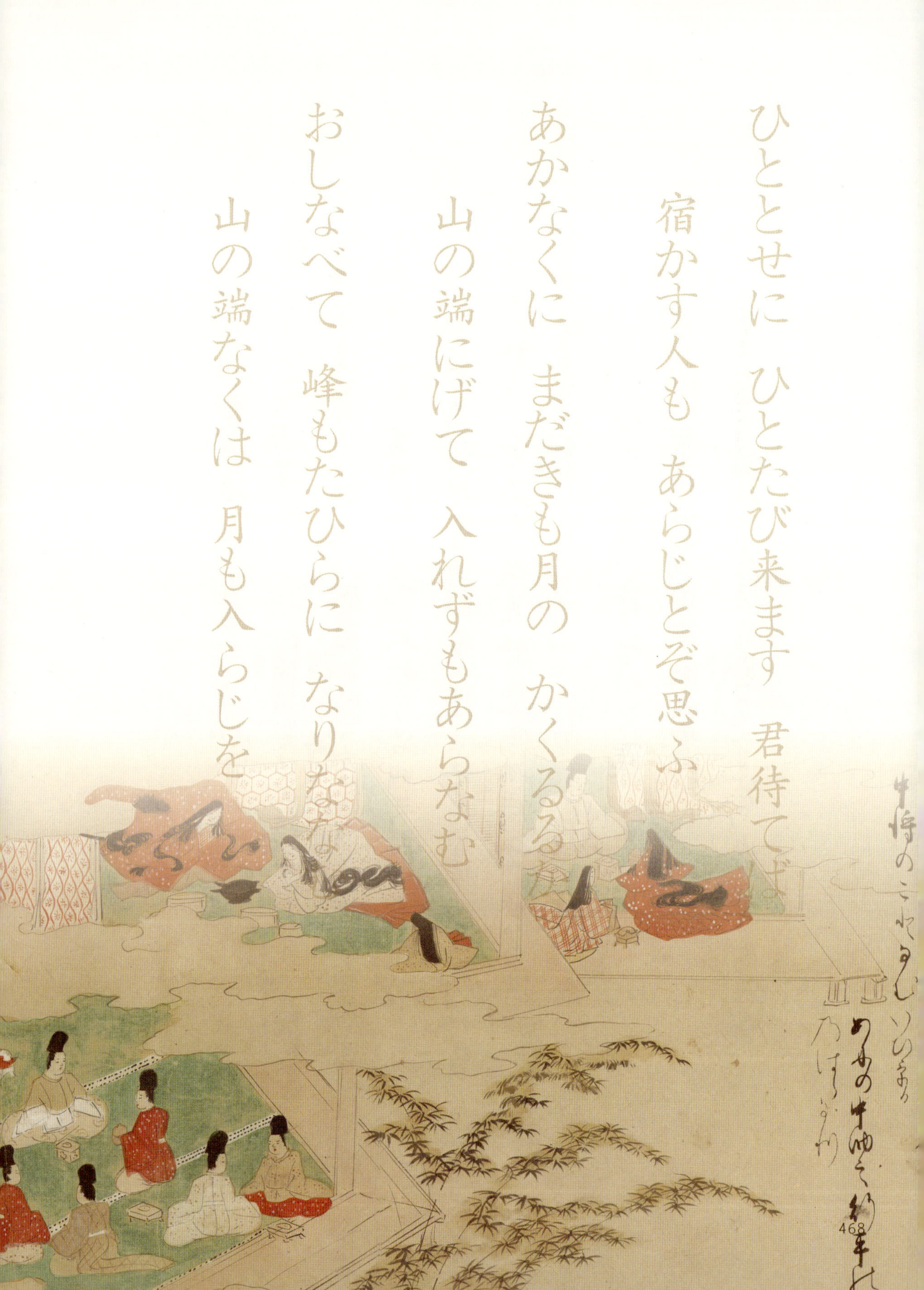

ひととせに　ひとたび来ます　君待てば
宿かす人も　あらじとぞ思ふ
あかなくに　まだきも月の　かくるるか
山の端にげて　入れずもあらなむ
おしなべて　峰もたひらに　なりななむ
山の端なくは　月も入らじを

其时有一个叫做纪有常的人，奉陪在侧。此人和一首诗道：

『河濱織女会，七夕會牽牛。

外客去投宿，想来不肯留。』

不久皇子回到了水無瀨別莊，再在這裏飲酒閒談，直到夜深。皇子已醉，要回寢室去。其時十一日的月亮正將下山，右馬頭又詠詩曰：

『今夜清光滿，貪看不思休。

碧空無限好，莫隱入山頭。』

紀有常又代皇子答詩曰：

『斬去森林樹，削平地上峯。

月輪無處隱，長掛碧空中」

〔注〕惟喬親王是文德天皇的第一皇子。其母乃紀有常之妹靜子，因此這位親皇和在原業平是從兄弟，後来因藤原氏佔據皇位，這位皇子在小野山里地方閑居以終。

第八十二話

從前，常常到水無瀨的別莊來遊玩的惟喬親王，出例出外去打獵。奉陪的是老翁右馬頭。皇子在那裏住了幾天，便回京都宮邸。這老翁伴送皇子到宮邸之後，就想回去。但皇子要他喝酒，還要送他禮物，因

枕とて　草ひきむすぶ　こともせじ

秋の夜とだに　たのまれなくに

✿小野山：位于山城国爱宕郡小野乡一带，地处比睿山西麓，冬季会有厚厚的积雪。

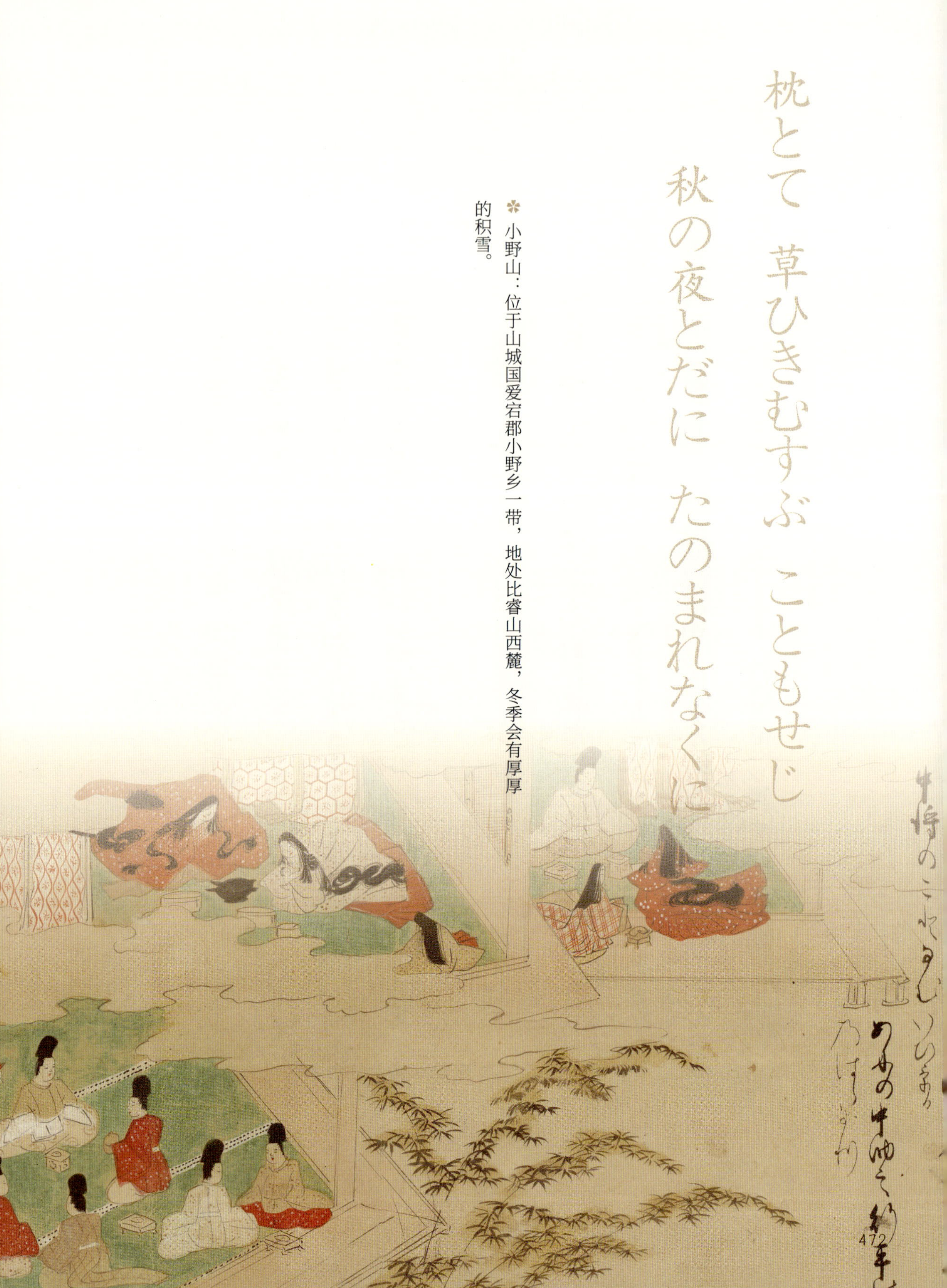

此他不能脱身。这右马头不得乞假，心绪惑乱，咏歌道：

「春宵不似秋宵永，

未得长留侍奉君。」

其时正是三月下旬也。皇子也不睡觉，通宵宴饮。右马头準備这样地侍奉他。却万想不到皇子不久就剃发为僧，隐居到小野山*去了。

到了正月里，右马头想看看皇子，便去访候。小野山位在比叡山麓，此时积雪甚深。他好容易踏雪前行，到达了皇子住所。皇子在此寂寞無聊，憂愁度日，希望右马头多多留几時，和他作伴。右马头也情愿长期奉侍，

忘れては　夢かとぞ思ふ　おもひきや

雪ふみわけて　君を見むとは

✽皇女：此处应指在原业平的母亲，即第 50 代天皇桓武天皇之女伊都内亲王（?—861）。

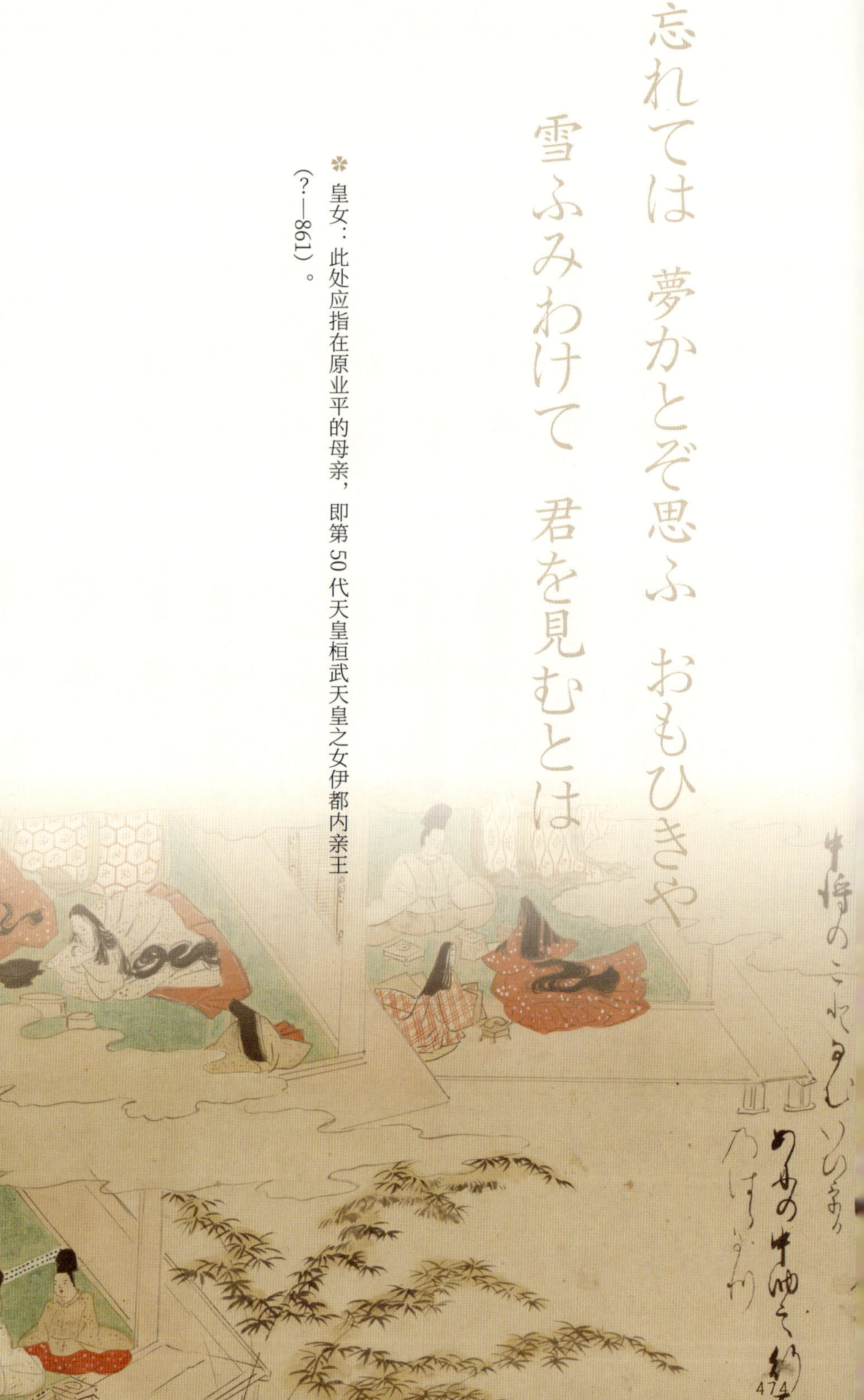

然而正月裏宮中事務紛忙，因此事与願違，傍晚時分就向皇子乞假，奉呈一首歌：

「踏雪追尋疑做夢，
渾忘君是出家僧。」

啼々哭々地回去了。

第八十三話

從前有一个男子。他的官位低微，但他的母親是皇女。母親住在叫做長岡的地方，兒子則在宮廷中當差。他時々想去探望母親，然而總不能常々去訪。母親只有這一个

老ぬれば　さらぬ別れの　ありといへば
いよいよ見まく　ほしき君かな

世の中に　さらぬ別れの　なくもがな
千代もといのる　人の子のため

兒子，很是疼愛，常常想念他。這樣地分居兩地，到了某年十二月中，母親派人送給他一封信，說是很緊急的。他大吃一驚，連忙拆開來看，其中並無別的文句，只有一首詩：

「殘年生趣盡，死別在今明。
望子歸來早，憂思日日增。」

兒子讀了這詩，來不及準備馬，急急忙忙地步行到長岡，一路上淌着眼淚，心中詠這樣的詩：

「但願人間世，永無死別哀。
慈親因有子，延壽到千秋。」

第八十四話

思へども　身をしわけねば　目離れせぬ
雪の積るぞ　わが心なる

✿皇子：即惟乔亲王，872年7月出家，据传京都市左京区大原上野町的五轮塔是他的墓塔。

ちんのよ
いりかきふ
　　　系し
　　わされ
　　きっし
　　　はりき
　　　　　丹

62

從前有一個男子。他所從小奉侍的一位皇子，忽然剃髮做了和尚。雖然已經出家，每年正月裏這男子總是前去訪問。他是在宮中任職的，平常时候不能去訪問。但他不忘舊日的恩誼，今年正月間又去拜訪。另有些人，也是從前奉侍他的，有的在俗，有的也已出家，都來拜訪他。他說現在是正月裏，与平时不同，須請大家喝酒。這一天大雪紛飛，終日不絕。大家喝得大醉，就以「阻雪」为題而詠诗。這男子詠的是：

「思君徒遠望，無計可分身。

落雪天留客，天公稱我心。」

いままでに　忘れぬ人は　世にもあらじ

おのがさまざま　年の経ぬれば

皇子讚賞此詩，認為情意殊勝，脫下身上的衣服來賞賜他。

第八十五話

從前有一個童年男子，和一個稚齡女郎互相愛慕。兩人都有父母管領，多所顧忌，這戀愛就中途斷絕了。過了幾年之後，女的希望遂其舊日的素願，獲得團圓，重新向男的求愛。男的便做一首詩送給她。送她這樣的詩，不知是什么用意。詩曰：

久別猶相念，人間迄未聞。

蘆の屋の　なだのしほやき　いとまなみ
つげの小櫛も　ささず来にけり

✿ 芦屋：位于兵库县六甲山南麓的芦屋川流域。古代属摄津国菟原郡管辖，是在原业平父亲阿保亲王的领地。

63

正因便崩月，彼此想思頻。」

兩人之間的交往止於如此。所説後來男的和女的在宮中同一地方供職。

第八十六話

從前有一個男子，因在攝津國、菟原郡的蘆屋里有地方自己的領地，就到那地方去住居了。古歌有云：

「蘆屋鹽燒忙不了，

黃楊小櫛久生疏。」

歌中所詠的，正是當地的情形，這地方就叫做蘆

484

屋簷。這男子的地位並不很高，但他在宮中任職，頗多閒暇，因此京中的衛府裏的官吏等人常常到這裏來遊玩。他的哥哥也是在衛府裏當長官的。他們在這屋子面前的海岸上散步之後，有一個人說：「好，我們爬到這山上去看看那瀑布吧。」

大家爬上去，一看，這瀑布果然與眾不同，高二十丈，幅五丈餘的岩壁上，彷彿包着一匹白布。這瀑布的上方，有一塊圓蒲團那么大的岩石突出着。落在這岩石上的水，像小橘子或栗米那么大小，向四處飛散。看的人大家詠瀑布的詩歌。那衛府的長官首先詠道：

わが世をば　今日か明日かと　待つかひの
涙の滝と　いづれ高けむ
ぬき乱る　人こそあるらし　白玉の
まなくも散るか　袖のせばきに

✽ 宫内卿：宫内省的长官，宫内省主要负责皇室事务。此处的宫内卿应是架空的人物。

64

『我生诚短促，悲待死期临。
珠泪如飞沫，将同瀑布争。』

其次是主人咏诗：

『白玉珍珠串，忽然断了绳。
珍珠如旧落，湿透我衣襟。』

诸人读了这首诗，大约都觉得如此咏诗，结局是制造笑柄，因此没有人再咏了。

归途颇远。经过已故的宫内卿藤能家的时候，日色已暮了。遥望卿家方面，但见海边有无数渔火，闪闪发光。主人又咏一首诗：

晴るる夜の　星か河べの　螢かも

わがすむかたの　あまのたく火か

わたつみの　かざしにさすと　いはふ藻も

君がためには　おしまざりけり

488

「似是晴空星，又疑水上萤。
草菲叢梓边，渔火夜深明。」

說罷我回家去。這天晚上南風甚大。緩和之後，波浪还是很高。次日一早，主人就派婢女等到海边去，把波浪漂过來的海藻拾些回家來。主婦就把這些海藻盛在一只高腳盤子裏，上面蓋一片柏葉，葉上寫着一首歌：

「此是海神粧飾品，
為君漂过此边來。」

作為乡下村婦女的歌，算是好的呢，还是壞的呢？

第八十七話

おほかたは　月をもめでじ　これぞこの
つもれば人の　老いとなるもの
人しれず　われ恋ひ死なば　あぢきなく
いづれの神に　なき名おほせむ

65

從前，有幾个年紀不算小了的伴侶，大家集在一起观賞月亮。其中有一个人詠這樣的一首詩：

『清光雖皎潔，不是愛團圓。
月月來相照，催人入老年。』

第八十八話

從前，有一个身分並不微賤的男子，思慕一个比他高貴的女子，空自度送了愁苦的歲月。他就詠這樣的一首詩：

『單戀無人曉，衷心似火煎。
一朝失志死，枉自怨蒼天。』

桜花　今日こそかくも　にほふとも
あな頼みがた　明日の夜のこと

第八十九話

從前有一個男子，不知怎的看中了一個無情女子，向她表示戀慕之意。女的大約也同情於他，央人對他說道：『你既然如此想念我，就請隔着簾幙和我談話吧。』

男的聽了這話，非常歡喜，但也還有不安之心，就在一枝正在盛開的櫻花上繫上這樣的一首詩，叫人送給她。詩曰：

『今日櫻花好，嬌嫣滿眼前。

且看明日晚，是否尚依然。』

實際上，那女的心中也有這樣的感想吧。

をしめども　春のかぎりの　今日の日の
夕暮にさへ　なりにけるかな

66

第九十話

從前有一个男子，不能會見他所思慕的女子，愁嘆自己正像做夢一般度送日月。到了春暮的三月晦日，詠了這樣的一首詩：

「三月今朝盡，惜春雙淚淋。
夕陽無限好，只是近黃昏。」

這首詩中隱藏著戀慕之情，然而恐怕沒有人能了解他的真意吧。

第九十一話

あしべこぐ　棚なし小舟　いくそたび
ゆきかへるらむ　しる人もなみ

あふなあふな　思ひはすべし　なぞ
たかきいやしき　苦しかりけり

從前有一個男子，不堪相思之苦，每日在那女子的家門前徘徊來往。然而要送一封信也辦不到。他就詠這樣的詩：

「蘆花高且茂，中有小舟搖。

岸上無人見，往來空自勞。」

第九十二話

從前有一個男子，不管自己身分低微，卻愛慕一個高貴的女性。然而絲毫也不能把心情傳達給她。於是此人醒也相思，睡也相思，不勝憂惱，就詠這樣的詩：

「鳥雖羽毛美，無須學鳳凰。

67

我在懷碧玉，何苦要看皇后。」

第九十三話

從前有一個男子和一個女子。不知為了什么事情，男的不再來訪問這女子了。後來這女子另嫁了一個丈夫。但她和前夫之間已經生了一個孩子，所以雖然不像本來那樣親密，男的也常常和她通問。

這女子擅長繪畫。有一次前夫送一把扇子來要她畫。她說因為後夫在此，所以要遲一兩天畫。前夫心中不快，寄信給她說：「你把我把你的事情耽擱到現在，原是意中之事，

秋の夜は　春日わするる　ものなれや
かすみにきりや　千重まさるらむ
千々の秋　ひとつの春に　むかはめや
紅葉も花も　ともにこそ散れ

但我總不免怨恨。」又做一首詩送她，其時正是秋天。詩曰：

「貪賞秋宵好，渾忘春日佳。
人情原已慣，重霧掩輕霞。」

女的回答他一首詩如下：

「千度秋長夜，爭如一日春。
櫻花易散落，紅葉快凋零。」

第九十五話

從前有一个在二条皇后殿內供職的男子，和同在這殿內供職的一个女子經常見面，便思慕她，歷時已經很久了。

ひこ星に　恋はまさりぬ　天の河
へだつる関を　いまはやめてよ

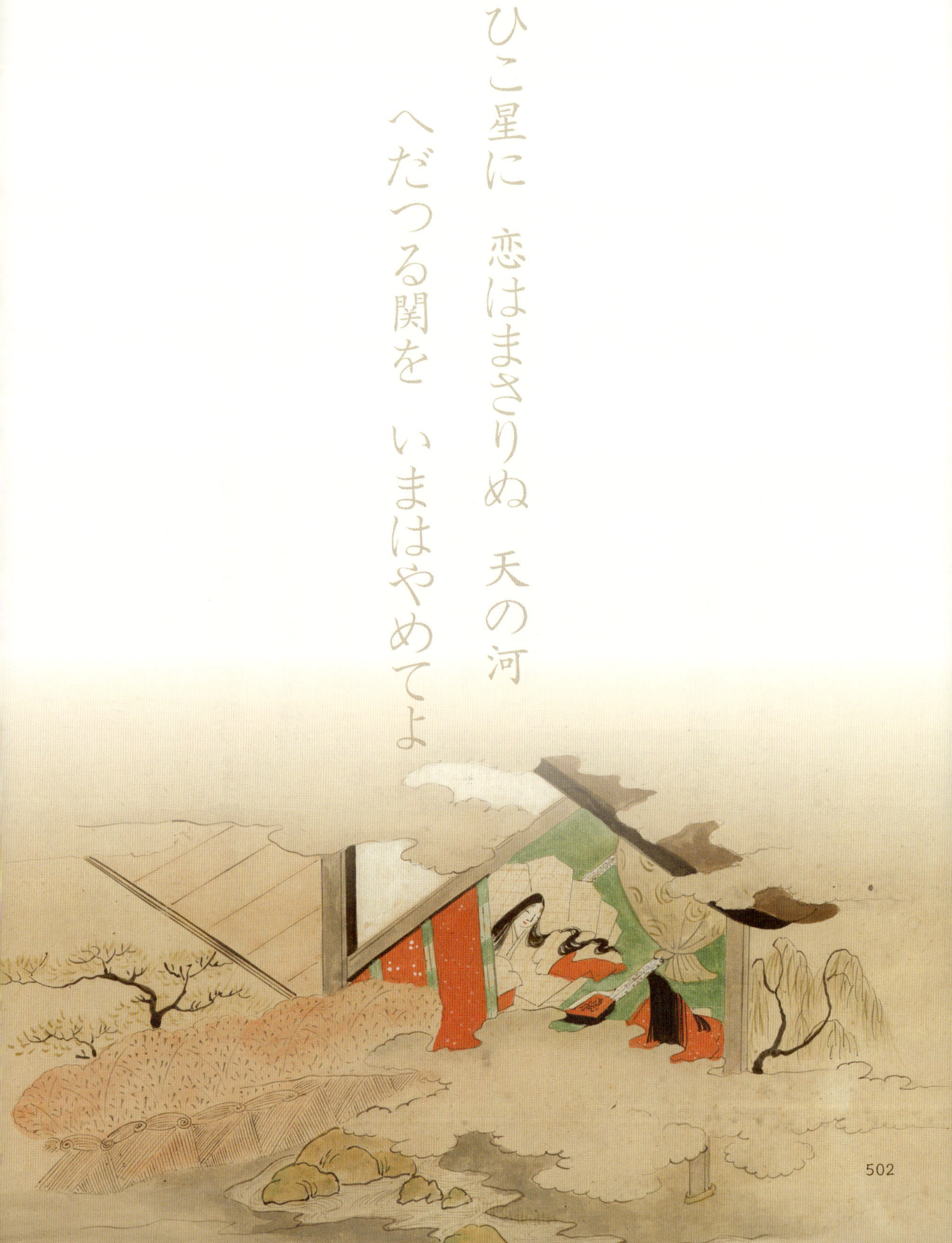

68

有一次，他送一封信给這女子，說道：「至少和我隔簾相會，聊以慰我心頭之恨。」

那女子便趁人不見的时候，隔着簾幔和他相會。男的向她訴說了種々心事之後，詠一首詩道：

「垂簾相对语，好似隔銀河。隔壁相思簾捲，牛郎熱淚多。」

那女子讀了這首詩心中感動，便容許他了。

第九十五話

從前有一个男子，戀慕一个女子。彼此通問，已有

很長的日月。那女子原来不是木石心腸的無情人，因此可憐這男子，对他漸漸地發生好感了。二人希望相會，但這正是六月中旬盛暑的时候。那女的由於出汗，身上生了一兩个腫毒。她便对男的說：「現在我除了想念你以外，什么心事也沒有了。不过我身上生了一兩个腫毒，又且天氣炎熱。所以我想稍稍延緩，等秋風一起，一定和你相會。」

到了初秋时候，女子的父親聞知女兒偷偷地和那男子通情，大為震怒，肆口叱罵，家中便起了紛爭。這女子本来住在母親的娘家，发生了這事情之後，她的哥哥就来迎接她，要帶她到父親那裏去。女的悲嘆之餘，叫人去拾

秋かけて　いひしながらも　あらなくに
木の葉ふりしく　えにこそありけれ

69

一張那紅的楓葉來，在這上面寫一首歌：

「昔秋佳約已成夢，
空見寒林落葉飄。」

她吩咐家裏的人：「如果對方派使者來，你們可把這個交給她。」說過之後她就走了。

如此別去了之後，這女子到底是度着幸福的日子呢，還是不幸地生活着，無從得知，連她的住處也不知道了。那男的憤不欲生，只管扼腕太息，咒罵那女子。這真是无味之極了。她嘆着氣說：「唉，可怕！人的咒罵到底是有效應的呢，還是沒有效應的，且看着吧。」

桜花　散りかひ曇れ　老いらくの
来むといふなる　道まがふがに

✽ 堀河太政大臣：即藤原长良的第三子藤原基经，其府邸面向堀河，称为堀河院又称堀川殿，藤原基经也被称作堀河大臣、堀川太政大臣。太政官是律令体制下的最高官厅，下辖中务省、式部省、治部省、民部省、兵部省、刑部省、大藏省、宫内省八省，最高长官为太政大臣。《养老令》中关于太政大臣的记述为『师范一人，仪形四海，经邦论道，燮理阴阳，无其人则阙』。明治新政后，作为国家最高行政机构的长官，太政大臣除统辖国家行政事务外，还统领国家陆军、海军。1885 年 12 月延续了一千多年的太政官制被废止，太政大臣的官职也随之消失。

✽ 四十岁的贺筵：在日本古代，四十岁时称为初老，以后每增十岁大庆一次。此处应是 875 年举行的藤原基经的四十岁寿宴。

✽ 近卫中将：应是在原业平。

第九十六話

從前有一位堀河太政大臣，在九条的自邸内舉行四十歲的賀筵。這一天有一位當近衛中將的老翁，詠這樣的詩：

「櫻花千萬瓣，蔽日滿天飛。
老物將來訪，眼花路途迷。」

第九十七話

從前有一位太政大臣。有一个在這大臣邸内供職的男子，於九月間將一枝人造的梅花和一只雉雞奉獻給大臣，附一首詩：

わが頼む　君がためにと　折る花は
ときしもわかぬ　ものにぞありける

70

「時季（雉雖）無移變，造花永不凋。
願君長壽考，庇我小臣僚。」
太政大臣讀了這首詩覺得很高興，把許多物品賞賜使者。

第九十八話

從前，右近衛府的馬場上舉行騎射儀式的那天，有一個近衛中將在那裏參觀。他看見對面停着一輛牛車，從車門簾中露出一個美女的顏貌來，就詠了這樣的一首詩送給她：

見ずもあらず　見もせぬ人の　恋しくは
あやなく今日や　ながめ暮さむ
しるしらぬ　なにかあやなく　わきていはむ
思ひのみこそ　しるべなりけれ

「如見卻非見，如親又陌生。
今朝心錯亂，盡日戀伊人。」
那女子回答他一首詩道：
「無關識不識，不管親非親。
惟有真心者，方能表戀情。」
後來他知道了這女子是誰，兩人終於團聚。

第九十九話

從前有一個男子，在宮中行經後涼殿和清涼殿之間的廊下時，有一個貴婦人從自己的住室的簾子底下

忘れ草　おふる野辺とは　見るらめど
こはしのぶなり　のちも頼まむ

✤ 丰子恺先生习惯将译文随手写于方格信纸背面，译至此处（第515—561页）时，转而改用信纸正面，故在设计上特沿其形式。

✤ 在原行平：在原业平的兄长，生于818年，卒于893年。历任播磨国守、信浓国守、参议、藏人头、大宰权帅、中纳言等，擅长诗歌，其作品被收录在《古今和歌集》《后撰和歌集》等。

✤ 左兵卫：与右兵卫协同负责宫中安保的部门，或指在左兵卫府供职的武官。左兵卫府的长官称为左兵卫督。

✤ 左中弁：太政官左弁官局的次官，官阶为大弁之下、少弁之上。左弁官下辖中务省、式部省、治部省、民部省。

✤ 藤原良近：中纳言藤原吉野（786—846）的四子，生于823年，卒于875年。历任刑部大丞、式部少丞、藏人、伊势权守等，874年任左中弁。

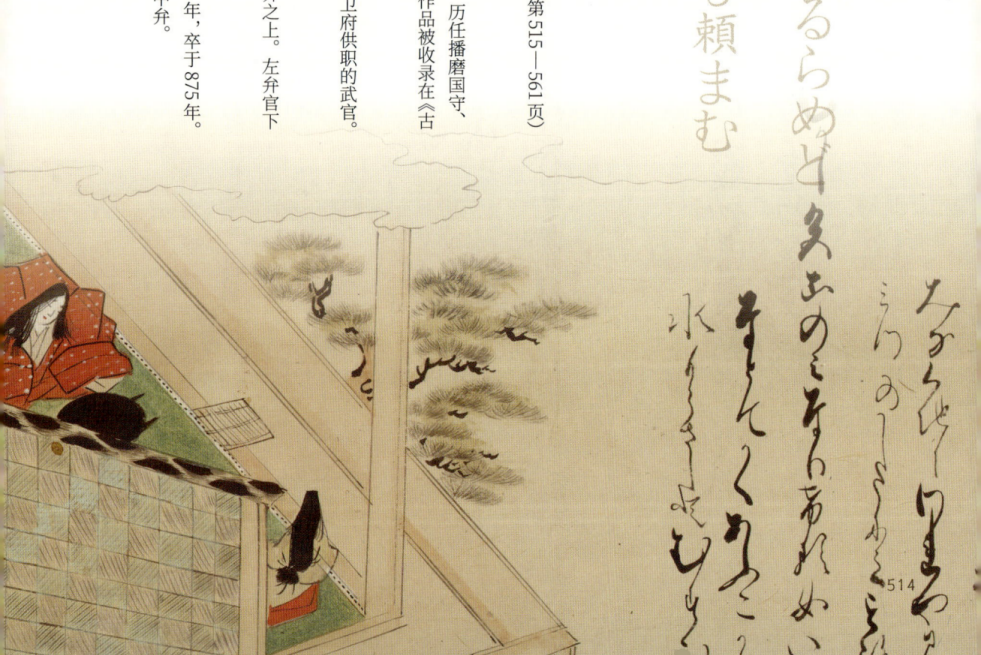

71

塞出一束忘草來，向這男子問道：「這也可以叫做忍草么？」這男子接了這束草，回答她一首詩道：

「我心雖忘草，一見即留情。

我心無忍草，耐性等佳音。」

第百話

從前有一個叫做在原行平的人，是左兵衛的長官。左宮中住職的人們聽見他家中有美酒，都來索飲。這一天他就以左中弁藤原良近為正賓而舉辦酒宴。

主人行平是個風雅人物，在花盆中養着各種各樣的

咲く花の　下にかくるる　人を多み
ありしにまさる　藤のかげかも

花。其中有一盆是花中最珍贵的美丽的藤花，花房有大至三尺六寸者。诸人就以此花为题而咏诗。各人咏毕之後，主人的兄弟闻知有酒宴，也来参加了。他们就拉住他，要他咏诗。此人从来不会咏诗，说出种种理由来推辞。然而他们不肯放过，一定要他咏。他就咏这样的一首诗：

「花开如盖，荫庇许多人。

今後藤花发，荣华日日增。」

别人问他：「你为什么咏这样的诗？」他回答道：「太政大臣良房公盛时的荣华，今日已达盛期。藤原一族的人特别

そむくとて　雲には乗らぬ　ものなれど
世の憂きことぞ　よそになるてふ

72

光荣。我想到此事，所以咏这样的诗。」在座诸人就不再批评他的诗了。

第百二話

从前有一个男子。此人对于诗歌并无素养，但对于人生颇有些理解。有一个出身高贵的妇人，现在已经当了尼姑，离开了尘嚣的都城而住在遥远的山乡中。这男子原是这妇人的同族人，咏了这样的一首诗送给她：

「有心遁俗世，不得上青云。

隐迹深山里，岂能忘世情。」

寝ぬる夜の　夢をはかなみ　まどろめば
いやはかなにも　なりまさるかな

✲深草帝：即第54代天皇仁明天皇，嵯峨天皇的皇长子，其母是橘清友（758—789）之女嘉智子（786—850）。850年3月19日称病出家，21日驾崩于清凉殿，时年41岁。因其陵寝在京都市伏见区深草东伊达町，故称深草帝、深草天皇。

第百三話

從前有一個男子，在深草帝治下供職。此人生性嚴謹，而未曾有過一點浮薄心情。然而不知怎的，由於一念之差，戀上了某親王所寵幸的一個女子。有一天，是兩人歡會後的第二天，這男子詠了這樣的一首詩送給這女子：

「昨夜同歡會，猶如在夢中。
回思當夜事，比夢更虛空。」

這首詩太惡俗啊！

注：「深草帝」即仁明天皇。

世をうみの　あまとし人を　見るかな
めくはせよとも　頼まるるかな

✿ 葵花会：在古代日本，京都上贺茂神社与下鸭神社在每年阴历四月第二个酉日举行的祭礼活动，参加者的冠帽和牛车以二叶葵装饰，故称葵祭，又称贺茂祭。现在每年 5 月 15 日举行，与祇园祭、时代祭并称京都三大祭。

73

第百三話

從前有一个女子，並無明確的原因，忽然出家當了尼姑。她的姿態雖然並改变了，但是对於俗世还是不能忘情，喜歡看熱鬧。有一天舉行葵花會，她就出去觀看。有一个男子看見了，詠了這樣的一首詩送給她：

「塵念渺可厭，祝她作尼僧。
觀賞葵花會，流盼到男身。」

第百四話

白露は 消なば消ななむ 消えずとて

玉にぬくべき 人もあらじを

✿ 立田川：流经奈良县西北部的河流，在生驹郡斑鸠町与大和川合流，自古便是观赏红叶的胜地。

從前有一個男子，苦悶之極，對一個女子坦白地說道：「我如此，死了罷休。」那女子回答他一首詩道：

「白露若要消散，應當散得光。

何須留殘滴，當作寶珠藏。」

這男子疑心她另有所歡的男人，心情不快。然而對這女子的愛慕之情日益加深了。

第百五話

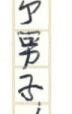

從前有一個男子，於高秋九月，諸親王出遊之時，前往侍候。他在立田川岸边詠這樣的詩：

ちはやぶる　神代もきかず　龍田河
からくれなゐに　水くくるとは

✿ 藤原敏行：陆奥出羽按察使藤原富士麻吕（804—850）的长子，生卒年不详，其母是纪名虎之女，其妻是在原业平之妹。善书法，日本现存国宝京都神护寺钟铭文，是敏行所书。善作和歌，是三十六歌仙之一，《江谈抄》《今昔物语集》中都记述有关于敏行的故事。

74

「立田川上水，紅葉染成紋。
似此珍奇景，古來無比偏。」

第百六話

從前，有一个出身良好的女子，在一个甚有身分的男子家裏供職。有一个掌管文件記錄的男子，名叫藤原敏行的，愛上了這个女子。這女子容貌雖甚美麗，但年紀還青，贈答的信也不大會寫，書牘的措詞也不懂得，詩歌當然也不會詠了。要她寫信，須得主人替她起稿，叫她照抄。藤原敏行看了别人代她作的信，歡喜讚嘆，詠

つれづれの　ながめにまさる　涙河
袖のみひちて　あふよしもなし
あさみこそ　袖はひづらめ　涙河
身さへながると　聞かばたのまむ

寫這樣的一首詩送給她：

「昔者遠朝下，相同過日深。

淚濡侵我袖，欲訪不成行。」

答詩是例由那个主人代作：

「淚水僅沾袖，淚河必不深。

君心如可靠，應是溼全身。」

敏行得詩，非常感動，便把這詩藏在文筐中，出入隨身攜帶。外人傳作佳話。

同是這个敏行，到了和這女子通情之後，卻寫這樣的信給她：「我很想來拜訪，但因天色即將下雨，所以正在等待。

かずかずに　思ひ思はず　問ひがたみ
身をしる雨は　ふりぞまされる

如果我有幸運，此雨便不降了。」

主人又代這女子回答他一首詩：

「來書情切切，是否出真心？
知我生命苦，連朝苦雨淋。」

敏行讀了這首詩，簑笠也無暇穿戴，不管衣服濡濕，冒着暴雨走來了。

第百七話

從前有一个女子，怨恨男子的無情，詠了這樣的一首詩，反復吟誦，甚似不厭：

風吹けば　とはに浪こす　岩なれや
わが衣手の　かはく時なき

宵ごとに　かはづのあまた　鳴く田には
水こそまされ　雨は降らねど

花よりも　人こそあだに　なりにけれ
いづれをさきに　恋ひむとか見し

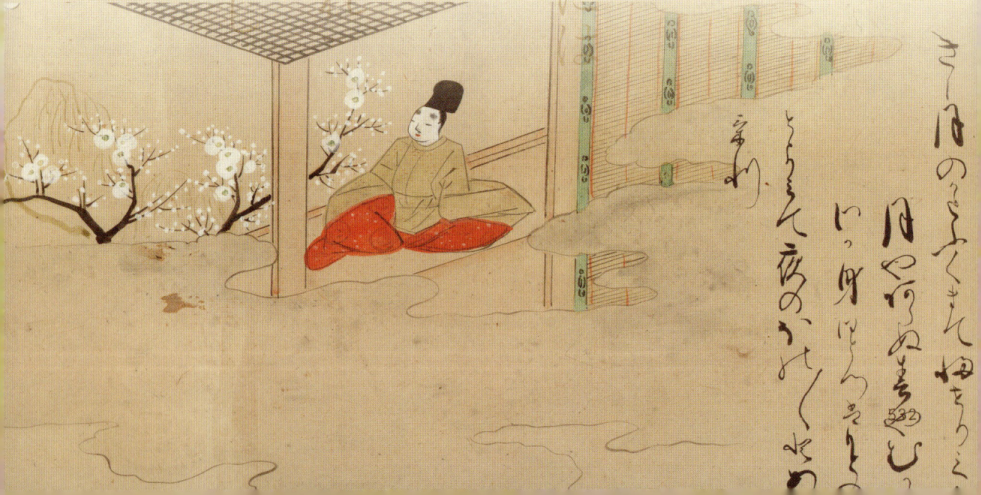

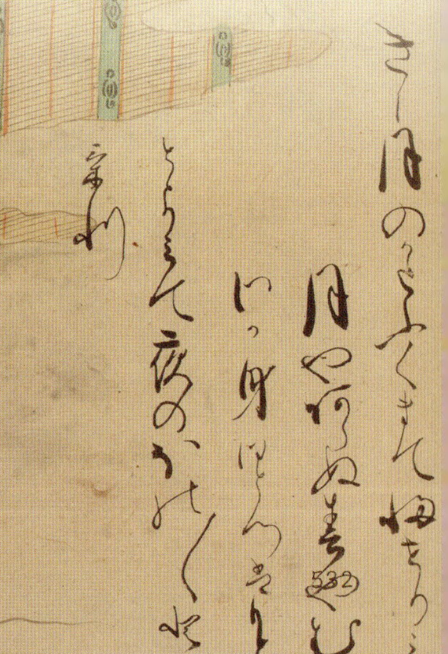

「我々日夜流淚，衣袖無時乾。

好似迴風起，波濤沒海岸。」

那男的聽到了，回答她這樣的一首詩，表示同情：

「夜々青蛙哭，田中水不盈。

雖無滂沛雨降，水勢每天增。」

第一百八話

從前有一個男子。他的朋友失去了所愛的女人，他就這樣的一首詩去弔慰他：

「花雖易散落，人死在花前。

思ひあまり　いでにし魂の　あるならむ
夜ふかく見えば　魂結びせよ

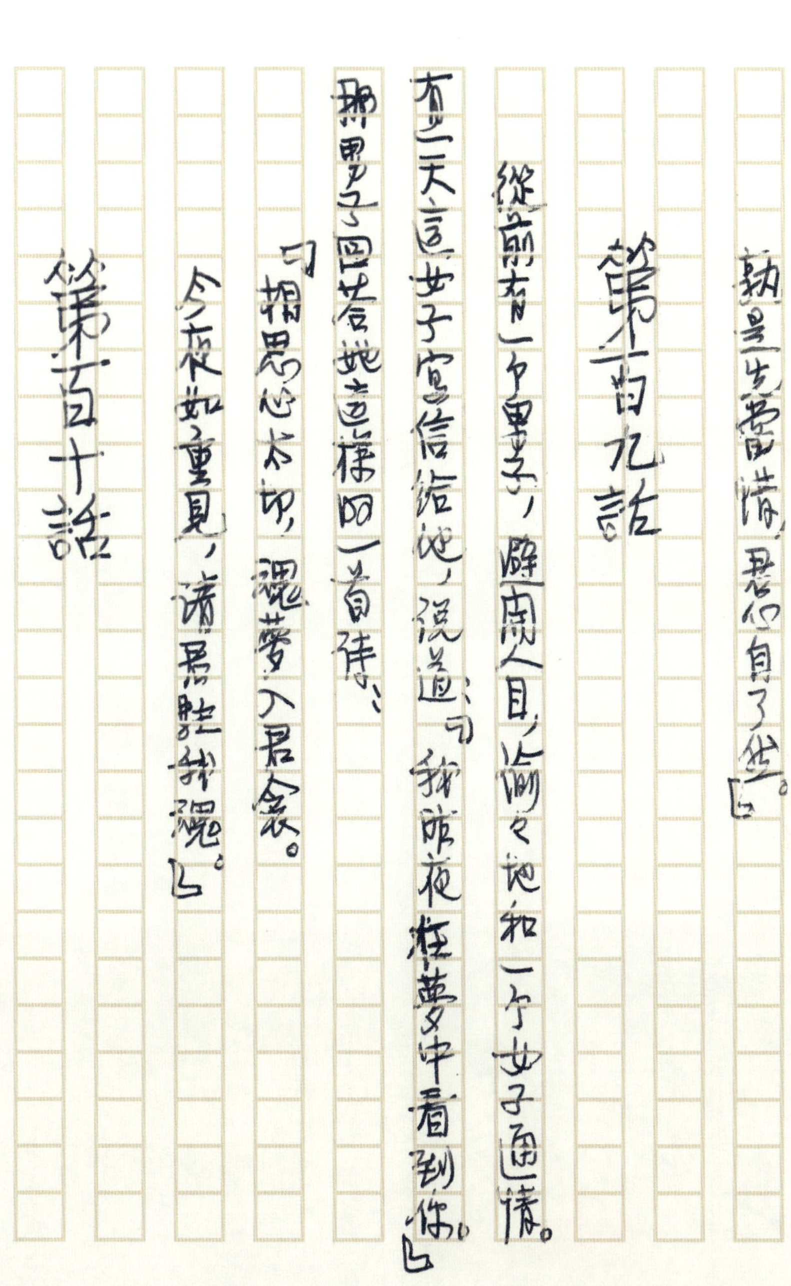

76

「孰是先當情，君心自了然。」

第一百九話

從前有一个男子，避開人目，偷偷地和一个女子通情。有一天，這女子寫信給他，說道：「我昨夜在夢中看到你。」那男子回答她這樣的一首詩：

「相思心太切，魂夢入君衾。
今夜如重見，請君繫我魂。」

第一百十話

いにしへは　ありもやしけむ　いまぞしる
まだ見ぬ人を　恋ふるものとは
下紐の　しるしとするも　解けなくに
語るがごとは　恋ひずぞあるべき

從前有一個男子，追念一個不曾見面而死了的女子，作了這樣的一首詩，送給一個身分高貴的女子。

「平生不相見，此日苦相思。
或許有前例，今朝我始知。」

第百十一話

從前有一個男子，好似熱心地向一個女子求愛，那女子只當不得知。他就詠了這樣的一首詩送給她：

「不需垂青眼，無須說戀情。
但看裙帶解，明我戀情深。」

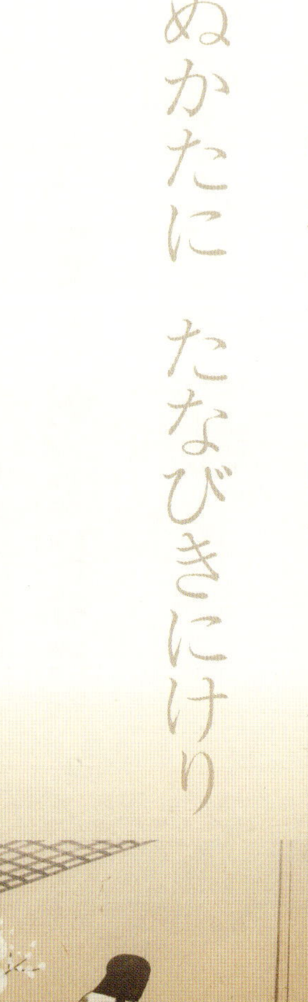

恋しとは　さらにもいはじ　下紐の

解けむを人は　それと知らなむ

須磨のあま　の塩焼く　けむり風をいたみ

思はぬかたに　たなびきにけり

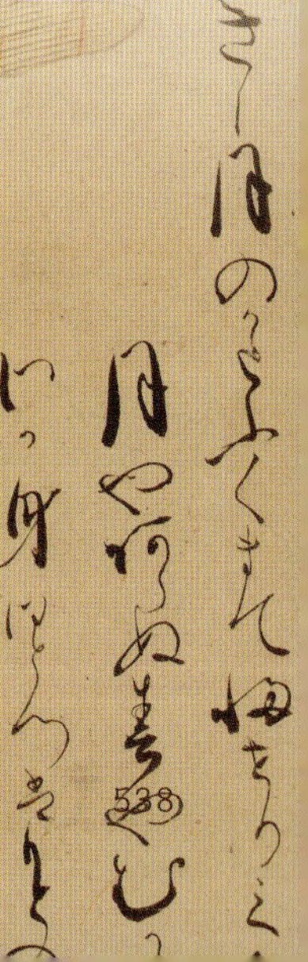

77

那女子回答他一首诗道：

「休言裙带解，不用谩思情。
巧语花言好，大家何不中听。」

第百十二話

從前有一个男子，真心诚意地和一个女子订立了山盟海誓，不料這女子忽然变心了。他送她這樣的一首诗，以表示怨恨之情。诗曰：

「青煙隨風去，飄散兩難尋。
地盡何人去，行方更不明。」

長からぬ　いのちのほどに　忘るるは

いかに短き　心なるらむ

✽ 仁和帝：第58代天皇光孝天皇，第54代天皇仁明天皇的三皇子。884年即位，时年55岁，在位仅三年，年号仁和，故称仁和帝。葬于京都市右京区宇多野的小松山陵，又称小松帝。

✽ 芹川：京都市伏见区境内的一条河流，发于竹田，流经鸟羽离宫一带。据《三代实录》记载，光孝天皇曾于886年行幸此地，进行鹰猎。而此时在原业平已经去世约六年了。

第百十三話

從前有一個男子，可愛的女子變了心。此人寂寞鰥居，詠這樣的一首詩：

「生年不滿百，恩義總易忘。
可嘆無情女，芳心不久長。」

第百十四話

從前，仁和帝*行幸芹川*的時候，有一個年紀稍長的男子，現在已經不配當隨從了，但因本來是在宮中掌

おきなさび　人なとがめそ　かりごろも
今日ばかりとぞ　鶴も鳴くなる

78

管飼鷹的職務的，所以此次行幸，也命令他担任大飼鷹之職而隨從之。此時這男子身穿禮服用草摺成而繡着仙鶴的花樣的獵衣，寫出這樣的一首詩：

「野老衣華彩，請君勿笑人。
寿倍今最後，感激謁山林。」

仁和帝讀了這首詩，龍顏不悅。這首詩原是這男子為了自己年老而詠的。然而年長的那些人聽來，以為「今最後」這話是否指他說的，仁和帝也有這樣的感想，所以龍顏不悅。

第一百十五話

おきのゐて　身を焼くよりも　悲しきは
みやこしまべの　別れなりけり

✿ 奥井的都岛地方：奥井、都岛皆是地名，据文章内容推测应位于陆奥国，但具体所指不明。

從前，陸奧國地方，有一個從京都來的男子，和本地的一個女子同居。有一天，男的對女的說："我要回京都去了。"女的非常悲傷，說道："那末我總得替你餞行吧。"就在這國中的奧井的都島地方，置酒送別，詠一首詩送給他、

"我身若奧井，痛苦似燃燒。
送你赴都島，天涯夢魂勞。"

男的讀了這首詩，非常感動，便不回京都去，留住在這地方了。

第百十六話

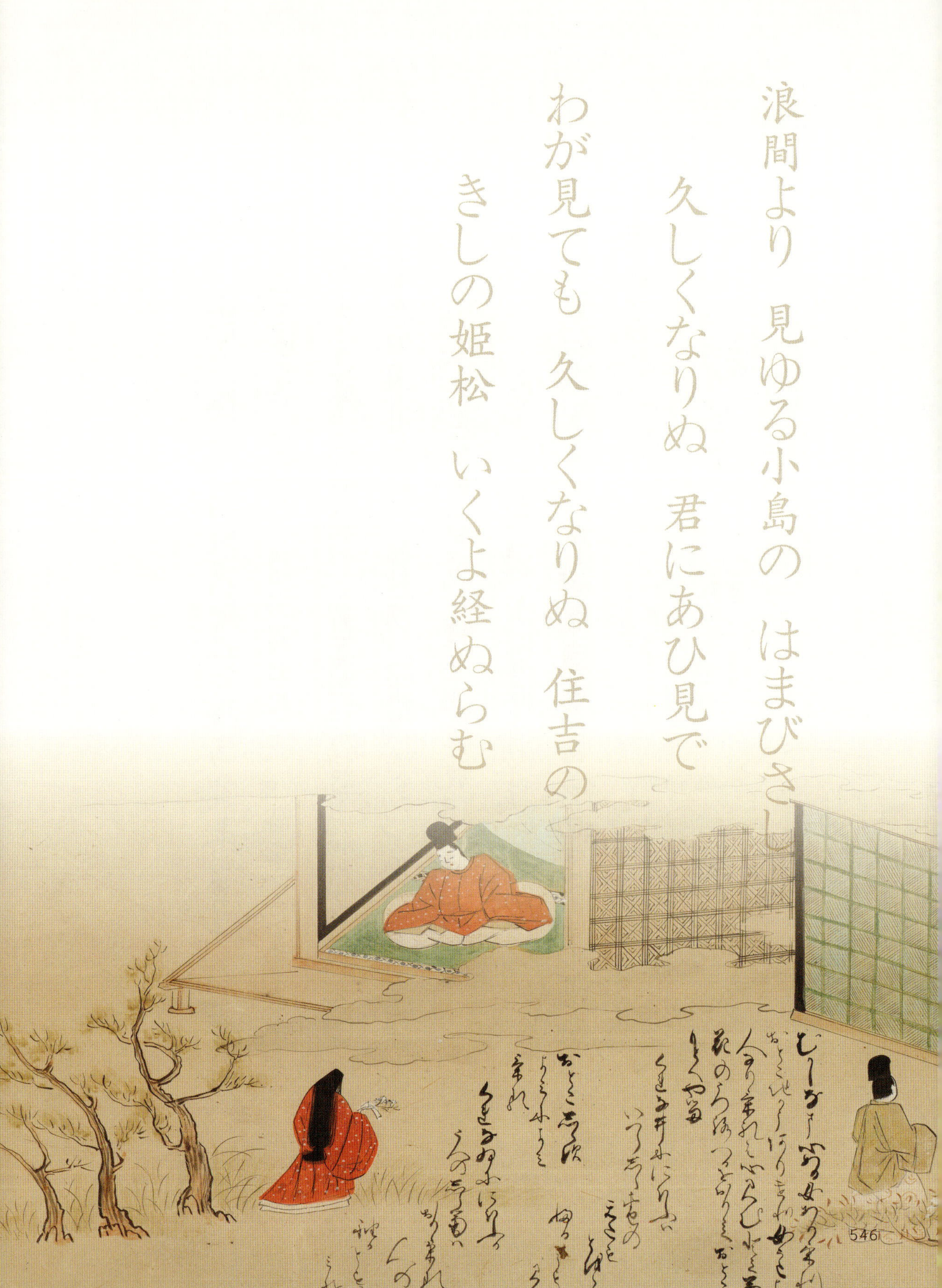

浪間より　見ゆる小島の　はまびさし
久しくなりぬ　君にあひ見で
わが見ても　久しくなりぬ　住吉の
きしの姫松　いくよ経ぬらむ

546

從前有一个男子，無端地漂泊到了陸奥國地方。寫一首詩歌送給留在京都的妻子：

「此時離叢望鄉邑，
此去離情別緒多。」

又添寫道：「我的放縱心情，到了那兒之後一切都改过了。」

第百十七話

從前，某天皇行幸到住吉地方。有一个隨駕的老翁詠一詩道：

「住吉河岸上，我看見的松，

むつましと 君はしら浪 みづがきの
久しき世より いはひそめてき
玉かづら はふ木あまたに なりぬれば
たえぬ心の うれしげもなし
548

今朝到今天每，閱歷幾秋冬。」

這时候，住吉的大明神忽然顯靈，詠一首詩道：

「陛下春秋盛，不知昔日緣。

此神守此土，遠古到今天。」

第百十八話

從前有一个男子，很久沒有音信給他所愛的女子了，有一天給她一封信，說道：「我決不忘記你，日內就要來和你相會。」女的回答他這樣一首詩：

「蔓草實無賴，攀緣到處行。

かたみこそ　いまはあだなれ　これなくは
忘るる時も　あらましものを

空言不忘我，难博我欢心。」

第百十九話

從前有一个女子，看到了那男子說是下次再見時的記念品而留在她那裏的物件，就詠了這樣的一首詩：

「見此遺念物，如逢宿世仇。

但求長相忘，此物不須留。」

第百二十話

從前有一个男子，戀慕一个女子，這女子還沒有和男子訂交。

近江なる　筑摩の祭　とくせなむ
つれなき人の　なべのかず見む

不能相与求爱的时候，想不到这女子已经和另外一个男子私通了。過了很久时光之後，他詠了这樣的一首诗：

「但願筑摩寺，神輿早日過。

看此無情女，頭戴幾只鍋」注。

〔譯者注〕筑摩地方有一神社，供奉御廚之神。每年五月初八日，举行鍋祭，許多婦女隨從神輿在街上巡行，頭戴紙製的鍋子，有幾个情郎，頭戴幾个鍋子。這是一種有名的奇怪風俗。

第百二十話

うぐひすの　花を縫ふてふ　笠もがな
ぬるめる人に　着せてかへさむ

うぐひすの　花を縫ふてふ　笠はいな
おもひをつけよ　ほしてかへさむ

✽梅壶室：宫殿名，位于清凉殿西北部的飞香社（藤壶）北侧。园中有大量梅花，故称梅壶，又名凝华舍、凝花舍。

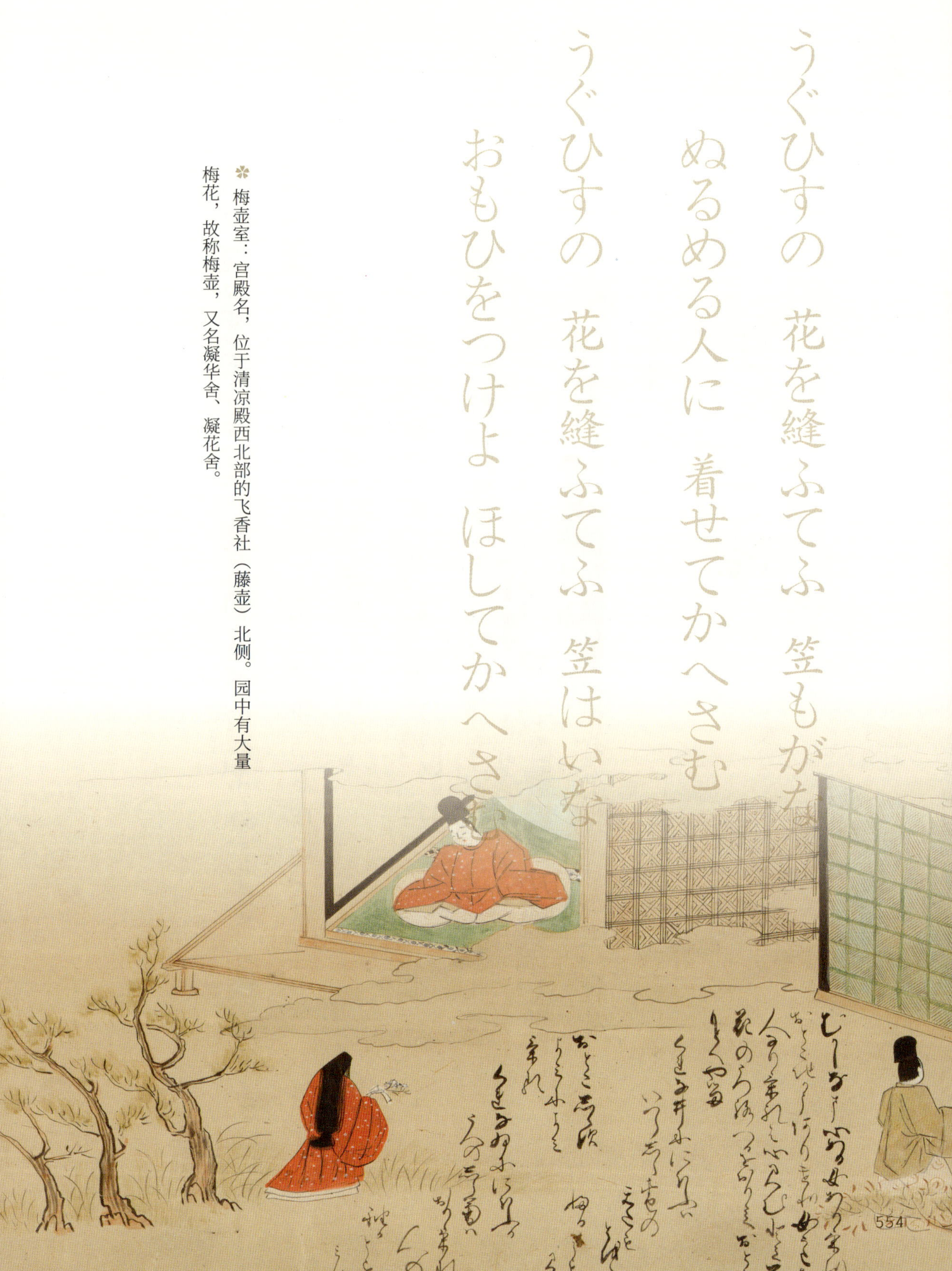

81

從前有一個男子，看見他所親愛的一個女子從宮的梅壺室*退出，衣服被雨沾濕了，便詠一首詩送給她：

「黃鶯啣柳葉，簑笠織來青。
送與伊人戴，莫教雨沾襟。」

那女子回答他一首詩道：

「莫教黃鶯織，無須簑笠青。
君心熱似火，請拂濕衣襟。」

第一百二十二話

從前有一個男子，和一個女子訂了堅定的盟約，這女子

山城の　井手の玉水　手にむすび
たのみしかひも　なき世なりけり
年を経て　すみこし里を　いでていなば
いとど深草　野とやなりなむ

✽ 深草：京都市伏见区深草，古时属山城国纪伊郡管辖，纪伊郡八乡之一。深草是风水宝地，有深草十二帝陵，还有诸多弥生时代遗迹。

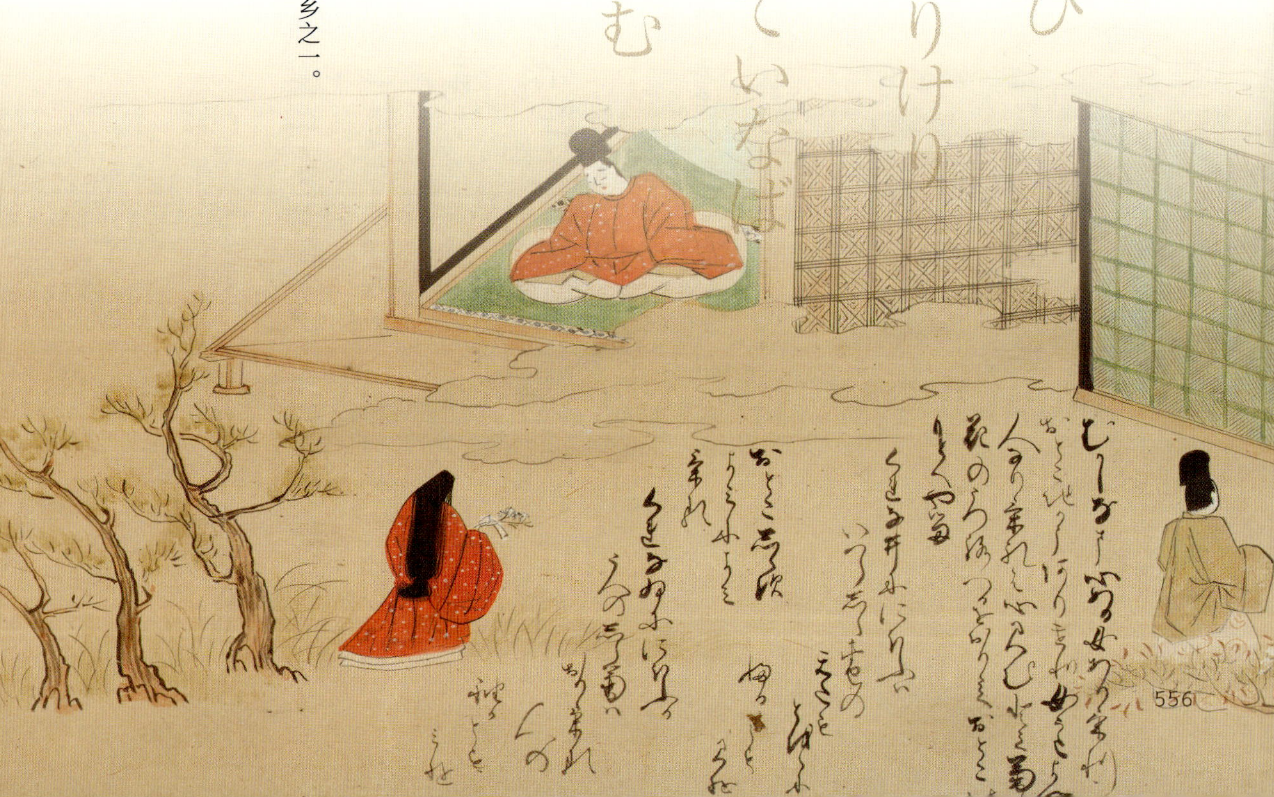

背叛了。他送她一首詩：

「曾攜玉川水，共飲訂山盟。

不道今無故，相逢如路人。」

但那女子沒有給他回書。

第百二十三話

從前有個男子，和住在伏見的深草地方的一個女子相戀愛。但男的思想有厭倦之意，詠一首詩給女的：

「此地住年久，今朝將遠行。

她答「深草」野，更要草叢生。」

野とならば　うづらとなりて　鳴きをらむ
かりにだにやは　君は来ざらむ
思ふこと　いはでぞただに　やみぬべき
われとひとしき　人しなければ
558

那女的回答他一首诗道：

「若成深草野，便好宿鶉雛。
夜々高聲叫，喚君早日歸。」

男的讀了這首詩，大為感動，不再想離開女子所住的地方了。

第百二十四話

從前有一个男子，不知道心中有什么深思遠慮，詠了這樣的一首詩：

「若有心頭事，沉思勿作聲。

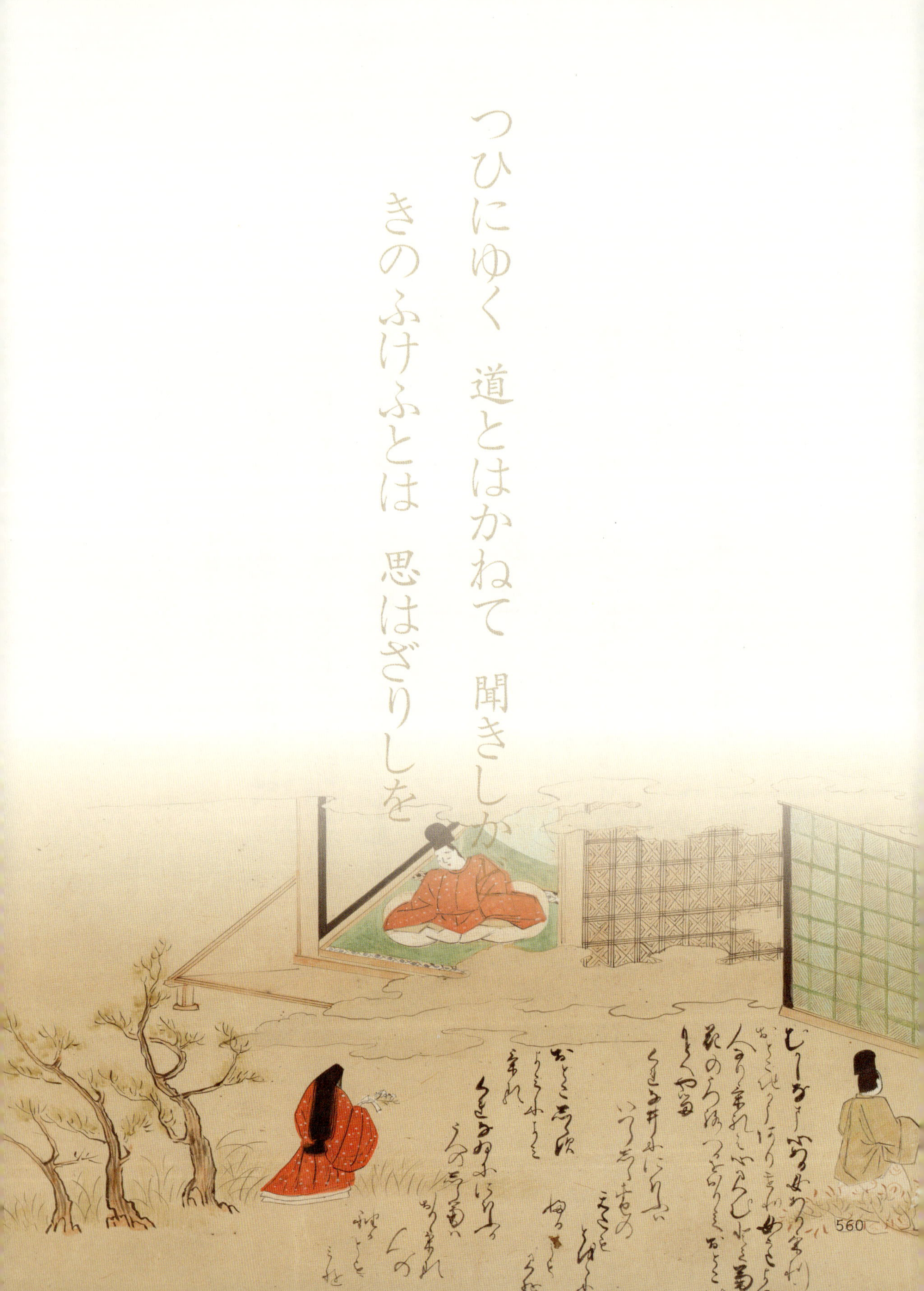
つひにゆく　道とはかねて　聞きしか
きのふけふとは　思はざりしを
560

只因人間世，沒有同心人。」

第百二十五話

從前有一个男子生了重病，自知即將死去，詠了這樣的一首詩：

「有生必有死，此語早已聞。
命盡今明日，教人吃一驚。」

〔註〕契沖評此詩説：「後人吟虛偽的辭世之歌及悟道之詩，皆是偽善，甚為可譏。業平一生的誠意，表現在此詩中，顯示着後人一生的虛偽。」此言甚是中肯。

伊勢物語終

竹取物语　伊势物语　落洼物语

丰子恺译文手稿

落洼物语

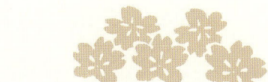

[日]佚名 著　丰子恺 译　蒋云斗 注

天津出版传媒集团
天津人民出版社

落窪物语 上

落窪物語

卷一

從前有一位中納言，名叫源忠賴[^1]。他家中有許多美貌的女兒。長女和次女，已經招進很漂亮的女婿，分別住在東西兩廂房裏。三女和四女年方及笄[^2]，婿養在身邊。

此外還有一個女兒，是中納言從前常常來往的一個王族血統的女子所生。這女兒的母親早已死了。

忠賴的夫人，不知怎的，對這女兒比自己的女僕還看不起，叫她住在大廳正樓室旁邊一處像低落的窪地的小廂房裏。

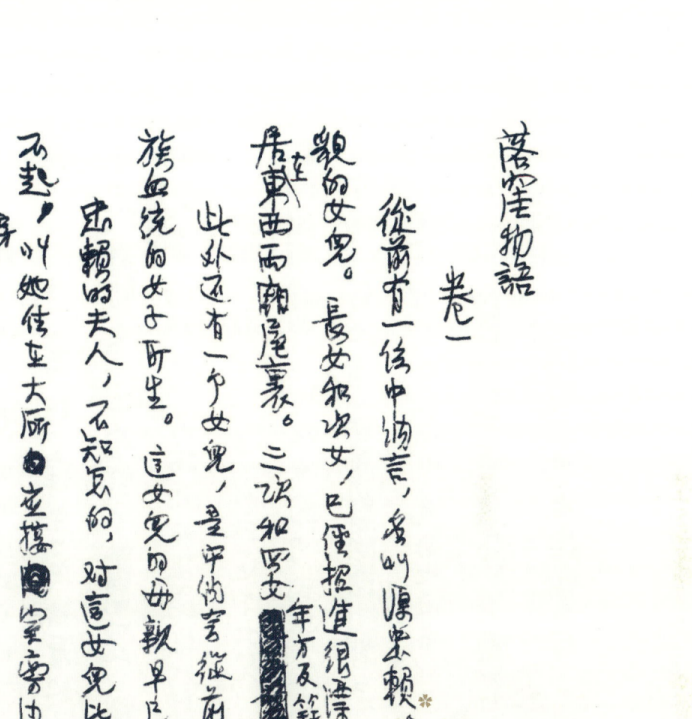

[^1]: 源忠赖：即源中纳言，是落洼姑娘的父亲。

[^2]: 及笄：笄是束发用的簪子，这里指女子到了可以结婚的年龄。此处日文中使用的是“裳着”，“裳”是日本古代女子成人后穿的盛装。

对於這女兒，當世不许像对别的女兒那樣稱「小姐」、「女公子」。然而像女僕一樣直呼其名，则看她父親面上，畢竟也不好意思。夫人就命令家中的人，都稱她為「落窪姑娘」。於是無論哪个，都稱她為落窪姑娘。

她的父親中納言，对於這个女兒，也從小就愛情淡薄，一向漠不關心。因此夫人更加看她不起，对她的不合情理的待遇，實在很多。

這姑娘沒有靠山，乳母也沒有，只有她母親生前使喚的一个很能幹的侍女，名叫「後見」的，現在还在服侍她。二人情投意合，相依為命。

2

落窪姑娘的相貌非常美麗，比較起她的繼母所鍾愛的兩個女兒來，有勝無劣。然而因為被看不起，所以沒有一個人知道她的存在。

落窪漸漸懂得人情世故，想起人世之無常和自身之不幸，隨口吟出這樣的悲歌：

憂患日增心鬱結，

人間何處可容身。

蓋已嘗到世智辛酸的滋味了。

她非常聰明，學習彈琴，進步極快，不需要人指導。這是她五六歲以前母親在世時教她的。她彈箏非常擅長。

夫人的親生子三郎君，年方十歲，喜愛彈箏。夫人對她說：「你教教這孩子吧。」她遵命常常教她。

她很空閒，便學習裁縫，學得非常精工。夫人對她說：「你倒很有能耐。相貌不好的人，做些老老實實的生活，倒是好的。」便把兩個女婿的衣服都叫她裁縫，使她一些空閒也沒有，晚上甚至不得睡覺。做得稍慢一些，夫人就責罵她：「叫你做這一點點生活，你就厭煩。活在世間做什麼呢。」落窪只得偷偷地流淚，她不想活在這世間了。

三小姐及笄之後，不久就和一個藏人少將*結婚，排場十分體面。家庭裏人多起來，落窪的工作也多起來，她愈加

* 藏人少将：兼任藏人的近卫府少将。藏人是藏人所的官差，藏人所负责管理皇室文书及各种宫中事务等。

3

辛苦了。

在這人家當差的人，大都是年輕貌美的人，肯老老實實地做工作的人極少。粗細生活，都推給落窪。她仍舊縫紉，信口吟詩：

願奴早日離塵世，
憂患羈身不自由。

後見生得相貌漂亮。夫人硬把她派給三小姐使喚。後見很不願意，和落窪姑娘分别時，哭着說道："我只想住在你身邊，他們要替我配親，我都不去。怎么叫我去為仇人服役呢？"

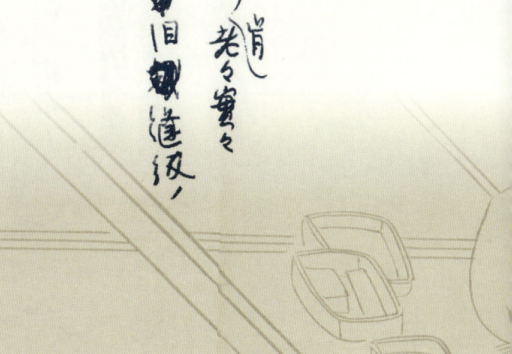

落窪對她說道：「有什么呢！這是住在同一个家庭裏，這邊和那邊都是一樣的。你的衣裳也都破舊了，今後可以換嶄新的。我倒反而喜歡呢。」

後見覺得這主人的心地多么溫良周詳，實在令人感佩。設想她今後一人獨處，何等孤寂。只因後見長期向無所顧忌地和落窪同住一起，便引起了夫人的嫉恨。她常常罵道：「那个落窪姑娘還在稱她為後見呢！」因此兩人不敢隨意談笑。

當了三小姐的女僕之後，「後見」這个名字不相宜了，便給她改名為「阿漕」。

4

且说三姑娘的夫婿藏人少将，有一个跟班，名叫“小带刀”，是个聪明伶俐的小夥子。他看中了这个阿漕。情书往来了好久，两人终于做了夫妻。

夫妻两人无话不谈。有一次阿漕告诉小带刀，夫人是个不通道理的人，常常虐待落窪姑娘；又说落窪姑娘性情多么温良，相貌多么漂亮。说时流下泪来。

小带刀心直口快，断然地说道：“这样吧，让我叫那个人去把她偷了来，请她过幸福的生活吧！”

原来小带刀的母亲，是左近卫大将的儿子左近卫少将（道赖）

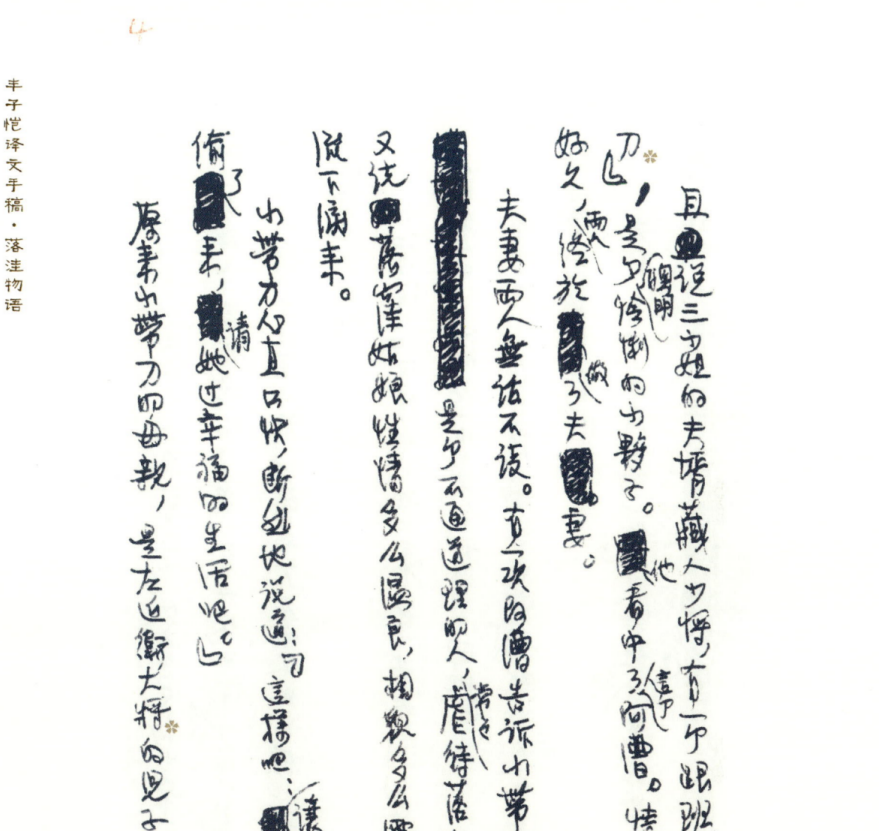

* 带刀：即带刀舍人，负责东宫皇太子护卫的武官。文中小带刀是藏人少将的护卫，因其父、兄为带刀舍人，故称其为“小带刀”。
* 左近卫大将：执掌左近卫府的长官。
* 道赖：有观点认为其原型是藤原道赖（971 — 995），平安时代的公卿、内大臣藤原道隆（953—995）之子，《枕草子》《荣华物语》等皆赞其为世间之美男子。

的乳母。這位貴公子尚未娶妻。他常常向小帶刀探問這家

那家貴族姑娘的情況。有一次，小帶刀对他說起落窪姑娘。這位少將便記在心頭，乘著左右無人的時候，詳細地向他探問落窪姑娘的情況。

少將說：「可憐啊！她心裏多么苦惱！到底是王族血統的人呀！讓我悄悄地和她會会面吧。」

帶刀說：「目前，這想法恐怕是不行的。且讓我慢慢兒想法子吧。」

少將說：「無論如何，你要引導我到這位姑娘的房間裏去。她住在偏僻的地方，我去訪，不会有人知道的。」

5

少帶刀把這事情告訴了阿漕。阿漕說：「這種事情，目前暫也不要想它。況且，我所說這位公子非常好色，哀何以能夠去促合呢？」她堅不答應。少帶刀怨她毫無夫妻之情。於是她說：「那麼，且等適當機會。」

依恃著主人的阿漕，請得落窪姑娘的房間隔壁的兩間廂房，作為自己的住所。和姑娘的房間相並，她覺得不妥當，所以取這地段稍低的兩間，作為夫婦的寢室。

那時是八月初一日，落窪姑娘獨眠房間裏，自言自語地吟道：

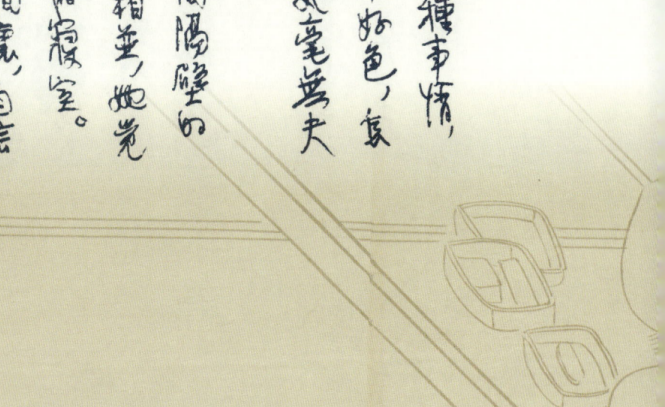

危執若肯垂憐我

速請來追赴九泉

這是信口低吟，聊以遣懷而已。

昔日平靜，阿曹和落寞姑娘談話，偶中對她談過：「帶刀對我說起這樣的一件事……小姐看怎麼辦呢？我想像不能這樣地度過一生吧。」她終於開了口。但落寞姑娘答，阿曹也不能再談下去。此時外面在叫：「請小姐打洗臉水呀！」阿曹立刻起身出去了。

落寞姑娘呢，實在想不出怎樣才好。沒有母親……此身決定是不幸的了。她真心地想要死。然而又想，出家為尼，怎麼樣呢？但怎樣能夠離開這少家呢？還不如死了乾淨。

6

帶刀來到大將府中，少將便問他：「那件事怎么樣？」帶刀就把情況告訴他：「還沒有眉目呢。要親這種事情，要有父母作主才行。但是那家的老大人完全受夫人操縱，所以我們無從着手。」

少將說：「所以我早就說過，叫你領她到她房間裏去呀！做這人家的女婿，我也覺得沒面子。如果我看了這姑娘覺得可愛，就把她迎接到我家來；如果不中意，只要說是世人謠言，（我並沒有去，這）就沒事了。」

帶刀說：「這事情，先要徵求女方的意見，才好安排呢。」

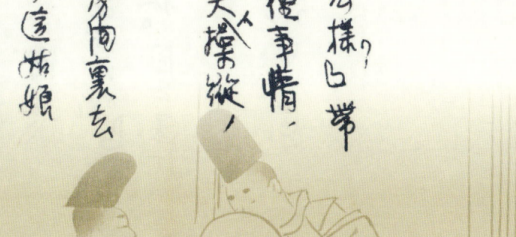

少將說：「你這話沒有道理！必須先看了人再說。不看到人

是不能浪費的。你要事要出賣呢！不可以一腳踢開啊！」

帶刀苦笑着說：「這一腳踢開，太看我不起了。」說得少將也笑起來，說：「那準備長久用你的，這話說錯了。」便拿出一封情書來交給他，說：「把這信送去。」

帶刀勉勉強強地接了情書，回去交給阿漕。阿漕說：「哎呀，討厭！怎麼弄假了，這種無聊的事情她是不要收的呀！」

帶刀反對她，說道：「不會的，你要須取得回音來才好。因為這決不是對她不利的事情呀！」

阿漕接了情書，走到落窪姑娘那裏，對她說道：「這……這是以前說起的那個人的來信。」

7

落窪說："由什么幹這種事情？母親知道了，主公會可憐兒。"阿漕強調地說："以前我曾說過這種事情的。夫人等，你是不須顧慮的呀！"落窪姑娘不答。阿漕扶起她來，把信讀給她聽，寫着的只是兩句詩：

聞道芳名心便醉
未曾相見已相憐

阿漕自言自語地說："啊，寫得真漂亮！"落窪姑娘一言不發，也沒有表示，把信卷起來，塞在枕頭箱子裏了。阿漕只得離去。

帶刀在那裏等候阿漕，見她來了，便問："怎么樣？"小姐看了么？」阿漕说：「没有，回信也没有，她把信搁置了。」带刀说：「无论怎样，总比现在快活得多。况且，对我们两人也是有利的。」阿漕答道：「只要前途有决心，这里自会有好的回音。」

有一天，是落窪的父亲走出客堂去，顺便向落窪的房间里张望一下，但见这姑娘身穿破旧的衣裳，乌黑的头发美丽地披在肩上，实在非常可怜。便站定了，对她说道：「你的衣服为什么弄得这般模样！你娘虽然可怜你，但是别的孩子的事情太多，顾不到你。如果你需要什么，只要向她请求，不须踌躇。这样的

8

生得是很可憐的。」這雖然是生身父親，但落窪姑娘也覺得難爲情，一句話也不回答。

這父親離開了她，一逕走去對她的夫人說：「我剛才到落窪那裏看看，看見她在這寒天只穿著一件破舊的衣衫，大概是别的孩子穿舊了的麽？應該給她些衣服。這幾天[illegible]夜裏是很冷的呢。」

夫人答道：「啊呀！常常給她衣服的。[illegible]她難道沒有了或是都破了麽。沒有多久呢。」

父親嘆口氣說：「唉！這討厭的東西。早年死了娘，弄得不像個人了。」

夫人拿了女婿少爺的一套衣裤去叫落霍縫，神氣活現地对她說道："這些活如你做得比平常更加講究。如果你做得好，賞賜你一件衣服。"落霍姑娘听了，觉得非常不错。不久之衣裤很好地縫完成了。夫人很滿足，拿一件自己穿舊了的綢綿襖給了她。

晚秋时節，寒風凄厲。落霍姑娘穿着薄薄的夾衫，非常單薄。她得到賞賜，心中很高興。大概她因為遭逢重大的不幸，意氣銷沉了的原故吧。

這位女婿少爺，一向多嘴多舌，但他的优点是喜歡誇獎。他看到這件衣裤，便極口称赞道："這件衣服非常出色，縫得真好啊！」

侍女們把這話告訴了夫人。夫人說：「静些兒吧。這話不可以給落窪聽見。防她驕傲起来。因為這種人必須常々威嚇她，使她低頭才是，可以給人派用場。」

侍女中有好些人私下同情她。她們說：「這真是太殘酷了！這么可愛的姑娘！」

且說左近衛少將，晚上一度求愛，便寫第二封情書給落窪姑娘，寫的是一首詩：

芒穗花開深有韻，
心心盼待好風吹。

信封上插着一枝芒花。但是得不到回音。

有一個陰雨霏霏的日子，收到一封信，前面先寫一段文字，不外是說：你遠住山城，和我以前所仰慕的不同，是一個很有人情的人。後面附一首悲歌：

秋雨連綿霧晴淒
清池好比苦人心

藤崎[illegible]姑娘還是不給回信。少將再寫一首苦歌送去：

情人雖似天河遠
不踏雲橋誓不休

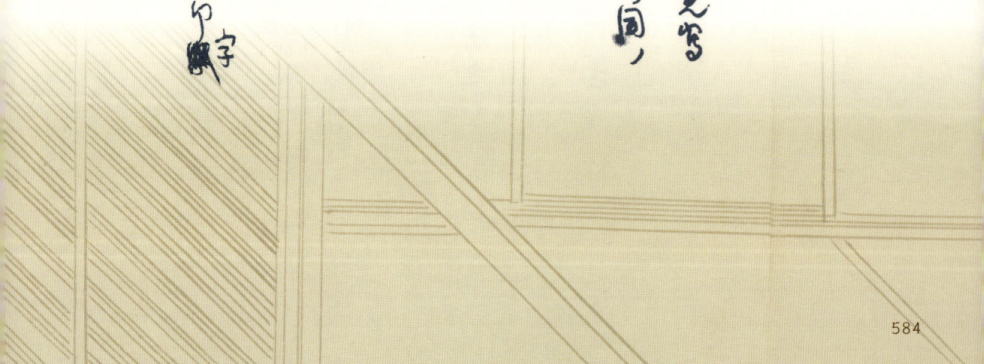

似此寄送情書，雖非每日，卻是不斷。但藤崎姑娘一個字

也不回覆。

少將把帶刀拉得來，對他說道：「我這幾天心裡不好，這樣寫了許多情書，也是不可靠的。大概那人連應酬的回信也不會寫的吧。你說她是一個很聰明的女子，怎麼連簡單的回信也不給我呢？」

帶刀說道：「哪裏！我不會說這話。只是那位夫人，性情非常兇險。凡是她所不許可的事情，如果你稍稍要插手，她就不放過你。我猜想，這幾天小姐大概已經被她嫌棄了。」

「我去看她吧！我不是說過，叫你悄悄地帶我去吧？」少將狠狠地责骂他。带刀不好拒绝，只得等候适当的机会。

大约十天没有消息。少将又写情书，「近来更是

每度寄待音信绝

愁情多似水中萍

想起搅乱情那消沉的心，不料竟是被涌上心来的苦情所驱使，又要向你这个冷酷的人写这封信。被人知道了，我好羞耻呢。」他把这封信交给带刀。

带刀把信交给阿漕，并且着急地说：「这回无论如何要讨回音。主子埋怨我不热心呢。」阿漕说：「小姐说还不知道回信怎样写法呢。看她的样子很为难。怎么

可以免强她吧？"她把信送给落窪姑娘。但这时候，二小姐的丈夫右中将✽要落窪姑娘替他缝一件袍子，非常急迫，落窪姑娘忙得很，又不写回信。少将想，落窪实在竟是个无情的女子么？"他很失望。但他曾听说这女子性情很沉着。这种谨慎小心的脾气，反而博得少将的欢心。因此他不管过去的失败，只管接二连三地催促带刀。

无奈这家庭很复杂，出入人多，带刀不易找得适当的机会。他正在用尽心计的时候，忽然听说中纳言大人为了还愿，要到石山寺✽去进香。

✽ 右中将：日文写作"右中弁"，是右弁官局的次官。太政宫下设左弁官和右弁官，分大弁官、中弁官、少弁官三种。左弁官负责中务、式部、治部、民部四省事务，右弁官负责兵部、刑部、大藏、宫内四省事务。

✽ 石山寺：位于滋贺县大津市石山，属日本佛教真言宗寺院。

大家都希望跟去。连那些老太婆，也以不能同行为憾。但落窪姑娘是輪不着参预的。有一个叫做弁的侍女，看她可憐，对夫人说：「落窪姑娘，也帶她同去吧。年紀輕輕，独个人住在家裏，很可憐的。」

但夫人说：「那个东西么？她几曾出门过？况且路上又没有要裁缝的东西。遊玩等事，不要让她知道，关她在这裏好了。」她完全不答应。

阿漕是三小姐的侍女，打扮得很漂亮，准备同去。但她想起了自己的主人落窪姑娘一个人留在家裏，心裏很难过，便对夫人说：「我忽然月经来了。」想以此为

12

又實，留在家裏。

夫人兇氣沖沖地說：「哼哼！恐怕不是吧。你是因為落窪姑娘一個人留在這裏，你可憐她，所以說這謊吧。」阿漕說：「實在是不湊巧，我很懊惱呢！如果身体不舒服是不要緊的，那么我請帶她去吧。這樣特意的旅行，哪有不願去的人！老婆子們都要跟去呢。」夫人信以為真，便叫另一個侍女打扮起來，跟三小姐去，而讓阿漕留下了。

大群人物出門以後，屋裏肅靜無声。阿漕便和寂寞無聊的落窪姑娘親密地談談話。此時帶刀在外面叫她：

「听说你要跟他们同去。如果真的，我们说在这就走吧。」可怜四姑说：「也要留在这里，心情不好，我怎么样去呢？」他在那里厌烦，你去慰问他吧。

前回说起的画册，你就带了来！」便给他一封信。

这是因为：少将的妹妹，已选入宫当了女御的，要有许多画帖。蒂力曾经说过：如果少将和蒂莲姑娘通了，他就去拿画帖来给蒂莲姑娘看。

蒂力立刻拿了这信去给少将看。少将看了信，说：「这是你的妻子的手笔么？写得出色呢。她会得好，我就去，你去叫她们准备吧。」

13

带刀说："那末，请给我一卷画面。"少将说："不行，预先讲好的，要本体成功了才给画面呢。"带刀答道："现在正是好的时候了。"

少将笑着，走进自己的房间里，用手指蘸墨，在一张白纸上画一个嘴巴宽宽的男子，在上面写道："你要画面，为是

怪她无情心戚戚，

丑颜不似画中人。"

叫带刀把这信带给落洼姑娘。

带刀便去找他的母亲，即少将的乳母，对她说道："快

給我準備一包美味的果物，我馬上來拿。」說過之後就出去了。

帶刀把阿漕叫出來。阿漕急忙問道：「要當啦？怎麼樣了？」帶刀說：「這便是。」把這封信交給小姐，便知道了。」阿漕說：「又是撒謊吧。」便接了信。

落窪姑娘正在悶悶，讀了這封情書，問道：「為什麼這裏說有過面呢？」阿漕答道：「是我把寫信這事告訴帶刀，大概這信被少將看到了吧。」

落窪姑娘說：「真討厭啊！我心中的事似乎被人看透了。像我這種不經見世面的人，當然是什麼都不懂。」她今天

14

特别不高兴。

带刀叫阿漕，阿漕就出来了。带刀出去不高兴地问道，「留着看家的，有那些人？」便问明之后，进去找这些人，对他们说：「你们往厨房吧。這袋裏的果物，拿些来吃吧。」叫一个人去告诉大家：「无论何人都可以吃。」便把两只果子袋整个地送给他们。

一只大錢袋裏，盛着各種果物，各種糕餅，红白相間。白紙隔開的地方，盛些燒米。又寫一張字條放在裏頭：「這些東西，在我家裏，也是素果，不足取的食物。住在左近衛府裏的侍衛君，不屑吃這種東西吧。這些燒米，可

以送給那個名叫露的粗工。」他知道他們都寂寞，所以裝出精

神勃勃的樣子來給他們看。

阿漕看了，皺着眉頭說道：「呀！好古怪！這些米和果子是什麼意

思呢？這是你弄的花樣麼？」

蒂刀笑着說：「我不知道。我怎麼會弄這種不三不四的

花樣！喏，是我母親瞎討好呀。露！把這份拿去吧。」就把

那些食物交給他了。這夫妻兩人就同平日一樣互相談談各

人的事情。蒂刀心中獨自想：「今夜天下雨，少將大概不會出門的吧。」便放

心地就寢了。

此時無所顧忌，落窪小姐便獨坐彈箏，音調優美可愛。

15

帶刀听了很感動，說道：「少姐原來有這樣高貴的手腕！」阿漕說：「是呀！這是她已故的母親教她的。少姐在扇上親學會了。」

此时少将悄悄地来了。先派一个人来叫带刀：「有话要说，請你出來一下。」帶刀立刻會意了。他想不到少將果真會來，心中惶惑不安，在東來面答道：「我馬上來了！」便走出房間去。阿漕走到少姐那裏去了。

帶刀對少將說：「要來，須得先打个招呼。這樣突然地来了，……」又且，对方心里怎么樣，也不大明白。真是困難了。」

少将不笑，说道：“何必这样谦虚！”轻轻地拍拍带刀的肩膀。带刀苦笑着说：“我没有办法了，借下车吧。”便领导他一同进内去。少将打发车子回去，吩咐车夫，明天天没亮的时候来接。

带刀暂时站立自家房门口，和少将说话，拖手写敬信她。这时候家中人很少，可以安心行事。少将说：“让我偷偷地看看小姐看。”带刀说：“也许你一看不上眼。如果像小说中的女主人公物忌姑娘*那样难看，怎么办呢？”少将笑道：“那时候，没有带斗笠，我用衣袖盖住了头逃走。”

* 物忌姑娘：日文中的“物忌”有斋戒之意，物忌姑娘即斋戒中的女子。有些作品中用“物忌姑娘”指代丑女。

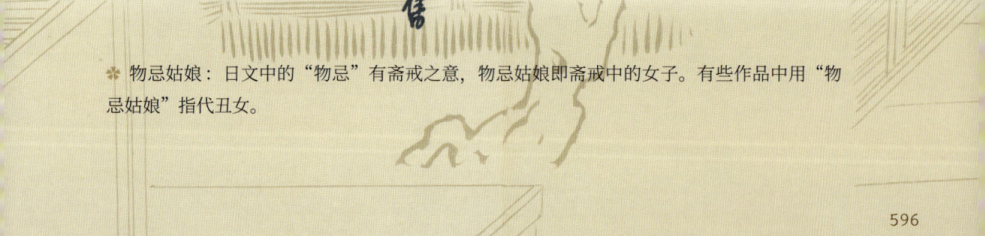

16

吧。正像那小说中所描写的一样。

带刀引导少将走进落窪的房间的围墙和格子窗中间。自己暂时站在帘子外面看守，防恐有在家里的人看见。

少将向房间里一张，但见室内点着一盏幽暗的灯，帘子和屏风都没有，可以清楚地看见。面孔向着这边坐着的，大概是阿漕吧。她的头发很美丽，白色的单衣上罩着一件有光泽的红单衫。在她前面，靠在椅上的，大约便是小姐了。她穿一件白色的旧衣服，上面罩着一件红色的绵衣，长过膝下。她的脸稍稍横向，看不清楚。头的轮廊和聲的形狀，都是美不可言。他走在院里的時候，燈火熄滅了。

少將覺得失望。但是心底里湧起強烈的感覺，現在這姑娘一定就要變成別的人了。

但聽得這姑娘說："呀！暗得很。你的丈夫獨自在房中，你早點回去吧。"這聲音非常嬌嫩。阿婆答道："剛才有客人來，他出去會客了。我就住在您身邊吧。這樣也實無聊，您一個人害怕吧。"落窪姑娘笑道："不會害怕的，我早已習慣了。"

少將從格子窗邊走出來，帶刀迎面就說："怎麼樣？"

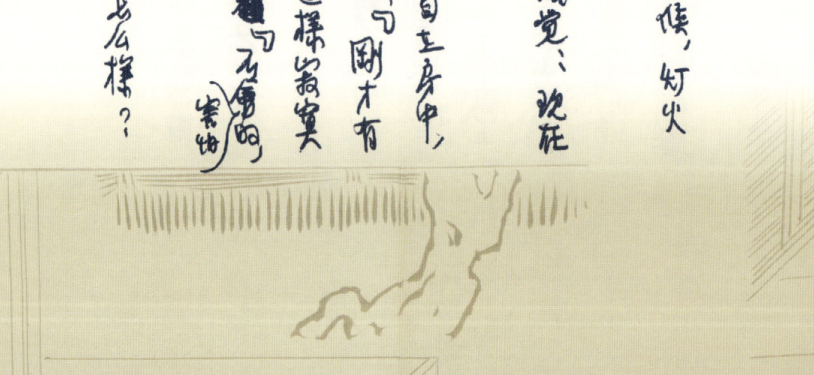

17

要回去么？要我送您回去么？那个篝笼呢？」少将笑道：

「你被你那个缥缈的老婆迷了魂，却来拆散我们的事情！」

少将心中想：小姐穿的衣服很破旧，也许看见了我

怕难为情？但他已决心同她相会，便对带刀说：「你快喊

你那个人出来，早点去睡觉吧！」

带刀回到自己房里，高声呼唤阿漕。

阿漕回答说：「我不来了，今晚要在这里陪伴小姐了。你自

早些到值班室里或别处去睡觉吧。」

带刀又叫：「刚才那个客人，有话要我告诉你。你出

来一下子吧！」阿漕说：「到底有什么事呀？没的这样噜苏！」

便開門出來了。

帶力一把抓住了她，對她說道：「剛才的客人對我說，這樣下雨的晚上，一個人睡覺是不好的，來吧！」便拉着她走。阿傳笑道：「你瞧！一點事情也沒有哩！」爭執了一會，帶力終於硬把她拉進房去，要靜靜地睡覺了。

落霞姑娘她自不能成眠，坐着彈箏，信口吟道：

塵世花々皆可厭

深山洞裏覓安眠

此時少將把格子門上的木片巧妙地旋開，鑽進房間裏去。落霞姑娘嚇了一跳，站起身來，便被他一把抓住不放。

18

旋闱格子内的声音，被借着带刀睡在隔壁房间里的阿漕听到了。她不知道是什么事情，想走出去看看，却被带刀抱住，起身不得。阿漕说：「你干什么？隔壁的格子内响，让我去看看就来，放我吧！」

带刀说：「是那些狗吧。或者是老鼠吧。没有什么事，不要大惊小怪。」他不放她走。阿漕说：「这是怎么一回事啊！你好像是有什么心事，所以说这种话。」带刀说：「我并没有什么心事，睡觉吧！」他紧紧地抱着她躺着。

阿漕挣扎着说：「啊呀！这算什么呢？讨厌！」她挂念小姐，心中焦灼得很，然而动弹不得。带刀紧紧抱住她，女人力氣小，無可如何。

這一邊，少將拉住落窪姑娘，脫下了自己的衣服，抱着她睡了。落窪姑娘恐怖驚詫，渾身發抖，出聲嚶嚶哭泣。少將對她說：「我知道你嫌這世間苦辛，特來替你找一處不聞塵世憂患的安靜的山洞似的住處。」

落窪姑娘想，這是誰呢？想是那位少將了。她就想起自己的服裝的醜陋，尤其是褶子很難看，恨不得就此死去，哭出聲音來。少將看到她那身世飄零的模樣，也覺得不勝傷心，便默默無言地睡覺了。

阿漕睡的地方很近，隱隱地聽到落窪姑娘嚶泣的聲音。

她猛然想起：「大概是那位少将偷偷地进去了！」她慌慌张张地想爬起来，却被带力拖住，起身不得，终道：「你把我拖住在这里，不知道少姐怎么样了。我通宵不安呢。你这种人，真是全无心肝的！」她用力想摆脱带力拖住她的手，想爬起身来。带力却从从容容地说：「我并不知道有什么事情。样样事体要内秘，那里晓得？你想想吧：说是少姐的房间里，大概有强盗走进去了；有一个男人走进去了。如果这样，你說走進去，怎么办呢？」阿漕说：「不要这样说。怎么可以当不知呢？这男人是谁？你说出来吧！啊呀！罪过啊！少姐不知怎么样了！」她號啕大哭起来。

蒂刀笑着说：「算什么呢？像小孩子一样！」阿曹生气了，认真地说道：「我嫁了你，这个有情人，甚至……」蒂刀说：「老实告诉你，是小坪来看望她。就是这么一回事。你静静情，好么？这也是前世因缘，是没有办法的。」阿曹说：「这件事情我一点也不知道。小姐以为我们夫妻两人串通的，我真冤枉了！我为什么今晚离开了她呢？要是睡在她身边，就好了。」她还是生气。蒂刀说：「不会的！小姐一定知道你是不搭手的。你不要这样生气。」他使她没有说话的馀地，搂着她睡了。

小坪对小姐说：「你这样地不肯对我说真心话！

20

是什么道理呢？」我想，我虽然是个微不足道的人，但也不致于受这样的苦痛。我屡次送上的信，没有得到一个字的回覆。我想这恋爱是失败了，今后不再写信。然而每次送出了信，便觉得无奈之情充满全身，终于不管你讨厌我，定要来和你相会，这真是前世的宿缘。这样一想，便觉得你的冷酷反而是可喜的了。」

少将抱着她躺着，一面向她分说。少姬觉得羞耻得要死。她单衣也没有穿，只穿一条裙子，简直是赤身露体，想起了难以为情，眼泪和冷汗一齐流出。少将也体会她这种心情，觉得可怜又很可爱，百般地安慰她，但

落霞没有回答的勇气。她羞耻之极，心中怨恨从中拉

拢的时候。

她容易度过了悲痛的一夜，东方发白，雞声啼出了。

七娘枕上吟诗道：

　　情卿通夜吞声泣

　　听到雞啼恨转深

又说：你须要落霞复秋。我不听到你的声音是不安心的。

落霞用若有若无的声音答道：

　　抹心空有恨诚如此

　　除却長啼一語無

21

她的声音娇嫩可爱。少将以前以为她是一个浅薄的女子，现在了解她的真心了。

外面有叫声："弟子到了！"

带刀对阿漕说："你到那边去通报一声。"阿漕说："昨夜只当作不知，今朝去通报，小姐总以为我是完全知情的。你这个坏蛋！做出这种事体来，叫小姐厌恶我……"她那种怨恨的神气，竟像一个小孩子。

带刀便同她说笑："不要哭的！小姐厌恶你，我疼爱你吧。"带刀就自己走到落洼的格子门边，咳嗽几声。

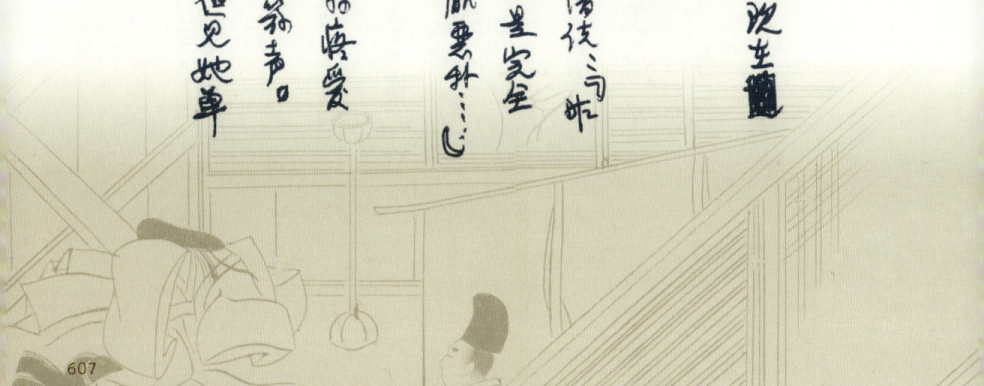

少将就起身了。他把被头拉过去盖在落洼身上，但见她羞

衫也不穿，忽然觉得寒冷。便把自己的单衣脱下来，盖在她身上就出去了。落窪此时羞耻得很，觉得无地自容。

阿漕觉得非常为难。但是关起门来坐在房中，又不好意思，便走进小姐房中去，但见小姐还睡着。她正在考虑，对小姐怎么说法呢？这时候带刀的信和少将的信一同送到了。

带刀的信上写道："昨夜通夜身体失却知觉，受尽苦痛，实在适意之至。我对你毫无疏远之处。昨天白天也被你怒目而视，以后如何不得而知了。要想起来，你真是一个可怕的人。小姐被人冒犯了，你埋怨我，说我是个坏蛋。这

22

樣寬恕我，我實在迷惑之至。現在送上少將的一封情書，希望得到回信。在現今的世間，這種事情算得什麼呢？用不到羞耻的。」

阿漕把少將的情書送給小姐，对她说道：「這裏有一封信。」昨夜我無心無思地睡着，不知不觉天亮了。現在我無論怎样分说，小姐總以為我是辯解。但這也是難怪的。「那種事情，如果我有絲毫知道，我真是……」

她這話是要表明自身的潔白。但小姐不回答，看她的樣子還不想起身。阿漕覺得悲痛，又說：「唉！小姐還是以為我是知情而許這件事的。唉！罪過！我長年服侍你，怎么會幹這種沒良心的事呢？我只是為了小姐一人在家寂寞，所以連那些快樂的旅行也不參加。誰知完全沒用，小姐不要听我的話，對我絕不理睬。照這樣子，我不能再住在你身邊，還是讓我走了吧。」說罷哭起來。

落窪姑娘聽了這話，覺得阿漕確是一片苦心，很是可憐。便開口說道：「不，我並以為你是無情的。只是突如其來，教人難受。況且我的服裝很襤褸，被人看到，實在太難堪了。如果我已故的母親還在世，我決不會遭逢這種痛苦。」說罷也哭了。

阿漕說：「的確是這樣。從來繼母總是厲害的，但是這裡那位夫人的心，實在與眾不同。少將也是早已知道的。所以她一定能够體會你的心情。只要少將的心不變，真是多麼可喜的事啊！」

落窪說：「這種命運，我想也不敢想。像我這樣姿態醜陋的人，難道會有人看見了愛上我麼？況且這種消息傳了出去，家法森嚴的母親知道了，怎麼說呢？她曾經說過，替別人做了生活，不許住在這家庭裏呢。」她說着不勝悲悽。

阿漕說：「所以，索性走出了這家庭就好了。這樣地受盡折磨，何苦來呢！人生在世，幸福也許會輪到身上。小姐的命運不會永遠是這樣的。況且，請看前途的熱情，是真是根深蒂固，永远不會变更的！」她说得頭頭是道。

时间过得久了，便着催促回信。阿傅对小姐说：「快々看信，现在無論怎么样考虑，也是没有用的了。」她多感她，便把少爷的信原用来给她看。小姐低着頭看，但见只有一首诗、

底事与卿相见後
恋情反比昔时愁

但是小姐心绪不佳，没有写回信。

阿傅写回信给她的丈夫第力：「啊呀！真讨厭啊！」這算什么呢？、昨夜的事情，真是太無法無天、太不应该、太没

良心的行为了！自今以后，我什么都不相信你了。少姐实在心绪不好，现在还睡着。因此送来的信，还没有读过。看她的样子，真是懊恼得很……」

带刀把种种情况报告少将。少将以为少姐对他薄情，那么不快。只因她的服装太简陋，所以看见他的时候难为情，直到他去后还是不快。他很可怜她。

当晚，少将写第二封情书：「你还没有对我开诚解怀地讲真心话，不知怎的，我怀疑你的心越发疏远了。可是

不肯开诚无一语

教心反觉更情增

我自己也不知道是什么原故。」

带刀的信很简短：「已到了跟你离别，不写回信是不成样子的了。事已如此，只有专心一致地相思相念。主公的爱情永远不变，是看得出的了，而且他也亲口说过了。」

阿潘劝小姐，必须写封回信。但小姐想回，昨夜少将看到了她的模样，不知作何感想。她深感羞耻，难以为情，实在没有勇气写回信。便盖着被头睡觉了。

阿潘也没得法说，便写一封信：「来信小姐已经看过了。但是因为非常苦闷，实在不能写回信。而且，所言来日方长，她也不能相信。她以为不久人一生会变

25

的的。少将的样子不很可亲，是你在表面上替他说得很好的吧。"带刀把这信送给少将，少将看了笑道："好呀！"阿漕这个人，真是个聪明伶俐、能言善辩的女子啊！大概是因为小姐非常怕羞，所以她要给她多点面子吧。

且说阿漕另外没有可以商量的人，只能独自一人想这样，想那样，坐立不安。她在小姐身旁打扫灰尘，看见屏风、帷幔都没有，全无一点室内装饰，实在毫无办法。小姐本人呢，一切不顾地躺着。她想替她整理发髻，扶她起来，但见她的神情非常苦闷，眼角上尚带着泪。阿漕很可怜她，对她说道："小姐，我替你梳头发吧。"像哄小孩一樣多勸她。但小姐回答說，「它們難過得很。」依舊擱下了。

這位小姐原有少些隨身應用的器具，都是已故的母親的遺物。其中有一面鏡子，是很明亮的。阿傳想，如果連這些也沒有，那是太不成樣子了。便把它收回擦拭，還陪到小姐枕邊了。

這樣地做粗工，做細工，忙忙碌碌地過了天。已經是少將就要來到的時候了。阿傳對小姐說：「穿這是委屈你了；這条裙子還沒有十分舊。少將就要來了。你就穿上了這個……真是倒霉。」就把她自己的一條裙子悄悄地送給小姐，這是一條非常美麗的、值班時穿的裙子，真不過穿過兩

26

说。她又说："这种事情，实在太荒唐了。但是谁也不知道的，请宽了吧。"小姐觉得难以为情。但是今夜再像昨夜那样会见少将，实在太不成样，便怀羞惭之情写了这稿子。阿漕又说："薰香呢，最近三小姐赘婿梳头时拿了些来，真是一点点，现在就用了吧。"便把准备好的衣服加以薰香。

此外，至少一个小型的三尺高的帷幕，是不可少的。然而无法办到。向谁借呢？"尤其是被褥太薄，太粗陋，也得想办法。"便写一封信给小姐的姨母。这姨母的丈夫本来是在宫中当差的，现在改任地方官，做了和泉守✽。

✽ 和泉守：即和泉国守。日本古代，被派到地方负责管理地方政务的官员，被称作国守，和泉守就是负责管理和泉中央朝廷政务的官员。

附带的信上写道：「因为急需，只得不向尊处借求。实因有一个亲戚的朋友，为了避难方向，要到你们这裏房间来住一下。这样，如你有个帐幕，还有被褥，对这样的客人，太难看的拿不出来。太寒碜对不起了，如果有相当的东西，即请借用一下。屡次打扰，实在很不安稳。但因急需，顾不得了。」她母亲写好，就派人送去。

妹妹的回信中说：「久不通问，时深怀念。直到今日才得消息，不胜喜慰。这几件粗陋的用品，都是特为自己置备的。这样的东西，然怕你们那裏很多吧。随带一件送上。」送来的是东西中，

27

还有一件紫苑色的绵衣，即表面淡紫色、里面青色的。✻

阿漕的高兴不可言喻。她把种种东西取出来给小姐看。把帐幕的带子解开，张挂起来。这期间少将已经来到了。阿漕引导他到房间里。小姐觉得躺着太没有礼貌了，想坐起身来。少将说："你吃力吧，不要坐起来。"立刻和她一起躺下了。

今夜种种东西都齐了，褥子上熏香扑鼻，衣服焕然一新。小姐心情愉快，少将也安心地躺着。今夜小姐有问必答，少将对她多所慰藉，情话娓娓不倦，不觉天已亮了。

✻ 紫苑色：具体为何种颜色，众说不一。一说表面是淡紫色，里面是青色；另一说表面是紫色，里面是苏芳色；也有说表面是苏芳色，里面是萌黄色。

外面有人叫："车子到了！"少爷说："稍等一下，看看天有没有下雨？"他还是躺着。阿清要那些盥洗水和早粥，想去和厨房里工作的人商量一下，因为家里的人都出门去了，所以他没有准备早粥。

阿清忽想出这话来，对他说道："实在是因为帮力的一个朋友，昨夜有事来和他商谈。因为天雨，就在这里宿夜，还没有回去。我恐怕那些早粥请他吃，但没有东西，只得来和你商量。请给我些酒，如果海藻有余多的，也请给我少许。"

那个人说："这的确使你为难。碰到临时发生的事，

28

实在是难於应付的。好，這裏倒有少许，是準备着家裏的人回来时用的。」阿漕陪着说：「不错，家裏的人一回来，就要来用掌酒的。」她看见对方很和气，便老实不客气地打开瓶子，倒了些酒。那人说：「不要倒光，留一点吧。」阿漕应着：「晓得，晓得。」又用纸包了些海藻，藏在一只小炭篓裏，拿回自己房间裏去。

她呼唤那个名叫露路的工人：「你给我好好地烫些酒，烫好了马上送来。」自己就出去找乾净的食桌。

她想送盥洗水，须得用大面盆，家裏却没有这东西。好，我把三少姐的暂时借用一下吧。她準备送进去给少将，便把幾起的頭髮放下來，把衣服整頓一下。

小姐非常羞澀地躺着。阿僧被扮得很漂亮，穿着禮裝，束着寬帶，身長約三尺，一頭黑髮，嫋嫋婷婷地走到少將面前去。帶刀出神地目送她。

阿僧走過房間面前時，自言自語地說："這格子窗讓它這樣開着么？"少將想仔細看看小姐的模樣，說道："小姐說很暗，打開了吧。"阿僧就踏上一步，把格子窗打開了。

少將起身，穿好衣服，問道："車子來了么？"外面答道："停在門前了。"他想回去，但見非常講究的朝飯端出來了。盥洗器具也送來了。少將覺得很奇怪：他聽說這裏萬事不周，不料樣樣俱全。小姐也想不到設備會如此周到，頗感詫異。

天上降些小雨，幸而四周肅靜無人。少將把[illegible]去了，向小姐看看。但見在朝晨的天光之下，容顏無限美麗，他對她的愛情愈加深厚了。少將回去之後，小姐略吃些粥，又躺下了。

今夜是結婚第三日*，應該做慶祝的餅給新郎新娘吃。但是別無可商量的人，阿漕就再寫信給那位和泉守家的叔母，說：近來常蒙賜借種種物品，實甚感激，這次鄭重道謝。今天又有事相煩，因有特別用處，需要些餅。此外若有果物，亦請惠賜若干。實因這位客人逃避方向，本來說是一兩天，豈知要延長到四五十天。因此上次拜借諸物品，都還不能

* 结婚第三日：平安时代，婚后第三晚，会在女方家里举办贺宴，新郎和新娘一同吃年糕（日文的年糕写作“餅”）。通常准备四种年糕，具体样式和寓意不详。

奉还。还想叩傅一只精小的圆盒。婶婶太多，很对不起。叩在至歉，还借原诗。……”

少将送来情书，是一首诗：

一自分携后，相思刻刻频。

愿同明镜里，形影不离分。

落窪今天第一次给他回信，也是一首诗：

镜里容颜好，分明是我身。

岂知空照影，相对诉悲情。

她的笔迹非常秀美。少将看了喜形于色，爱情更增。

婶母有回信送给她的啰。信中写道：“你是我[illegible]已过的

30

如今向後身，我想起常覺悲哀。我沒有女兒，我常想迎接你到這裏來，做我們女兒，使你一生安樂。但是你不能來，我常引為恨。所需要各物，一概送給你。以後如有缺乏，隨時告我。西盒也送給你。做官人家，連這種東西也沒有，真是笑話，你為什麼不早說呢？」女子家不講究裝飾，真難看的。不知你為什麼這樣。要餅，毫無困難，現在立刻做給你。那些點心餅，大概是結婚第三日需用的麼？不夠的話，總想和你見面一次。實在很想念你。你要無論什麼，只管對我說。我家的錢，地裏的收入，現今經所有的是豐富的。所以無論何物都可供應。」

這封信裏的話非常誠懇，路傳看了快活得不得了，拿給少姬看。少姬看了說：「為什么托她做餅呢？」路傳笑嘻嘻地說：「這是有个道理的。」

不久，婢母那裏送來了上等的飯菜和圓盒等物，都是形式很好看的。另有一只紙袋，裝着白米。還有果物點盒等食物，都用紙包好，端端正正地裝着。今夜是少將來到的第三夜。所以為須盡布置得体面，請他吃慶祝的餅。路傳從袋中取出各物，分別安排。

天色漸暮。大雨已經停止，忽然又下起來，竟變成傾盆大雨。這樣的天氣，婢母那裏的餅不會送來了吧？」正在焦慮，

31

但见一个男仆撑着一顶大伞，送来一只木箱，里面装着饼。阿漕快活得不得了。打开箱子盖来，但见草饼两种，制成很小型，色彩也有种种，不知化了多少时间做起来的。此外有一张字条，上面写道：“你有急用，我匆促地做起来，恐怕很不合意吧，非常抱歉。”因为大雨，使者急于回去。阿漕只好拿了纸出来着笔，无暇请他喝些酒，让他回去了。匆匆地写一张回信：“感谢之至，不能尽述！”表示无限的喜欢。一切都已准备停当，阿漕又快活得不得了。她连忙把这些饼盛在匣子盖里，送给少将吃。

晚快，天色渐暗，雨越发地大起来，教人伸颈不出。少将对带刀说：“可惜！今晚风雨不能到那边去了。这样大的雨。”带刀说：“现在方才开始往来，真正还没有多天，不去是不好意思的。不过虽然不巧，这样大的雨，不去也不能说是我们的怠慢，所以没有关系。只得写一封信说明这情况。”他的脸上表出对不起对方的神色。

少将说：“好的。”便写信：“本当立刻前来，奈何时候不巧，无可如何。余实毫没有怠慢之心，请勿见怪为幸。”

带刀也写一封信给阿漕：“我就想回来。我的主人也就想出门。忽然如此大雨，只是这里悲叹。”立刻派人将信送去。

阿漕看了信，想道：这样，一步都要跑不到，可惜之极！

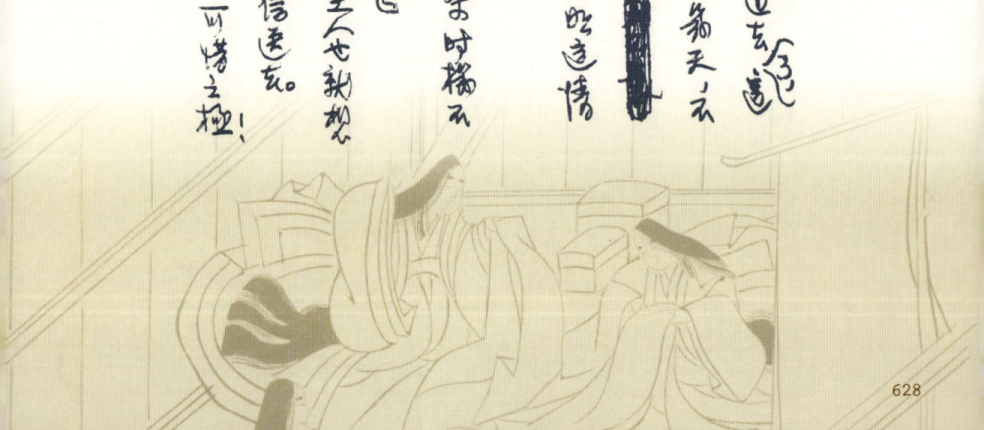

32

便写一封回信给带刀，「哎呀！古语中不是说过，『不惜衣裳湿，冒雨来相会』么？你善待情呦！踏此路途，也許可說了。大概，當初是你騙他來的。你犯了這等錯誤，現在就不要責了吧。古詩中說：『今宵竟不來，更欲待何时。』世间真有這種事情。不來也罷，說得很好，」這封信寫得淋漓盡致。

少將的回信，只是一首詩：

身世不逢辰，憂思殊難釋；
為恨薄情人，今宵袖盡濕。

兩封回信送到时，已是黃昏戌时（夜八点鐘）了。

少將在灯光之下看了少姐的詩，觉得非常可憐。又看了给带刀的信，信道：“她说了许多抱怨的话呢。今天是结婚第三天的晚上。用话来说，真不吉利的吧。”他觉得非常可怜。但雨势越来越大。没有办法，两手托着面颊，靠在桌上出神。

带刀叹了口大气，想走开去了。少将唤他回来，对他说道：“且慢，你准备怎么样？想到那边去么？”带刀说：“无论准备走去，至少去讲几句安慰的话吧。”少将说：“那么，我也去。”带刀很高兴，说道：“啊呀！那是好极了！”少将说：“去找一顶大伞来。现在准备换衣服去了。”说罢就走进内室去。带刀出去找伞了。

33

阿漕做梦也想不到少将会来，正在悲悲叹恨他的无情。她愤愤不平地骂道：

『唉！从来没有这样讨厌的这大雨！』少将安慰动怒的阿漕：『为什么说这些话！』她也觉得可耻，没精打彩地说。的阿漕又咒道：『即使要下雨，像普通那样的下雨，也就罢了，哪有这样讨厌的大雨！』

『独身如感伤，要怨又难堪。』少将悠悠地念着古今集✽里的来歌，靠在柱上，不再听阿漕讲话。

少将脱去了外衣，穿一身白衣服，和带刀两人合撑着一顶大伞，悄悄地开门出去了。

天色漆黑，不走惯的夜路凹凸不平。两人喘着气蹒跚地

✽ 古今集：即日本第一部敕撰和歌集《古今和歌集》。

走着。走到一个十字路口，碰到一个行列，点着火把，高声叫嚷着走来。这条路很狭，又没有可以躲避的地方，只得将身藏过，用伞遮蔽面孔。行列里竟有多个像仆役模样的人说道："喂！走路的两个人，站定！"这样的大雨，又是黑夜里，光是两个人走路，不知怎样是好，"接案！"两人无可奈何，只得在路旁站定。那人用火把照照他们，说道："这两个人穿着白衣裳，大概不是贼吧。"另一人说："不，逃出来的小贼也有穿白衣服的。"临走时又骂道："无礼的家伙，站在这里做什么？走吧！"说着，敲敲他们的伞。两人没有办法，只得踏着粪便，走那艰难的小路。其中又有人说："故意用伞遮住面孔，

34

至美好東西。」兩人只得將傘橫下來，遮着雨，躡着脚步走去。又有人用火把照照他們，說：「這傢伙還穿着外套呢。古怪，是窮人出去偷老婆的吧。」這樣地說說笑着，就走過去了。

好容易抬起頭來，少將說：「這些大概是衛門督✽的巡邏夜警。他們把我當作盜賊，似乎就要把我捉去的樣子，真是有生以來第一次碰到的事。他們稱我為赤腳強盜，倒是一个很好聽的名字。」兩人說說笑笑，走了一會。

少將說：「喂喂，我們還是回去吧。一身糞土，臭得很臭，這樣地去，反而被人討厭吧。」

帶刀笑着說：「這樣的大雨，這樣地步行前往，這深

✽ 卫门督：卫门府的长官。卫门府是日本古代中央军事机构，是五卫府之一，卫门府负责宫城各城门的警卫、通行检查等事务。

情愿竟教人感激不尽，那里要求比麝香还香呢！况且醒觉已经很迟，到那边倒是很迟了。去吧去吧——"

带刀坚持要去，少将也觉得既然下决心来了，半途而废也很可惜。他就回心转意，提起精神健步前往。

晚上人都睡了，门已经关上了，好容易敲开了，走了进去。带刀先引导少将到自己的房间里，拿水来给他洗脚，自己也洗了。少将对带刀说："明天早上天没有亮就要起来。我要在面目看不清楚的时候回去。你却多多说事！我这样子很难看呢！"说罢，就轻轻地敲落窪的房间的格子门。

小姐怨恨今宵不来的人无情。但这还在其次，她所忧虑的是，

35

这件事宣扬出去，被严厉的母亲知道了将怎么说，她的遭遇势必更加困苦了。因此她犹豫着，不能入眠，只是吞声饮泣。

阿漕白费心血，唉声叹气，坐在少女面前，靠在壁上休息。忽然听见格子门上的声音，吃惊地站起身来，说：“是谁？”格子门上有声音应了。便走过去，听见少将的声音：“开门！”她吃了一惊，连忙开门，但见少将挨身而入，浑身湿透！

阿漕问道：“啊呀！怎么湿得这样厉害！”少将说：“惟恐（即带刀）说，使得少女不高兴，对她不起。我把衣裳撩到膝盖以上，用带子扎好了走来。路上跌了一交，满身是泥了。”他把衣裳脱下，阿漕接了，说：“我拿去烘干来。”便把小姐的衣裳给少将穿上了。

少将走到小姐躺的地方，恨恨地说：“弄得这般模样，倘是一个女人来抱你，你多么欢喜啊！”便伸手到怀抱中，发觉小姐的衣袖上有些湿。他想，大概是把持不来而哭泣吧。他觉得可怜她，吟出古歌的上句：

因思何事青衫湿？

小姐接着吟出下句：

慨念终身漂雨淋。

少将说：“这雨如果知道你的身世，一定到现在为止不再落了。”

36

因为我已经来了。」我和小姐一起睡下。

阿漕把那饼整齐地盛在一只匣子里，送到枕边说：「请用这个。」少将说：「我想睡，疲倦得不堪呢。」他不想坐起来。

阿漕说：「但今夜一定要吃的。」少将说：「到底是什么？」抬起头来一看，但见许多婚礼三朝用的饼，整齐地盛着。不知道是谁这样周到地安排着的。想起了有人这样诚恳地等待我来，心中异常快慰。便问阿漕：「这是三朝饼，听说吃的时候有一定的规矩，是怎么样的？」阿漕说：「这个你不会不知道的吧。」少将说：「独身的人，没有吃过婚礼的饼呀。」阿漕说：「听说是要吃三个。」少将说：「啊呀，这句话没有情味。女人吃几个呢？」

阿漕笑着说：「由你说吧。」

少将对少妇说：「那么你也吃点。」落窪的姬君，太不想吃。少将狠狠地吃了三个，开玩笑地说：「怎么样？那个藏人少将（三小姐的丈夫）像我一样地吃么？」阿漕笑道：「也会吃的吧。」夜已很深，大家都睡了。

阿漕回到带刀那里，但见他睡还是浑身湿透，像只落汤鸡，抖抖索索地蜷伏着。阿漕说：「怎得这样湿，伞也没有的么？」带刀假声地告诉她途中被夜警盘问的情况，笑着说道：「这样深切的爱情，没有前例，真是古今無賴，難得之至啊！」

阿漕說：「可惡！有些兒傻！但是這不破呢。」帶刀車直地答道：「你說要有些兒，可見女人貪得無厭，所以討厭。今後即使有二十次、三十次的薄情行為，也可因今晚的深情厚意而變到原諒了。」

阿漕說：「又要自說自話了，你這個人！」說着躺下了，又認真地說：「的確，今晚倘使不來，怎么好呢！」又說了些閒話，就睡着了。

睡得很遲，不久天就亮了。少將說：「啊呀，怎樣回去呢？靜倒還很靜呢。」她這樣躺着。

阿漕醒來，着急得很。事情的確困難，因為石山寺進香的人要回來了。進進出出的人多，不會有人走到這裏來。她想起了很不安心。況且這項準備少將用的早跟和盤說出。她很不安。帶刀看到阿傳的樣子，說道：「何必這樣地煩躁！」阿傳答道：「以後怎麼能夠安心呢？住在這樣狹小的地方，動彈不得。說不定會有人來。所以提心吊膽呢。」

少將說：「叫車子開過來，讓我悄悄出去吧。」正在這時候，石山寺進香的一批人喧嘩地回來了。

「啊呀！糟糕！」

少將叫着，就出去了。落寞她狠想起這樣狹小的房間，說不定有人來看，怎麼辦呢？她滿懷真憂懼。阿傳更加着急。她在这混乱之中，竟会顾得着和早衡，送与少将。盥洗玑也就来了。这样那样地奔走，手忙脚乱，恨不得有一个人来帮助她。正在此时，夫人从车子上走下来，大声叫唤"阿漕！阿漕！"

真不得了：客厅的门开着，来不及去关。夫人走到正厅的格子内和竹帘之间，说道："出门的人，旅途中疲劳了，都去休息吧。你老是在这里休息，车子到时为什么不出来迎接呢？你和谁混在一起，真可恶！从来没有这样讨厌的人！你回到落窪的房间里去吧，"同时还说些挖苦落窪的话。

阿漕听到这话，心中很高兴，但不好说。她辩解道：「真对不起，我因为在这里换衣裳。」

夫人说：「随便你说吧。快去拿盥洗水来！」阿漕会意地回答，立刻端盥水来，弄得花生自失了。她就到三小姐那里去服役。这时候厨房里的饭菜都好了。她找个机会，到厨房里去，同厨司商量，用许多白米调换了烧好的小菜，拿回来给少将吃。少将听说这里诸事不自由，想不到她周全。小姐更加诧异，阿漕怎么能有这样的调度，真想不到。

少将略微吃些，落洼姑娘还睡着，一点也不吃。阿漕把余物盛在一只锅子里，拿去全部给带刀吃。带刀说：「啊，[illegible]到

39

這裏來，已經很長久了。她不曾得到這樣的賞賜。這是少將來了的原故。」阿漕答道：「今後，從這地方有夫人的賞賜呢。」（這主顧先應記呀。）帶刀說：「啊唷！嚇殺我了！」兩人說笑了一會。

到了晝間，少將和落窪正在躺着。夫人本來不大到落窪房間裏來看，這時候不知想起了什么，走來門邊來，想拖它開門來。門關得很緊，她就叫：「開門！」少姬和阿漕聽到夫人的聲音，都慌張了。

少將說：「不要緊，開吧。如果她要撩起帷帳來看，我就披着衣服躺着好了。」

少姬知道夫人進來的習慣，她是會走進來看的。她很为难，但是也没有可以隐避的地方。她就坐在帐幕旁边。

外面夫人生气了：「为什么要耽搁这许多时间！」阿曹回答：

「今天和往天是禁忌日子。」将曹为搪塞了一句。夫人说：「不要神气活现！又不是你自己家里，有什么禁忌呀！」小姐说：「那么，开了吧。」把帐内一拉开，夫人狠狠地推开了帐，昂然直入，站在房间中央了，环视四周。

一看，情况和以前不同了：收拾得很清楚。帷幕也有了。座席陈设也整齐了。室内充满了香气。夫人想不通，便道：

「怎么样子和以前不同了。你出门的期间，有了什么事情？」

小姐不觉涨红了脸，羞涩道：「没有，什么。」

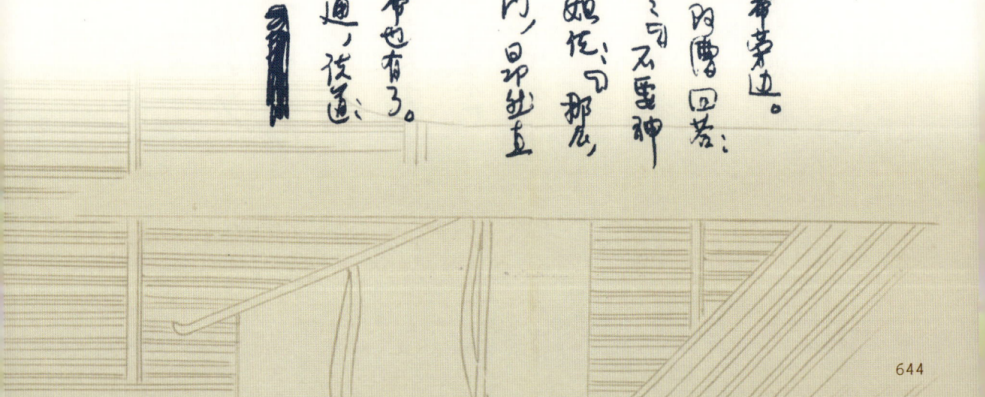

40

帷幕里面的少将，想看看夫人是怎么样子的。他躲着从帷幕的隙缝中窥看，但见她上身穿着白的便衣，下面繫着並不讲究的裙裤。面孔扁平，颇有夫人的风采。她的口角上带着娇相，有些可爱。总之，全体很是鲜丽。只是眉头稍稍蹙紧，表示性情险恶。

夫人说："我这回在路上买得一面镜子，装在这镜箱里大约是还好的。我想向你借一借呢。"落窪君很慷慨地答道："好，很好。"

夫人说："唉，你讲话直爽，我很欢喜。那么我就借用了。"她立刻把镜箱拿过去，取出了其中的镜子，把自己的镜子装进去。大小姐正好，她很喜欢，说道：“真个买到了好东西了。这镜箱上的莳绘，现今制造不出来了。”说着把镜箱揩拭一下。

阿漕心中懊恼得了不得，说道：“不过这镜子没了箱子，不很便当呢。”夫人说：“我就买来给她。”就站起身来。她表出十分满意的样子，说：“这镜箱是哪里来的？好得很。还有许多别处看不到的装饰。似乎有些蹊跷呢。”

小姐想，方得听到这句话，不知作何感想。她觉得非常不好意思。只是答道：“没有了觉得不方便，所以拿来的。”

夫人还是狐疑满腹。

夫人出去以后，阿漕实在忍耐不住了，说道：“真是

41

倒楣！不給我們東西，也就算了。連我們原有的東西也都要拿去。上次那个人結婚的時候，說是暫時借用，不久歸還的，把屏風等樣樣東西取了去，但到今天還是當作自家的東西一樣使用着。碗盞等物，這樣那樣，都被取去了。我們要向老夫人要求，取回來吧。這些表明用具，怨她要做那邊的小姐的東西了。我們這樣地寬宏度量，你們當時大能報答她呢？真是。」小姐安慰她，說：「算了，各種東西，她們用過之後總會還給我們的。」少將聽了這話，感佩小姐的氣度之大。他見在樓閣偷看着，握住小姐的手，問她：「那夫人年紀還輕呢。她的小姐都像她么？」小姐答道：「不，小姐們不像她，都很漂亮。母親不知為的，今天被你看到了難看的姿態。將來有人問你，你怎麼說呢？」這樣地躊躇着，少將越發覺得這小姐可愛了，他想，當初如果斷絕了這戀情，大要是後悔莫及。這件事做得很好。

下文，夫人叫一個名叫阿可君的童子送鏡箱來了。是一只黑漆的箱子，直徑約有九寸，厚三寸，是一件古風的器具。漆舊得很，那漆處處剝落了。童子傳言道：「這是情一色的，漆雖然有些剝落，但是還係上等物品。」

阿漕看了，忍不住好笑。把鏡子裝進去看，太大了，不像樣子。「唉，難看極了。幸虧不裝箱子，光是用鏡子算了。

從來不曾見過這種東西。」少姐說：「不要說這樣的話。這雖然是要感謝的。的確很好。」叫那童子回去。

少將拿起這鏡箱來看看，冷笑一聲，說：「那裏去找出這種陳腐古老貨來。夫人所藏着的東西，都很別緻，是珍貴無比的。喲！佩服。」

天亮了，少將回去了。

落窪姑娘起身，對阿漕說：「我真高興，全靠你有這樣幫忙，可以給的遮羞。」阿漕把家中種種情況告訴她。這阿漕年紀雖然還輕，卻用心非常周到，真是一個可愛的人。少姐想起，阿漕以前曾經名叫『後見』，確是名符其實。

阿濤把帶刀所說昨夜的情形告訴少姐，感稱少將對少姐的愛情的深摯。她說：『只要少將的真心長久繼續，永遠不變，那么少姐過去所受的委屈，都會翻身，真要多么可喜的事啊！』兩人講了許多知心的話。

這天晚上少將進宮去，不曾到這裏來。次日，送來一封信。寫道：『昨夜我在宮中值宿，不曾過訪。阿濤大概在責備帶刀了，想起了覺得好笑。她的能言善辯，不愧是從那裏學來的。我跟前回說出那位夫人的面目來，多嘴地覺得可怕。今夜我回想昔日，深為感動，正如古人某歌中所說：

43

「自与卿相契後，不知哪日無憂心。」

當年無罣礙，長夜自悠悠。

昨夜與君別，獨眠不耐愁。

你為甚離開這廣闊的境界么？我們去找一個安樂的住處吧。」宜信寫得非常懇切。

帶刀說：「早些給回信吧。」

阿漕看了少將的信，對帶刀說：「你多嘴多舌，講了我許多壞話吧。我只有對你無話不說，你就欺負我。」

小姐的回信說：「昨夜我覺得的確正像古人的悲歌所說：

寒風稍嫋嫋，團扇更無情。

尝恐君心变，同珠似雨淋。

弘也吟附一首：

专恃君心爱，闺情永久长。

妾身多薄命，蒙恩永难忘。

的确，这世间[illegible]好像是闭着门的，无法逃出。正在此时带刀前说：犯罪之人多么讨厌呀。

带刀拿了这封信正要出去，那少藏人少将说有要事，把他叫住了。[illegible]他来不及送信，把信揣在怀里了。

藏人少将叫住带刀，是要叫他梳头发。[illegible]梳的时候，藏人少将弯下身子，带刀也弯下身子。那封信从怀中落

44

女她上了，带刀不曾注意到。三小姐的丈夫藏人少将眼睛尖，悄悄地取了这封信。

梳好了头发，藏人少将走进内室，把信递给三小姐，说道："真奇怪，这是带刀掉落的，你看吧。笔迹很清秀呢。"三小姐说："这是落窪姑娘的字呀。"藏人少将说："是写给谁的？这句子很奇妙呢。"三小姐说："确有这样的人，是个做针线的人呀。"她看了这情书，觉得奇妙。

带刀整理了梳头用的箱盒，想出门去，不见了插在怀中的信。"啊呀，不得了！"他坐立不安，把衣服都抖过，把带子解开来看，都找不到信。怎么办呢？他的面孔胀红了。

虽然他不曾到过别的地方。要是掉落，一定掉落在这裏。他把藏人少将的坐垫拿开来看，还是没有。谁拿了去呢？"他耽心，不知会引起何等大事。左思右想，两手支着面颊，茫然若失。正在此时，藏人少将出来了，看见他这般模样，笑着说道："怎么带刀的样子很不自在呢。掉了什么东西么？"

带刀看出，一定是被这个人藏过了。他觉得要死，这真是糟糕透顶了，便向他哀告："求求你，还了我吧！"藏人少将说："我不知道。小姐说你是'江水上山流'呢。"说着就走了。

45

古歌："玉颜艳丽如此，何用更他求。若要三生誓，江水上山流。"他说带刀是"江水上山流"，意思是说带刀已经有了阿漕，又和别的女人通情。而这别的女人，带刀想来，就是指落窪姑娘。他气得眼前一团墨漆。

他毫无办法。此事被阿漕知道了，将骂他薄情寡恩。他觉得■可耻。然而■无可如何，只得回去对阿漕说："刚才我拿了那封回信出去的时候，被那人叫住了，要给检察。我不当心，掉落在地，被他拾了去。真是糟糕！"这时上气不接下气。

阿漕听了，说："这不得了！不知会引起何等大乱子呢。本来，夫人已经在疑心有什么事情了。不知要闹得怎么样呢。"

两人都觉得身上出汗。

三姐把这封信给母亲看，说是怎样拾得来的。夫人说：「男女两个，我早就觉得奇怪了。对手是谁呢？弟弟拿着这信，看来是那个男子了。大概这男子对她说过要来迎娶等话吧，因为这信上说是不出这门。我正想不给这女孩子嫁男人，现在倒有些背厌了。她如果有了男人，一定不会像现在这样住在这里，要把她搬出去了。我们家没有了这个人，倒很不方便。我是想把落窪当作你们的佣役的呢。不知究竟是那一个坏蛋做这件事的。不过，不要太早声张，否则那人会把她隐藏起来。对任何人也不要说起。……」

46

於是關於這情書的事，絕不談起，靜觀形勢。帶刀等覺得奇怪。

阿漕向落窪姑娘請求："你的回信，這般地被人拿了去。實在說不出口。請小姐再寫一封，好不好？"小姐聽了，傷心得不得了。她想，夫人一定也看到了。她憂愁地說："我一點氣力也沒有了。"那悲哀的樣子，教人目不忍覩。帶刀沒有面孔到少將家裏去，攏閉在房間裏。

少將這一天也不知道，日暮時光，到落窪這裏來了，問道："為什么不給我回信？"落窪姑娘答道："因為不巧，被母親看到了。"兩人就睡覺了。

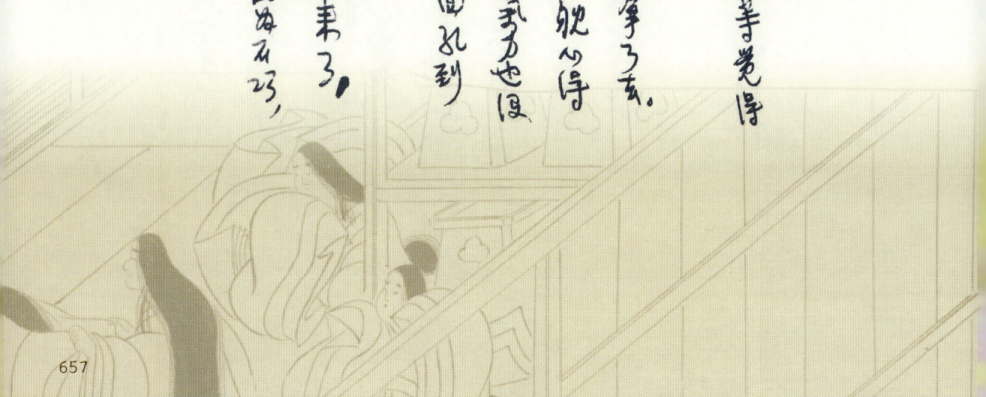

天亮得很早，少爺想回去了。但是天色大明，出入人多，不便走出去，仍舊回到了落霞這裏來休息了。阿滿也倒忙着替準備早餐。

少爺靜靜地躺着，和落霞姑娘作這樣的談話：「這裏的四小姐今年幾歲了？」「大約十三四歲，長得真漂亮呢。」「那末也許是真的、中的言說要把她嫁給我呢。因為這四小姐的乳母，和我家中的人熟悉，這事由大人也很贊成，就叫人來作媒。但是，抱歉得很，我準備拒絕他們，說我已經和你有這樣的關係了。你看好不好？」

小姐只是回答說：「這樣，不要意思吧。」她那沒精

47

打扮的樣子很是可憐。

少將又問：「我這樣地到這裏來，竟得沒有面子，很不暢快。我想叫你還是到好的地方去，你可以出去么？」小姐答道：「聽憑你吧。」少將說：「那么很好。」說着，睡覺了。

十一月二十三日的事：

三小姐的丈夫藏人少將被指定為賀茂臨時祭✽的舞人，三小姐的父母親作種種準備，忙碌萬状。臨時祭於十一月下旬的酉日舉行。舞人從近衛府的貴公子中選出，是祭使中的重要人物。所以很擔心，認為這次不得了了。因為她想一定有許多錢

✽ 贺茂临时祭：贺茂神社的祭礼活动，每年 11 月末的酉日举行，始于 889 年，其后因应仁之乱中断，1814 年恢复举行，最终于 1870 年废止。天皇会在清凉殿设宴款待敕使等，敕使会前往贺茂神社，通过神前献币等活动祈福。贺茂临时祭的首任敕使是藤原时平（871—909）。

缝工作，派给落洼姑娘。果然不出所料，立刻派人拿一条罩裙来叫缝了。那使者说：「夫人说，这个要立刻就缝。因为后手还有许多生活哩。」

少将还在躺着睡觉。阿漕代为答道：「不知怎的，昨夜身体不好，现在还睡着。等她醒来，我转告她吧。」使者回去了。

少将想立刻起身来缝。少将说：「我独个人寂寞无聊，你怎么能睡呢？」不给她起来。

夫人的使者又来问了：「怎么样了？开始缝了么？」使者回去说：「没有，」阿漕说，「还在睡觉哩。」

48

夫人冷笑着说："什么话！怎么叫做还在睡觉？说话要当心！不准你同我们一般地说话！我不要听！况且，白天睡觉，岂有此理！连自己的身份都忘记了，真是该死！"

这回她亲自拿了一件衣衫来了。落窪姑娘慌张地从帐幕中走出来。夫人看见那单裙松松地穿着，脸色顿时变化了，骂道："还不曾动手？我以为已经做好了呢。竟把我的话当作耳边风么？进来后，发痴了，一天到晚忙着化妆。"

少纳言听了这番话，心中非常难过。她想，少将听到了，不知作何感想。她神态颓丧，回答道："因为身体不大好，暂时放着。"又辩解道："这立刻可以做好的。"便拿起来做。

夫人又罵道：「糟糕透了！這是不可以的啊！唉！要叫你這種討厭的人做，就因為沒有人的原故。這襯衫倘不立刻縫好，要你滾出去！」

她怒氣沖沖地把衣服拋給落霞，站起身來。少婦的外衣的角從帳幕底下露出來，正好被她看見了。她便問：「這外衣是那裏來的？」她說完了說話，眼瞥一瞥，稍事了，便含糊地答道：「這是別人托做的。」

夫人說：「嘖！先縫了別人的東西，把家中的東西擱在一邊？好了好了，你住在這裏沒有結果了。唉！世界上竟有這樣不要臉的人！」唉聲嘆氣地出去了。

少将靜々地倚着窗觀看她的後影。由於子女生的太多，頭髮脫落了，不过十幾根，像老鼠尾巴一般挂着。加之身体很胖。這樣的人简直是少有的。

落窪姑娘忙々碌々地在那裏縫裙子的腰。少将拉她的衣裾，說："来，到這裏来！"把她拉了过来。少姬無可如何，只得攢進帳幕裏面去。

少将說："這討厭的傢伙，你要逢！讓她再煩惱些。使得她没有办法。她剛才說的那些話是什么意思？一向是這樣多嘴饒舌的么？你怎么忍耐得住呢？"

少姬没精打彩地回答："我是山梨花呀！"

古語曰云：「樹身始從小梁樹，禍患來無處逃。」巾姐到用這傢，意思是說，她自身不能離開這裏而逃到外面去。

不久天黑了。窗子都關上了。點起灯火來。巾姐正想繼續把那衣服縫完，夫人特々地來察看情況了。一看，衣服堆着，灯火點着，却不見人影。她想，一定是躲在帳幕中睡覺了，就火中燒，大聲地叫道：「老爺！請你來看々。這落寞太放肆，我實在要她不得，請你來罵她一頓。人家這樣急用，她却不知從那裏弄來一帳幕，不識体統地擺起來，一直躲在裏面睡覺呢！」

50

「不要在那裏講，到這裏來說吧。」是中納言的聲音。不久兩人的聲音遠去了。以後說些什麼，少將不知。

少將初次聽到「落窪」這個名字，問道：「她說『落窪』？是什麼名字？」少姐滿臉羞紅，答道：「咦！有什麼意思呢！」

「人的名字，怎麼用這樣的字？這當然是下等人的稱呼。但是太不體面了。夫人的氣色似乎很壞。看來得不要發生對你不利的事情了。」少將說著，躺下了。

這回來叫她裁一件袍子。夫人想，也許她還是睡著，便用種種話教唆她的父親中納言，叫他親自去罵她。中納言一推開房間的門，便罵道：

「唉，你這個落窪！你不聽話，一味橫蠻，是什么意思呢？你這沒有母親的人，应該規規矩矩，使得大家對你有好感才是。這裏那樣急於待用，你卻縫別人的東西，把家裏的工作丟在一边，你是怎樣想的呢？」末了又說：「今天夜裏若是再不做好，你就不是我的女兒！」

小姐聽了父親的話，回答的氣力也沒有，只是拭淚滴个不住。中納言說過之後回去了。

中納言說話時有旁人聽到。一个女子遇到這樣的事情，甚是奇恥大辱。被人知道「落窪」這个討厭的稱呼是她自己的名字，她恨不得當場就死了。她心情抑鬱，使暫时把裁縫工作放在一旁，向着灯影暗处吞声啜泣。少将觉得她好确若怜，实在可爱得很，也陪着她啜泣。他说：“罢了，暂时休息一下吧。”便强把她拉过来，百般慰藉。

所谓落窪姑娘，是这个人的名字。少将想：那么刚才我所说的话，她听了一定非常羞耻，实在很可怜。夫人是晚娘，要她虐待，犹可说也，连生身的父亲也这样厌恶她，真是荒唐之极了。好，我总得要把这位小姐抬扬得非常体面，给他们看看。少将深深地下定了决心。

夫人把许许多多衣服叫落窪姑娘缝，又动怒骂过她，但念落窪一个人，到底是缝不了的。便叫自己身边一个名叫

51

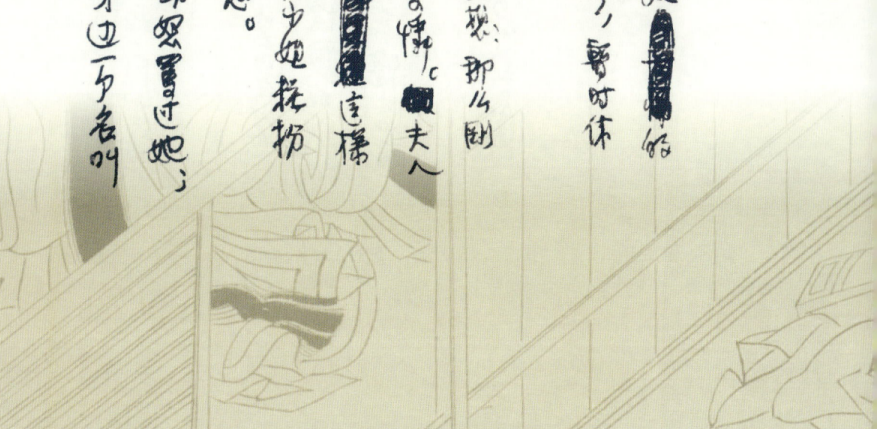

少纳言✽的相貌清秀的侍女去帮忙，「你也去，和她一同裁缝吧。」

侍女来了，对落窪姑娘说：「叫我缝什么呢？」落窪这样多，你为什么只管睡觉？夫人说过不可以太慢的呢。」

落窪姑娘说：「因为我身体不太好。那么，你先来缝这裙子的腰吧。」侍女少纳言就动手缝了。

过了一会，她说：「你如果身体还好了，还是你起来缝吧。因为这腰，我实在不会缝。」

落窪姑娘勉强起身，从帐幕里出来，帮做教了她些。

✽ 少纳言：隶属于太政官少纳言局，常设三人，负责太政官的官印、驿铃等事务，地位不高但职位重要。此处特指落洼继母的侍女。

52

少將只倒從幃幕的掛條的隙縫裏窺看。但見燈光正照着的侍女少納言的面龐十分清秀。可見這人家是有美人的。

少納言看見落洼姑娘眼角紅潤，想是哭過的，覺得很可憐，對她說道："我聽到你說了，生怕你當作客套話。但是倘然不說，則無人知道我所愛慕的人的心，是可憐的，所以不管什么，都老實說出來：近年來，我常常聽到你的優良的性行，很想到這裏來服侍你，比平常在你身邊的人更加盡心呢。然而外面的人多嘴多舌，非常討厭。因此想私下替你服務，也不成功。"

小姐答道："從前一向和我無識的人們，對我也都沒有誠意了。你就对我说这样的话，我真为难哩。」

少纳言接着说：「我真有些想不通。那样的继母，对你怀着恶意，是不希罕的。因父亲所生的弟妹们，也都和你断绝往来，真是想不到的。像你这样好好的一个人，却度送寂寞无聊的生活，实在太可怜了。你看，那边的小姐，也在准备招女婿了。无论这样那样，夫人都随心所欲地办到呢。」

「这是常有的事。不知女婿是那一个。」

「听说是左大将✽的儿子少将。大家都称赞他好呢。皇帝对他的恩宠也很深，家里没有夫人，真是再好没有的女婿。这里的老爷说要迎接他到这里来，夫人起劲得很。」

✽ 左大将：即左近卫大将。

53

四少姐的乳母和太夫将家有一个人相熟識，真是意外的幸運，作了種々秘密商談，听说也有確實的消息来了。」

「那末，」少姐说时，带着温和的微笑，在灯光之下，眼梢口角微露红润，表出一種高贵之相，又有一種安定稳重之感。

「那末，這位少将说些什么呢？」

「不很详细知道，總是表示同意的吧。這裏正在悄々地作種々準備呢」。

睡着中间的少将对她想说：「這種話都是撒謊！」但他静々地躺着。

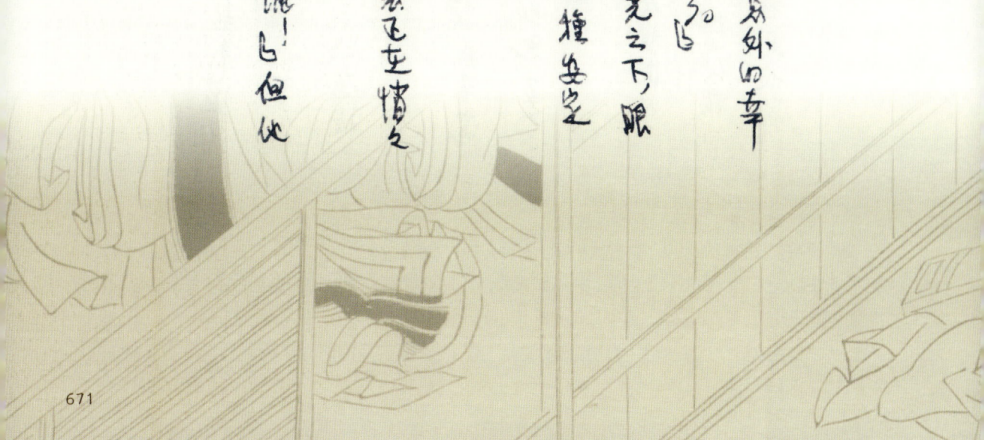

少纳言连忙说:「女婿来了,你的生活还要忙起来呢!倘有适当的因缘,你还是早些安了身吧。」少女答道:「像我这样难看的女人,怎么会想起这样的念头!」少纳言表示反对:「那有这样的话!教人意想不到。那边当作活宝贝的寡妇女儿,反而……」她顿了一下,又说:「那末,我再告诉你:说今世间少美男子出名的是少将,世人都称他为交野少将。替他服务的一个名叫少将的侍女,还和是我的表妹。前天我到她那,

✽ 交野少将:一说是10世纪末广泛流传的《交野少将物语》中的主人公,是一个才华横溢、好色成性的美男子。此书虽已散佚,但《源氏物语》《枕草子》等作品中仍可见关于交野少将的描写。

54

里去，正好少将也见到我。他知道我在这里服务，对我特别注意。真如传闻所说，他的相貌之美，竟是独一无二。他在谈话中问我：听说你在服务的中纳言大人家，小姐很多，是怎么样子的，从大小姐开始，一一详细探问。我也约略告诉他一些。谈到你时，他大大地表示同情，说这正是我的理想的人物，你替我送封情书去好么？我回答他说：她在许多小姐之中，是个没有母亲的人，心情不快活，这种事情，恐怕完全没有想到吧。他说：没有母亲，更加孤独，真是可怜之极了。我所要追求的结婚对象，不是幸运的女子，而是饱尝世智辛酸而容貌秀美的人。原本自不必说，即使到中国和印度，我也要去找求這樣的人。在她之中，除了這裏外邊的人以外，沒有雙親俱存的人。這位女性，在那裏度過這等不快的生活，還不如讓我娶了過來，做我的伴侶實最吧。」他同我長談細談，直到夜深。此後，他也通過別人：「那件事怎么樣了？」「你此日替我送情書么？」我回答他說：「現在還沒有適當的機會，日內想再去吧。」

落窪姑娘聽她講，一句話也不回答。這時候這少納言忽的來叫她了：「有要緊事情」少納言出去，走到外面，那人對她說：「剛才有一個人來，說要看看你，有話對你說。」少納言說：「請等一下，讓我進去回報一聲就來。」便又回進房間裏，

55

对落窪姑娘说：“外面那人说有要紧事体，是有一个人来找我。——刚才的话，看来还没有说完呢。还有许多很有趣味的话，让我慢慢地再告诉你吧。”我这样半途中回去，请守秘密，勿告诉夫人。只得她怪怨我。下次有机会，我再来。”说着回去了。

少将掀开帷幕来，对她说：“这个人真会说话呢。外形相貌也很清秀。我正在心中惊异她，岂知她说出交野少将是美男子等话来，我就觉得此人讨厌了。你没有好好地回答她，却默々地向我这方面回头，哑口无言。我想，如果我不在这里，大概你会痛々快々地回答她吧。这真是对不起了。如果那弁少将送了情书来，事情就完结了。因为这个人有奇妙的魅力。只要他送出一封情书，没有不发生効果的。对人家的妻子自不必说，和皇帝的妃子也发生关系。就因为这关系，此人不能立身。然而在许多女子之中，他特别看重你，也是特殊的想法。」少将说时怒气冲冲。小姐不知道怎样回答才好，闭口无言。

少将说：「你为什么不回答我呢？是否为了我把你所深感兴味的事情这样那样地公说，所以难于作答么？在这京都之中，所有一切女子，都极口讚美交野少将呢。」

小姐低声回答：「我恐怕不能参与这些女人之列吧。……」

56

「那人的内阁非常之喜。你如果嫁给他，也许可有皇帝的地位呢。」少将带着嬉笑的口气说。少女因为不知详情，不作回答。她默默无言地缝衣服，白玉一般美丽的手指不绝地活动。

阿漕知道少女有侍女少纳言作伴，又因带刀身体有些更不舒服，所以暂时离开，去自己房间里。

少女一个人缝着，要去把上衣折叠了，说道：「哎呀，要叫阿漕来帮才好。」少将说：「我来帮你吧。」少女说：「这太不成样子了。」少将把帷幕推在外方了，坐在里面帮少女折叠，玩笑地说：「无论如何一定要帮你做的，我是一个出色的裁缝可够呢』。然而他很不习惯，东拉西扯了一会，弄得兴味索然。少将觉得好笑，一边工作，一边吃吃地笑着。少姐问：『你和四少姐订婚后，是真喜欢么？』少将笑着说：『你不要怨吾。如果那个交野少将有一天到手了你这个宝贝，我就公开地去当四少姐的夫婿吧。』

『夜很深了，睡吧。』少将催她睡。少姐说：『稍等一下。你先睡吧。我把这一点点缝好了再睡。』少将说：『我睡了，让你一个人工作着，对你不起』。

正在此时，那个疑神疑鬼的夫人，趁四周人静之时，悄悄地走来，从那个洞穴裹衣就採，是否又是不二作而睡着了。一看，侍女少纳言不在了。这方面站着帐幕。从帐幕一旁窥看，落窪背向着这边，正在折叠衣服。她的对面有一个男子卧着，拉扯衣裳的布。

夫人的睡睡朦胧的眼睛忽然清醒了，仔细一看，但见这男子穿着美好的白色上衣，敞着艳丽的浅红色衫子。另有衣服像女子的裙子一般盖在身上。在明亮的灯火光中，照出了容貌既秀丽的美男子。这个人比近月大家交口称赞的新女婿藏人少将美丽得多，夫人大吃一惊。

落窪要有丈夫，是意中事，但总不会是有俸禄的人。

但现在这男子不是寻常人物。况且，关系这样密切，连女工也和她一同做，可知两人的爱情已经不是一般的了。这件事不得了！如果落窪的身分好起来，她就决不能像从前那样随心所欲地处置她了。夫人想到这里，把裁缝工作等事丢在一边，很久地站着，但闻里面那男子说：

「这种不习惯的事情，你做得疲倦了。你不是也在想睡了么？所以那边今天不要缝了，让她像往日一样动手吧。」落窪答道：「她发起脾气来素是讨厌的。」她照旧在缝纫。男的不耐烦，用扇子把灯扇熄了。落窪说：「啊呀，讨厌！还没有收拾呢。」少将说：「有什么呢，就是这样摸在

58

帷幕裏面算了。」我把書當作她的衣物塞進帷幕裏，抱着落窪睡覺了。夫人從頭至尾聽到一番談話，只覺得了不得。那男子說「寬她像往日一樣能忍」，可知以前她罵落窪等事，他都知道。大概是落窪告訴他的吧。總之，這件事可惡。」她惱着左思右想，滿腹怨恨。

她想，還是要告訴老爺。但念那男子風采秀美，從他的服裝上推察，一定是個身分很高的人。如果告訴了老爺，老爺也許會[illegible]鬧出來，把他招為女婿，亦未可知。所以，還如宜說帶刀和落窪發生關係吧。說是以前太過疏忽了，以致發生這樣的事情。好，把她關進貯藏室裏去吧。你他说："让她动鬼么？"她就动鬼了。她怒气冲冲地考虑办法。

"好哦，把她关住了，那男子就断念了吧。"她的叔父典药助✽，正好住在这里。其人贫穷得很，年纪六十多岁了，还是贪好女色。把落窪配给他，让他们搞在一起吧。她一夜考虑到天明。落窪方面毫不知。少将和她谈了许多情话，天亮就回去了。

落窪送少将出门后，立刻赶紧地做昨夜未完的缝工。夫人也已起身，派人去取缝物，吩咐道："如果还不曾做好，要狠狠地训斥她一顿。"然而出乎意外，缝物已经折叠得很好，立刻交付那人。怎么会这样快的？想不出道理，那人只

✽ 典药助：典药寮的次官，掌管各类药物。典药助也出现在《今昔物语集》《源氏物语》等书中，多被描写为好色滑稽的形象。

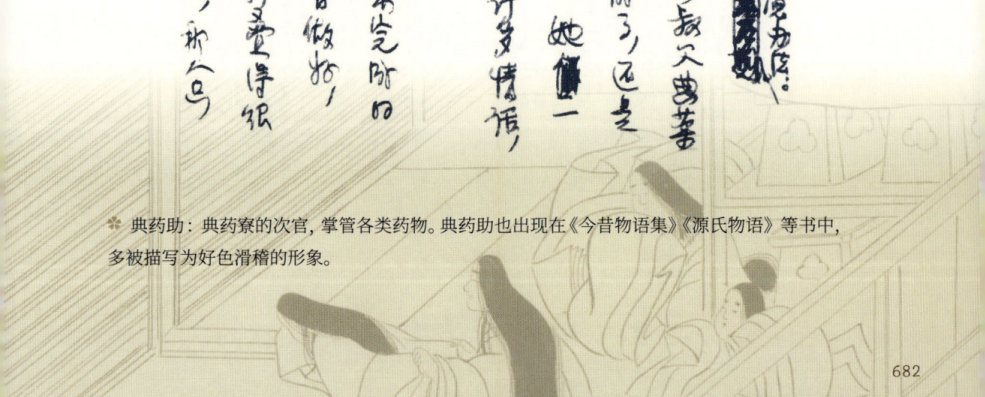

59

悄悄地拿着去了。

少将派人送信来了。信中说：笛怎么样了，昨夜遗的东西？又动怒么？如何样子，我想知道。我的笛忘记在你那里了，请交给来人。我要到宫去参加读经。

这横笛用名香熏过了放在枕边。落洼君把它包好，交给来人，又写一封回信：

"动怒？并无此事。被人听见了有害，请勿说这种话。母亲来时已笑容满面。横笛交来人送上。这枝重要的笛，你怎么会忘记呢？

随身玉笛犹遗弃，

萍水姻缘那得长」

少将读了这首诗，觉得难以为情，便回答她一首诗：

笛音千载长清澈，

莫作漂流萍水看。

今天早上，和少将归去同时，夫人对她丈夫中纳言说：「我老早就想到会发生这样的事情。那个藤宰相，做出了见不得人的、荒唐透顶的事了。既然是是非也分辨不了的人，须要规劝安慰她才好。这个真是不像话。」她认真地诉说，但是语言迂回曲折。中纳言吃惊地问：「是怎么一回事？」

夫人答道：「我们的女婿藏人少将听到便用他的男仆带刀，

60

听说近衛和阿漕一起了。还有竟想得到的事，不知什么时候，他又搭上了落窪。這帶刀差個笨頭，一封情書的回信放在衣服裏，掉落在藏人少將的房間裏，被少將看到了。當夜，少將是個很仔細的人呀。於是少將說："啊呀呀！拈進了出色的女婿了！教我們同樣做女婿的人沒有臉面見人了。這件事情做出去很難呀。請快把這種像伙趕出去吧。"他說得非常痛切呢。」

中納言年紀雖老，而火氣格外大，恨恨地說道："啊呀！做出不成樣子的事情來了。落窪這像伙和同住在這屋子裏，誰都知道她是我的女兒。這帶刀是個不上拿盤的東西呀！年紀不過二十左右，身長不滿三尺。她怎麼會同這種傢伙搞這種勾當？我正想把她嫁給一個相當的地方去呢。」

夫人說：「真是豈有此理的事。所以我想，還不如趁外人不知道的時候，把她關進去好藏室裏，嚴加看守。不然的話，落室想着他，會設法進來和他來往。而且事不宜遲，怕遲了另有麻煩出來呢。」

「這也說得極了。」說去立刻把她提出去，關在這北面的好藏室裏，飯也不給她吃，餓死了也不管。」這中納言老昏了，沒有判斷事情的能力，所以說這荒謬的話。

61

夫人内心觉得这话说得好极，把裙子高高地撩起了，走进落窪的房间，一屁股坐下了。说道："你却做出荒唐的事情来了。父亲说你带坏了别的孩子，非常动怒了。他说不许你住在这里，把你禁闭起来，所以我来看守，现在立刻就赶出去。快去吧！"

落窪姑娘觉得这件事来得太突然了，没有话说，只管哭泣。不知父亲究竟听了怎么，所以这般动怒。她实在不想活在这世界上了。

阿漕听见奔出来，叫道："到底听到了怎样的事情？丝毫的错误也没有犯呢。"她想拉住小姐，夫人骂道："喂，不要碍手碍脚！我一点也没有听到，不知道，都是老爷从外面听来的。你有了这大胆地操持事的主人，近来常想和我所喜欢的少妇们作对敌，是不是的，这个人没有了，你这个人也没有用处了。"她抓住了落窪姑娘的肩膀，说："好，去吧，父亲有话对你说。"

阿漕放声大哭，少姐茫然若失了。

夫人把这里的用具乱踢，拉住了落窪的衣袖走出去，这好像捕捉逃亡一样。

姑娘一头青丝发，此时正梳得很好，非常美丽，比身体还长五寸光景，行步的时候飘飘地披动。她的后影实在

62

可爱。阿漕目送着，就此一去不回了。阿漕想，不知打算怎样处置。她心情混乱，眼前一团漆黑，只是手足无措地哭泣。过了一会，她忍着悲哀，把周围散乱的器物整理一下。

落窪姑娘茫然自失了。被拉过父亲面前，跪坐了。老人说：「啊唷，好容易啊！不是我自己去，还拉她不来呢。」中纳言说：「立刻把她关进去吧！我看也不要看。」老人就拉她去关进了贮藏室里了。这老人是一个完全没有女性的温柔心肠的人。她那副狰狞的脸面，谁都看了害怕。

有个门通廊房的两间贮藏室里，醋、酒、以及鱼类等物雜乱地堆着。门口铺着一条有边的草席子。

夫人罵道："横行不法的人，应受这等處罰。"便毫不客气地把落窪推了进去，親自把鎖堅牢之地鎖上，然後回去。

不久，落窪姑娘清醒过来，觉得四周各種东西的臭氣刺鼻難當，流下淚來。

父母为什么这样地處罰她，她全然不知道。她想，至少讓我和阿漕見一見面。但阿漕这时被關在房裏，不能和她相見。她想想自身的不幸，只管低頭哭泣。

夫人來到落窪原来的房間裏，说道："到那裏去了？"

這裏不是有一只放藥箱子么！又是阿漕瞎討好，不知什么时候把它隱藏了。」男君如此，阿漕答道：「是的，錯把收拾在這裏。」夫人也畢竟不好意思拿去。她说：「這房間除非我许可，不准開。」把房门鎖好，才回去。

夫人想：好计劃，就去快点去同典药助接洽。她正在找適當的機會。

阿漕要被趕走了，不勝悲痛。她想，這裏已不是我的家，走出去吧。但而她很想知道小姐的着落，焦心得很。於是走到三小姐那裏，向她苦苦地哀求。

「我實在一点也不知道，但是夫人痛罵我，逼我走出去。我服侍小姐到現在了，這要我半途中走脫，心中實在苦痛得很。我想請小姐出頭，饒了我這一次。我從幼小時候就在這裏當差。現在和落窪姑娘已經隔絕，關於她的情況，我一點也不知道了。我實在弄得莫名其妙。如果你也要拋棄我，我真是……」

她能言善辯地向她立誓，情々地向她哀求。三小姐覺得這也是真情，很可憐的，便去對母親說：「為什麼連阿漕也要這樣地嚴厲罰的，她是我要使喚的，她走了我很不方便。」

夫人說：「這個小賤人和落窪異常親密。完全是盜賊根性的女子。萬事都是她慫恿落窪做出來的。落

64

嫁侍不會自己去辦，而且色情的腔調一點也没有。」

三少姐又劝諫说：「那么，這一次讓給了她吧。她已屢向我悔过，说得很可憐的。」夫人勉強答应了，说：「你既如這樣说，那么就照你的意思吧。不过不可以移讓她做得好，要寵坏的。」

三少姐所了母親這話，觉得情形不是很好，所以並不立刻呼喚阿漕到自己身邊来，當着，只是对她说：「你暂时忍耐一下，侍我徐徐長计議。」

阿漕想来想去，總觉得苦痛。要替被禁閉着的落窪姑娘，更是神魂颠倒，不知所云。

阿傳得替少姐操心。被禁閉着，連飯也不給她吃。這家裏的人們，都懼怕夫人，決不敢送飯給她。把那么可愛的一個少姐，便要勁拖走。阿傳在胸中描寫這光景，但覺得呼吸斷絕。

少姐曾經來生即刻獲得和一般人同樣的身分，如願以償地復歸雪恥。現在都落於空想。想起了不勝悲情。

況且，少將今夜還是會來的吧。他聽到了這種情況，不知作何感想。阿傳覺得彷彿和少姐死別了。她胸懷鬱結，周身疲乏。阿傳所使喚的名叫露的彩蓄，也要發表氣。

落窪姑娘留在裏面，獨自思量：如果就此死了，不能再和可愛的少將談話了。曾經立下生生世世的夫婦的誓願，想起了徒增悲切。昨夜帮我拉住縫物的那个人的面影，清楚地出現在眼前，非常可愛。不知我前世犯了什么罪孽，必須遭受這樣的苦难。晚娘虐待前房子女，是世間見慣之事。連生身的親父也同樣地残酷，這不幸真是無以復加了。

這天晚上少將來了，從帶刀那裏聽到了這件事的情況，面孔変色了。他想，不知小姐作何感想，這種事情都是由我而发生的。他嘆声嘆氣，对帶刀說：「你悄悄地設法替我傳言：「我只想早些前來和會面，豈知事出意外，像做夢一般茫然若失了。我還要設法和你會面，實在難于忍受。」

阿浮脫下了觸目的衣服，穿上舊衣，撩起了裙子，從廊房那邊迴繞過去，走到了貯藏室門口。人都睡靜了。她輕輕地敲敲門，裏面肅靜無聲。她低聲地叫：「小姐睡着了麼？我是阿浮。」小姐隱隱地聽見了這聲音，慢慢地走到門口來，說：「你怎麼會來的？」未開言先已哭了。「我苦得不堪！怎麼會遭到這樣的苦難啊！」還沒說完，已經泣不成聲。

阿浮也哭泣着，說道：「我今天早上就去在這貯藏室附近

66

傍徨，但是无论如何也不能走近来，实在苦恼得很。原来夫人是向老爷这样诬告的。"便把详细情况一一告诉她。少纳言听了，激烈地哭泣，悲痛不堪。

阿漕又说："少将看见过了。"她听到了这种情况，哭个不住。"少纳言听到这话，心中欢喜，说道："现在我胸中郁结，不能多说，只能叫你转告她：

我身遭此悲惨劫，

今世必难再见君。

這裏充滿各種氣味，真要难当。我因为活着，所以受此灾厄。我真想死了。"说罢号哭。阿漕感到同样的苦痛。生始有人醒觉，恋情々地離去了。

少将得到了少女的回音，悲叹更深，眼泪流个不住。她用衣袖遮住面孔，竭力忍耐。阿漕看了不胜悲恸。过了一會，少将把她再作一次传言："唉！我也想死了！

闻道今宵逢不得，

憂愁苦恨到天明。

此情只能独自思量，無可言宣。"

阿漕再到贮藏室去，途中不小心，发出些声音。夫人觉醒了，叫道："贮藏室那边好像有脚步声。什么事？"

阿漕不敢久留，悄々然々地传达了少将的话。说："我立刻

67

要回去的。」少女说：「我也是

料得君情难久候，

此心不复重团圆。」

阿漕没有听完就想逃，对少女说：「夫人已经醒了，正在叫喊呢。我不能再留了。」少将得此回音，恨不得立刻闯进去，把夫人打杀。

少将在带刀那里度过了悲伤的一夜，天明临走时恳切地说：「倘有机会可以抢她出来，必须通知我。」少女在东面多少苦痛哟！」

带刀想，这件事和他自己有关，中纳言一定闻知。那么他住在阿漕这里，很不相宜，便搭乘少将的车子的后面，和她一同回去了。

阿漕想设法送食物给小姐。她想像小姐心情何等悲哀。便乘人不知，包了些残菜米饭，想设法送进去，可是没有办法。

中纳言的最小的儿子三郎君，是个童子，经常和阿漕作伴的。阿漕便问他："阿姊这样地被关在里头，你觉得可怜么？"三郎君说："那里会不觉得呢！"阿漕说："那末托你把这封信送进去，对谁都不要说。"三郎君说："拿来！"便接了信飞奔到贮藏室前，大声叫喊："把这门开开来！快点！"夫人叫道："无论如何不可以开！"三郎君说："我的木屐

68

掉在这里面了，我要拿它出来呀！"他拚命地在门口顿脚，发出很大的声音。

中纳言因为这是末子，非常宠爱他，说道："你又要穿了木屐大出风头了。快些给他开了吧。"夫人厉声说道："等一下子会开，你乘便进去拿吧。"

这孩子撒起娇来，大声嚷道："不给我开，我要打破它。"中纳言就亲自出来给他把门开了。

三郎君并不找木屐，蹲下身去，说道："不知道哪里去了。"就在此时，悄悄地把信交付给了落窪。失望似地走出来，说道："真奇怪，这里没有呢。"夫人说："叫你不要瞎吵呀！"

在他身上拍一下，推他出去。

落窪在隙縫裏射進來的日光中，看這封信。原來是阿漕的，她敘述着種々苦情，又吩咐着少許食物。但落窪由於悲傷，食慾衰減，一些也不想吃。

夫人一天只給她吃一次。但念她的裁縫手段高明，不叫她餓死要可惜。她就在無人在旁的時候，把那少典藥助叫來，對他說道：「由於這樣的原故，為了發生了這樣的事情，我已經把落窪幽閉起來了。你就作那樣的準備吧。」典藥助聽了這話，感謝不盡。他想，這是再好沒有的事了。牙齒落光了嘴巴，裂到了耳根子上，快活死了。

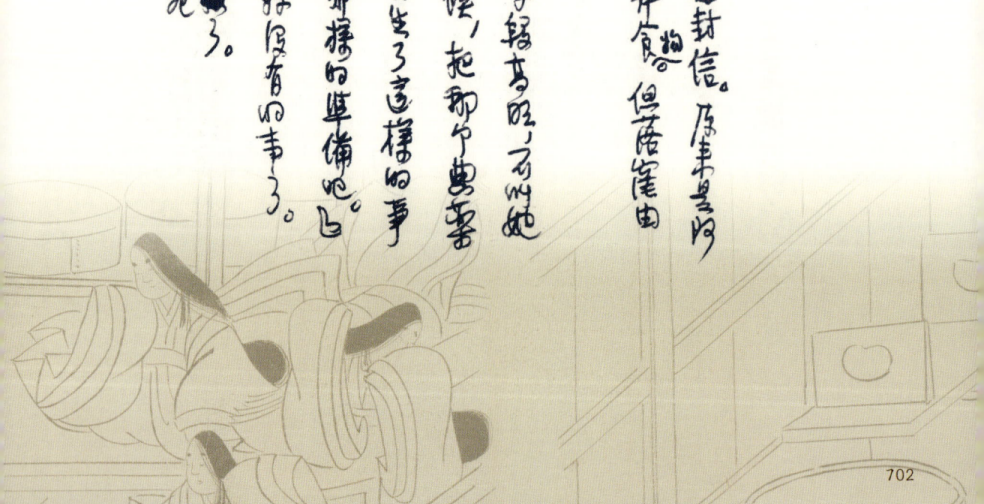

69

夫人说："那么今夜你就到落窪住的那贮藏室里去吧。"萬事和你先约定。正在此时，有人来了，两人就分手。

少将派人送一封信给阿漕，信中说道："怎样了？那贮藏室近旁有门么？我很想看看。如果有了她出来的机会，请务必立刻通知我。再者，这封信如果可以送进去，坚封交。万一能够得到回信，幸甚。想像小姐现在的情境，心中焦灼万分。"

少将给小姐本人的信中，写着深情悱恻的情思，内云：

"想起了你给我那封凄凉的信，不知如何是好。然而，

此身不死终当会，

莫說是寫書畫时。

務請振作精神，我竟想和她一起關進在裏頭才好。」

帶刀也來信，說道：「我昨日想々此次的事件，氣結難言，與少將一天到夜躺着。這種事情都是由我的失策所引起的，不知小姐對我作何感想，每一念此，覺得抱歉，實在對她不起。我很想出家做了和尚才好。」

阿漕回信給少將，說道：「收到來信，十分感謝。但怎樣才可以使你們相會呢？那個非但一直鎖閉着，而且監視得更加嚴密了。來信當設法送進去。務求取得小姐的回信。」她覆帶刀的信中，也訴說同樣的苦惱的情況。

70

话還須從頭說下去。在第二卷中更有種々詳細的情況。

卷二

且說帶刀拿了少將的信，在那裏等待機會，想把它送進去。然而那時全無可乘的樣子，困難極了。另一方面，少將和帶刀，正在打算搶出少姐來的計劃呢。

她想起了少姐由於她的原故而遭受此難，對她的憐惜之情越發增多。她希望早些把她搶出來，讓這繼母碰個釘子，免得狼狽不堪。她這樣想，有時也和親近的人商談。

少將是個優雅之心很強而思慮深遠的人。這時候，前几天和少姐做帮手的那个名叫少纳言的侍女，送来了野少将的情书，知道少姐这样地被禁闭着，不胜吃惊，想起少姐不知怎么样了，觉得非常伤心。世间怎么会有这样无情的惨状！她和阿津两人一起偷偷地嘱托。

直到日暮，阿津只管在考虑如何才能早些把少将的信送进去。

夫人想找个人替藏人少将缝个笛子的袋，心想某人是会缝的，也许某人不懂得如何缝法，觉得这毫无办法。困难之极，终于只得打开了那个藏室的门，走进去对落窪说：「替我把这个立刻赶缝起来。」

71

落窪姑娘说："我身体非常不好。"又发抖着。夫人骂道："你如果不缝，就要带你到那边的小贮藏室里，把你关住在里面。给你住在这贮藏室里，就是为了要你做这些生活的原故呀！"

落窪姑娘看到她竟会放出这样的手段来，虽然苦痛不堪，只得勉强起来缝制。

阿漕看见贮藏室的门开了，便把那个三郎君叫来，对他说："小官人，你每次都听我的话，现在我再托你一件事，请你把这个，趁夫人不看见的时候，悄悄地送给落窪姑娘。一定不可教人知道！"

「嗯，好。」三郎君接受那東西，走進貯藏室裏，在落窪姑娘房裏弄弄那支笛，偷偷地把信塞在她的衣服底下了。

落窪姑娘想早点兒看信，無奈沒有機會。好容易縫好了。夫人進來把它拿了就走。這時候她才能看信，看了覺得非常可憐。想寫回信，可是筆硯都沒有。就用手頭的針來寫：

「我心幽恨難傳達，

直任微軀逐露消。

我也是這樣想呢。」寫好了藏着。

72

這時候夫人又趕來了，對她說：「那只袋縫得很好。我說把這個用著吧，但是父親不許。」想立刻把門關上，並上鎖了，落窪姑娘向她請願：「請對阿漕說，叫她把那邊房間裏的箱子拿來。」

夫人叫阿漕：「她說要那只枕頭箱子！」阿漕慌忙地把箱子送來了。乘此機會，巧妙地把寫好的信塞在阿漕手裏，阿漕悄悄地走了。

阿漕把信送交少將，又在信上附寫道：「夫人叫她縫箇子的衣，恐怕不能會面了。」少將看了信，越發可憐她了。

天色暮了。夫人的叔父那典药助，专心焦急，只望早一刻也好，等之不安，便走到阿漕那里，装出讨厌的笑容，对她说道：「阿漕，自今以后，你要好好地照顾我这老爹了！」

阿漕觉得讨厌之极，问他：「这是什么意思呀！」典药助说：「嘘！上头已经把落洼姑娘给了我了。你不是她的随身么？」

阿漕听了，吃了一惊，噤，得要流下泪来。但她故意装出平静的样子，说道：「原来如此。落洼姑娘没有人作伴，很是寂寞。这样是再好没有的了。但不知是老爷差遣你的，还是夫人差遣你的。」

73

「啊，老爺是無所謂的。夫人更不必說。」典藥助滿心歡喜。阿漕想，這是小姐的切身的一大事件。但是，怎麼辦呢？須得把這件事情讓少將知道。她心中焦灼，再向典藥助：「那麼，哪一天舉喜呢？」典藥助回答：「就是今天晚上啊。」阿漕說：「不過，今天是犯忌的禁忌日子呢。你怎麼知道是今天呢？」典藥助說：「不過，既然有了情人，日子遷延是危險的，還是早一點好。」

阿漕聽了這話，異常擔心。正好此時夫人有事到老爺那裏去了，她就乘機走到儲藏室門口，敲敲門。小姐走來面前，問：「是誰？」阿漕低聲對她說道：「有這樣的一件大事發了，请你当心……我瞒他今天是你的禁忌日子。这件事不得了，宾后西厢—已夜过之后，请了她去周了。

小姐听了这话，吓了一跳，不知道怎样才好。这样看，这件事来得太急，和以前的爱惠不可比劇了。但又没有地方可以逃避。想来想去，只有死路一条。她心如刀割，俯伏着失声饮泣。

天已黑了。外面射进灯光来。中丞向有早寝之癖，早已睡着了。

夫人和两姊妹有约，起身出来，用了灯烛照室的内，一看，落霞俯伏在那里哭泣，便道："这算什么？为什么这样

74

地哭了：「落窪君啊，」我胸中闷得很。」夫人说：「啊，可怜，也许是积滞，叫典药助来诊吧。」落窪君觉得夫人很讨厌，答道：「那里的话，我是伤风，不必请医生的。」夫人说：「胸部的病，是重要的呢。」这时候典药助来了。

夫人叫他：「到这里来！」他躡躡地走到夫人身边。夫人对他说：「这孩子胸部不舒服，你摸摸看，是食滞还是什么，给她吃点药。」说过之后，就把落窪君交给典药助，回去了。

典药助对落窪君说：「我是医生，立刻会把你的病医好。你今夜起，请你信任我。」他伸手想摸落窪君的胸脯，落寞大声哭喊。此前没有一个人来管这些事。落寞无法可想，啼啼哭哭地对他说："你如此待我，我很感谢。你当我现在苦痛得很，什么事情也不懂了。"曲英的说："这样的么？为什么这样苦痛？邻人来代你生病吧。"便拥抱她。

夫人看见曲英的已经进去，便安心了，锁也不上，回去睡觉了。

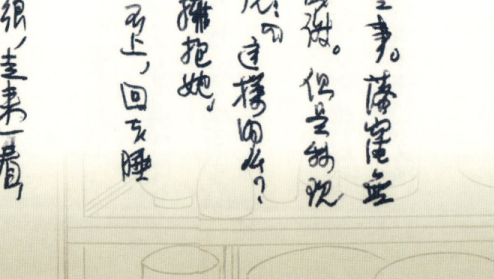

阿侬料想曲英的要进去了，进约得很，走来一看，果然，那的门开着一条缝。她吓了一跳，然而很幸喜，连忙推门进去，看见曲英的睁着。她想，这个人果然来了，便对他说："我对你说过，她今天是禁忌日子，你怎样来了？"你这

75

个人真讨厌！」典药助说：「那真是胡话！我倘冒犯她，才是我的不是。但现在只是因为她肚痛，夫人把她交给我，叫我看护她罢了！」阿漕看见她还穿着衣服，便放心了。

小姐苦闷之极，不住地哭泣。阿漕看到这可怜的情状，悲叹小姐怎么会碰到这重重的苦难。她看到这种情况，非常伤心，生怕发生意外的不幸，觉得她恼不堪。她说：「吃些温石✽，好么？」小姐说：「就给我吃吧。」阿漕便对典药助说：「没有办法，除了依赖你之外，别无办法了。请你去弄些温石来。现在大家都已睡觉了，我们去讨，是没有用的。所以，请你这一点事情办好，表示出你的真心来

✽温石：日本古代常将浮石、蛇纹石等石头烤热后，再用棉布包裹好放入怀中，达到取暖、治病的目的。

吧。」曲菲妙微微笑着说：「好，我年纪虽然大了，只要保佳把我，我什么都做得到。即使是山，我也要搬动它。一些些困难，简单得很。你看我这老婆，胸中像火一般热烈呢。」这要我他一力担当。阿曹错她：「可以的话，请早点来安吧。」似乎过分了些。」但曲菲妙为了要表示爱情，立刻出去搬砖了。

阿曹透一口气。对曲娘说：「长年以来，费边受了无限的苦痛。似碰到这种情况，这个是第一遭。唉，我算怎么办呢？前世犯了什么罪孽，以致费边这男人跌呢？夫人做了这种惠事，不知来世是什么东西。」

76

少姬说："我实在什么都不知道了。我后到北方，真是受罪。苦痛啊，苦痛啊！那个老头子走到我身边来，我真讨厌。把门关了，不要让他进来。"

阿漕说："不过这样一来，他生气了。还是要适当地敷衍他才好。如果另有可以依赖的人，那么今夜关上了门，明天好向这人告诉。但是那里去有呢？现在这些人要接近我们也困难得很。除了求神佛保佑之外，没有办法。"

少姬的确没有可以依赖的人。同一血统的姊妹们，都冷酷无情，不可依赖。可依赖的，只有无家可归的眼泪和一个阿漕。除此以外，别无办法可想。

少姐对阿传说：「今夜你住在这里。」两人相对坐，劝她吃饭。这时候，曲叶助拿着托她的四一包盐石进来了。少姐方坚藏，但也只好亲自来接受，心中觉得可怜，觉得可恨。

那老头子睡下了，扯少姐拉过来。少姐说道：「啊，你这样是不好的。痛得翻到四时候，让她看着，抑制一下，可以舒服些。来日方长，今夜你就这样睡觉了吧。」她痛得很，透不过气来。

阿传也对她说：「我只是今夜呀。因为是我来看日。请你就是这样睡觉了吧。」曲叶助觉得这也说得有理，说道：「那么，只要你去躺在那身上。」就躺在少姐西首了。少姐虽然讨厌，也只得

77

靠在他身上，香甜熟睡。阿漕看了这样子，觉得讨厌得很。但是，全靠这老头子帮忙，才可以用了，倒也是可喜的。

典药助不久就呼呼地睡着了。他睡着的姿态，和少将一比较，愈加觉得丑恶可憎了。

阿漕心里在考虑，怎样可以设法把小姐带出去。

典药助醒了，小姐越发觉得苦痛了。他说：「啊呀，可怜！偏偏在我来到的晚上，这样地痛苦，真要命。」说着，又睡觉了。

又悄悄的一夜将要过去，天亮了。两人都想：「好了好了！」

阿傳把睡在眼前的老頭子搖醒來，對他說道：「天已經大亮了！請你回去吧。在這暫時之間，請你對誰也保守秘密。你只要想想來日方長，我一切都要依照這裏所說的話。」幽芳那老道：「好的。我也是這樣想。」他沒有睡足，眼睛半開半閉，揉揉那雙著朦朧的眼睛，重著腳回去了。

阿傳鎖上了門，留著昨夜在這裏的事物的記憶，急急忙忙地回到自己房間裏，帶了巴書信來了。信中說道：「昨夜我好容易來到這裏。也等著，一直沒有人來開，無可奈何，只得空身回去。你大概要把我當作薄情的男子了吧。少將這次的傷心的模樣，教旁人看了也實在難過。這是少將

78

写来的信。"你今晚想来呢。"

阿漕想把这信送进去。此时正是好机会，连忙跑去，恰巧夫人把贮藏室的门关上了。阿漕很失望，只得走回来。走途中碰到典药助，他把给小姐的情书交给阿漕。阿漕高兴得很，拿了情书走回去，对夫人说："这是典药助公公的信，我要送进去。"夫人笑容满面地说："病状已经向他请了么？这样很好。两人要和睦相处才是。"便把门开了。阿漕心中觉得好笑，就把典药助的信和少将的信叠在一起，送了进去。

小姐先看少将的信，信上写道："不知怎的，相别的日子多起来，画情也将加起来。

思君多少愁和恨，
惟有淋漓雨袖知。

嗟！如何是好！」

少姐看了此信，不胜喜欢。立刻写回信，字迹尚且如此，何况於我。

「爱你无限如泉涌，
恨他偏生殊不禁。」

那老头子回信，她看也不要看，只是信上添写：「交附带商当处理。」就把两封信一起交出，附带拿了就走。

79

阿漕拆看典药助回信，但见写道：

「啊呀呀！你昨夜通夜痛苦，实在可怜。我的运气不大好。喂，喂！今天也有你的颜色给我看。我只要能接近你的身体，便觉寿命延长，返老还童了。喂，喂！

莫言老树生枝绝，

再度开花可慰君。

还望多多地情爱我！」

阿漕看了，觉得难当。便写回信：

「此人身体非常不好，决不能亲自写回信。我代她写：

娑婆老树成枯木，

何日能開悅目花？」

她覺得為難，不知老頭子看了會不會生氣。但終於就此送給他。那老頭子欣然地接受了。

路博又寫回信給帶刀：「我也希望你昨夜來，可以把荒唐的事情從頭至尾告訴你，聊以慰情。可是做不到。少將的信，好容易為送來了。這裏的雜務生了困難，詳情面告。」

夫人已把落窪交給典藥助，不再像以前那樣鎖內。路博覺得很高興。然而天色漸暮，今夜怎麼安眠？她心中焦灼得很。

無論如何，要把門從裏面閂好，而躲在門裏面。她考慮種々辦法，務使這門開不開。

那老頭子遇見阿漕，問道：「小姐身体怎么樣？」阿漕答道：「唉，還是很苦痛呢。」老頭子說：「究竟怎么樣了？」他說时露出自己的表情，那樣熱心而且憂慮。阿漕向他白了一眼。

一方面，夫人對阿漕說：「明天的臨時祭，讓三小姐去看吧。因為她的夫婿藏人少將是担任舞人的。」便忙々碌々地準備一切。阿漕聽到這消息，想道：這樣，一定有好機會了。胸中的念頭像潮水一般湧起來。

她想：一定要避免今天一晚的困难。她走贮藏室的门的後面，装一个门闩。这时候里面正喊着要灯台，她便乘机溜进去，在门的顶上装一个门闩，教人一时摸手不到。

里面的落地窗正在考虑怎么办法。幸而这里有一个巨大的杉木衣橱。她就把它推到门口去，这么一推，那么一推，用力过分，浑身发抖。她向神佛祈告：菩萨保佑！切不可教这门打开！

夫人把钥匙交给典菁助，对他说：你等到大家睡静了的时候悄悄地走进去。已说着回去睡觉了。

大家睡静之後，典菁助带了钥匙，来开门了。少姐听

18

见声音，不知道怎么样了，心惊胆战。典药助把锁打开，想推门进去，那门紧得很，无论如何也推不开。他立起来，蹲下去，手足无措。向门缝边处窥看，但见典药助拼命地找那个闩，但摸来摸去，都摸不到。

「嗳，奇怪了。这门里面锁着呢。这般模样，教我这老年人为难了。不过你是大家允许嫁给我的，逃也逃不脱了。」典药助唠唠叨叨地说，但当然没有人回答他。打，敲，推，拉，那门动也不动。因为是内外两方关住的。典药助这样那样地没法，一直站在门外的冷风中。时值冬夜，他不绝地打寒噤，这时候他的肚子不大好，衣裳又穿得少了。冷气从衣裾底下透上来，他的小肚子里咕噜咕噜地响起来。

「这是怎么一回事，好像是太冷了。」他嘀咕地说，岂知肚子里咕噜咕噜地响了一回，发出哗哩哗哩的怪声音来。他用手一摸，已经漏出来了，连忙捧着屁股飞奔出去。

这期间他已把锁开了，带了钥匙走去了。

阿满看见他带了钥匙走去，懊恼得很。但这门终於打不开，却是二房的没有了。便走近门边，对小姐说，说他生了痢疾，逃回去了。不会再来了。你安人她睡觉吧。带刀跑去私房间里，给小姐的回信给交他带去吧。」说着回去了。

82

带刀等得厌气了。对阿漕说："干什么到现在才回来？少姐怎么样了？还是关在那藏室里么？我心里很担心。主人老得厉害，想在半夜里把她偷出来，说叫你考虑办法呢。"

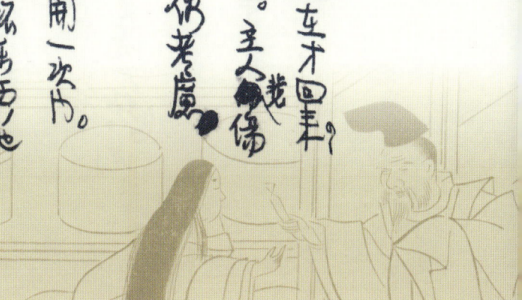

阿漕说："咳呀，非常严厉。每天只有送饭时开一次门。而且恶毒得很，夫人有一个叔父，是一个年纪很老的坏东西，她叫他和少姐同居，今夜也准备叫他到那藏室里去，把钥匙也交给他了。但因我预先把内外都堵塞，那老头子无法打开，身体却受了冷，下痢起来，逃回去了。少姐听说有这样的事，心里恼得很，胸中郁结，苦痛得很呢。"阿漕的苦力好诉。

苦力听了，觉得手段甚恶毒，佛勇得很。但想起下厨的话，禁不住好笑。他说："所以主人说要早点把少奶偷出来，对那夫报警呀。"

阿谭若说："好天正好全家都出门去看菁路，趁這期间来吧。"

苦力说："那真是意想不到的好机会了。天快点亮才好。"

这时候天已經亮了。

要苦力搬了一箱子屎，搞得很，把色情等事丢一边，忙着洗澡。疲劳之极，就此睡着了。

83

天已经亮了，带刀连忙回去伺候少将。少将向他请问，他一五一十地报告了。带刀说到那典药助，少将觉得特别可恶，太不成话。他只是想小姐心中的苦痛，真的不堪。

他对带刀说："这样，我要暂时离开这里，住到二条的别墅✽里去了。你到那边去把内室打开，扫除一下。"立刻派带刀去作些准备了。

少将胸中充满了欢喜的感情，甚至镇静不下来。阿漕也兴奋得很，瞒着人作一切准备。

舞会于午刻举行。中纳言家开出二辆车子，三小姐，四小

✽ 二条的别墅：横贯平安京东西的大路自南向北依次为一条、二条、三条……直至九条。二条的别墅就是位于京都二条的府邸。

她和夫人，乘坐着去观赏。

在混乱之中，夫人来向典药助要钥匙，她说："我就心上怕出门期间有人来开门。"就带着钥匙上车去了。阿漕看到夫人这种举动，觉得可恶。

中纳言要看女婿舞蹈，也一同去。阿漕看见一大批人搅搅攘攘地出去了，立刻派人去通知带刀。

少将觉着高兴得很。他不坐平日用的车子，特地另换一辆，挂着陈旧的枯叶色的帘子，带了前后许多侍从，出门去了。带刀骑着马先去。

中納言的邸宅內，所有的侍從都跟著出去。留著的人很少了。

少將的車子在門前暫時停下，帶刀從邊門進去，向臥房說：「車子來了，開到那裏好？」臥房說：「一直開進來。」車子開進來時，有一個留着看家的男子問道：「什麼車子？大家都已出去了呢。」帶刀說：「沒有什麼，是侍女們的車子。」不理睬他，只管把車子開進來。

留著的侍女，都在自己房裏歇息，周圍肅靜無聲。臥房說：「好，就在這裏下車吧。」少將就下車。

收藏室的門鎖着。少將一看，原來被關在這樣的地方，覺得心痛欲裂。他悄悄地走近去，把鎖一搖，動也不動，便叫帶刀來，把釘在柱上的木條打破，門開了。帶刀知趣，立刻退開了。

少將看到了少女的可憐的模樣，忍耐不住，立刻抱了她上車了。他說："阿漕，你也上車。"

阿漕想起，夫人想典藥助已匡把小姐弄到手，覺得可惡之極。她把典藥助的兩封情書卷起來，放在室中顯容易看到的地方，由後提著梳頭箱上車了。

輕車飛一般奔門而出，誰都心中充滿了歡喜的感情。出門之後，就有許多衛兵擁護著走，不久就到達了二條別

85

壁。

這别墅裏沒有人，毫無顧慮。少將和少姑立刻躺下來休息。二人互相訴說别後的情況，有時哭，有時笑。其中說到下痢的事，少將捧腹大笑。他說：「哈哈，這真是一節莫名其妙的登徒子啊！將來那夫人知道了，不知何等吃驚呢。」談了一會，放心地睡覺了。

帶刀也和阿漕去睡了。大家說，今後可以放心了。

天亮，送出飯來，帶刀殷勤地照料一切。

中納言看了舞蹈回來，立刻去看落窪的貯藏室，但見門已倒壞，門柱的木頭也脫落了。大家吃了一驚。貯藏室裹，人影也没有。这真是意想不到的事，上上下下骚动起来。

中纳言骂道："这屋子里官家的人一个也没有么？这样地深入内室，打坏内室，如此横行不法，难道没有人来阻挡吗？"便直闯皆家的女眷。夫人更加懊恼，她气得不知所云。

他们找寻凶僧，不知到那里去了。打开落窪的房间来看看，原有的帐幕、屏风都不见了。

夫人埋怨三小姐："是凶僧这个贼骨头，趁人们不在家的时候把她偷出去的。那时候我原想立刻把她赶出去的，就因为你说她什么好什么好，留住了她，以致遭了她的毒手。"

86

這都是你在無理地使用一个毫無誠意的欺騙主人的女僕，……」

中納言把管家的人找得來，探問情況。那些人答道：「啊呀，我們一点也不知道。大家出門之後，就有一輛門簾掛下的大車子闖進來，一會兒就開出去了。」

中納言說：「一定是這輛車子了。女人不會這樣地打壞門窗，一定是男人做的行徑。到底是那裏的大膽妄為的男人，敢在白晝闖進我們家來，做了一場大破壞了？」他痛憤地罵人，然而無補於事了。

夫人看了所遺留著的典藥助的情書，知道典藥助还没有和落窪发生关系，愈加动怒了，便把典药助叫来，对他说道：「女儿逃走了！我把她许付给你，全无用处，她竟自逃走了。外加，你还没有搭上她呢。」说着，把那两封情书给他看，责问他：「你看，怎么写这样的情书？」

典药助说：「这是没有办法的。前夜她胸中疼痛的时候，非常苦恼，身边也近不得。阿漕也帮着她说，说是禁忌日子，今夜就这样过去吧。哪呀！这是特别困难的事，叫我毫无办法。我只得悄々地躺着睡觉了。第二天晚上，我鼓起勇气，想去劝导。岂知那间里面闩着，我想推开来，还不成功。我站在廊下这样那样地推敲，直到更深，身体受了

87

風寒，肚子裏咕落咕落地响起来。起初一兩次我還忍耐，無偏女們總要打開這些窗。那曉得這肚子竟肆無忌憚起来。我弄得愈發苦惱，連忙逃出来洗澡去，這時候天已經亮了。完全不是我有什麼事的緣故！」他上氣不接下氣地辯解。夫人覺得好氣，又覺得好笑，對他毫無辦法。听見他說這番話的侍女們，肚子都笑痛了。

夫人說：「算了算了！你到那邊去吧。一点事情也托付你不得！真是糊塗。我當初嫁別的人就好了。」

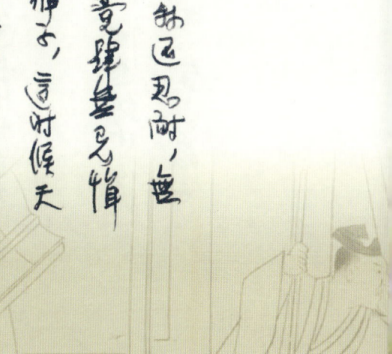

典藥助也生氣去了，咕嚕地說：「你的話沒有道理。我心中想怎樣好，看見得很，無奈上了年紀，容易不頻出

醜相来，不料妻却下了痢，叫我怎么安置呢！我这么大的年纪，还要耐忍，拼命想打开那扇门呢。」又是引起一阵笑声。

那个三郎君对夫人说道：「妈妈的办法不好。为什么把娘娘关进去贼窟里，要把她嫁给这个笨头笨脑的老头子呢？娘娘心里多少难过啊！这里有许多女孩子，都将来的日子长，自由要同落寞娘娘一起往来，常常见面的。你这办法太过分了。」这完全是大人模样的口气。

夫人答道：「说那里的话！这种东西，无论逃到什么地方，会做出好事情来么？今后即使碰到了她，会叫孩子

88

你去睬她么？」

这夫人有三个儿子，长男在当越前守✽，次男也入僧籍，这里的是第三个儿子。

这样地骚扰了一会，全无办法，大家去睡觉了。

且说二条的别墅里，点起灯来，少将对阿漕说：「你把近日来的生活更详细地说给我听吧。小姐一点也不肯说呢。」阿漕把夫人的情形一一都告诉他，少将觉得这真是一个恶毒的女人。

他又对阿漕说：「这里的人手太少，很不方便。阿漕，你去找些好一点的女仆来吧。我本想叫本邸里的侍女来此，但

✽ 越前守：即越前国守。越前国是日本旧国名，属北陆道，今福井县东部和岐阜县郡上市一带。

這些都是看慣了的，不大有趣。所以，你要出走方才好。因為你年紀輕，文藝修得佳。」說着躺下休息了。

少將常々有這樣思慮吟咏。誰也無心當意，睡到日上三竿。

傍午，少將要到本郡去的時候，對帶刀說：「你暫時住在這裏，我馬上就回來的。」說着出去了。

阿漕寫信給那位老母，「因有要事，兩三日不通問了。今天因有事相煩：請你在一兩日之間，物色兩個漂亮一點的童子和壯丁。你身邊倘有好看的僕役，請暫借一二人。詳情面談。勞駕勞駕。」她這樣地請托了她。

89

少将来到本邸，知道有人正在谈中纳言家的四小姐的婚事。「有事奉告，我以前所谈一件，前日前途又复提及，言年内务须完婚，故请早日送求婚书去。」催促甚急。

少将的母亲在旁，说道：「女方催促求婚书，是颠倒了。不过，以前既已谈起过，还是答应了的好。如果谢绝，使前途太难堪了。到了像你的年龄，还是独身，也是不成样子的。」

少将说：「母亲既然如此吩咐，就快些给我娶了吧。如果要情书，现在立刻可以写出来。不过，免除了这种情书往还的麻烦，就去招亲，倒是新式的呢。」他一笑就走开了。来到自己的房间里，叫人把日常使用的器具及梳子等物，统统搬运到二条别墅里去。

他写一封信给少纳言，说你此刻正在做什么？我觉得如此寂寞，你呢。我入宫回来，立刻到你那里。

御家欢喜多如许，

广袖包来犹不足。

今日又向少纳言请了。」

少纳言的回信说，并我是

欢虽昔很多如许，

广袖虽宽不可包。」

90

带刀尽忠竭力地照管一切。

去母给阿漕的回信是：「我因久不见你，昨天派使者去看你。岂知那家里的人说，你做了坏事，逃走了。那人态度异常凶狠，几乎要打我那使者，好容易逃脱了。我很担心，不知到底发生了什么事情。现在知道你平安无事，我很放心了。你托我找用人，我立刻去物色吧。我身边的侍女，没有能干的。只有我的丈夫所最宠的妹妹，现在住在这里，我想此人正好。」

天色已暮，少将回来了。对少纳言说：「那边的四小姐的婚事，今天有人来说了。他们要我，我想另找一个人去招亲呢。」

落洼说："做这样的事是不可以的。你如果不要，就该好好地回报她们，前途多么光明，多么愉快呢。"

少将说："我是想对那夫人报雠呀。"小姐说："这种事情，请你忘记了吧。那四小姐不是毫无可恨之处的么？"少将说："你真是个柔弱的人。怨恨在你身上不会生根的。这样，我也就是达观的人了。"说过就睡觉了。

且说那媒人到中纳言府去说，婚事已经同意了。全家都大喜，忙忙碌碌地准备一切。夫人想，那个落洼姑娘如果在这里，所有的缝纫工作都可以交给她，多少方便呢。"唉，佛菩萨，她如果活着，请引导她回来吧。"她一相情愿地希望。她的三女婿藏人少将，常嫌衣裳的缝得不好，样子难看。此时夫人就意气消沉，到处找求缝手。

中纳言很着急，说道："说过同意了，应该立刻成婚。日子久了恐要变卦呢。"

终于决定了十二月初五日。十一月底忙于作准备。

三女婿略去婿问道："新女婿是谁？"三小姐说："听说是左大将的儿子左近少将呢。""这个人真是出色呀。我也常常和他会见。他在这宫里出入，非常适当。"他表示大赞成。夫人也觉得很有面子，十分高兴。

少将是因为那夫人实在可恶，说要使劲叫她碰个钉子。

他俩考虑,婚有所行,就放弃了这件婚事。

二条别墅里,已经住了十多天了。新任的侍女和仆役,来了十余人,十分繁荣幸福!和泉守的堂妹,得知了情况,就来服务了。大家称呼她为兵库。

阿漕升作侍女领导,改名为卫门。这是个小巧玲珑的可爱的青年侍女。她愉快地来往照料。少将夫妇无限地宠爱这个卫门,是理之当然。

少将的母亲问道:「据说你有一个人住在二条别墅里,是真的么?如果这样,怎么又着要到中纳言家去招婿呢?」

92

少将答道：“关于这件事，本想预先奉告，并且把这人带来拜见。但因二条的别墅里无人照管，所以暂时不来，真是失礼了。至于所说中纳言家的婚事，人们都说，一个男子不限定要一个妻子。所说那个中纳言，特别是个多妻主义者。女人有同样的话，也是难的吧。”他笑着说。

母亲说：“嗳，这样地要许多夫人，实在麻烦。而且自己也太辛苦。这种事情还是不做的好。住在二条别墅里的人如果合意，就是这样好了。我日内想看看她呢。”此后母亲常常送东西来，互相通问。

有一次母亲对少将说：『二条那个人似乎很好呢。文章、书法，都很擅长。到底是张家的女儿呀。你就拿这个人作为终身伴侣吧。我也是有女儿的，所以懂得做父母的心情。我觉得人适当[illegible]大有[illegible]可满的。』她这样劝谏。

少将说：『二条那个人，我并不讨厌。我是此外还要一个。』他笑着回答。

母亲也笑了，说道：『啊呀！你说的什么话！你这个人真是莫名其妙的。』

少将的母亲心地善良，相貌也很端正。

匆匆地过了一个月。

93

女方來道知：「相親的日子是明後日，想必是知道的。」姑爺起見，再來者告。」少將回答說：「知道了，一定來的。」但他心中想，這真好玩了；

少將的母親的一個兄弟，本來做治部卿的✽，但世人都把他看作腦筋古怪的，不明事理的人，和他交往的人一個也沒有。這人的長男名叫兵部少輔✽，是一個白癡。

少將去訪問，問道：「少輔在家麼？」

他的父親說：「在房間裏吧。」他是出名的人，家人要笑他，所以不出門。希望你引誘他，把世故人情教給他。我這個人，年輕時也是這樣的。被人家笑，只要能夠恩愛，也

✽ 治部卿：治部省的长官。治部省是太政官下辖八省之一，下设雅乐寮（管理雅乐及歌舞教习等事务）、玄蕃寮（管理寺院、僧尼及外国使节的接待等事务）、诸陵司（管理历代天皇及皇族陵寝等事务）、丧仪司（负责丧葬等事务）四个部门。

✽ 兵部少辅：兵部省的四等官之一。兵部省是太政官下辖八省之一，掌管各地军事、兵器等事务。

又以喜为乐的。」

少将笑着安慰他：「莫说这话。我决不抛弃她的。」他走去进房间里，看见少辅还睡着。他觉得又好笑，便唤他起来：「喂喂！起来吧！我有几句话要对你说呢。」

少辅伸一伸手脚，打了个大呵欠，然后起身去洗手。

少将对他说：「你为什么一向不到我那里去？」

少辅答道：「我去，人家嘻嘻地笑我，我觉得难为情。」

少将说：「在陌生人家，是难为情的。在你家有什么呢。」接着又说：「你为什么到现在还不娶亲，独个人睡觉，不开心的。」

少辅说：「谁也不来照顾我。我独个人睡觉，也无所谓。」

94

少将说："那么，你准备永远不娶妻么？"

少辅说："我还是在等待，看有谁来照顾我。"

少将说："那么，我来给你做媒人吧。有一个好姑娘呢。"

少辅君也欢喜了，脸上露出笑容来。他的面色异样地白，简直同雪一样；项颈非常之长；面孔正是一只马面。鼻子嗤嗤出气的样子，竟同马一样。唤他一声，他就把缰绳一拉，好像立刻就会飞奔出去似的。同这个人面对面，实在不能不笑出来。

他便问："这便很好了。是谁家的女儿？"

少将说："是源中纳言家的四小姐。本来是说要嫁给我的。"

但我因为有了不能断绝的人，所以想把此人让给你。招婿的日期是明后日，请你准备。」

少辅说：「我去代你，前路看出不对，又要笑了。」

少将心中想，这个人真是个笨头。但他虽怕人笑，这心情是很可怜的，又是很可笑的。他故意装出一本正经的样子，对他说道：「有什么可笑呢。你只要去，对他们说：『今年秋天我曾经和四小姐私通过。此次所说要招左近少将为婿，此人是我的亲戚，我同他直接谈过了。他说他不能去。免得他们另外找别人作女婿，还不如由你代升去招亲吧。』你只要这样说，他们就不会说是道非。谁会来笑你呢？」

95

以後你只要天天去，前途就會更親你了。」

少輔說：「那么這樣也好。」

少將說：「你懂了么？以後好。夜深後前往。」他叮囑過之後就回去了。

少將想念四小姐的心情，也覺得可憐。但想起她母親的行徑，覺得第十倍的可惡。

少將回到二条別墅，看見落窪姑娘正在觀賞雪景。她靠在火爐上，隨手撥弄爐中的灰，凝神若有所思。這姿態非常美麗。便在她面前坐下，但見她在灰上寫道：

当时若果待出死，
少将便接着吟下一句：
不得通情梦想劳。
他又吟一诗：
炉中埋火长温暖，
如入我怀爱永深。
说着，就搂抱了她睡觉了。少纳言笑道："咦，你真了不起，会抱炉火也。"

且说中纳言家中，到了结婚那一天，设备高端，尽善尽美。到了当天，少将又到少辅那里，对他说道："事情就在今天了。戌时正左右你须得到那边去。」少將答道：「我也準備這樣。」少將的父親也曾這般地說了些話。這个頑固的治部卿，絕不想到別人會討厭他的兒子，說道：「你的容貌不是醜，不會受女人輕視的。還是早些去吧。」便幫他準備裝束，少將打扮好了就出門。

中納言家裡許多女人，盛裝華服，在那裡侍奉。新女婿一進門，立刻被引導到內室裡。

第二天，不知怎樣見面，此人身的缺點也不被發見。在幽暗的燈火光中，更覺得神態十分的優美。侍女們久聞少將聲譽甚有名，早有預備組織，互相告道：「啊！長身細腰的神氣真妙呢！"夫人嘴上装出惋惜，说道："我好容易招进了这样出色的女婿！"她去幸福着。每个女儿都有如意称心的女婿。喂，说真的，我女婿，不久就会升任大臣的呢。"她的气魄冲天，听者也都认为的确是如此。少将不知道她是那么一个呆子，和她一同睡觉了。

天一亮，少辅就回去了。

少将想像昨夜自己的模样，觉得好笑，对少纳言说："中纳言家里昨夜招女婿呢。"少纳言问："是谁？"少将说："是我的叔父治部卿的儿子，名叫兵部少辅的，是个好男子，特别是为异乎寻常漂亮而被选作女婿的。"少纳言笑道："不大

97

有人称赞巢子漂亮的呢。」少将说：「那里，能称赞过是最漂亮的一些，将来你可以看到。」

他就走到外室里，写信给少辅，「怎么样？结婚第二日的情书已经送去了么？如果还没有，可以这样写，

一夜未曾闭眼睛，
原来毕竟是空言。」

正好少辅在那里考虑情书的做法，少将教他，正用得着，就照样写了送去。

少辅给少将一封信，说道：「昨夜十分顺利。谁也不笑我，我很高兴。详情见面时奉告。情书还没有送去，蒙你教我，

好极，已吩咐好送去了。”

少将看了信，觉得好笑得不得了。他想起那女子倒霉，也觉得可怜。但他已经下定决心要复仇，现在正好随心愿，只觉得痛快。落洼也担心这件事，觉得很可怜，但她对少将可信也不说，只是自己心中觉得好笑，悄悄地对带刀说道：“这件事做得真好。”带刀大满足。

中纳言邸内正在等候情书，使者送来了，连忙接了给四小姐看。四小姐一看，是这样的文句，觉得羞耻难堪，不及救文书，把它团拢了。

夫人在旁，问道：“手迹怎么样？”拿起信来一看，面孔立刻变色，气得要死。她这时候的心情，比起以前小姐被少将听到了落窪这个名字而感到羞耻时的心情来，苦痛得多吧。

夫人镇静下来，仔细看看，觉得此信和以前两次提婚时所收到的信笔迹完全不同。究竟是怎么一回事？弄得莫名其妙。

中纳言排开众人走来，拿信来看。看是看了，但因眼睛不好，读不出来。他说：“好色有名的人，原来用淡墨来写，你们读给我听吧。”夫人把信拿过来，她暗地看着从前藏少将写来的信，便照那样读给他听。中纳言觉得可笑，说道：“啊，这是个风流男子，说得委婉动听，望你好好地写回信给他吧。”说过之后就回去了。

四小姐見人物畫，惧怕得很，只是躲着。

夫人愁眉苦臉地对三小姐說：「她怎么會說這種話呢？」三小姐答道：「無論怎樣不稱心，總不該說得這么厲害。大概是因為現今一般的老實已經陳腐，所以想要一種格式，也未可知。真是想不通，不可思議的。」夫人自作聰明地說：「的確如此。好色的人，歡喜做一般人所不做的事。」又說：「那么，快些寫回信。」

四小姐看見母親和姊姊們對她甚為動氣的樣子，反有起身的勇氣，只管躲着。

夫人說：「那么，你來代筆吧。」便寫道：

「若非老耄無情者，

99

不胜今朝抚慰心。」

送了使者贺礼，叫他回去。

四女姬只管睡着，整天不起身。

天色一暮，新女婿立刻来了。夫人说：「你看，如果他是不称心的，不会来得这么早。那封信的措辞是表一种格式。」她又高兴地迎接。四小姐躺在被窝里，但是没有办法，只得硬着头皮起来迎接。

新女婿说话的声音和动作的态度，都不大清楚，有些恍恍惚惚的样子。四女姬回想好女婿藏人少将所说的传闻，百思不得其解，竟想断绝这门亲事。

第三夜的祝宴非常盛大，大厨房里办了各种酒肴，等待贺客来临。

同辈的侍从和藏人少将，早已来到，坐在里面等待。还有当代受到特殊恩宠的贵公子们，所以中将亲自出来招待。不久新女婿来到了。

大家起身迎接，新女婿从容地走进来，占据了上座。在辉煌的灯火光中，仔细看看，确实十分细小，面孔像敷粉一般雪白，鼻孔朝天张开，远望姿态教人看了吃惊。大家知道就是那兵部少辅，扑扑嗤嗤地笑出来。就中藏人少将是个爱笑的人，竟捧腹大笑起来。说道：“啊，我道是谁，原来

100

是一匹白面的名驹！」她滑稽地皱皱眉头，站起身来走了。

近日宫中也在嘲笑少辅。他们说：「那匹白面的名驹摆脱了缰绳，飞奔出来了！」大家都笑煞。所以藏人少将走到内室，说道：「怎么会闹出这样的笑话来！」没有说完就又笑了。

中纳言气得发抖，话也说不出来。他想：是谁在策划的？不觉怒气冲天。但在许多人面前，只得忍耐着，说道：「怎么会这样突然地进来的？真想不通。」他责问少辅，少辅只管茫然。他认为这件事也没有办法了，也放下酒盏，立起身来走了。

侍候的仆役不知道有这样的隐情，把许多的酒肴吃光了。所以屋裏一個人也沒有了。少輔覺得無聊，便從一向進出的內裏走進四小姐的房間裏去了。

夫人得知了這情況，氣得發昏。中納言垂頭喪氣地說："你到了這年紀，還要碰到這種可耻的事情。"籠閉在房間裏了。

四小姐躺在帳幕裏面。少輔就摸進去，她無法逃出。眾侍女都唉聲嘆氣。做媒人的，非仇非敵，正是四小姐的最親近的乳母，所以毫無辦法。看到這狀態，誰都悲歎。只有少輔一個人若無其事，準備第四天和小姐長此住。他天天睡得很熟。

101

藏人少将说："有的是人，笑，为什么去拖进一隻白面的马来？简直是不成话。和这个白痴做同辈的女婿，而在这屋子里出入，实在吃不消。被称为殿上的白驹，而在众人前出现露面的傻子，怎么会走进这里来？大概是你们巧妙设计做成功的吧。"他锋口嘲笑。

三少爷一向不管闲事，此时也同情姊姊的不幸，而叹息。她私下推想，因为是这样的傻子，所以写出那么怪异的情书来。夫人心中的苦恼自然不说。

到了这年，谁也不替少辅送盥洗水来，早饭也不拿出来，大家置之不理。四少姐原有许多侍女，但是没有一个人肯来服侍這傻子，呼喚她們也不出來。

少輔沒有办法，只管茫然地躺着。四小姐仔细看々她，但見面貌很醜陋，鼻孔寬得可以讓人出入。他睡着时大声地呼吸，鼻翼子搧動着。她看了這種怪相，喜氣消沈，便装作有事的樣子，悄々地溜了出去。夫人已經等得心焦。四小姐向她尽情地诉苦。

夫人责備她，说：“你如果要和我老々实々地把和少輔通奸的事說出來，那么要保守秘密也是可以的。直等到發表婚期，大办喜事，受到說不尽的耻辱，這是什么道理呢？你是由於誰的拉攏，而開始和這男子相識的呢？」

102

四少姐听到这完全意外的话，不堪其悲痛，哭倒在地。她连世界上有这么一个男子都不知道，现在无中生有地冤枉她，使她无法辩解。她不知道如何躲藏才好，作何感想。世间像这样苦恼的人是没有了。哭也无益。

少辅一直睡着。中纳言说："可怜的。送些洗水给她，请弄些东西给她吃。四少姐如果被这样的人遗弃了，说出去更丑，没有面子。凡事都是前定的。现在哭骂，无法挽回的了。"

夫人怒气冲冲地说："有的！我的女儿为什么要嫁给这种傻子呢？"

"你不要说这种不通道理的话。别人听见我的女究竟會被這傻子遺棄了，多么丟臉啊！」

「如果這個人不來了，那么外人也許會這樣想。我真甚想必他不要來呢。」

到了午後未時（兩點鐘）左右，但也不來睬他，少輔君耐不住，獨自去了。

這天晚上，少輔又哭哭的地來了。四少婦一直在哭，不肯出去。她父親都惱了，罵道「跟這樣少婿要，為什么和他通私呢？我老已經無用，你也準備教你的爺娘和同胞人受到兩重的恥辱了么？」她的面孔變色。四少婦覺得嬌羞不堪，只得嗚嗚哭哭地走到少輔那裏去了。

少輔看見四小姐哭，覺得奇怪。一声不响地睡覺了。

於是，四小姐一直悲嘆，夫人一直想設法把他們分離，只是顧慮到中納言的話。四小姐有的晚上來到少輔那裏，有的晚上不來。只是悲嘆自己的命運。這期間早已有了懷孕的徵兆。

夫人憤々不平地說："藏人少將想生孩子，生不出來，這傻子的種子倒傳播了么？"四小姐聽了，覺得確是如此，她只想死。

藏人少將早就預料到的，果然殿上的少爺們嘲笑他了，說："怎么樣？那只白面名駒好么？正月快到了，請你拉他來出席白马节会*吧。【原】夫人丈母对你和对他，都一同宠爱，已贵为了自尊心的藏人少将，觉得难于禁受。

【原】本来他不把三少姐看作理想的妻子。只因夫人丈母非常优待他，情理难却，只得维持着关系。现在他就想以这件事为口实，断绝这门亲事，【原】不来的晚上渐渐多起来了。少姐也慌张起来。

这另一方面，二条的别邸里，一天比一天幸福起来。男的无以复加地宠爱女的。

少将说，「你要侍女，俺要多少人也有。御宅侍女多，样子好看，并且热闹。」便到处找求好的[illegible]女子。得人介绍来

*白马节会：每年正月初七，天皇在紫宸殿宴请群臣，观赏骏马，祓除邪气。骏马皆从左右马寮挑选出来，最初用的是青马，后改用白马，所以日文汉字虽写作白马节会，但读音仍为“あおうま”，即青马的读音。

104

了二十多个侍女。

少将夫妇都是心地善良、举止大方的。因此服务的人都快乐。每日的工作很轻松。衣装丰富华丽。改名为衛门的阿漕，当了侍女头目，照料一切。

带刀把那可笑的白驹的事告诉他的妻子衛门。衛门心中想，那夫人一定气得不堪了。少将要替夫人复仇，现在报应果然来了。她觉得非常快意。随口回答道：“嗅！倒霉了。不知这那位夫人作何感想。她一生要逞强欺别的人，吃她苦头的人不少吧。”

这时候已是十二月底。大将的本邸里派人来言：的少将旧春衣，作为早些准备起来了。因为要由理大内裏的女御的衣裳，忙不过来。送来许多美好的绢、绫等类，还有紫草、苏芳、红蓝等，不计其数。夫人原是缝纫好手，立刻开始工作。

又有一个卿下的富人，由于少将的提拔而当了右马允✽的，送来五十疋绢，作为谢礼。少将把这绢全部赏赐与给仆役。由卫门分配，共是分完。这二条别邸，原是少将的母亲的财産。这母亲所生有两个女儿，长女已经入宫当了女御。男子三人，长男便是这少将，次男现任侍从，是管弦名手。三男还是小孩，已被准许为殿上童子。

✽ 右马允：右马寮的三等官。马寮负责官马的饲养、调教及马具的管理等事务。

這少將從小受到父親的寵愛。人們也都稱讚少將。皇帝陛下也寵愛他。所以他無論怎樣位陞任高，人都原諒他。說起這少將，父親已是開顏大笑。所以那府的人，上上下下，無不攝伏少將的威勢。

漸漸到了新春。新年期見的新裝，色彩配合之美自不必說，都是夫人一手包辦的。少將穿了，十分滿意，拿給母親看。母親讚賞道：「啊，好極了！這些人的手真巧啊！將來這裏的女御行大事的時候，一定要她來幫忙。那針腳周密得很呢！」

正月廿日的時候，少將晉昇為中將，✽將位是三位，從此

✽ 中将：近卫府的次官，位列大将之下、少将之上。

威望更大的女婿了。

且说中纳言家的二女儿的夫婿藏人少将，派人来向左大将家的二女儿求婚。中将（即以前的少将，使者注意）以前常常对母亲说：「这真是个出色的男子。倘要在朝臣之中选女婿，除了此人之外恐怕没有人了。此人前程远大。」

中将心中想：那个继母把这个女婿当作无上之宝。因此之故，虐待他的妻子落寞。他想设法破坏他们的关系，让他抛弃三女儿。

中将的母亲做梦也没有想到这种事情。她想，既然中将如此说，可知一定是个出色的人物。便教自己的女儿常常写

106

回信给这个人。那藏人少将对这新的丈人有了希望，对那三少姐就日渐疏远了。

曾经以缝纫好手出名的落窪姑娘去了之後，藏人少将的衣裳大都缝得样子很难看。他心中生气，只出怨言，特地替他新做的衣服，也不要穿。他说：“怎么样了？从前缝得很好的人哪里去了？”三少姐答道：“她有了丈夫，跟丈夫去了。”藏人少将嘲笑道：“为什么跟丈夫去呢？大概是这里的苦头吃得不够，所以出走的吧。这邸宅里有没有看得上眼的人呢？”三少姐答道：“当然是没有的。没有看得上眼的人吧。只要看你的珍贵的心便可知道。”藏人少将说：

了的樣，都失氣了。但這裏還有那白面的名駒呢。實在是漂亮的人物，都很佩服呢。

此後藏人少將再來，總是只出怨言而歸。三小姐覺得惜々，然而毫無辦法。

夫人也只落空失望，氣惱得很。她總想設法教她碰个釘子。她的妒忌之氣冲天。

直到現在，她一向是个幸福者。但她往往以招得好女婿自傲。近日來，宮中視為至寶的藏人少將，已漸々地把心移向别處。她家幸福的聲譽，要變成了世間的笑柄。她這樣那樣地思索，似覺就要生病了。

107

正月末日是黄道吉日，烧香很相宜。中纳言家三少姐、四小姐偕同继母殿，共乘一辆车子，到清水寺✽去烧香。

真凑巧，中将和他的夫人，即当年的落窪姑娘，也到清水寺去烧香，在路上相遇了。

中纳言家的车子出发得早，走在前面。因为是微行，所以不用前驱，慢慢地走。

中将家夫妇进香，带着许多随从，非常热闹，开路喝道，威风凛凛地前进。

後面的车子开得快，追上了前面的车子。前面车子裏的人都觉得讨厌。後面车子中的人在微明的火把光中，从

✽清水寺：位于京都市东山区，山号音羽山，是日本佛教北法相宗寺院，开山主持是高僧延镇（生卒年不详），寺院的主佛是十一面千手观音。

簾子縫裏望去，但見前面的車子由於乘坐的人很多，那匹牛喘著氣，爬不上坡去。

因此後面的車子受了阻礙，非停下來不可。隨從人等都只出怨言。中將在車子裏問：「是誰家的車子？」從者答曰：「是中納言家的夫人微行進香。」中將想：碰得真巧，他心中非常高興。他就命令前驅的侍從：「家人們！叫前面的車子讓過去。如果不能走，避到路旁去！」

前驅的人說：「那車子的牛力弱，走不動了。」便喊道：「讓路！教牠們好走！」中將接着說道：「如果你們的牛力弱，把你們家裏的白面的名駒套上去就好了！」他的聲音非常神氣人又滑稽。

前面車子裏的人聽了很生氣，嚷道：「唉！真討厭！是誰呀？」但前面車子還是停在前面。中將的僕從喊：「為什麼不把車子讓在一旁？」便拾起小石子來丟過去。中納言的僕從生氣了，罵道：「為什麼這樣神氣活現！倒像是什麼大將來了。這裏是中納言家的車子呀！要打，就來打打看！」這裏的人說：「怎麼，中納言，難道我們就嚇怕了麼？」石子像雨一般丟過去，開始吵架了。

終于中將家的隨從集合起來，用力把前面的車子推開，順利地前進了。這方面前驅和隨從很多，所以那方面根本不能對敵。中納言家的車子的一個輪子陷入了路旁的大溝裏，無可如何，停在那裏不動了。開始和他們吵架的人也嘆息：「同他們吵，真是無聊。」車中的夫人等都觉得倒霉，問道：「是誰家去進香？」從人答道：「是左大將的兒子中將去進香。」這夫人現在威勢無比，因此看不起他們了。」夫人說：「有什麼怨恨，要如此氣破主意地發狠做丟臉。那是部史輔的事，一定是些人策劃的。以前不肯來，說著不肯我去了。為什麼要拖出全無關係的仇一般的人來呢，咦，這个夫人怎麼樣的？」她手搖腳踏，煩惱不堪。

陷在深泥裏的輪子，一時弄不出來。許多人設法推動，那輪子稍稍破裂了些。好容易把車子抬起，用繩子將輪

109

子挪好。"唉！拼命翻了車。"就得々地爬上坡去了。

中将的車子先到達清水寺，在舞台旁边停車。过了好一會工夫，中納言家的車子才慢々地開上來。車中人又在嚷了："唉，這又要叫輪子破裂了。"

今天是吉日，寺前的舞台旁，進香的人群集。夫人準備在後門口下車，我把車子開过去。

中将叫帶刀来，对他說："去看々那車子停下来的地方，奪取他們的座位。"帶刀進去一看，那夫人正在叫出她所熟識的和尚來，对他這樣說："我們很早就動身來進香的。豈知碰到了那个中将的車子，發生了這么一回事，車輪破裂了，以致到改在才来到。房间还有么？我们就要下车了。甚是苦得不堪。」

和尚说：「这真是岂有此理的事！夫人早有闲空，我们好好地准备着。看来，正客是那个中将君，见别处没有客席，叫那个妇人来把席位占据去了吧。唉呀，今晚真是弄不好了。」他很抱歉地说。

夫人（侍从代说：）「那么，请您下车吧。迟了，客席要被占去了。」侍一个寺男说：「那么我去看客席位吧，便去进堂内去。」带刀就在暗中跟着他进去，看清了那个座位，就要回来，对中将说：「好趁他们没有进去时，我们先去。」少将便下车。进堂时也带着侍女等，中将不离左右。「尽心竭力地照顾她。

110

中纳言的夫人趁中将不曾下车以前急急忙忙地走进室内，此时那边的人早已下车，出声杂沓，威仪堂皇地进去了。带刀站在先头，排开道旁的群众。中纳言家的人生怕迟了，急忙地走进去，但被中将的随从们阻塞了道路，不得进去。没有办法，只得大家聚成一团，茫然地站立着。只听得那边的人冷笑着说道："喂，这回落后了！只想上前，结果落后。"中纳言家的人听了气得不堪。

不能立刻走进去，好容易方走到了一处狭窄的地方。起先有一个少将占着这地方。他看见中将家的人进来，以为总是这里的人，就走出去了。

大家就座之後，中將悄悄地向帶刀打招呼，「他們來了，你們對他們。」中納言夫人一點也不知道，以為這裏是自己的座位。帶刀嚷道，「不得無禮！這是中將家的呢。」他們早早地給佔了。中將方面人看了都好笑。帶刀又說，「這些人是甚奇怪，要佔座位，叫和尚引導進來好了。何必這樣地東撞西撞。嘿，真是難為你們了。你們還不如到山腳下的仁王堂裏去吧。那裏誰也不去，地方都空着呢。」帶刀裝作不相識的樣子，但總被他認出，叫幾個年輕的隨從侍者去嘲弄他們。聽到的人也都難過，自不必說了。說要回去，不成樣子。站着等待，苦不堪言。

111

暂时站立了一会。群众来往杂沓，几乎被人撞倒。慌慌张张地退回到了停车的地方。如果势力强大，不妨报复一下才回去。然而没有这般力量。只不便地，做贼一般地乘上了车子。大家愤愤得很，怒气冲天。

"听凭怎样吧！"虽已有这一想，真是千方想不到的。怎么会做出这种样子来呢？他们痛恨中纳言么？今后不知道有什么毒计呢。一家人都在悲叹。就中四女儿因为被提到她的丈夫白面的马，更觉可耻。

寺裏的知客和尚对他们說：「到了现在，那裏还有空座呢？有人住着的地方，那些老爷们也要把他们撵走呢。遇到安寘在是不好的。现在無論如何也没有办法了。只得你们君如耐一下，在車子裏过一夜吧。前路倘然是普通人，不好同他们商量一下。可是他们现在是高贵無比的人物呀！太政大臣对他也要讓三分呢。外加他的妹妹又是皇帝寵爱的女御。天下威勢，被他独佔，同他鬭不过的。」說了就走。這裏的人毫無办法。

本来準備借座席的，所以来了六个人。现在要在車子裏过夜，局促得很，身体也動不得。這種準備，比較起女姬

落窪物語 下

112

被关闭在吟藏室里时的苦痛来，厉害得多吧。

於容易过了一夜。「等那些从人没有回去之前，赶快先回去吧。」夫人这样催促。然而，在修理车轮的期间，中将家的人已经上车了。机会不巧，这不如意的邂逅，便结束了。中将想：将来夫人会回想起来，一点证据也没有，不大有味道。便唤那随车的童子过来，命令他：「你走到那车子的轮子旁边去，喊一声『知道懊悔了么？』」

童子不解其意，走过去喊道：「知道懊悔了么？」车子里的人问：「是谁叫你来说的？」童子答道：「是那边车子里的人。」这车子里的人惊々地说：「对了，是有来历的了。」夫人便回答：

「没有，没有！有什么懊悔？」

童子老实地把这话报告了中将。中将笑着说：「可恶的东西！叫她吃些小苦头。少姐在这里，她难道还不知道的么？」再叫童子去说：「如果再不懊悔，再教你碰钉子。」夫人很想说些话，女儿们阻止她，说不可同他做对手，免得没趣。童子便回去了。

少姐听了这件事的经过，劝谏她的丈夫：「唉！你这个人真是不懂情理的古怪的人。将来父亲会知道的，你不要说这样的话吧。」中将问：「中纳言也乘在这车子里么？」少姐说：「他的女儿们都在里头，他自己虽然不去，是一样的。」中将强硬地说：「很好，但现

113

左大臣要杀他，你父亲自出马了。直到现在，你也只有这一次想到他。」

且说夫人回到家里，向她的丈夫中纳言说：“左大将的儿子中将，对你有甚么怨恨么？”「没有这事。左宫中也常常和我招呼。」夫人说：“那么，有些想不通了。常常有这样……事情。那时倒霉，真是有生以来第一遭呢。回来的时候对我说的话，竟是岂有此理。我要设法去报仇才好。」

中纳言答道：“唉，我已经老迈，势力日渐衰弱了。而那个人威势力强大，看来就要做大臣呢。报仇等事，你想也不要想吧。碰到这样的事情，也是命该如此。况且外间传播出去，给说是我的妻子，担这种耻辱，又何必呢。」他说着，搔头叹气。

到了六月里。

中将硬要母亲把妹々二小姐嫁给藏人少将。中纳言家的人听到了这消息，大家都气得死去活来。

「他这办法，分明是欺侮我们。我要做了恶鬼，去向他索命」！夫人懊恼之极，两手指头在膝上敲打，耸々肩膀。

二条别邸里的小姐想：「藏人少将是她们那么宝爱的女婿，现在他们一定非常痛惜，真是可怜了。」

婚礼第三日之夜给新郎穿的服装，因为二条小姐手段高强，所以托她办理。二条小姐替他染绢，裁缝，想起了

114

從前苦难日子裏的情况，不勝悲感，不是吟詩述懷，

「宰相有仍是[illegible]君，縱者同是妾。

回憶離家时，愁心何挪撥。」

新装修得非常美好，完成之後，遷到本邸。大將的夫人看了，滿心歡喜。中將也覺得非常滿意。

中將遇見藏人少將时，對他说道：「我早就聽知，那边[illegible]的人非常重視你，我實在很对不起了。不过，我原本是为了希望和你建立親密的[illegible]關係，所以把愚妹撮給你。務請你不要撇棄那边的人，依舊憐愛她。」

藏人少將[illegible]答道：「唉，這件事不必說了。嗐，你只要看看，

自会知道。自今以后，我决不再同他们通信了。我宁知你对我有这样的好感以后，就喜欢地信赖你了。以前他是要完全抛撇那之中的了。

这边对他的招待、和他的人品，都很优[illegible]，和那边不可比较。从此藕人少将绝不再到中纳言家去了。因此那夫人甚为痛恨，饭也不想吃了。

中将的二条邸内，许多美丽的侍女，个个都爱主人家能用。从前在中纳言家服务的侍女少纳言，完全不知道这就是从前的落窪姑娘的家里，有一天托一个名叫弁君的侍女引导，前来观瞻。

115

做了中将夫人的落窪，從屋子裏望出來，看見了侍女少纳言，觉得很可親，又很奇怪。便把衛門即從前的阿漕唤来，叫她去对侍女少纳言说：『我當是别人，原来是你！從前的親切，我一向也不忘記。只因对世間顾忌很多，所以沒有把我的情形告訴你。但心中常常掛念，不知你近况如何。來，你到這裏来吧。』

侍女少纳言因為萬萬料不到，吃了一驚，就像近来新到的侍女一樣，謹慎小心，不知不覺地放掉了遮面的扇子，覺得像做夢一般。她膝行上前來叩問道：『這是怎麼一會事？是誰叫你对我這樣說的？』

醜惡，夫人氣得死去活來，這也是因果報應吧。現在已經懷了孕。過去那么得意的夫人，現在垂頭喪氣了。」

夫人說：「這是四小姐的夫壻吧，奇妙得很，這裏的人常常在稱讚他，說他那个鼻子生得異常漂亮呢。」

少納言答道：「這是嘲笑他呀。他的鼻子生得最難看。呼吸的時候，兩個鼻孔張大來，左右可以達到兩間廂房中間達道所正廳呢。」

夫人說：「唉！真是稀奇古怪了。這教人多么難堪呢。」

正在談話的時候，中將從宮中喝得大醉回來了。他的面孔緋紅，笑容可掬，說道：「今夜被召赴宴奏絃樂，其

117

一点，西一枚，实在吃不消。我吩咐，呈上黄绸一件衣服吧。」便衣服给夫人看，是红色的，薰香扑鼻。她把衣服披在夫人肩上，说：「这是给你的褒奖。」夫人笑道：「我有什么好褒奖？」

中将君出来看到了侍女少纳言，说道：「这不是那边的人么？」夫人答道：「是的。」中将心想道：「唉唉，怎么会到这里来了？那个交野少将的别有趣味的色情的话儿，后来怎么样，我想听听呢。」

少纳言竟完全想不起自己曾经讲过这话。她想，究竟是怎么一回事？看出她俯伏在地上了。

中将说，"疲劳得很，睡了吧。"两人走进寝室去了。

少纳言仔细思量，这男子真是相貌堂堂，丰姿卓绝，而且真心地宠爱他的夫人。有这样的人真是幸福。

正在这样那样的期间，且说有一位有个女儿的右大臣，本想把这女儿送入宫中，但念自己死后叫她怎么办呢，很不放心。这个中将，他平时常常遇见，而且试探过，觉得是个具有真心实意，可以信托的人。把女儿嫁给这个人吧。听说他已有一个爱人，但是无甚名的出身的女子，不是抛撇不了的正妻。他近来常常这样想，而特别注意，终于确信这是一个再好没有的男子，不久就会飞黄腾达的。

118

於是找一个稍有關係的人，叫他把這意思告訴中將的乳母。

乳母勸導中將說："前途這么這么說。這真是一件十分美滿的親事。"

中將說："倘是我獨身的時候，這些話真是可感謝的。但是現在我已經有了夫人，你就給我去回報他們吧。"說着，站起身來走了。

但乳母年紀老了，只管自作自主。她想："那位夫人，沒有娘家，[illegible]只依靠中將一[illegible]人。而那邊呢，有體面的娘家，受到[illegible]優異的寵愛。這真是再好也沒有的事。"她就不照中將的意思，[illegible]回覆他們說："這真是一件好事。不久就要選定一个日子，送上求婚书来。」

右大臣家只知道对方是左卫门家，就赶快准备。一切用具都新制起来。招收了许多年青的侍女。各方面都尽心竭力。

有一个人悄悄地向卫门：「你们的少将要到右大臣家去招婿了，这里的夫人知道了么？」卫门意想不到，答道：「并没有这回事，是真的么？」那人说：「完全是真的。听说日子就在四月里，前面正在忙着作准备呢。」

卫门告诉夫人：「有这么一回事，你知道了么？」夫人心中吃惊，这难道是真的么？说道：「我不曾听到过。是谁说的？」

「是本邸裏的人從了藏方面听來的。好確地說是這个月裏。」

夫人推想，既是本邸裏的人說的，那麼也許是中將的母親作主的，亦未可知。長輩強迫他如此，是不得不答應吧。她覺得不快，但表面上不露聲色，且等待着，日後中將總會向她洩露的吧。她一句話也不說。

她雖然想隱藏，但不快的心情，多少總會在顏色上表現出來。

中將便問：「你有什么躭心的事麼？你的樣子上好像看得出來。我不像普通男子一樣地在口頭上說甚么、不忘、永遠等甜言蜜語。只是一面顧慮到，千萬不可使你擔憂不来。这几天你实在有忧愁的模样，使得我非常担心。我推想你是在恨我么。那天暴风大雨之中，我们冒着艰难出门，被人嘲骂为盗贼，你记得么？这是难忘的新婚第三日之夜呀！我到底有了什么薄情的行为？请你说说看。』

夫人答道：『我什么也不想。』中将说：『但你的样子，使我难堪。真是想不通了。』他恨恨地说。夫人答道：

『君心好似隔山叶，

不知重叠几多层。』

中将听了这诗句，说道：『唉，不得了！到底是有什么心事的。』便答道：

120

「重々叠々棉棉叶，
结果君子唯一人。」

你听到了什么不爱听的话么？请你告诉我吧。」但因并无确据的事实，所以夫人一句话也不说。

第二天早上，卫门对带刀说：「听说有这样的一回事。你一点也没有告诉我，岂有此理！这是不能永远隐瞒的呀！」她很痛恨。带刀答道：「我一直没有听到这种话。」「连别人也听到了，表向这里的侍女们说了嘴的话呢。你岂不会不知道的。」「笑话了。好，且看我们主人的样子，立刻就知道。」

中将来到二条邸内，夫人正在观赏春庭景色。正好这裏有一株寂寞的梅樹。中將便折取一枝，叫送給夫人，說道：「請看這梅花，真是美妙的折枝。這很可慰藉寂寞的心情，是不是？」夫人詠道：

「此身豈有分明恨，
只恐君心轉變多。」

這是根據衣帶回答的。中將喜心地感到可喜可愛。他想，畢竟是她聽到我有深厚的心情，所以放心。便對她說：「所以你這是在懷疑我。我一點疑心之事也沒有，直到現在我依然是這樣想。我的心的潔白，請你看分明。」又詠詩曰：

「梅花帶雪猶鮮美

直到芳菲落时。

请你体察我的心情。」夫人答道：

「风传梅花飞舞去，

我身孤零似残枝。

我常想起，我的身世何等可怜！」

中将一直在想，她总是听到了什么话了。正在这时候，

带刀的母亲即中将的乳母来了，对中将说：

「前天我把你的话，照样向右大臣家传达了。他们说，你

原有的爱人，并非出身特别高贵的人，故今后时时往来，亦

无不可。他们说，他们对你家大老爷也说过了，请你在四月内信

婚，日子已经迫近了，请你准备吧。

中将微微地笑道：“男方已经说过决计不要了，那有强迫人要之理呢，不管我这里的人如何相貌不漂亮、身分如何低微，也决不希望嫁到别的人。这种媒人，请你不要做吧。世上岂有此理！况且，你何以知道二条那不是出身高贵的人？我一点也不讨厌她呀。”

乳母说：“这便为难了。你父亲也表示同意，正在忙着作准备呢。姑娘，你看着吧。不管你多么固执，老人家这样指望，你有什么办法呢？况且，你要了这夫人，可以受到丈人家的重视，欢度荣华富贵的日子，正是现世风光。你原有所爱的人，

122

是另一回事。我请写求婚书信这里的人吧。二条那个人，想必是官阶低微人家的女儿，被称为落洼姑娘，受人摆弄，被關困在那里的。你把她接起来，无法无天地宠爱她，真教人想不通。一个女人总须双亲俱存，或者有人多方爱护，这才体面呢。」

中将带着鄙气说：「我大约是时代落后了，并不贪图现世风光的幸福，也不想受人重视，也不希望双亲俱存的女子。落洼也好，落洼也好，都没关系。我已决心永不抛弃她，所以毫无办法了。别人说这种话，还可原谅，连你也说起这种话来，真是岂有此理！如果如此，我要把你过去对待的厚意全部丢掉了。请你看着吧，让我留你二条命，你都满足。

中将表示不要再听她的话，就起身来走了。带刀走一步，同时听得清楚，恼怒起来，觉得这母亲真讨厌，说道：「你为什么说这种话？她虽出身贫[illegible]家，但是她的人品高尚，你难道不知道么？没有这一对夫妻，人力是无论如何也动摇不得的。你把那方面的信说得头头是道，想把他拉到要紧的方面去，有什么好处呢？这是怎么一回事！但有普通一般人的见识的，不会发生这种无聊的念头。还要说出不知那里听来的落伍的字来。唉，你这做乳母的，年

123

纪大了，头脑不清了。这种事情，如果被二条夫人听到了，她将作何感想呢？今后你千万不可说那种话。我们主人对你的态度，你应该觉得可耻。右大臣家的恩顾，你那样贪图的么？没有这种恩顾，有我们在这里，总赚得出你一口人的。你的恶心如此谗谤，是很大的罪过。今后你如果再说这种话，好，你看吧，我就出家做和尚去了。"喜可惠，拆散人家恩爱夫妻，不是寻常的事呀！"她埋怨她母亲。母亲说："那里以后得到这种话！你说拆散人家夫妻，那里是说要我叫他们分别？"带刀说："这时的男外遇妻子，岂不就是这样么？"

母親說：「唉，不要嘮叨了。我說了那件親事，誰道是這樣罪大惡極的麼，你為這樣大張旗鼓地鬧個不休呢？大概是你疼愛自己的老婆，所以說這種話吧。」

母親心中也在後悔，她想塞住帶刀的嘴，所以這樣說。但帶刀說：「好，算了吧！你還要這樣強辯！那麼我就去做和尚吧。你為了這件事而為我受罵，我覺得對你不起。做兒子的說要為娘親耽心的呀。」

帶刀拿出一把剃刀來，放在腳下，說道：「今後再說這話，我就把髮髻一刀兩斷。」便站起身來。

乳母只有帶刀這一個獨養兒子。被他這樣責罵，覺

124

母不能忍受，说道：「不要说这种无缘无故的话！把这剃刀拿过来，亲手立刻拗断它。你要剃发么？你剃剃看！」带刀伸出舌头，笑起来。

男的本来是不同意的；自己的儿子又这样地埋怨她。乳母便回心转意，决定把这桩事不成功的情由向前途报告。

中将想，近来夫人态度异常，原来是听到了这件事的缘故。他回到二条，对她说：「你心情不快的原因，我容易知道了，就是这事吧！」夫人说：「是什么呢？」「右大臣家的事，对么？」夫人微微笑着说：「不是，你乱说。」中将说：

「這種事情，真是可惡之極！即使皇帝要把女兒賜給我，我是一定拒絕的。前我已曾對你說過：我最怕作薄倖郎。我知道女子最苦痛的事，是男子另外有愛人。所以這方面的念頭，我已經完全斷絕了。今後如再有人說長道短，你決不可以相信。」他鄭重地說。夫人答道：「有道是

望後恩愛無憂擾，

勿使寵衰備至誠。」

帶刀對衛門說：「可見我們主人的心，是決不可疑的。他這下誓願，終身不會有薄情的行為。」乳母被自己的兒子埋怨了一頓，不再開口。左大臣方面聞知中將已有熱愛的人，

对这亲事也断绝了念头。

这样安静地度过理想的幸福的生活，这期间夫人怀了孕，中将更加重视她了。

四月中，大将的夫人（中将的母亲）和女御所生的女儿们，叫人搭了看棚，去看葵祭节会。

夫人对中将说："二条的那个人，也叫她去看看吧。年青人爱看这种东西。而且我一向不曾见过，常在想念她，现在就趁此机会同她见见面吧。"

中将听了这话，非常高兴，但道："不知什么原故，这个人不像别人那样喜看热闹。让我去劝导她吧。"

他回到二条，就把母親的信轉告夫人。夫人答道：「宮爺天心情又不大好了，不必管自己樣子難看，冒失地出門去看節會，恐怕別人的會因此對我生嫌而不快吧。」她表示不想出去的樣子。

中將答道：「沒有別的人看見的，只有母親和二嬸嬸。這樣，就同在我面前一樣。」「那麼就遵命吧。」夫人答應了。

母親也派人送信來，催促：「一定要來的！」她看的東西，今後我們須要大家一同看才好。」夫人看了這信，從前大家赴石山寺進香，她一人留在家裏時的情況，浮現到眼前來，不勝感慨。

一条大路上，建造著檜皮蓋頂的漂亮的看棚，

126

棚前铺着白砂，陈列着花木，仿佛是要永久住居的建筑。

当天一天都就出席。随伴的卫门和侍女少纳言，高贵得好像到了极乐世界。

从前对落窪姑娘畧有同情的人，都替她抱不平，痛恨那个继母。这两个人是从前同她共甘苦的，现在作为夫人的随身侍女而受到郑重的待遇，心甚感激。

乳母已经听到过关于落窪姑娘的话，这时候立刻恭恭敬敬地走上前去，东张西望，郑重其事地周旋："哪一位是能带刀的女主人？"年青的侍女们都笑起来。

母夫人说："为什么分隔开，母子是永远不分离的。大家都睡足，這才安心。已便把落窪拉到她自己和二小姐的座上來。仔細看看，落窪的容顏美麗得很，並不亞於自己的女兒和孫女們。她身穿才行儀後衫子，單穿着紅花青花紋的袿子和深紅花青花紋的小袿，端莊地坐着的模樣寔美不可言。這位小姐果然不是凡人。她具有高貴的氣品，十二歲的時候，已是一個生氣蓬勃的可愛的孩子。二小姐身體還輕，看見這時媳婦夫人的姿態，中心感動，和她親切地談話。

法會看完了，召喚車子開過來，準備回家了。中將本想也立刻回到二条院。但母夫人對夫人說：“這裏[illegible]難得很，

127

不能随心所欲地谈话。到我那边去吧，可以从容地聆谈两三天。中将为什么急急忙忙地想回去？听我的话吧。这个人很讨厌，不要睬他！"母夫人笑说笑话。

車子開來了。中将夫人和二小姐坐在前面，母夫人和姑娘坐在後面，其餘的人順次上車。中将也另乘一車。長長的行列迤邐地開向大将府中去。

连忙把正厅西面的厢房布置装饰起来，给中将夫妇居住。本来中将住的西厢旁边的房间，给侍女们住。这招待非常郑重。

父亲大将，为了这是自己所钟爱的儿子的媳妇，所以对她们的侍女们也另眼看待。逗留了四五天，中将夫人自身心安宁，约定后日再来，拜别公婆，回到常陆去。

自从这次会面之后，母夫人对中将夫人更加疼爱了。中将对待夫人可谓竭尽忠诚。因此夫人确信丈夫的心不会动摇。

有一天她对中将说：“现在，我希望能够早点和我的父亲见个面。他年纪那么大了，今日明日都不可知。如果就此永别，我心实在难过了！”

中将答道：“这也说得有理。不过现在请你暂时忍耐，躲在这里。因为见面之后，她要表示悔过，我想惩罚那个继母，就不可能了。我还想惩罚她一下呢。而且要等我稍々出頭之後。那裏，中納言不會立刻死去的。」

夫人屢次提及，他總是這樣回答，因此以後她也不使再說。光陰荏苒，一年已經過去。到了正月十三日，夫人平安地生產了，是一個男孩。中將歡喜非常，屋裏只有青年侍女，覺得不放心，就把自己的乳母即帶刀的母親迎接到二条院來，對她說道：「萬事都同乳母親身經歷時一樣，你來料理吧。」表示完全信任她。

乳母本心地思想溫良。夫人看見丈夫這般細心□善意，知道他確也沒有少年人那種浮薄之氣，心中非常感激。

祝賀生產的儀式非常盛大。這番表徵異，使者想像吧。單說那送來的禮物都是精細工巧的，就可想而知了。皆信傳說述傳了好幾天。

這樣的盛況，衛門督很想叫那乳母來看看。

正好侍女少納言同時生產，就叫她來當新生兒的乳母。

大家都寵愛這位小少爺，當他是掌中之玉。

春季朝廷任職之時，中將升任了中納言。藏人少將升任了中將。父親大將兼任左大臣。

父親升任左大臣後，滿心歡喜地說：「這孩子出世時，他的父親和祖父都升了官爵。可見是個好孩子。」

赖道中纳言（中译者注：为了避免混同，以后称落窪的丈夫为赖道中纳言）的名声日渐显赫，兼任了右卫门督。

本来是藏人少将的中将，升进而为宰相。那继母的丈夫中纳言，看见本来的女婿藏人少将如此显达，（真是眼热。）他的夫人和三女儿等，即使在他极少殷访的期间，也常常悲叹不已，到了觉全然绝望的今日，更加嫉恨不堪了。然而毫无安慰。赖道中纳言名声日渐高扬，势力日渐增大。他对于落窪的父亲中纳言，常常有偏厚的话。两心合相似，姑且纵恩若。

翌年秋天，又生了一个可爱的男子。左大臣的夫人即祖母说：

「可愛的孩子接連地產生，你們太忙了。這回我生的，送到我這裏來撫養吧」。就連乳母一起迎接到本邸來。

帶刀當了右衛門尉，由藏人任用。

這樣，一切都已圓滿充實。只是還不能叫父親中納言知道，

夫人感到不滿。

落窪的母親在世時所有的房屋，在三条地方，建築式樣很漂亮。這是該落窪所有的。但中納言說：「那人已經死了，這房子歸了我吧」。夫人說：「當然囉！」她即使活着，也不會有這樣漂亮的房子。這房子很寬廣，讓我和孩子們住，倒是正好」。

打算就使用地方花園徵收來的兩年的財用，著手建築，全部飾新，

130

又如改造，一切都已动工了。

今年举行贺茂节会时，所使非常好看。道赖中纳言说：家里的人都很闷气，叫大家去看，连侍女们都去。务必趁早新做车子，给大家新制衣服，一切都很讲究，准备非常忙碌。不久看会的日子到了。

预先在一条大路上沿路打木桩，行车时可以不受别人阻碍。车子的行列堂堂地前进。

前车五辆，连侍女共乘二十人，后车二辆，乘的是童子四个，下役四人。道赖中纳言与夫人共乘，前驱者有许多四位五位和殿上人。中纳言的兄弟，本来当侍从，现在已升任少将。

男的兩兄弟已是兵衛佐。這兩個兄弟也跟哥哥一同去遊覽。因此車子前後共有二十輛，都如此鳴辟排列而前進。道賴中納言從車子裏向外探望，看見打著木樁的那一頭，有一輛檳榔毛車和一輛竹簾車停著。停車的時候，中納言命令：「男車不要太離開，和女車並排起來，西朝著大路，停在南北兩面才好。」

人們說：「要叫那邊的車子稍微讓開些，好讓這裏的車子停下來。」但那邊的車子頗有難色，一動也不動。道賴中納言問道：「是誰家的車子？」人們回答說是源中納言家的車子。道賴說：「中納言也好，大納言也好，地方倒也有著，為什麼

131

看情了這許多木樁的地方而停車呢？」他們指示退開些。」

僕役們立刻奔過去，撤來，動手去推那兩輛車子。那邊的從者挺身而出，罵道：「這些人要作什麼這樣粗暴！」看是神氣活現的奴才。你們所仗著權力的主人，也是乎中納言吧。不可以把這條大路全部佔領。」真是無法無天！」這些逞強的人回罵道：「即使是上皇✽，是太子✽，是齋宮✽，對我們的主人都要讓路呢。怕他們不知道麼？」另一人說：「你們說我們也是中納言麼？不要把我們的主人一概而論吧！」至相爭執，車子終于不肯退讓。這樣，這裏的車子自然不能全部開進來。道賴便呼喚隨身的左衛門藏人

✽ 上皇：天皇退位后被称作上皇，日文原文中的“西”指的便是上皇的御所。

✽ 太子：亦称作皇太子，即未来继承皇位的皇子，日文原文中的“东”指的便是太子的东宫御所。

✽ 斋宫：平安时代，在伊势神宫修行的未婚皇室女子，又称“侍神公主”。在贺茂神社修行者，则被称为“斋院”。

帶刀，對他說道：「你去安排一下，教他們稍微退向那邊些。」帶刀走上前去，那車子的人不加答應，主剎還開了。

源中納言方面，隨從的人很少，所以不能抵制。前三四人，相呼告道：「沒有辦法。這場爭吵毫無意思。即使有勇氣，踏倒太政大臣的隨從，敢用一根手指去碰一碰這位老爺的頭中將麼？」大家沒得話說，惜惜地把車子拉向人家的門裏去了。

他們只是隔著簾子窺看這邊的人，覺得表面上好像是可怕的，實際上非常和霭可親，這正是這位道賴中納言的天性。

那邊車子裏的人大家哼聲嘆氣地說：「唉唉！真沒趣！」

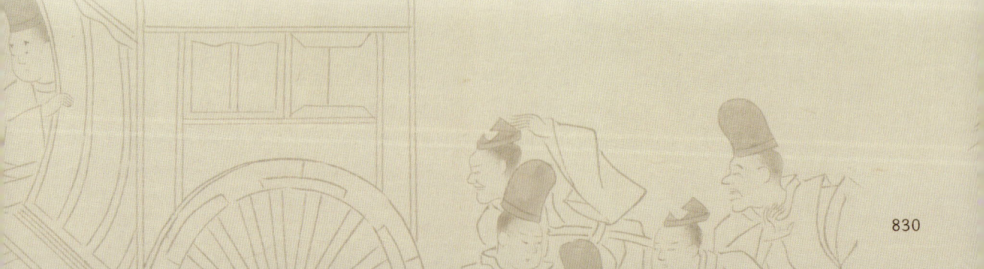

132

「这样子，怎么能还报呢。」

这时候那个叫做典药助的傻老头子自得其乐地走上前来，嚷道：「这件事，不能随随便便地听他们说。如果我们的车子停在木桥里头，果然说得很说，但现在是停在木桥那一面，为什么要受他侮呢？不要再後悔，来，现在就报他。」

带刀看见是典药助，年来本想看看这傢伙。哈，真好极！」道赖中将的家人也看到了典药助，说道：「喂，带刀，为什么听凭他这样说？」带刀知情，对一个强壮的仆役使个眼色，那人便上前去对他说：「什么？你说不要後悔，想把我们的主人怎么样？」挥动那把长扇，立刻把曲基助的帽子打落了。一看，他的头发原来地打着一个髻，脑门上全秃，闪闪发光，看的人哈哈大笑。

曲基助面孔涨得通红，用衣袖遮盖了头，想逃进车子里去。这里的男子们跟上去，用脚把他乱踢，骂道：「要逃回去么？什么样？怎么样」曲基助高声叫喊：「饶命饶命！我要死了！」打得太厉害了，使他透不过气来。这时中纳言连忙制止：「算了，算了！」曲基助被打得昏头昏脑，跌倒在地。那边的人们把他抱上车去，连车子一起退避了。随中纳言出来的男仆们都吓得发抖，不敢走出车子外面来。

133

這車子逃避得很遠，彷彿不是他們一家的。這邊的僕役們索性把這車子拉到離開的出路上，放在路的中央。他們才敢走出來，推動車子。這樣子真是僥倖。

車子裏，隔中的夫人們說：「看完了，回去吧。」便把牛套上，準備回去。道賴家的男僕們把他們乘坐的車子上侍從車篷的帘子剪斷。這車子開到大路中央，車篷翻落了。路旁的閑人見了，大家拍手大笑。隨車的男僕們由於過分慌張，弄得手足無措，一時裝不起車篷來。唉聲嘆氣地說道：「唉，今天是諸事不宜的大惡日子，竟到這種說不出的恥辱！」

乘车的人的心情，不要考，可想而知了。总之，是大家看了发笑。就中那个夫人，叫女儿们坐在口头，自己坐在后面，因此车辕翻落时，那棍子掉下来，正好压在她的手臂上，痛不可忍，高声哭叫起来。"嗳，作了什么孽呀，碰到这样的事情！"她的女儿们制止她说："静点，静点！"好容易侍奉的人们提上车来，看了这情况，大为吃惊，指示道："把夫人的身体扶起来吧。"旁观的人们说："这真是不会乘车的人。"大家嘲笑他们。

因为大没面子了，连仆役们也默默不语，你看看我，我看看你，茫茫地站着。好容易车子修好了，拉到大路上。夫

134

人在车子里『哟唷，哟唷』地喊痛，只得叫牛慢慢地走，好容易回到了家里。夫人靠在别人肩上，走下车来，眼睛已经哭肿。

源中纳言看见了，吃惊地问：『怎么样了？怎么样了？』他听到了这事情的经过，觉得很不错，说道：『这种乱子，真是无话可说。我去做和尚吧！』他只顾这样说，他为了可怜他的妻子，不能实行。

外间把这件事传为笑柄。道赖中纳言的父亲左大臣听到了，问道：『有这件事的么？叫女儿吃这样的苦头？听说这是二条邸内的人带头的。为什么做这样的事？』

直将若道：「那裏？並沒有這么厲害。是為了那边的弟子悼出打木槌的地方。僅僅役他責罵他们；有的是空地，為什么定要停在這裏，這就引起了一場争吵。使他把对方的弟子的篷蓆砍斷了。至於打架，是為了对方的人出言無礼，被這裏的打落了帽子，露出光頭來。事情的經过，弟子少將和佐兵衛當然都看到，不會假造的。這边的人不會無法無天的。」

父親只是說道：「不可以被人非难。我也想你該不會的。」

道預中的書的夫人即落篷聞知此事，覺得不好意思，唉声嘆氣。衛門即盼附安慰她道：「不过，你也不必太懊惱。這些都是無聊的事。儘使你父親在裏頭，中国也不大會好。」

135

但现在是被夺那个曲宴的，是对他从前那种行为的惩罚呀。」

夫人责备她道：「唉，你这个人好兇！你不要来服侍我，去跟着中纳言吧。他正好也同你一样狠心的人。」

阿漕说：「那么我就去服侍主人吧。我想做的事，他都给我做了。他的确是比你更重要的人。」

源中纳言家的夫人，为了此事而生病了。她的子女们替她求神拜佛，病势为渐渐复健。

卷三

傳中的吉家搬遷地講到處看頭的事，但一方面三年的那宅順利地完工了，決於六月中遷居。他們說的最近搬遷地甚生不祥的事件，是這裏的房屋向不利之故，遷地為良，所以趁着準備帶子女兒們遷居過去。

衛內卯時僕不知從那裏听到了這消息，趁主人空閒的時間，向他報告：「听說三年的那宅已經修得很好，他們一家就要遷居進去了。夫人的已故的母親，曾經屢次對夫人說：叫她住這裏那宅，不可放棄給別人，因為這屋子很幽雅，可給父親養老。他們看得好，就這樣地霸佔去了。涼要想辦法，不讓他們自作自主才好。」

主人问道："有地契么？"阿漕说："当然有地契，全拿去她们裏。"

主人说："嗯，那么很容易说话。她们那一天还居，你去正确地打听得来。"

夫人埋怨："又要干什么花样了。衛门这个人变坏了。夫的性情本来已经如此，你还要去隐藏她。"衛门说："有什么坏呢？这是不通道理的事情呀，有什么办法呢。"

主人说："什么都不要说了。她是个没有气性的人。虐待她的人，她说是可怜的。"夫人放心地说："归根到底，终是活也要责备的。"道歉放弃地低头又开去："那里有这种话呢！"就站起身来走了。

到了下个月，衛门若無其事地向人打听：「那一天喬遷？」知道是本月十九日*，便把這消息報告主人。主人说：「好，那一天，這裏的人大家一起遷去。為此，要多弄几个年青的侍女。那中納言家有没有相當的人？如果有，不妨都叫到這裏來。讓她們氣死吧。」衛门答道：「這便好極了！」衛门心中的想法，在眼睛口角上流露出來。主人想：這个人的想法倒是同我一樣的。便一切瞞过夫人，悄悄地同她商談。

对夫人只是這樣说：「某人有一所良好的住宅，我們已經到手，定於本月十九日遷居進去，請你準備各種裝束。趁這期間，這裏的屋子也可修繕一下。快到了，請趕緊些。」

* 十九日：据日本室町时代的百科丛书《拾芥抄》记载，十九日是搬迁、建房的吉日。

便把红绸和些料之款交给她。夫人全然不知道这种企图，使专心一意地忙着准备。

卫门运用手腕，把临时向亲戚家借得来的侍女都叫得来。其中有夫人身边的叫做侍从的美人，是个文笔很好的侍女。还有三少姐身边的典侍、大夫。外勤侍女中，也有叫做麻吕屋的姣美而上品的女子。卫门早就注目这些人，周密种种布置，罗致得来，向她们劝诱道："这是现今精极无比的人家。主人对底下人特别看得起，照顾周至，你们必须来。"

这些都是年轻的人，看见说从前的主人已经零落，穷困不堪，就个个很精干彩，要找求更好的人家。正在这时倦，听到了街内这番如听的话，知道前途定是当世头等的富贵之家，就立刻若狂，连忙辞职而去。

她们做梦也不曾想到新的主人就是菩萨娘娘。更不知道辞职出来就到的地方是同一人家。她们都秋声不响，互相把要去的地方保守秘密。

二条邸内就有人出来迎接她们，从一边走过去，大家集中在一起了。

邸内需要的侍从人很多，今天来的人个个都装扮得非常漂亮。大家来到了同一地方。在同一地方下车。她们互相看看，觉得很稀奇。

138

正在等候开饶，这里原有漂亮的侍女二十多人：有十五六人穿着白绸单衫、青红花纹长袍、红绸裙子，此外有红裙子上罩绫织单衫的，有穿淡紫色长袍的，有穿其他绫织衫子的。她们成群地出来迎接新来的侍女们，使得新来的人难以为情。

主人将夫人安置妥当，自己出来接见。他身穿深红袍子，白绸单衫，上罩深罗衣。新来的侍女们都觉得这男子相貌漂亮，神情潇洒，真是一位理想的主人。

主人把侍女都看过，说道："都很好。衛门介绍来的，即使稍有缺点，也不计较。"

又笑道："哈哈，她是貴國的信托的人呀。"

衛門說："備說有趣點，是由於主人不知道這件情的緣故。我一直和夫人在一起，得到工夫和每個人會面。這種過失，要請原諒了。"

大家看了，走出來說這話的人，原來是阿霽！她們都吃驚，都說："啊！這個人來這裏當着重要的差使了。"阿霽搖着衣裝作初見面的樣子，說道："呀，奇怪得很。好像都是見面過的呢。"大家都答道："我們也都這樣想。真奇異的啊！"

阿霽說："長久不見面了，大家都覺得遠遠的，非常寂寞。"

正在要說舊事的時候，恰見一個人抱一個三歲模樣的白胖的孩了。從裏面走出來，說道："衛門姐姐，主召喚你哩。"一看，此人就是侍女少納言！大家說道："真好像回到了從前。"都是很熟悉的。於是講了從前種種舊話。這不期而遇，每一個人都覺得非常開心。一向熟悉的人，現在齊集在這邸宅裏，受主人特別重用，大家都覺得是交了好運。

且說源中納言家定於吉日遷入三條邸宅，夫人吩咐把各種家具搬運過去，掛起簾子來，連佣人的行李也都搬進去。

中納言聞知這消息，把家臣但馬守、下野守、衛門佐、以及許多僕役召集攏來，命令他們："三條的邸宅，

✽ 但马守：即但马国守。但马国是日本旧国名，又称但州，属山阴道八国之一，今兵库县北部一带。

✽ 下野守：即下野国守。下野国是日本旧国名，又称野州，属东山道八国之一，今栃木县一带。

✽ 卫门佐：卫门府的次官。

本来是我们所有的，正想迁居过去。那个屋中的言不知怎么一想，说为这是他自己的产业，叫工匠去修筑。我想他会打招呼，我便可和他讲理，岂知音信全无。而且听说明天就要迁居进去了。所以你们都到那出去，责问他们："这是我们的地方，你们不打招呼，擅自迁入，是什么道理？"把他们搬进去的东西全部扣押起来。我们也准备明天迁居过去。所以你们大家立刻就去，看定了门户房间，在那里把守。"大家知道了底细，立刻出发了。

走到那里一看，三条的屋子非常漂亮，院子里铺着砂子，有人正在挂帘子呢。

道赖中纳言家的人们推搡搡地挤将进去。源中纳言家的人们慌张地问：「这些人是我家里来的吗？」一看，知道是道赖家的家臣们。家臣们说：「这御车是我们主人所有的。你们为什么不停留在远处，倒进来了？我们主人说，一点也不让你们挤进来。」就不顾一切地要进去，派人占了内房间、侍从室、侍女室等。

源中纳言家的人吓坏了，连忙回去报告：「老爷，大事不好了！那边的家臣职事带了许多人来，不许我们走出。听说道赖中纳言昨天也迁过来，内房间、侍从室等都已布置好了。」

源中纳言已经是老耄，听到这种重大事件，吓得心惊胆戚，说道：「这是怎么一回事！她们又没有地契，当然是我的女儿的房子。除了这女儿的父母以外，谁能来发落呢？如果落实居着，还有话可说。现在怎么样呢？不要直接和他们争吵，让我去告诉他的父亲吧。」

他迁居的事情也忘记了，很快打扮起来，穿戴起衣帽来，去拜访左大臣了。对司阍人说：「我有要事，要去大臣，请你传达。」左大臣就接见他，问道：「有什么事？」

源中纳言说：「为的是三条的邸宅，本来是我所有的产业。最近加以修缮等，即将迁居进去。家人们已将家具搬运进去。岂知令郎派了许多家人来，说：『这是我们主人所有的产書，你們不得同意而遷居進來，是違法的。我們主人明天也就要遷居過來了。」我家的人便一步也不能進去。我受此阻礙，不勝驚異，為此前來拜訪。那所房子，除了我以外是誰也不能管領的。除非是持有地契的。」他向左大臣哀訴，幾乎要哭出來的樣子。

左大臣答道：「我一點也不知道，實在無從答覆。據你所說，中兒道賴是違法的。但這裏面必有緣故，待我向中兒問明之後，再行奉答。這件事我原本是不知道的，所以無論如何不能答覆。」

左大臣只當作耳邊風，不耐煩听，故如此回答。源中納言也不能再说，只得唉声叹气地告退。回到家里，对家人说道："刚才我去向左大臣请教，他回答的是这样。这究竟是什么道理？荻子许多时光用心修缮，结果落了世间的笑柄！"他不胜悲愤。

中纳言从宫中退出，来到左大臣本邸，又询问他："刚才源中纳言来过，说有这么一回事。到底是否事实？"

道赖答道："确是事实。我早就想住到这屋子里去，派人去检出修缮，据说被源中纳言家占领。我觉得奇怪，就派家人去查看，是否事实。"

父親說：「中納言說，除了他以外，沒有人可以佔領這屋子。所以你這行爲是無法無天的。你到底是什么時候獲得這屋子的，有沒有地契，是從誰那裏得來的？」

道賴答道：「實在，這原是住在二条邸那個女人的產業，是她的外公傳授給她的。源中納言已完全昏聵，所信了他妻子的話，毫不客氣，一味逞慾，厭惡之極，連這屋子也不肯給她。我的確持有地契。他沒有地契而說除了他以外無人可以佔領，讓他說得出來。真正笑話。」

右大臣說：「那么，不必多說了。趕快把地契拿出來給他看吧。他那樣子非常悲痛哩。」

道賴說：「馬上給他

青吧。」

他回到二條院，決定了明天要啟程的服務人員，分配了車輛坐位。

源中納言一夜睡不着，熬到了天亮。早上，又派他的大兒子越前守到左大臣家去，告道：「家父中納言本當親自前來，只因昨天回家後身体不適，只得派我代作，甚是失礼。昨天所說的事，不知怎么樣了。」

左大臣答道：「昨天小兒回來，我立刻告訴他了。但他說的是如此這般。詳細情況，還請直接向他探詢為是。我因為一點也不知道，所以無法判斷。不過，沒有地契而說是自己的產業，確是笑話了。」

143

越前守告退出来，立刻去拜访道賴中納言。道賴穿一身便衣，坐在簾子旁邊。越前守恭恭敬敬就坐了。夫人在簾子裏面，看到了眼前這異母兄的姿態，不知不覺地感到一種可親的心情。

衛門即阿漕和侍女少納言也看到了越前守。她們相視而笑，告道：“從前這個人是我們所畏敬的主人呢。我們曾經委曲地奉承他過的。”

越前守一點也不知道。他對道賴中納言說：“我已看見過老太人，問起情由，她說的是這樣。你能娶得她為妻，是否事實？我仔細檢點情景，覺得很可懷疑。這幾年來，只要略微知听到这是你们的所有物，家父和我们就不会提出这要求。我们发现这屋子，已经有两年了。这期间全无音信，到了今天而提出这话，不当稳便，我们大家都惊愕呢。」

道权答道：「我们有地契在手呢。我知道这房屋地产，除了持有地契的人以外，不能别人占有。所以我们就放心地认定这是我们的所有物，并无疑问的。你们如果硬要迁居进去，那时候请勿见怪。别的不要多谈，你们有地契么？」他从容不迫地回答，一方面直逗着膝上的小宝贝。

兼雅守护地想念着自己的妻儿，看到对方这种态度，实在火冒得很，只而只得勉强忍耐。随便说道：「地契是

144

丰子恺译文手稿·落洼物语

遺失了。到處找尋，還沒有找到。也許是有人偷去要給你們了吧。這是一件疑問。不然，除了我們以外是沒有人可以鑽進屋子的。」

道賴說：「我的地契，不是從偷去的人那裏買來的。我具有正當的理由而得宅，除我以外沒有人可以鑽進這屋子的。勸你們早些斷絕了這念頭吧。請你轉告源中納言，日內當把地契還給他來。」他說過之後，就此拖了衣裳走進室內去了。越前守沒有辦法，只得唉聲嘆氣地回家去。

這番對話，夫人完全聽到。她說：「這會還要的是三條的那間屋子吧。他們又以為是我的指使了。他們或許

855

多时光等等了，要迁居进去，我们却去阻碍他们，他们多么苦痛呢！教两亲受苦，神佛的惩罚是可怕的呀。不能违背两亲，又要教他们受苦，很不应该。不但如此，所作所为又如此刻毒，真教他们难受。这一定是那个可恶的衙内所摆佈的。」她真个地气愤。

道报对她说：「既然是你的两亲了，那有扰乱你的屋子的傻子呢？教两亲受苦的难行，将来可以用孝行来报偿。即使你说不高兴去，我和侍女们都要迁居过去。我已经说出，纵回来是不成样子的。如果你要把那所屋子奉送给他们，等到你和他们见面之后奉送吧。」夫人没有办法，只得默然。

145

越前守回到家裏，把事情的經過報告父親中納言：「毫無辦法了！說是房子被人奪去，受了一番恥辱，就此罷手算了。我當作一件大事向他請求，誰知道中納言看得像兒戲一般，膝上抱着一個美貌的小兒子，同他逗玩着，對我所說的話，聽也不聽似的。最後這樣地答覆了我的，便走進去了。那右大臣呢，說道：『我不知道。小兒持有地契，是合理的。』於是我就毫無辦法。我們為什么沒有地契。他們分明準備還要進去，正在調度車輛和人員呢。」

中納言只是茫然若失，唉聲嘆氣，說道：「這是落窪的母親臨終時讓給她的。我也糊塗，沒有向她取回地契，便让她逃走了。一定是她把地契卖出，被他们骗得了，因此发生这样的事件。这真是世间一大笑柄！本来可以向朝廷奏闻，但现在这道赖正在全盛时代，谁还分别黑白呢。费了许多钱财修筑起来的，实在可惜。但这是自己命运不好，遭逢这种横事。」他们大叹息，不知所云了。

且说道赖中纳言来到三条，赏赐诸侍女每人衣服一套。服务不久，便得这样的优遇，大家欢喜不尽。

源中纳言家派人来说：「至少器具要还给我们的。」但这里的人加以阻挡，一个人也不许进去。夫人听到这消息，挥着拳头，狠狠地说：「这个道赖是前世的仇敌，对于我们如此恨入肯随俗吧。」但也毫无办法。

越前守说：「无论如何也没有办法了。向他们要求，至少让姑娘们把牛车赶回去。」他们满不在乎地回答说：「你们会送给你们吗？」但是不让姑娘们进去，要同他们争吵也争不起来。」大家懊恼得很，除了家主一起跟随的道赖之外，别无办法。

这边的牛车辰时已经进入。牛车十辆，行列非常体面。道赖中纳言下车，走进去一看，里面正厅方面已经遵命施行装饰。布置着屏风和帷幕，榻榻米也铺好了。

照这样子看来，对方一定非常懊丧。也觉得有些可怜。

到西边去是要做宫中的妻子，吃些苦头。

夫人推想她父亲的心情，对一切都不感兴趣，只觉得对她不起。

宫中的宫人对家人说："她们运过来的货物，不可遗失，得来好好送给她们。"

这里正在纷忙的时候，宫中的宫廷人来寻探情况，是否已进去。那人回报道："这样那样，堂皇地悄悄进去了。"大家知道已无办法，只有相对叹息。这方面全不知道，正在忙着庆祝乔迁之喜。

次日，越前守前来告道："她们运来的货物，传说我

搬回去。」這边回答道：「三天之内，這些家具動不得。過了今天，以天再來取吧。這都是寄存的東西。」✽

這是什么意思呢？」匠中納言更加想不通了。這裏鬧了三天宴會，歡喜熱鬧非常。第四天早上，越前守又來了，說：「今天請把家具搬回去。女人用的梳頭箱等日用品，都已經運到這裏來，這幾天很不方便。」中納言覺得有趣而且好笑，就按照目錄，全部都送還她。

這時候，他說：「嗬嗬！」從前那隻鏡箱的蓋子也在這裏了。連這東西一起送還給她們吧。因為這是那位夫人的遺

✽ 按日本古代的习俗，搬入新宅后的三天，不得杀生、奏乐等，也不得从新宅搬走家具等物件。

見。」衛门的尉觉得稀奇，说道：「这东西原是放在那边裏的。」連忙拿了过来。不曾见过这东西的侍女们都笑道：「啊，好利害呀！」中纳言無意把它拿回来，对夫人说：「你在这裏写幾句吧。」夫人说：「何必这又要呢？在他们这样倒霉的时候，教他们知道躲在这裏，很不难见。」她不肯写。中纳言频频劝请，她就在稍远的裏面写道：

「鏡裏愁眉長不展，

今朝始见笑颜開。」

他把这东西像礼物一般用彩色纸包好，插上一枝梅花枝，交与衛门，对她说道：「叫赶紧守过来，把这交给他。」

中纳言时越前守说道：「今回的事情，你们大概见怪了么？这是因为你们一些招呼也不打，擅自迁入，所以我们不能不出去之故。冒犯之处，见面时当面对你们道歉。请你转告中纳言，务请他于改日光临。你们大概都对此次之事感到不满，都可以来当面谈谈，以解互相误解。」

他说时态度异常和悦，越前守弄得莫名其妙。最後他又叮嘱：「回去转告中纳言，请他必须来到，你也同来。」越前守茫茫然然地告退。

衛门督那时躲在这边的裏等候，此时叫人把越前守叫住，

「請到這裏來一下。」越前守全然沒有防到，茫然地站定了。他見簾子中有■色彩美麗的衣袖，女人隔著簾說道：「請把這個交給你的母夫人，因為這是她從前很寶愛的東西，是我一直用心保存到如今的。今天你們來取回東西，我想起了，便拿出來還她。」

越前守問道：「那么叫我對她說是誰送給她的呢？」簾內答道：「她自然■想得出來。古歌中說：『丹波市中舊杜宇，啼聲還是舊時聲』。你■聽了我的聲音，應該知道了吧。」

你還不知道，這是何等！■原來她在這裏僻藏了。他答道、对這个連故而也忘記了的冷冰々的人，有什么别來的往事可談呢？你若到這邸内的时候，這个人是你的旧相識，也該見々她吧。」

一旁就有人说：「這裏还有一个人呢。」便有另一侍女出來，一看是少纳言。越前守看得莫名其妙，难道這些人都集中在這裏了？甚是驚奇。

裏面又有人说：「古歌中说：『花容日親都見慣』。你看到的美人太多，也把我们這種不足道的人忘記了，所以没有话可说。」這人原來是從前服侍二小姐的名叫侍從君的侍女。這女子曾經和越前守發生關係，常々来往的。

对他说话的都是從前的侍女的声音。究竟是怎么回事吗，他弄不清楚，若说也说不大得出来。

卫门督又说：“那个名叫三郎君的内舍人怎么样了？已经加冠了吧？”越前守答道：“他今年春天已经当了大夫了。”卫门督说：“我要叫他到这里来玩。请你转告他，我要时时叫他说的话，三天三夜说不完呢。”

越前守仓皇地答道：“若蒙垂问起，他一定来。”他想看看宅里的是什么东西，急急忙忙地回家。

他在归途上屡屡回想这邸宅里的情状，觉得奇怪之极。难道那个落[illegible]姑娘已经做了中纳言的夫人么？阿潭这女人样子非常威风。而且，御前的那些侍女，仿佛威

150

群侍隊一般集中在那裏了，這是什么道理呢？她想到這裏，覺得比較起全不相識的人來，親近得多，心中感到歡喜。這是因為此人一向住在任上，她全不知道她母親虐待落窪的情況之故。

越前守回到源中納言那裏，傳達了道賴的話，並且把那包東西交與母親。母親起那甚為美好，打開一看，原來是舊貨物做的那隻鏡箱。她記得這是給與落窪姑娘的，為什么在這裏了，心中惶惑不安。而且那箱底上寫的字，無疑地是落窪的筆蹟。她的眼睛和嘴巴都張開，闭不攏來了。她想，如此看來，這年來使我們受到一家難堪的恥辱的，都是这些人所为的了。她的嫉恨和惧表不可名状。家中正为这件事骚扰忙乱。

父亲中的言本来为了房屋被拿取而怀恨，现在知道这是自己的亲生女儿的所为，这种心情便消失。他忘记她的可恨的罪行，也忘记了过去的所受的耻辱，平心静气地说，「这些人在我的许多子女之中，是命运最幸福的人。我为什么要疏远她呢？三年那所房子，原是她母亲的产业，当然要归她所有的。」

因为如此，那夫人更加愤愤不平了，说道，「那房子被侵领去，我算是没有办法取回了吧，但是那些花了钱辛辛苦苦

151

地種起来樹木，至少也要给我再回来。就作为男屋子的鋪地吧。」

越前守说：「這是什么话！不要说這種外人腔調的话吧。我们一族之中，没有高贵顯赫的人，出門去就被人嘲笑；你家向来怎么样了，怎么样了，實在没有面子。现在能够這位在公卿中受到皇上無比的恩寵的人结缘，豈不是莫大的幸運么？」

当了大夫的兒子三郎搖着頭道：「屋子被取去，算得什么呢！落窪姑娘吃苦的時候，才是慘不忍觀的呢。」

越前守問：「你说吃苦，是什么意思？」三郎便把事情的始末一五一十地告訴他。「真是慘不忍觀的啊！」末了又说：“唉，不知的情事人怎么说。毋欲无颜和落窪姬相见了。”

越前守摇摇头说：“这是太厉害了。我一直住在任地上，完全不知道。听了你这话，竟吓着了。难道中纳言正是为此事衔恨，因而对她要这样耻辱的。不知他对我们作何感想。我真觉得无颜见世面了。”他说得非常可耻。

母夫人说：“唉，好烦躁！现在还要议这些，有什么意思呢？听了也没趣。什么都不必说了。总之，只不过是我讨厌这女孩子罢了。”她不再对他们说话。

侍女们听说原来这里的少纳言和侍从，都在那边当差了，相与言道：“我们为什么到现在还不调到那边去，[illegible]呢？”

152

這裏過這種陰氣沉沉的日子呢？」当差人如德，這般氣质，她们都甚羡慕。那些年轻的侍女说道：「這教心折了。」不久就會调过去的。」落窪小姐氣度寬大，一定會用妳们的。」

姊妹们看见事出意外，大家吃惊。其中三小姐因为自己的丈夫藏人少将是被這一族裏的人奪去的，所以要同他们攀親，实在觉得没有面目。

還有四小姐，因为对方曾经陷害她，使她变成不幸之身，所以觉得同他们见面，比同毫不相识的人见面更为不快。她同少輔一结婚，就一连生了三个孩子。這一女孩子不像父亲，都是很可爱的女孩子。他觉得自己毫无指望，曾经想落发为尼。但可怜这三个孩子，被她们牵累，不便离去尘世。她真心地憎恶少辅，对他非常冷淡。因此这傻子近来也不同她往来了。

源中纳言呢，完全忘记了过去的怨恨，近来自己毫无声望，境况萧索，广受他人轻视，颇以为苦。今后因此有了面目，不胜欣喜。道赖中纳言召请他，他连忙准备前往拜候。他说：「今天已经天黑，明天就去吧。」

夫人听了，想起就是这落洼姑娘，一定比她自己的女孩子优越得多了，心中愤愤不平。

153

三小姐和四小姐说道：「由于有这种瓜葛，所以那天清水寺进香的时候，她们要喊『後悔了么』。到了最後，终于说出名字来，我们因而受了五小姐的耻辱了。接着，侍女们都辞职而去，也一定是落窪姑娘的主意。她长期被禁闭着受虐待，所以恨透了。」

夫人说：「这样她给我们种种刻毒的还报，要女恩爱不住。我们真要復仇。」

女儿们说：「事已如此，还不如断绝了这个念头，为好。家里有着许多女婿，因此恩爱了吧。那天她们拂折典藥助，其根由也在于此。一定是这个中纳言指使的。」她们依一内，於一声地捱到了天亮。

次日，道赖中纳言来信了，信中说道："昨日把越前守特致部卿，想已奉达。如果有暇，务请於今日劳驾。因有事奉告也。"

回信说道："昨日赐示，奉读无误。本当即刻奉访，只因天色已暮，甚是失礼。今当立刻前来。"便準备出门。越前守同行，乘在父亲的车子的後面。

三条邸的人报告道赖中纳言，说中纳言来到了。道赖立刻请到这里来。

左近所南面的厢房中会面。夫人坐在帏幕中。其他的人

154

避開，他們都走到北面的屋子裏去了。

道賴中納言說道：“聞說這所房子，我想對您有所說明。因為這裏有的人都很歡喜，希望能够見面，所以大好來此拜會，邀請您來作一面談。尊處曾說自己的所有物而營造這所屋子，原屬有理。然而依照地契上所寫，住在這裏的那個人，似乎俱無有優先的權利。我們的住處並不很遠，而您們並不向我打一招呼，就想遷居進去，簡直是輕視我們。我不能接受這種侮辱，所以急急地遷了過來。然而您們年來所辦的土木工程，以及精心設計的擺設，都被拆毀了，實在太不能說。這裏的物件人等，這屋子還是要讓還給您們。滿蒙同意，即請收回為幸。”

地契當即奉上。為此邀請您來面談。」他委婉曲折地說明情由。

源中納言苦笑道：「呀，這話我不敢當。我有一個不明事理的女兒，前年出家，至今存亡未卜，怕已不在人世了。我這老朽如果年輕，還可出去找尋；可是現在已經衰老，命在今日明日都不可知。這女兒拋撇了我這父親，行影也不給我見，想來她一定死了，我正在悲傷嘆息呢。如果這女兒還在世，這屋子要讓歸她承受。但是現在毫無辦法。我就認為這是我所有的，完全由您來接收而加以修築。我做夢也不曾想到地契竟是在你手裏的。

155

此事美满之极，真是梦想不到的幸运！不过，此事隐瞒着外直到今日，大概是嫌我这老头没有当父亲的资格吧？或者，你们认为把那样的人当作父亲是有伤体面的，所以不来通知我吧？这两年期间，都是教我蒙在鼓里的。至于她呢，我怎么可以如此埋怨呢？我正想由我去给你们呢。我能活到今日，竟是想不到的。大概是为了要教我再见她一面的缘故吧。现在回想，真是感慨无量！”他悲咽得满面地低下了头。道赖听了这话，也觉得可哀，答道：“这家的那人，一直苦苦地想念你。多年以来，朝朝夜夜向我诉说。但我因为有道理，所以暂时搁置着。这道理就是这样，，这里前那个人还住在你家西边那间屋子里的时候，我我常常和她私通，知道你们对她的待遇，和对别的女儿完全不同，非常残酷。你的夫人性情太凶狠，我曾看到又听到，她对这女儿的责备，比对仆役还严厉。我想，你即使知道她还在世，也决不感到欢喜吧。所以我在这期间，对她说，且待我像别人一样升了官位，能够孝养了的时候，再让你们父女相见吧。我中，把她关闭在好藏室里，许配给那个幽葬的一事，实在是荒唐之极！既然如此，你即使听到她已经死了，也视为毫不足惜，只是太无情了。这种情况，铭刻在我这样的心头，跟恨永远不忘。到现在将

156

别痛恨您一个人，但觉夫人的行为，太残酷了。所以在加茂祭还神赛会的时候，明知是你们的车子，我表面上加以制止，而实际上纵容侍从们对你们作了无礼的行为。你们一定认为这是不该的吧，我也觉得对不起。这家的那个人，希望她同别的姊妹一样地能够和您见面，而不得如愿，常常向我诉说。她深恐不能孝养您，日夜叹息。我也切身地感到，血统关系的父子之情是特别的。并且，她所生的孩子们也日渐长大了，很想给您看看哩……」

源中纳言痛感自己行为失错，面孔涨得绯红。他想，过去的种种事故，都是从前的怨恨所造成的吧。他中心悲痛，看来也不大说得出来。

好容易甚远了，唉，我并不想把她和别的孩子分别待遇。

有母亲的孩子，母亲总要照顾她自己的孩子，

抑受了劝诱！自然也会疼爱她。这是一定的道理。所以除开所说

的，一一都是实情，我没有话可以辩解。关于曲艺第一节，

实在荒唐之极。谁会把女儿许配给那样的人呢？至于

林黛玉在潇湘馆里，我所听到了便觉得不像，曾经表示反对，

并且剔除。这些都不必说了，我想看看我的宝玉。他们

在哪里？现在就请让我看看。

道想中间去把张生前的帐幕推向一旁，

157

说道："走这里。"又对夫人说："来，你出来看看吧。"落窪便羞答答地膝行而出。

文款一看，这女儿非常美丽。年龄大起来，姿态端整，风度潇洒。她身穿纯白的绫织单衫，上面罩着青花的褂子。他仔细端相，觉得他所认为比此人优美而宠爱着的别的女儿，都比不上这个人。把这样的一个女儿埋没起来，荒唐之极！越想越觉得可耻。对她说道："你是由于怨恨我，所以隐藏到今朝吧。然而，今天能够相见，大家心情愉快，我去高兴啊！"

女道若道：“我一点也不怨恨。正当母亲严厉责诘我的时候，那个人和我结识了。他看了这光景，认为太不体面。这便成了种种不快的根源。他屡次对我说：不要把我的住处告诉你们，因此我也不便露面。至于那些无礼的行为，我一点也不知道，无可辩解。想必大家都在怨恨我了，我只能独自伤心。”她表示抱歉。

源中纳言说道：“唉，那时候，确是使你受了无比的耻辱。我常在想，有什么怨恨而做到这地步？今天听了你们的话，才知道过去我们疏隔于你，罪有应得。我们那里会怨恨！反觉得你的一片诚意是很可贵的。”他说时喜形於色。

落窪聽了父親這番謙抑的話，覺得可哀，說道：“確如所說，我無顏當面。”一面說着，道賴抱着這个可愛的男孩子走出來了。

說道：“請看這孩子！他的氣品的確很優秀。我想即使是天下有名的美人，對這孩子總不會討厭的吧。”夫人聽了覺得不好意思，說道：“唉，這話算什么呢！”

中納言一看見這孩子，由於老年人的固執心情，疼愛得了不得，笑逐顏開地說：“來，到我這裏來，到我這裏來！”想抱抱他。

孩子看見這个不相識的老人，有些懼怕，用力抱住父親的項頸。源中納言說："的確，即使是天生一見便要愛的人也不得不討厭這孩子。"又說："長成得很，今年幾歲了？"父親回答道："三歲了。"源中納言又問："另外還有孩子么？"

"他們一个弟弟，住在本邸裏。還有一个女孩子，因為今天是禁忌的日子，改日再給您看吧。"（這是中納言看錯了）

不久，安出筵席來招待。隨從人等都給酒食，車夫們也都得到豐厚的犒賞。主人說："衛門，少納言，你們把越前守請得來，叫他唱酒。"衛門便請越前守到侍女值班室裏來。越前守觉得难为情，没进来前。既而一想，这一件事并非我所做的，怕什么呢，便走进来了。

室内分隔为三间，都铺着崭新的榻榻米，有二十来个一样漂亮的侍女，并排坐着。这些人本来都是在主人身边伺候的，刚才主人吩咐她们避开，所以集中在这里了。

越前守原本是好色的，叫他到这里来喝酒，正是得其所哉。他瞧见许多侍女，觉得神魂颠倒，嘴巴也闭不拢来了。他所本来指挥的人，自少纳言以下共有五六人。他想，这些人一定是从他自己家里移转到这里来的。

衛門說：「主人吩咐我們灌醉她。讓她兩乳雪白，我們都要担不是。來，大家來勸酒吧。」於是你一盃、我一盃地勸酒。越前守喝得爛醉如泥。

她說：「衛門姐姐，請你照顧照顧，大家太狠，不要虐待我吧！」後來他想逃走，那些年輕美貌的侍女，敏捷地聯手一起，把他擱住。他無路可逃，狼狽不堪，終於醉倒了。

源中納言和道賴中納言也對酌傳盃，都有些醉意，說了種種的話。道賴說：「自今以後，我決當盡力效勞。如有需要，務望隨時吩咐，請勿客氣為幸。」源中納言無限欣喜。

日暮歸去之时，道赖中纳言赠送礼物，送源中纳言的是一只箱子，其中装着一套外衣，一根束带。这束带是世间有名的，有来历的皮带。送越前守的是女装一套，外加缣织单衣一袭。

源中纳言说："我这老命活到今天，常觉得毫无意味，谁知也会碰到这样的幸运……"」他已经喝醉，反来复去地说这两句话。

随从人员不多，赠送五位的是衣装一套，赠送六位的是裙子一条；赏给仆役们的是每人绸带一枚。

大家总为这两家是互相仇视的，岂知完全不然，人都觉异样寂寞。

中纳言归家之後，把道赖中纳言的话逐一告诉夫人：要把她嫁给典药助，是真的么？道赖中纳言从容地对我说起这件事的时候，我不得不面红耳赤。两个孩子的事罢，难为那个女孩子真是好大福气啊！

夫人恨恨地说：呸，我听也不要听。说这话的你，从前曾把她同别的孩子一样看待么？出旨把她关进储藏室的，不是你自己么，不关我的事。她既已被抛弃不要了，那么典药助也好，什么也好，随便他去配她吧。现在因为她被别人重视了，你就想把自己所做的罪行嫁给别人，是什么

161

道理呢："富贵吧，过分的荣华富贵是不能持久的"！

越前守唱醉了躺着，嘴里不住地编谈三条邸内的盛况："三十来个侍女包围了我，对我们喝酒。其中有的从前是三姐姐那里的人，有的是四姐姐那里的人，连做粗工的人，不计其数，个个都装扮得花枝招展，得意扬扬的。"

同在一起的三小姐和四小姐听到了他的话，三小姐说："唉！人世间是可悲的。那人住在落窪小屋里不得露面的时候，做梦也想不到会升在我们之上而把我们的侍女都用去的。我们在父母面前也没有面目了。真是可耻！今后能够就此活下去呢，还不如做了尼姑吧。"三小姐哭起来，四小姐也盼了。她說："這樣一想，教人不能恩愛。"這是因為母親不知道命運如此，待遇不均，只管重視我們的緣故。到了現在，不知外人對我們作何議論呢。尤其是我，指得了那個倒楣的夫婿的時候，實在傷心出家為尼。可是不久就懷了孕，以致此願未遂。孩子生出之後，大概是人之常情吧，就覺得應該照例把這孩子養育起來，因此苟且度日，直到今天。"她揮淚吟詩道：

"昔日只知人受苦，
今朝輪到自身來。"

三少姐聽了這樣的感慨，也吟詩道：

162

「世间荣运原无定，
犹似舒川屈曲流。」

两人相与诉说衷情，直到天明。

次日，隆中纳言捻上赠品，说道：「色彩和品质，对老年人都太漂亮了。尤其是这条带子，这是有名的物品，怎么可以收受呢？应该奉还吧。」正在此时，道赖中纳言派人送信来了。大家争先恐后地看信。

信上写道：「昨日天暮，未得畅叙为憾。今夜酉时内大过局后，胸中积愫，不能尽述。今后是否再能带发，不胜怅望。此地契何必忘记耶。还请再过来住。不然，是否心中极恨未消，这里的那个人非常挂心呢。」

夫人道赖给明石姬一封信，写道：「年来情况如何？好深挂念。彼此平安无事，但旧地的情境如此。只因顾忌甚多，未得如愿。你大概已经忘记我了吧？」

契阔深情坚如石，
世间谁似我思君。

深为你已在得我呢。母亲以及其他诸人，不久即可会面，思之不胜欣喜。我这里的情况，请你细细转达！其为至幸。」

她们四人同在一起，大家都拿信来看，并更也有信给自

163

已来好的。她们都想和落窪姑娘通信了。人本是任心任意的，当她住落窪小屋裏的时候，情况如何，一向無人過問呢。

中納言的回信中说：『昨日本当再度奉擾，只因方向不利，未曾成行，甚是失礼。今後早晚可以拜見，不勝欣喜，[illegible]此一边，正可使我寿命延長了。送来地契，昨日已曾表明辞谢之意。来函所云，实不敢当。实帯一條，在此老朽身上，正如衣錦夜行，本当奉璧。但念美意難却，暂且收受，道谢。』

四女婿的回信中说：『翡年以来，無缘問候。今得来示，無任欣喜。『人遠天涯近』，旨哉斯言。

卿出一去无消息，

恋慕深情日日增。

自此以后，道赖中纳言无数不至她处，源中纳言。源中纳言也不胜烦躁地前往访问。越前守和大夫三郎，因见前途是高贵无匹的精的，也忘记了过去的耻辱，前往致劳。道赖夫人觉得这是无上的欢乐，常想设法提拔他们。她把大夫三郎当作自己的儿子一般疼爱。

她对越前守说：「今后，我将想和母亲及诸姊妹见见面。最好请她们也到这里来玩。我很小的时候就失去了亲生的母亲，就把这个母亲当作生身母亲看待。我常想报答

164

歉意，为了这事来的種々事件，她一定生了气了吧。務請你代替向各位问候。」

越前守回去向诸人传达，他说：「夫人时我这样说呢。她想提拔我们，真是再好不过的事。」

母夫人心中想：落窪现在有了财产，所以作如此想。我常想那样地使尽手段，严厉地责难她。如果她不忘记的话，一定会痛恨我的子女。但现在她并不如此，不知那些事件，大概全是她的丈夫一人所作的还报吧。以她缝衣服那天晚上，出手出脚地帮她拉着缝物的边缘的人，大概就是这男子吧？」她这样想，放松了顾忌的心情，有时也写封信去，和她亲近了。

这期间，有一天，道赖中纳言对夫人说：“源中纳言的确年纪大了。世人对老年父母总是要表示孝养的。有的在五十岁、六十岁上庆祝新年，举行贺寿会，使亲心欢喜；有的在新年里侍奉些菜；有的举办法华八讲✽，供养佛经佛像，花样很多。我想也做一些，藉以一新耳目。”

又说：“喂，你什么好呢？也有生前修四十九日佛供养的例子。但此事由子女举办是不适当的吧。刚才我所说的各种花样之中，你喜欢什么？请说说看。就照你所说的去做吧。”

夫人很高兴，答道：“说法华经好听，趣味也丰富。但对于

✽ 法华八讲：讲说《法华经》的法会，将八卷《法华经》分八座讲说，每日早晚各讲一卷，四天完成，又称法华会、御八讲会，略称八讲。法华八讲始于中国唐代，平安时代传入日本，成为宫中祭礼之一。

165

來世是很有利益的吧。四十九日佛法傳誦，稍聽聽也覺得討厭。法華八講最好，对今世也有好處，对於後世也有利益。我看还是举办法華八講，請老親來听吧。」

於是仿照釋迦牟尼的八年說法，把法華七卷分作八次講述。決定举行盛大的法會。

道賴中納言說：「好，你的主意好極，我也是這樣想的。那么年內就举办吧。因為看看老人家的模樣，似此之衰弱了。」

次日就着手準備了。

定於八月中举行。叫人寫經文。請法師來主持。夫婦二人共同尽心策劃。由於權勢盛大，各郡縣都致送禮物，绢、绫、黄金、白银，堆积如山。全无一点铜臭。

在这期间，天皇忽然病重，降旨让位。让皇太子即位。这■是第一皇子。■■道赖中纳言的妹妹就是这皇子的女御。这皇子的兄弟就当了太子。他的母亲就升作皇后。

道赖中纳言升任了大纳言。三小姐的本来的丈夫藤中将当了中纳言。道赖大纳言的弟弟也当了中将。

如此，道赖一族■升官晋爵，庆喜无量，■威势■盖■世。这位新大纳言声望日高，他的岳父中纳言觉得自己也■面有光彩，非常欣喜。

166

七月内朝廷行事甚多，无暇顾问。但大纳言也对八讲的准备工作，也不空暇。经决定了八月二十日※。他规，如果不在此的话，最好在三条邸举行。但恐继母和少将们不肯轻易来此，便决定在源中纳言邸内举行，并且亲自前往安排一切。他把屋子好好地布置一下，铺上白砂，篱墙和帘子都换新的。

道赖大纳言的姊姊二小姐的丈夫左少弁和越前守等，都兼任了大纳言家的家臣。诸事都由他们办理。拆除内室，改变格式，在正厅中央设大纳言的房间。法华八讲将于明日开始，所以大家都在前夜移住进去。深更地方

※ 八月二十一日：日本会在春分或秋分及其前后三天到七天，举行彼岸法会，请僧人诵经，到寺院礼佛或祭奠先人。此处八月，应为秋季彼岸法会。

猜害，故将侍女人数减少。只用六七辆车子。

此次，大将言夫人即落叶宫母夫人和小姐们见面了。她们穿深灰色绫袍和郁灰色罩衫。色彩配合美不可言。此时，也许有人想起从前为了缝级能干家费踏一件旧衣的故事吧。

夫人和三小姐、四小姐等，在準備明天的事情的空闲时间，遥想昔地从後往事。

从前被称为落叶宫指挥的时候，相貌也比常美丽，並不损色，何况现在当了大将言夫人，丰风凛凛，相貌甚也々，姿态格外优越，使得同席的人个个都暗淡无光了。

167

中纳言夫人想必时至今日，这有什么办法呢？只得断念一切，也来和大纳言夫人交谈，说道："你从小被我父母抚养，我完全把你当作一个小孩子看待。我因此素来性情暴躁，有时会不顾一切地多嘴。深恐使你伤心，不胜抱歉之至。"大纳言夫人心中觉得有些好笑，从容答道："那有这话！我一点也不伤心。我心中一点芥蒂也不存在。我所念念不忘的，只是想尽力供奉，使您心情欢畅。"中纳言夫人说："这是再好不过了。我们作为大人，不济于事的，一点也不能称心称意。你今天能够到这里来，大家欢喜無量。」

天亮了，于上厢舉行法華八講的儀式。到會的人，有許多是高官貴族。此外，四位、五位的人不計其數。來客都驚詫地想：「這中納言近年來完全老耄昏聵了，怎麼會有這樣權勢富厚的一方女婿，真是好幸福啊！」

的確如此。這女婿大納言年已三十多歲，相貌威武堂皇，進進出出，時時照顧這中納言。中納言感到無上的光榮。老人家的親信，他歡喜厚賜下來。

大納言的弟弟宰相中將，以及三小姐本來的夫婿中納言，都衣冠楚楚地來參與法會。

168

三小姐看见了新中纳言，即因热情断绝了的前夫，追思往事，不胜悲感。她仔细看看，今天他的衣束特别优美，便更加悲伤不堪了。她想：如果自己没有被抛弃，依旧幸福的话，则看到丈夫和大纳言联袂并肩、丝毫不逊色的样子，将何等欢喜！但现在自身已堕入不幸，只有偷偷地垂泪，独自吟道：

「愁绪满怀思往事，

无人顾问泪空流。」

不久仪式开始了。此间乐、律师等高僧、善知识，集中在一起，郑重地讲解经文。每日讲经一部，九部共讲九部。法華七卷中又加無量壽經及阿彌陀經。每日精進造佛像一尊。共計造了九尊佛像，寫了九部經，盡善盡美。

四部經文，用金銀粉寫在各種色彩的紙上。經箱用薰香和黑色沈香木製成，用金銀鑲邊。每一卷經裝在一個經箱裏。其餘五部，用泥金寫在紺色紙上，用水晶作軸，裝在另外蒔繪的箱中。另外蒔繪的畫樣中表現出各經文的要點。每部收藏入一箱。只要看到這些經卷和佛像，誰都知道這法會不是尋常一般的了。

竹翰座、文座的講師，都穿了灰色的袷衣。諸事都準備得十分周到，毫無缺陷。講座的尊嚴氣象，日日增加。臨近圓

169

满的时候，一般参加者和公侯贵族，愈益增多。左[illegible]通当法会中期的法华五卷的讲座，[illegible]即所谓捧物之日，公侯贵族自不必说，其他各方面，都送来赠品，多得无地可置。这些捧物也都是预先准备着的，如装饰念珠之类，为数甚多。正在修五卷的时候，左大臣派人送信[illegible]给大纳言了。信中写道：

“我想至少今天应该参与法会，不料脚气病发作，穿戴不胜其苦，甚是失礼。[illegible]此赠品乃我一点诚心，务望供养。”

这赠品是一把青色琉璃的壶，其中盛着黄金制胁的橘子。装在青色的纸袋里，上面束着一根五叶松枝。

还有右大臣夫人送给媳妇大纳言夫人（即落窪）的信。信中写道："我早已料到你很忙，不会有信来，所以我希望效劳了一点诚心，你大约也不会知道的吧。"现在特送上这些物品。女人之身，罪障深重，欲藉此以结佛缘，稍些曲绿的文章。

物品是中国制衣绫罗，枯叶色村浓染的衣服一套，以及鲜明醒目的绯色缘的丑两，插着一根卯花枝。这是大伯你令妹常用的。

还在写回信时，新中纳言（三小姐的前夫）给二小姐（道赖之妹）

170

御信来了。信中说道："你参与了十分美满的法会[blacked out]。你不把其中[blacked out]盛况告知我，大概是不要我参与积有欢喜功德的人群之列么？我好恨啊！"

其赠品是[blacked out]黄金制的莲花枝，果实呈青色，叶上[blacked out]镶着[blacked out]白银制的露珠。

又有皇太后的使者，是宫中的一位女侍，送信来了。对这使者须得郑重招待，[blacked out]在外面望不见的内室里设席，[blacked out]由越前守的长男大夫——现在是大纳言的随从，升任左卫门佐——亲[blacked out]侍奉，举盃献爵。

皇太后的信中说道："今日贵处想必甚为繁忙，无暇不犀擾了。青蓮瓣,作為結緣的供養品。」

這供養品是菩提樹數珠,裝在黃金製的數珠箱中。

女自己的同輩及許多親人面前,由丈夫的貴顯一族的人向她盡心竭力地致送供養品來,大家都羨慕著落髮修行娘娘的幸福無量。

給皇后的回信,由大納言執筆書寫:「仰承恩賜,無任感戴。此次法會,奉到珍貴供養品無數,謹代尊意,躬親供佛。法會圓滿之後,當即親自入宮拜謝。」

犒賞御使的是淺綢單衣、裙、柏葉色唐衣、羅紗罩衫等品。

171

後来仪式开始了。王公贵族们各人手捧供物，在佛前巡行。各人所捧供物，大都是金银制的莲花枝。只有源中纳言的供物，是用白银制成笔形，轴上像斑竹一样地彩色，装在罗袋里。此外，衣箱、装裹之类，多如山积。

还有，这一天的仪式中所用的薪，是将苏芳木劈开，[illegible]得黑色，用美丽的带子缠附起来。如第一天以来的仪式中，这一天的费用特别大。

众人欢看尊贵的王侯将相捧着供物而巡行膜拜，都觉得这位源中纳言在衰老之年能够获得名劳和幸福，深刻感到。她们都说：“做人还是要祈求神佛，生个争气的男女儿的。”

仪式在这样庄严隆重的形式之下圆满结束。

三个姐在心中等候新中的喜（前夫）的消息。但是一天一天地过去，终于音信全无。

仪式结了，大家就退散的时候，阿中的言辞对立安，抱儿子左卫门佐（越前守之弟）的来，对他说道：“怎么样？为什么对他这样冷淡？”口气好像一个义兄，是指说这儿子从前的的不满人之呼。

左卫门佐颜出来出她答道：“因为她对她向来不亲近。”

172

侍中纳言又问：「什么？他对你从前的恩情忘记了么？怎么样？还有那个人来么？」「你说谁？」「我问的不是别人，是你的妹妹三女婿呀！」左卫门佐故意冷淡地答道：「我不知道，也许余的。」侍中纳言说：「那么你转告她：我觉得

曾游旧处今重到，

恩甚深情似昔时。

唉！人世可叹！」说过，走出去了。

左卫门佐想，听听回音也好，自悔刚才对他太冷淡了。便走进里面去，对妹妹三女婿说：「父亲回去时叫我这样向你传言。」三女婿想，让我再进里面去住，别也好。

又說這種言語是什么意思呢？無情的人啊！他沒有回答，就此算了。

道賴大納言在法會終了之後，大辦簡單的筵席，然後回邸。大家請他再留住一兩天，他說：『實在地方太狹窄了，孩子們吵鬧得很討厭。下次不帶他們，再來奉擾吧。』

源中納言說：『此次法會的盛大，自不必說了。尤其是皇后、左大臣，以及各位貴賓的盛情，使我衷心歡悅，壽命可以延長了。老漢笨拙，說的也是愚陋之言。對我這衰朽的老人，只要有一卷經的供養，也可以身蒙護益。在這樣盛大的儀式中！』他感激得流下淚來。夫人自不必說，道賴

173

大纳言也很高兴，认为这法会颇有价值。

中纳言说：“我这老翁有一件宝贝，多年来秘藏着，不知道传授给谁是好。前年，我的女婿藏人少将曾经向我恳求，但我没有给他。今是特地保留着给你使用的。现在我就把这个送给小外孙。”说着，便从锦囊里拿出一支精美的横笛来送给了他。小外孙年纪虽小，也很懂得，笑容可掬地接受了，好像对这支笛是很喜欢的。这真是一件逸品，音响美不可言。

夜深时分，回到三条邸去。大纳言对夫人说：“中纳言欢喜得不得了！今后再做些什么给他看看呢？”

如此这般地过了一会，有一天父亲左大臣说：「我年纪这么大，近卫的重务实在不能胜任了。因为这是青春少壮的人才相宜的职司。」就把近卫大将的职务让给大纳言了。

这时代一切事情都可由他们一家自由支配，所以没有一个人表示反对。这样大纳言兼任了荣耀的职司，生活更加有光彩了。为了此事，源中纳言也觉得喜上加喜。不过，他虽然没有特别重病，但是日渐衰老，每天只是瞌睡。这使大将的夫人（落洼）觉得可怜。她想：他那样地欢欣鼓舞，我们总想再尽些孝养，但愿他延长寿命。

174

源中纳言今年七十岁了。这大纳言闻知了，说道："倘是年纪还轻，这时可以让年轻的人，那么不妨慢慢地举行。但七十岁了，应该赶快做。也许外人觉得太性急，他也顾不得了。自己想做的事，应该就做。过去有过好几次经验教训了。并且，使对方欢喜的事，如果只做过一次即便罢休，不免向人自愧。再者，一死了之后，倘想做什么事，他一点也不感到欢喜了。大概只有这一次了，所以当尽我的能力去办。"他这样决定了，便立刻着手准备。

各地的郎等，但求大纳言欢心，竭力奉承。他们都想效劳，博大纳言的青眼。所以命令每一个人担任一件事务，大家都要去料理。不久，当天招待来宾的盛宴等事，很快地准备完成了。

已经当了卫门尉的带刀，又被委任为三河郡守。✽其妻卫门即阿漕，请了七天假，跟他同赴任地。大纳言夫人替她饯行，送她旅途用具。白银壶盆一套，此外各种服装，十分周全。夫妇二人即便动身。

他们去后，这里派一个急使到三河去，对郡守说：「因有这等用途，请置办些绢来。」三河守立刻送大纳言绢一百匹，其妻卫门送夫人茜染绢三十匹。

此外，招集许多在贺人庭前舞蹈的美貌童子，一

✽三河郡守：即三河国郡守。三河国是日本旧国名，又称三州，属东海道，今爱知县东部。

175

与佣度，尽善尽美。置办各种物品，黄金像流水一般使用。

父亲左大臣想却有些不欣："为什么连连不断地举办大事呢？"但后来就[■]明白了："对啊，他的前途已望得见了。让他在生前受得欢乐，[■]难道是坏的。中纳言的儿子们，我定当尽力照顾。"便和大纳言[■]同心协力地从事准备了。

原来左大臣非常钟爱这个儿子。凡是这个大将所要做的事，他无不赞成。

婚宴定于十二月十一日举办。这回在自己的三条邸内招待宾客。为避免烦忧，也不作迷。但[■]气魄那么浩大，贺家的盛况可想而知。

祝寿的屏风上的画和诗，琳琅满目，不能尽述，今仅举一端如下：

正月画些什么，原本院落，只见其诗曰：

「朝霞笼罩着吉野山，
春宵游客越山来。」

二月画的是一个站着仰望樱花飘落。诗曰：

「今年春尽樱花落，
千代留芳永不忘。」

176

三月画的是三月三日桃花开，有人正在折枝。诗曰：

「三千年来桃花开，

折取一枝为君寿。」

四月诗曰：

「杜宇微鸣待春晓，

朦胧欲睡忽惊醒。」

五月画的是插菖蒲的人家，有杜宇在啼。诗曰：

「今日犹闻啼杜宇

只因情重作菖蒲。」

六月画的是水边禊祓之景，诗曰：

「川邊禊祓清澈底，
照見千年綠影深。」
七月畫的是七月七日人家祭星之狀。詩曰：
「長空一碧天河近，
此夜金舟渡女牛。」
八月畫的是事務所的人員在嵯峨野擷草花之狀。詩曰：
「秋草來到嵯峨野，
留的擷取女郎花。」
九月畫的是有人在收集宴用的白菊花。詩曰：
「怪道雪花何太早，

177

原是仙鄉边白菊丛。」

十月画的是有人站在美丽红叶树下，翘首仰望。诗曰：

「山中红叶任秋落，

行人到此无踪影。」

（十一月诗上句脱落）下句曰：

「万代千年由君寿。」

十二月画的是山家积雪甚深，一女子独自眺望。诗曰：

「岁暮积雪深山里，

只恐无人特地来。」

杖上铭曰：

「此杖曾经八十坂✽，
今日犹携扶上山。」

祝寿那一天，在一片宽广美丽如镜的池塘中，浮着龙头鹢首的船。来人不断地表庆贺。气象万千。参与祝寿的王公贵族及殿上人，济济一堂。

左大臣也到席，赏赐的物品不计其数。皇后赐送大袿十襲，中纳言用的衣装十套，此外还有种种物品。

皇后宫中的侍女及女官，都从宫里退出，到三条邸来看热闹。这样的盛况，使得中纳言的老病忽然全愈，真是莫大的庆喜。

✽ 八十坂：此处是双关语，既有八十个坡之意，又寓意八十岁。

178

每天自朝至晚，不断地来。圆满之日，到深更方才退散，没有一个人不受到祝仪的装束。对于身分高贵的人，另外备有赠品。

右大臣赠与源中纳言的是骏马二匹，世间有名的筝琴二张。此外，对于所有供职人员，都按照其身分而赏赐衣装或腰带。

道赖大纳言曾对源中纳言的长子越前守说：“此次祝寿，一切俱由你的计划办理。”已把全权委托给他。因此越前守用心办理，一切尽善尽美。

源中纳言一家，被挽留在三条邸再住二三天，然后送回。夫人（空蝉）对於夫如此深厚的热情，衷心感激。

大夫道赖大将也觉得能写出孝歌，非常满意。

卷四

不久，源中纳言的病渐渐沉重起来了。道赖大将觉得可怜，深为忧叹。便在许多寺院里举行加持祈祷。

源中纳言说道：「我在世间已无留恋，生命不足惜了。何必徒费手续，作此祈祷」。病势更恶化了。

他说：「这回看来是要命终了。所以希望少延残喘者，只为了自身长年不遇，使得後辈们至今还当小吏，

179

不能升官，乃一大耻辱耳。我想，近卫家大将如此优待，如果我的老命尚存，还有升进的希望。但倘我此死去，则结果是命里注定不得当大纳言的了。只有这一点是遗憾。除此以外，我生前死后面目都有光彩，岂怕没有人能如我这样的了。」

他如此叙述胸中感想。

道赖大将听到了，觉得非常同情。夫人即落窪君说道：

「最好能够让他升任大纳言。即使只当一天也好。这样，使父使他毫无遗憾了。」

大将听了夫人的话，仔细思量设法给他升官。然而，无论员以外再任命大纳言，是不行的；但夺他人的官职，也是不可以的。好，我把自己的大納言職位讓給他吧。我去向父親左大臣請願：

「我有這樣的想法。因為他雖然有許多子孫，都當末的人，不能為祖父盡力。所以我想把我的大納言職位讓給他。要請父親玉成其事。」

左大臣答道：「這很容易，你不須多慮。要向皇上如此奏聞就好了。你當不當大納言，是不成問題的。」這時權勢是他可以自由操縱的，所以他說這話。大將大喜，立刻向天子奏聞，拜領了源中納言升任大納言的宣旨。

180

那大纳言闻知此事，不胜欣喜，在病床中淌着眼泪拜谢。女儿落窪能使老父如此满足，功德实甚深厚。

源大纳言为了这件喜事，从病床中起身，特派使者去寺庙向神佛许愿。

寿命雖有定數，但別人都希望他稍稍延長，他自己也之願要延長，果然有了效驗。他的病果見好轉，力氣也有了，便從病床中起身，選定吉日入宮謝恩。把應該處分的事情分別交人辦理，說道：

「我有七个兒子。然而其中那有一个孝子，能使我從今世轉入來世時嘗到歡喜的滋味呢？过去完全是为了把一个神佛一般的女兒在短暫时期中加以疏慢的待遇，因而獲得了不幸的果報。而三个女兒，都招了女婿，但至今還是只顧自己的利益。不僅如此，還招了三个莫名其妙的女婿，结果我暮來處越加羞耻。比較起來，這預大得這个女婿，我待奉毫沒有一点好處給他，却如此誠心地照顧我，真使我汗顏慚悔。我瞑目之後，我的兒子和女兒，都不可忘記代我向他報恩。他誠惶誠恐地說這話。

他們夫人听見了，心中異感不快，她想，你早点兒死了我好。她滿肚子不快。

入宮的日子到了。源大納言裝扮得很漂亮，首先來到道赖大将邸内。正好大将夫妇都在家，他便行礼道谢。大将連忙上前搁阻，说："实是不敢当的！"

大纳言说："我对朝廷并不觉得多么恩宠，只有对你一个人，中心感激万分。今世看来是不能报恩了。我死之後，灵魂一定永远守护你家。"

他退出之後，又去参见左大臣，然後入宫。總之各人的礼品，一概照例，非常丰厚，毋需详述。

從這天起，大纳言的病又沉重起来，躺在床上，反復地说："现在我对這世间已毫无留念，随便什么时候死去都可以了。"

大將夫人即蔣宝所說父親的病已無希望，便来到大將言御內。父親不言感謝，只覺得歡喜。五个女兒都来床前[illegible]看護。但大將对於她們的照顧，並無什么感覺，只是大將夫人在他枕旁，使他心生歡喜。由於這歡喜，[illegible]元氣恢復，飲食也漸漸入口了。

但病勢终於危篤了。臨大將言在一息尚存的期間，想把家中財產加以處理。他看看子女們的性情，覺得兄弟之間感情不好，姊妹之間也缺乏親愛，將来一定會發生争執。便叫長子趙蔚守到枕邊，把各處花園的地契，以及玉帶等寶物拿出来，予以分配。

182

就中比較珍貴的東西，都給大將夫人落窪作為紀念品。他說："別的孩子，決不可以嫉羨。即使是同樣盡心孝養的人，遺產中優良的物品，總是留給身分最高的人，這是世間的習慣。何況對於長年以來一向照顧我的人，即使一点東西也沒有，也非感謝不可。"他鄭重其事地說這話。子女們都覺得有理。

大納言又說："這所房子雖然舊了，但地面寬廣，環境很好。"他把這房子也送給大將夫人了。

繼母聽了這話，忍不住哭起來了。她說："你說的男女都不錯，但我不免怀恨。我和你從年青時就做夫妻，我本料你真到六七十年的高龄，全心全意地依靠你。我们两人六十又生了七个子女，为什么不把这房子送给我们呢？你这想法是没有道理的。你看这子女们都是不孝的，但请你看看世间做父母的、即使是最没出息的子女，想起自己死后他们生活如何，也是要痛心的。大将方面，不到手这所房子，毫无关系。大将要建造无论怎样讲究的房子，随时都可以建造起来。那三个子女的房子，我们用尽心血，建造得尽善尽美，也已送给他们了。儿子们没有房子，倒还无妨。还有两个已有丈夫的女儿，都没有像样的家，但得罪是有办法的。只有这老年的

183

我和前此的两个女儿，如果从这屋子里被驱逐出去，叫我们住到哪里去呢？难道站在大街上讨饭不成？你的话岂非太没道理么？"她边哭边说。

但大纳言说："你这话不是说我要抛弃自己的子女么？我虽不给他们住漂亮的房子，但决不会叫他们去向人讨饭。虽然多年来靠孩子女服侍照顾，但做子女的须得孝养父母吧。越前守！你必须和我的一份合併起来，孝养你的母亲。讲到三条的房子，那不是我们的产业，本来是他们所有的。大将的住在这里头。我们不抱拢好的东西献给他家死去，便是太不知情了。无论何人、无论怎样说，我决不抱这房子传授给你们。我是命尽今天或明天不得而知的病人，你们不要使我留恋吧。此外，不要再多讲了。我苦痛不堪呢。」

夫人这样说些话，侍女们群集拢来，阻止并安慰她，不给她再说了。

大将夫人听了这些话，便向父亲劝请，说道：「关于这房子，母亲说的很对。我们呢，一点儿也不要领受。务请大家分得吧。尤其是，大家在这里住得很长久了，移居到别处去，是不肯停住的。所以，就请送给母亲吧。」

但独断独行的大纳言，谅得她不听劝告，他说：

「罷了，等我死後由你們母女吧。」她藏有幾根世間少有的寶帶，都拿出來送給了大將。

越前守等心中畧感不滿。但是在父親所最鍾愛的大將夫人面前，不便從長道短，所以大家默默不語。

這樣，大納言所要處理的事情，都已隨心所欲地安排了。他看看大將夫人，感到戀戀不捨，反復地說：「託你的福，我有了面目。」便請托她：「我身後，有許多無依無靠的女兒。務請你不要見棄，大力照拂她們。」

大將夫人答道：「我一定遵命。凡我能力所及，一切定當效勞。」

大纳言说：「啊，我真高兴！」又对女儿说：「女儿啊，万事不可违背她的意旨。要把她当作主人看才好。」

他郑重地说完了这遗言，便衰退下去。大家皆叹嗟。大纳言终于死了，时在七月初七日。享此高龄，死去并不特别可悲。虽如此，但人情总是难免，儿子女儿大家哀恸号哭，叫人听了伤心。

此时适值大将住着的这家的住在三条邸内。他自己天天到大纳言邸内来看视。他深恐自己身体不洁，所以结着表示哀悼。葬仪等事，他准备自己来照料。但父亲左大臣坚意阻止他，说道：「新帝即位不久，你

185

這樣長期請假是不相宜的吧。」

夫人也說：「把孩子們接到這裏來，則因有禁忌，是不可以的。叫孩子們留在三条邸內，讓你也走出，則很不放心。無論怎樣，總之，你不要到此地來。」

大將就在自己邸內度送不習慣的鰥居生活，以孩子們為對手而寂寞地過日子。但他看見事情並不怠忽，很規矩地完成無盡的義務。

大納言命終後第三天，適逢吉日，便舉行埋葬。隨從大將來送葬的，有四位、五位的官員，不計其數。妻女已故大納言死後，死後面目光彩無比。

在忌中，全家的人都移居在低小的丧舍中。请许多高僧在正厅里做佛事。

大将每天亲自到场，给着指挥众人。夫人穿着深浅褐色的丧服，天天素食，面色略见清减。大将觉得可怜，对她吟道：

「袖头积泪如淋梅，
我泪与卿合得流。」

夫人答道：

「自己双袖重重湿，
丧服原来不会干。」

日復一日，三十日的喪忌已過完了。大将說："回到邸內去吧。孩子們等得久了。"但夫人說："不要，再稍遲些，等到滿了四十九天再回去吧。"大将沒法，晚間依舊出宿在故大納言邸內。

光陰荏苒，轉眼滿了四十九日。便在正所裏舉行最後的法會。這回喪忌滿期，大将的排場特別盛大。故大納言的遺孤，各各依照自己的身分而作供養。這法事隆重無比。

法事做了之後，大将對夫人說："好，回去吧！再住下去，又要被關進儲藏室裏去了。"

夫人說：「噢，你這話好難聽啊」。千萬不要說這種話。如果被母親聽到了，還以為我們不忘舊怨，雙方感情就喪失了。母親是父親的替身，對於母親她也要有好感」。

大將說：「這話當然是對的。今後對於妹妹們，你也要表示親愛才是」。

趁前些時候見她們即將回去了，便拿了亡父決心要送給她們的東西和各處莊園的地契，贈與大將，說道：「這些東西實在是不足道的，但故人遺言如此，故將須奉上」。

大將一看，是三根寶帶，其中一根就是她自己以前送給大將的。其他兩根，品質也並不優秀。此外還有莊園

187

的地契和這所房屋的清冊。

大將对夫人說：「她們擁有很好的領地呢。這房子為什么不送給母夫人和小姐們呢？是否另外還有好的場所？」

夫人答道：「沒有。這房子大家住得很長久了，所以我們不愛，送給母親吧。」

大將說：「那很好。即使你不到手這房子，有我在這裏，並無困难。為了送掉這房子，他們大家愉快在心吧。」

夫婦二人交談之後，大將便呼喚越前守，对他說道：「我要問你：你大概知道這件事的詳情吧。為什么送給我們這么多的物品呢？因為你們是大戶人家，所以不好意思不送，什么的」

越前守答道：「不，也不是這个意思。只因父親臨終前，各種事情都處理好，交給我辦的。」

大將說：「你這是多餘的操心了。這所房子，大家住得很長久了，怎么可以送給我？我早已辭謝了。以後歸母夫人受用。還有，這兩根宝帶，你和你的弟弟衛門佐每人一根。真懷念他的提挈和這根宝帶，歸我受得吧。因為过分辭讓了，有負故人的厚意。」

越前守不同意，說道：「這使我為难了。即使不是故自己分配，大將也應該受得的。況且這是遺言，怎么可以違背呢。而且，大家已經各人分得些了。」

大將說：「你的話甚奇怪了。如果我的意見不合理，固然是不好的。然而，你只要依照我所說的去做，就等於我收受了。只要我在這裏，她們是一點困難也沒有的。這裏有好多女子，他們的前途，也不須擔心。三小姐和四小姐早就沒有可依靠的夫婿，我正想盡我的力量來照顧她們。這座宅就請放入在她們所得的份中。對於上面的兩個姊姊及其夫婿，我正想設法幫助他們呢。」

越前守等體諒地接受了大將的厚意，說：「那麼，我就把尊意向大家傳達吧。」說著，便起身告辭。大將又說：「如果她們說要退還，你卻不可以再拿回來！一件事情翻來覆去，討厭得很。」越前守說：「那麼，這寶帶我請留香僧侶便那一位同她。」大將說：「以後我倘有需要，自會來拿。彼此都是自己人嘛。」她一定不受。

越前守回去，把大將的話向母夫人及諸位妹妹傳達。母夫人說：「這孩子我很尷尬，現在我甚為高興。」她口上雖然如此說，但心中想：她當說自己的產業來讓給我們，教人氣憤。說道：「難道是那個落魄尼姑時常這樣要的麼？唉唉，我甚倒霉！」

越前守聽見她這樣地發牢騷，心中冒火，

189

欺凌她对她说道：「你这是真心话么？过去你对她做了许多无法辩解的可耻的事，应该觉得惭愧。现在这话，是人说的么？你是准备教我们破灭么？从前你厌恶她的时候，她受尽了虐待，多么苦痛！现在反而仇将恩报。你却一点也不知感谢，而说出这种话来。由此推想，可知从前你对她，骂得多么厉害！你称她为落窪，怎么叫做落窪、对别人、对自己，都是非常侮辱的。」他狠狠地责备她。

夫人说：「我从她受得了什么恩惠呢？已故的大纳言，是她的生身父亲，才应该受恩惠吧。我稍微说错了一点，叫她落窪，有什么非常侮辱呢？」

越前守说："你真是个不通道理的人。也许你以为你自己没有直接受到恩惠吧。但是你想，弟弟大夫升进为卿位，是托谁的福？我景纯✽本来只是一介越前守，现在就是当了大将的家臣，升位升进，是谁作成的？不是以前就这样照顾我们的么？还有我们弟弟，他们将来立身处世，完全要靠那大将提拔呢。首先是，你没有房子，大将如果收了这房子，今後你打算到那里去度日呢？请你好好地想想前情後事。只要想想目前这一件事，就非欢喜感谢不可吧。我景纯当个郡守，并非没有收入。然而只能养妻子，没有余多可以送给你。现在也没有送给你多少，

✽ 景纯：即越前守，在母亲面前的自称。

190

我因为我对你这母亲感情淡薄之故。連亲生的儿子，也对你如此疏慢，[illegible]不加照顾，母亲怨[illegible]。所以对于大将[illegible]的無微不至的照拂，自在感激涕零。」他提出种种理由来教導她。母亲也许是有所感悟了吧，默默不語。

越前守就郑重地说：「那么，这回信怎样写法呢？」

母亲答道：「我不知道。我一开口，你就说我有偏见了，什么了，開口不清，我听了厭煩得很。讓你這樣肯當向[illegible]的、懂事的人，去好好地考虑一下，写回信吧。」

越前守说：「你不要当作别人的事情而说这种话。这是你的事情呀！大将说要设法帮助你，是她那位夫人的意思。即使是对同胞姊妹，那里有这样慈悲的宽怀呢？」母亲被说得困窘了，若是这也许可以是这样说的。但对我有什么好处呢？无聊得很！你看看我所得的丹波*的田庄，一年一升米也收不到。还有越中的田庄，那样的乡下地方，运送也很不容易。而二位姊姊的丈夫并始节的土地，一年可收到三百石以上。这远远而低劣的田庄，是你送给我的。」她任情地责备越前守。

其实大家都知道，这是已故的大纳言分配停当的。所以家人都说：「不要这样地胡言乱道。如果这是事实，才好教人相信。」应该互相帮助的母子之间，也会有怀着这样

* 丹波：日本旧国名，属山阴道，今京都府中部及兵库县东部一带。

191

的心肠的人，他说……对前途应该是感谢的吧。」

夫人说：「唉！好麻烦啊！大家集中起来向我进攻了。把我赶走了吧。总之，因为大家实在困，为了贪懒而说这种话的吧。」

正在争论之时，越前守的弟弟左卫门佐也来参加了。他对母亲说：「不是这样的。寻常的人不会任情任意，身世越是高贵，志操越是优美。有事为证：大将的夫人住在这里的时候，我曾听见她有一句不满意的话吗？那里？她一句话也不曾说呢！她对继母亲那种刻毒的话，绝不反抗。她的态度和言语常是镇静的。」

夫人说：「好，索性让我死了吧。大家总是怪我这做娘的，把我当作一个恶人■看待。结果，恐怕你们都要担当不孝之罪吧」。

左卫门佐说：「唉，对不起■对不起」。我什么话也不再说了」。兄弟两人就相继离去。

夫人倒有些放心了，叫道：「喂，喂，那封回信给我写写吧■」。她唤他们回来。但两人如同不听见一样，溜之大吉。

左卫门佐对弟弟说：「我们怎么会有这样不通道理的一个母亲呢。我想去向神明佛菩萨祈祷，请把她的心改善一下才好。这样下去，■连我们自身也是一个大问题呢」。

他就同哥哥越前守商定了对大将的回信，信中说：

「拜读来信，不胜感激。此间诸人，所信赖者唯有大将一人。赐下各处地契，深恐违反故人遗志，致虑害多。我又不能忽视尊意，只得暂且收受。唯此御宅，乃故人倾心奉赠之物，转赐他人，恐有未便。主要是对亡父在天之灵，难免违反遗言之罪。故此屋契，移请收领为荷。」把房屋的契纸退还他。

越前守拿了这屋契，站起身来的时候，夫人一想，真的要还他了，心中非常不安，便喊道：「为什么把这个拿去？他不是已经决定了么？快点拿到这里来！」她喊他回来。

赵前守说："你不要这样疯头疯脑。这是重要的东西，说什么拿来拿去……"他不睬她了。

且说大将听了赵前守的话，说道："这屋契如果送给别人，是使已故的大纳言不快的。这是你们一家所住的屋子，今后让给三女婿、小姐，不是一样的么？你们快收领了吧。"说过之后，大家回三条邸去了。

大将夫人临行之时，对诸姊妹说："我过节天再来望你们。请你们也到我们那边来玩。我要代替已过的父亲来照顾你们和母亲。无论什么，需要请吩咐，不要客气。要同自家人一样相處才好。

此后，大将夫人每天派人送东西来。有趣味的东西送给妹妹们，日用品送给母亲。遣使朝夕往还，比大纳言在世时更加亲热了。母夫人毕竟渐渐感悟了。她想，自己有许多亲生的子女，但儿女们对她都很冷淡，只有这个非亲生的女儿，反而对她自己和妹妹们如此亲热，真是可感谢的。

不知不觉之间，一年已经过完。

春季除官时，父亲左大臣升任为太政大臣；这道赖大将升任为左大臣。同时，诸弟也顺次升进。无暇一一详述，暂且从略。世人和诸姊妹们都羡慕做左大臣夫人的幸福。

已故源大纳言家之女，她的丈夫少将家道贫寒，希望获得那守的位置，向道赖左大臣的夫人即藤原氏求情。左大臣看他可怜，给他当了美浓郡守。越前守今年已满任，此人处理地方政治颇有才能，接替并不费力，立刻升任了播磨郡守。其弟左卫门佐升任少将。

谁都全靠道赖左大臣一人的庇护而立身。他们齐集在母亲身边，欢庆后笑，说道：「你看出何？现在你还能说不受恩惠么？所以今后可要信口骂人哪！」母亲心中的牢骚也平伏了。

此时世间纷纷传说：「今年春季的除官，只是为了这一族的光荣幸福"。这样，道赖左大臣从心所欲地任以官或免官。所以父亲太政大臣自己所做的事情，也要和左大臣商量。如果左大臣说"这不行吧"，或"请勿如此"，父亲即使要做，也就加以考虑。又，太政大臣自己认为不好的事，儿子两三次劝谏，也无不照办。所以除官的时候，连职位极低的人也托这位左大臣之福而升进。

道赖左大臣相当于今上的伯父，所以今上对他另眼看待。此人身任左大臣，天赋与学问的才能。对于他的主张，公卿中没有一个人能加以辩论。父亲也认为在诸子之中，此子最为优越，所以特别疼爱他，对他竟有畏敬之感。因此别的儿子，对待他反而像对待父亲一般。

世人都明白知道这种情况，他们传说：与其替太政大臣服务，还不如替左大臣服务。太政大臣也重视这儿子的。这是因为有帝室的人，无不希望替左大臣服务。他家中人们出入不绝，非常繁盛。

已故的大纳言家的二小姐的丈夫美浓守出京时，这位左大臣夫人即藤壶送他许多优美的物品，作为饯别。这位左大臣赏给他一副马鞍，教诫他道："这里对你的饯别如此丰盛，言为了有余话要关照你。今后你赴任地，必须关心国政，不可错失。如果

195

我听到你有疏略的行为，今后就不再睬你了！」

善哉守当仔细地接受了教言，庆幸自己有这门惠方的亲戚，回家后就把这事告诉妻子二小姐。二小姐也很激励他，对他说："左大臣叫你勤理政务，不可疏忽，可知你一身晋升，完全出于他的恩惠。」

此外，道赖左大臣想给三小姐和四小姐找求适当的配偶，热心地搜寻访人材。但哪里找不到适当的男子，甚是遗憾，常对夫人说起这事。

母夫人在大纳言在世的时候，已为替三小姐和四小姐置办冬夏衣装及其他物品，甚是周全。这也是随着亡父在世

时局往前进，万事受到此世，因而如此丰富的。[illegible]

[illegible]这期间有时诞生孩子，有时庆祝婚礼，无暇一一叙述。

道赖右大臣的长男若君，今年已十岁，[illegible]身材魁梧，性情聪慧，入宫任职，无甚欠缺之处，就推荐他到太子宫中，当了殿上童子。

若君笛向[illegible]（擅长吹笛，）[illegible]（行动）敏捷。天皇年纪也还很轻，[illegible]把他当作很好的游戏伴侣。天皇吹笛的时候，[illegible]常把吹法教给他。因此父亲右大臣也非常疼爱这孩子。

在祖父太政大臣身边抚养起来的次男，今年九岁，看见哥哥入宫了，[illegible]他的童心中不胜羡慕，说道：「我也

196

想早些到宫中去。」祖父要常疼爱这孩子，说道：「你何不早说？」立刻要把他也送到殿上。他父亲说：「他年纪还小吧。」祖父担护他，说道：「不打紧，他比哥哥腼腆得多呢。」父亲一笑置之。

不但如此，祖父太政大臣入宫，向人宣称：「这孩子是我这老头的秘藏儿。请大家另眼看待他！希望比他哥哥加倍地提拔他。他出笔的手段也在他哥哥之上吧。」回到家里，时时对家人说：「大家把他看作太郎吧！」像口头禅一样。便称呼他为弟太郎。

他以下的一个女孩，今年八岁，是天生丽质。大家特别怜爱她。她的姊姊今年六岁，最小的男孩今年四岁。他们的母亲似乎又是有喜了。因此之故，大家更重视这个左大臣的夫人，并非无理的。

太政大臣今年六十岁，左大臣替他做寿。仪式之隆重、寿宴之丰盛，竭尽当代之精华。详情，任读者想像吧。当天叫两个孙子表演舞蹈。两人都表现得非常优美。祖父大臣滴着欢喜的眼泪而观赏。凡是应该做的事，都不放弃机会。一家荣华富贵，声望日渐增高。

一年已经过去，左大臣夫人脱下了父亲的丧服。已故大

197

纳言的儿子，生涯都很得意，所以這最後一次佛事做得十分体面。母夫人也知道儿子们的荣達都是托左大臣夫人之福，衷心地感谢。因此左大臣夫人也很欢喜。

左大臣想早些替三小姐和四小姐找个夫婿，常把此事挂在心头。然而總是没有合格的人，颇感烦恼。忽然听到，有一位将赴筑紫當元帥的中纳言，忽然死了夫人。据他调查，此人品質極佳。他就動了心，在宮中和他相見之时，有意和他親近。有一次遇逢稱會，便向他隐约地提出這件婚事。元帥說：“這是好極了。”口頭作了約定。

左大臣回家对夫人說：“我已經和這樣的一个人有了約定。

此人也是上层公卿，人物又很出色，你看给三少姐好呢，或是给二少姐好？给哪一个好呢？」

夫人答道：「这应该由你作主。不过我的意思，给四少姐好。因为她以前有过那件不快的事情，（指嫁给白驹少辅一事）再嫁个好的，可以让她元气振作一下。」

左大臣说：「据说前途在本月月底要赴筑紫的，所以早些结婚才好。请你把这意思转告你继母。如果同意，就在这里举行婚礼吧。」

夫人说：「写信呢，事情复杂，不胜其烦。我自己去同她面谈呢，又嫌过分张扬。不如把少将或播磨守唤来，由你向他说吧。」

次日，左大臣夫人把少将唤来，对他说：「我本当自己到你们那里去的，因为手头有这放不下的工作，所以……这样的一件事，不知你们以为如何。一个女子独居闲处，原是很无聊的。然而，生怕发生意外之事。而且，那人是个非常漂亮的人物。所以如果大家没有异议的话，就请四小姐到这里来，由我们照顾她的事。」

少将答道：「那是不敢当的。即使是不好的事，左大臣说的话，我们岂敢拒绝。何况这是一件极好的事情。让我回去问大家侍言吧。」

少将连忙回家，对母亲说："左大臣这样说。这是一件极好的事。不管前途是怎样的一个人，左大臣当作自己的女儿一般地在办这件婚事，我们决不可以疏略。为了那白驹的事件，我们忍受了世人种种非笑。左大臣的意思，就是要替我们洗雪这种耻辱。听说那男子今年四十多岁。父亲在世之时，曾为此事担心不少，然而找不到这样好的机缘。左大臣提拔我们，无微不至，比父母还周到，实在是可感谢的。早些儿叫四小姐到三条邸去才是。"

母亲听了他劝告的话，答道："我身如果有了三长两短，这个人照现在那样住在家里，是很可放心的。所以本

199

想些一般的那些我所相当的人物。现在说的那些人，尊位很高，真再好没有的事了。左大臣如此爱怜地照顾我们，令人感激。他比夫人更加慈悲呢。」

少将说：「这是由于左大臣非常钟爱夫人，所以连我们也受到余惠。夫人常常要求他，你如果爱我，就请不分男女地照顾我母亲的孩子。」因此我们能有这样的幸福呢。像我这样微不足数的人，对于女子，尚且要七八个人服侍地结交。而那位左大臣呢，似乎认为天下除了这位夫人之外是没有女子的。他到宫中去，皇后身边的侍女之中虽有很多的美人，他绝不同她们搭讪，绝不同她們交談。夜間也好，■早上也好，她朝霧馬上退出，絶不在外留宿。女子說：「受■鍾愛，可算這位夫人的寶倒」。

少將又說：「不过，她本人意見如何，請你窺窺她看」。

母親就派人去叫四小姐到這裏來，对她說道：「有這么這么的一件事，是左大臣說的。我們都糊塗了，对於成了世間笑柄的你，實在是一件很好的事。你以為如何？」

四小姐面孔紅了，答道：「■這果然是一件好事。不过，像我這種■人，身世如此……怎么能做這樣的事呢？」被对方知道了■也可恥，因為與左大臣的面目也有關。這種世故人情，非考慮不可。我因身世如此不幸，曾經想出家

200

的尼。因想在母親在世期間，把這些子女撫養長成，也是一點兒孝行，所以忍恥偷生直到今天。」說罷嚶嚶啜泣。少將也覺得她如此苦痛，甚是可憐，就陪著她流眼淚。

母親說：「唉，不吉利的！做尼姑有什么好呢？一適尋致變一個想法，只要能夠度送榮華的日子，即使短暫，也可知道世間有這等幸福。所以你應當听從我的話，成就這件親事。」

少將問道：「那么，怎樣回覆她呢？」母夫人說道：「這個人這樣說。但我認為這是再好沒有的事了。所以應該如何，由你去從長處理吧。」少將苦惱了一番，「是」，便起身前途。

少将来到三条邸，把事情一一陈述了。夫人听了，觉得四小姐十分可怜，叫少将去安慰她，「她有这种想法，原也是难怪的。但世间此种事例多得很，希望她胸怀放宽大些。」

右大臣听了少将的话，说道：「母夫人既然同意了，即使本人表示有所困难，还是早点做吧。元帅是个好男子。他月底就要下筑紫去（九州）。他的意思是最好早日成婚。所以叫四小姐早点到这里来。」

他这样命令了少将之后，拿起历本来一看，本月初七是黄道吉日。真是天作之合了。人物的服装，这里有很多

201

早备着的，可以使用。仪式就在西厢举行。右大臣胸中有了成竹，便命令整理西厢。

派使者去催，"请四小姐快些过来。"母亲和其他所有的人，都催促她走。但她本来不愿如此，因而感到苦痛与烦恼，躲缩不前。母亲责备她，"即使非为此事，右大臣召唤，岂可不去？你真是个顽强的人！"父亲把她送到三条邸去了。车中由两个年长的侍女和一个童子陪伴着。

她和那白驹所生的女儿，已经十二岁了，不像父亲，非常可爱。她希望跟母亲一同去。但因不成体统，硬把她留住了。四小姐和她分别，不胜悲伤。

右大臣等候很久了。會面之後，就把情况告訴她。四小姐更比初次结婚时更加娇羞了，差不多一句话也不回答。她比右大臣夫人小三岁，今年二十五岁。她十四岁上和白驹结婚，十五岁就做了母亲。右大臣夫人今年正是二十八岁的盛年。

结婚式以前，初三、初四两天，右大臣夫人伴着四小姐，郑重其事地照料一切。

到了初七日，大小姐移居到西厢。四小姐的随从人等，衣服已经破旧的，一概另发新衣。随从的人太少，右大臣夫人在自己的侍女中选出年长的二人，童女一人，加入其中。

202

当天的装束，以及其他设备，都很华丽。母夫人和男眷的诸姊妹，都集中在西厢了。

将近日暮，左大臣亲自来来去去地指挥。四小姐的乳母少将观此情形，觉得欢喜，又觉得不敢当。

元帅於夜阑时分来到，由少将奉陪。

四小姐看见元帅人品优越，加之左大臣如此热心照料，觉得现在只有死心塌地，出席迎候。

元帅也感觉快适，非常满意。二人之间交谈的情话，笔者不曾所到，此不记述了。

天明时分，元帅回去了。左大臣夫人不知元帅对四小姐或想如何，有些兒耽心。左大臣説：「恩愛的伴侶，即使沒有情書重重疊疊地往還，也能遙遙地知曉苦處，世間確有其例。這件不善疏遠。不过，女的方面不肯開誠解懷而强要縮不前，是不妙的。當年我送給你情書的时候，並不像普通一般情夫那樣地洩闊海泄，一想起就來求愛。等到一度相逢之後，如果這要愛隨之便之地切斷了，多么傷心呢！」現在想起了也觉得可惜。为什么有這樣的心情呢？」説罢，两人一同来到西廳。

四小姐還在帳中睡觉。母夫人喚她起来。此时元帥的慰問信来了。左大臣接了信，説道：「孙本想去看

203

一看，没有秘密事情，不得不顾虑。你看过之後，偷偷地可以的话，務请给她看看。」便把信塞進屏風裏面。母夫人拿了信，交给四小姐。但四小姐並不立刻展读。左大臣夫人说：「那么，我读给你听吧。」就拿信来看。四小姐想起了從前那白駒给她的信，生怕又是那樣的话，所以有些歉心。只听得读出来的是：

「今日逢君深恨晚，

思君心似海边砂。」

是引用古歌的。古歌云：「刻骨相思何日忘，今朝行露起身歸。」

左大臣夫人催促她，“快点写回信吧。”但四小姐不肯写。左大臣在帷幕外面，大声地叫：“把信递给我看看好么？为什么看得这样仔细？”夫人把信从帷幕中递出来。左大臣看了，说道：“嗳！写得很简洁呢！”把信递进帐中，说：“好，写回信吧。”夫人使其备好笔，催促她写。

四小姐生怕自己的笔迹被左大臣看到，有些顾虑，不立刻就写。左大臣夫人说：“唉，这算什么呢！快点写吧。”四小姐便不屈心地写道：

“虽有私情非虚名，
使人多似海边砂。”

204

把信纸摺好，遞出帳外。左大臣說：“讓我拜觀一下。看不到這回信是寫得如何的啊！”說時態度非常美妙。

且倒賞賜送信來的使者。元帥定於二十八日乘船出發。所以離開京都的日子必須稍早一点。

結婚後第三日之夜的慶祝會，左大臣也辦得非常体面，同初婚人一樣。

他对夫人說：“做女子的，倘有父母親寵愛她，丈夫对她的愛情也會增加。這個人沒有父親，更加可憐。所以請你也多多地照顧她。她的婚事是我們主辦的，倘有疏慢，对她不起。”

夫人想起了從前自己無依無靠之身，初次和丈夫相逢时的情形，說道：「不知道你那时候是怎樣想的。阿漕非常耽心，怕我將被你遺棄。為什么你自從我和初次見面指就這樣地歡喜我呢？」

左大臣滿面春風地笑着答道：「阿漕耽心你會被我遺棄，是胡說八道。」他靠近她身旁，繼續說道：「你被稱為落窪、落窪而受虐待的那天晚上開始，我對你的愛情就增加了。那天晚上我躺着考慮的計劃，後來果然完全實現了。為了報復，我盡情地懲罰了她們之後，又打算提拔她們，教她們又歡喜又狼狽。因此這樣迹心裏歡喜這位四小姐。她的母親也許感到歡喜吧。景纯等都是明白了解的。”

夫人答道：“母親好像覺得很歡喜呢。”

日暮時分，元帥來到了。這是結婚後第三日的慶祝，隨從人員都受到各種賞賜物品。第四日起，天氣晴朗，新夫婦於日暮時分從容地歸去。

元帥儀表堂堂，眉目清秀，沒有一個人對他發生惡感。同那個白駒是不可比擬的。

他說：“下個月日期迫近了。還有許多事情要準備呢。”

他到早上回家，晚上到這裏來，時間受了限制，很不方便。我看這是到我那邊去吧，那邊正好空着呢。隨從的侍女們也可使喚，早些兒準備好吧。日子只有十天了。」

四小姐說：「叫我離開了親近的人們，到那么遙遠的地方去，真是……」

元帥答道：「那么，叫我一个人下去么？」這樣，做了一兩天夫妻就分别了。」這調笑也恰到好處。

元帥心中想：「此人相貌很好，但不知性情如何。」他覺有些不滿意。然而這是那樣高貴的人介紹給我的妻子，說道今明日就要下去而把她遺棄，是不行的。我對新夫人說：「凡事都要同心協力才好。」就不管她答應不答應，決定把

206

她送回家裏去。

左大臣笑道："這才是世間惟一無二的好女婿。立刻要把她領回家去了。"伴送的人，是適當的家臣、和藝惠的家中人，車子三輛。

三條邸內的家中侍女，不願意隨伴她們，懶得動身。但左大臣夫人說："不過是要陪去的。"便把她們加入其內。因為她不便親自護送她到元帥家裏。

元帥家裏的侍女們相互議論："聽說她另娶一位太太來了。送回的我太太不知怎么樣。但願她疼愛這些孩子，不要待虧他們。這是高貴的左大臣的親戚，恐怕架子很大的吧。”

前妻所生的两个儿子，长男是尊贵的权守，三郎已从藏人升到式部大夫。最近做女的第二位夫人生下一个女儿，今年十岁。还有一个两岁的男孩。这两人是父亲所最疼爱的。

太郎权守和三郎式部大夫，为了给父亲送行，向朝廷请了假，准备陪同赴任地去。元帅对各人都有赠品：赠人服装的衣料、绢二百匹，还有许多染草，全部交给新夫人四小姐去分配。

但是自从婿生嫌恶是可笑的。

四小姐眼前摆了这许多东西，不知道怎样处理才好。她就派人去请教母亲，对她说：“丈夫把绢料等物交给我，叫我怎么办才好？三条御带来的侍女都是年轻人，不能同她们商量。而且，我又希望和母亲见面，又想看看我的孩子。请你悄悄地到这里来。”

母夫人把少将唤来，对他说：“你妹妹派人来对我这样说。我今夜悄悄地去吧。你给我准备车子。”

少将说：“你悄悄地去，但不会不被人注意吧。况且，旅行之际，车辆的行列很整齐，你带女孩子去，不够体统吧。而且，元帅有一个十岁光景的女儿，是他的先妻的遗念，时刻不离左右。你再带女孩子去，相见岂不可悲？所以还不如去向左大臣夫人处表示拒绝。如果她说可以去，你就去吧。」

母夫人想，事情不成功了，恨恨地说：「难道不得左大臣老爷的许可，母女離别也不得会见一面么？」又说：「唉！这位老爷在这里，什么事情也不容易办了。在从前，总是使唤别人的，现在呢，被别人使唤了。太伤心啊！能够解劝的话的儿子，一句也没有。」

少将想，又是老毛病发作了，便回答她说：「你说的什么话！四妹妹因为没有人商量，所以要你去。你这样地骂她，不要后悔的！」说过後就逃出去了。

原来母夫人虽然嘴上常常感谢左大臣的照拂，

208

但往昔的旧恨多少已没有消尽，所以说这话的。

少将来到左大臣邸，向夫人告知此事，她故意不说内容详情，只说："母亲非常想念她。"

夫人说："这原是难怪的。请让她前去吧。"少将说："不过，元帅并不希望她来，实在前去，不晓得怎么？"

夫人说："这也说得是。那么，你自己先去，当着元帅面前，向四小姐传达母亲的意思。你可这样说：'母亲想念得很，要请你回去一下，即便一刻儿工夫也好。这许多的日期过了，她很想念，又很寂寞。如果方便的话，她想到这里来，趁你们在家时的期间，再会一次面。'——你可这样说。那时元帅从

有话答覆你。他自然会■了解你母亲的心

情。那么，你们■到那边去也好，■四少奶到这里来也好。不过，这个女孩子，决不可让元帅知道是四少奶生的。如果■带她同去，表面上只说母亲一个人出门嫌寂寞，所以叫这个孩■子陪伴的。」■

少将听了这番话，想道：真有见识！这样母亲也是一定也不错的。她具有这理想的性格，■大了解你们。■而母亲呢，不通道理，只懂得无缘无故地生气，■

■说的都是废话。

俊英道：「好，这■话再也当没有了。■那么我就这

209

樣子的吧。」她就一腳挍走向元帥那兒去。這個差使稍有点兒麻煩。但是母親這樣想念，自可同情。她就勉為其難了。

正好四少姐和元帥同在一起。少將對四少姐說：「有話稟告。」元帥說：「如果在這裏不好的話，就請說吧。」少將得到了允許，就照前述那樣說了。

四少姐說：「實在我也想同她會面。我也想念得很。所以我昨天說過，想前去訪問呢。」

元帥說：「你到那邊去，須得我來往奔走，有些麻煩。失禮得很，請母夫人到這裏來吧。如果有別人在，當然不方便。但这里只有几个小孩子。如果嫌他们吵闹，可以叫他们到别的房间里去。我们在京城里，只有今天明天两天了。再不见面，怎么可以……」

少将觉得正中下怀，便说：「母亲也为此悲叹呢。」元帅说：「从长处理，早些儿陪她到这京里来吧。因为叫这少人到那边去，很不方便。」少将说：「那么，我就回去把尊意传达吧。」四小姐又说：「你须得认真地劝告，一定要请她来的呀！」少将答道：「一定遵命。」便告辞而出。

他来到母亲这里，把右大臣夫人所说的话如实地讲给她听。母亲刚才气愤得青筋突起，样子可怕的，

210

欢立封恩的喜，说道："我一点也没有什么。左大臣夫人能够受到丈夫无比的情爱，其理由可见了。她说话真是想得周到！"我曾仔细想过，此人之所以能够交运，是因为有这个性格的缘故吧。"她如此称赞左大臣夫人。

母夫人能够去看望女儿，不胜欢喜，她说："啊，到那好地方去，要受人注目的。三女儿啊，你来，我想今晚就去吧。"

三女婿阻止她，说："你太性急了。明天去吧。"

天一亮，母夫人就急急忙忙地准备到元帅府去。她的衣服旧了，见了仆人，也非常惭愧，说道："那紫室裏不知有没有新一些儿的。」

正在这时候，左大臣夫人听见母夫人要出门，料想她一定没有新的衣服，派人送了一套新装来，另附一套给四小姐的女儿，叫使者传言：「这套给孩子穿。出门应该穿得漂亮些。」

母夫人大喜，说道：「被我虐待的这个前房女儿，对我比亲生子女还关心。我有子女七人，那一个这样无微不至地照顾我？我正在想：这孩子和那个男人那次见面，衣服这样破旧，怎么好呢。现在真是高兴极了。」她异常欢喜满足。

只因左大臣夫人为了她要到元帅府去而替她如此

211

周到地打点好。

日暮时分，乘了■輛車子出发，不久到達。

四少姐見了母親，不勝欣喜，和她詳談這幾天以來■積聚在胸中的話。

■女孩子暫时不見，似覺長大得多了。尤其是穿了着新装，更加可爱。四少姐撫摩她，依依不捨■說道：「我正担心，思量怎樣可以把這孩子帶去。就为了被人知道這是我的孩子，是不能的。」

母夫人說：「右大臣夫人也是這樣說的。這真是考慮得周到！外加，现在我穿着的衣服、和這孩子的衣服，都是她送来的。」

四少姐说道："此人情谊如此深厚，为什么从前疏慢她呢？她对我的关怀，反比父母对我更周到。她送了我一套膳食用具。侍女们的衣裳自不必说，连帐幕、屏风等物也齐备，真是想得周到！如果她不送给我，以前早就住这里的侍女们将对我作何感想呢？现在我真高兴。」

母夫人说："我受前房女儿的恩惠，越来越多了。你对元帅的前房子女，却不可以嫌恶，应该比亲生子女更加疼爱。我从前要不是那样地嫌恶她，就不会受到这样的耻辱，不会遭逢这样的苦痛吧。这些耻辱和苦痛也是暂时的。」

212

四小姐答道：「母亲往日的确很好。」

母夫人看了元帅，觉得此人威风凛凛，相貌堂堂，贵显之人的举止周旋，自是不同凡俗，她很欢欣。这一天邸内的人非常忙碌。

每天总有二三个新到的侍女来谒见，因此邸内非常热闹。当为感郎的少将，对左大臣的恩德非常感谢。

她的哥哥播磨守自应照顾她。四小姐再婚之事，还没有通知他。便派人前去告诉他：「左大臣夫人如此这般安排四小姐。预定本二十八日举婚出嫁。到着之时，要设筵招待。」

[illegible]播磨守歡喜無量。他[illegible]是四小姐的同胞兄，尚且不能安頓她的婚事。因此他竟把左大臣看成神佛派遣到這世間來救護他們的人。

於是給他策劃，準備迎接這位新任筑紫大式(元帥)的船。這播磨守是個人物，[illegible]完全不像他的母親。

左大臣家裡派[illegible]來的若干侍女，要求回三條邸去。但三條的使者來指示她們，叫在本期間，一切無不安頓。若有願意赴筑紫[illegible]者，隨從前往亦可。

侍女們想：在這裡當差，並無什么辛苦。但現在這位主人，我们虽然只在短暂期间拜见，也觉得和我们的主人不可相比。原本在帅府当差的人，随从大帅下筑紫去，是不得已的。但是我们呢，即使在同等程度的御宅里当差，也要选择容易胜任的地方，这是人之常情。何况两者相差太多呢。抛弃了毫无缺陷的地方，而随从到筑紫那种地方去，不是正当的去处。——连下级侍女也都这样想。所以陪同四小姐前往的人，一个也没有。

元帅带去的是年长的侍女三十人、童子四人、仆役四人。出发的日子越来越近了。四小姐的姊妹们都来和她话别。许多侍女奔集，都装扮得花枝招展。家人看见了，悄悄地羡论：「她们有左大臣夫人照顾，都很幸福呢。」也有人说：「这事的作用，还不是三条大臣的缘故么？」

她后日就要动身了。四小姐认为应当到左大臣家辞行，便前往拜见。随从太多是麻烦的，所以只用三辆车子。她和左大臣夫人见面，所谈的话从略。

左大臣夫人对此次随侍赴筑紫的人，都有赏赐。精巧的扇子二十把，嵌螺钿的梳子，贵重富丽的匣子，里面装着白粉。她对司理衣橱的侍女说：「这些东西送给你们，作为诀别的纪念品。」传送这些物品的侍女，觉得夫人的关心真是周到，使得大家感激无量。她担任这回差使，

214

更觉寂寞无聊。

受到赏赐的人们，感激不尽，大家向夫人表示忠勤之心，此後回元帅府去。她们私下议论：“这邸内原也很好了。但一看三条邸，後觉眼界又不同了。我们能够设法到那边去当差才好。”

次日，左大臣夫人派人送信来了。信中说道：“昨夜畅叙，今後暂时不能相见，欲将胸中积愫缕述，生怕今夜也特别短促。世事茫茫难自料，别後相思，愈觉可怜。正是

穿云渡岭送之去，

何日重逢不可知。

送上微物，聊供旅途使用。

送去的是最考究衣橱一对，一只里面装的是赏赐用的衣服裙裤，另一只里装的是给四小姐自己用的衣服三套，另有各种色彩的织物重重叠叠地装着。上面盖着一只同箱子一般大的旅行袋，此袋内装着扇子一百把。

此外又附特别小型的衣箱一对，大概是送给四小姐的女孩子的。一只箱子里装着衣衫一套，另一只里装着一只黄金的小匣，匣内盛着香粉，还有一只小巧可爱的梳妆箱。此外尚有许多东西，记不胜记。

另有给四小姐的女孩的一封信，该送已过了今天，即将

215

離別，正如古歌中所詠："可惜無人留不住，白雲一片去悠悠"，實是可悲。

惜別牽衣留不住，

神心到處伴君行。"

元帥看見了這許多東西，便道："這都是稀貴重的物品！何必這樣地破費呢。"便重重犒賞來使。

四少爺的回信中說："離鄉之事，不知從何說起。正是

離鄉皆由心所感，

別後行方總不清。"

承賜種種物品，見者無不歡欣，正在讚嘆不置呢。"

四少姐的女孩的回信中说：“我也想当你在此的期间，将种种的事奉告。我的心情，正如古歌中所咏：“不得分身随侍侧，灵屏上送伴君行。”正是

君得分身常侍侧，
同行同止不须悲。”

母夫人看了今宵四少姐送给左大臣夫人的答诗，惜别伤离，吞声饮泣。四少姐原是她的最小偏爱的女儿呀。她说：“我已经年逾七十了。怎么能再活五六年呢？一定是不得再见亲面去了。”说罢不住地哭起来。

四少姐也觉得伤心，对母亲说：“为此，我早就对你说

216

此，這件親事怎么辦呢？是你勸我答應的呀。時至今日，無可如何了。你也不必如此傷心。將來終會見面的。」

母親說：「我幾曾要你到這裏來？這都是左大臣老爺的主意呀。一定是從惡意地擺布，使我遭逢這種哀愁的。這種事情，我怎么會感到歡喜呢？」

四小姐安慰母親：「到了現在，隨便怎么說都是無益的了。我們母女暫時分離，也是前世預定的事。」

少將從旁勸慰：「不要只管如此悲傷吧。母女相別，也不必如此三返四覆地說個不休而相對哭泣。這是不成樣子的。」

元帅到左大臣府上去辞行。左大臣接见他，对他说道：“过去承蒙厚意，至深欣幸，今后又须分别了。惟有一直亲密的致意，随侍四小姐的那个少女娘，务请你多多照顾她。她是已故的大纳言所一向宠爱、而在我身边养育长成的。母夫人为了她所宝爱的女儿将自远行，很不放心，所以要叫这个女孩子陪伴她。我也不好意思阻止。”

元帅答道：“一定尽我的能力照顾她。”

日暮时分告退。左大臣送他衣装一套，名马二匹。此外还有种种送别的物品。

元帅回到邸内，把左大臣吩咐他的话告诉了四小姐，

217

便問：「這少姑娘今年幾歲了？」四少姐答道：「約有十二歲了。」元帥說：「大納言年紀那麼大了，怎麼會有這樣小的孩子？」他全不知情地說這話，真是滑稽。

元帥接著又說：「三條即隨你來的人，我要回去了。你送了他們些什麼東西？」四少姐答道：「因為沒有適當的東西，所以一點也不曾送他們。」

元帥說：「這話不近情理了。這許多天來他們那樣地辛苦，難道叫他們空手回去麼？」他覺得難以為情，心中慚愧。這個人生性不大賢慧。便把剩餘的物品取出來，送身長的人每人絹四匹、綾一匹、蘇芳一斤；童子每人絹三匹和蓝布；下级仆役每人给二匹和蓝布。侍女们都觉得之师很客气，心甚欢喜。

出发的时候到了。天一亮，大家起来准备，声音嘈杂。母夫人觉得独自回去，无限伤心，拉住了四小姐而号泣。

正在此时，有一使者送来一只黄金制的镂空的箱子，有衣箱那么大小，盛着一条美丽的绣花带子，装在一只枯叶色的熟罗制的袋里。

应接的人问那使者：「是那一位送来的？」使者答道：「老夫人自然会知道的。」说过便回去了。母夫人不胜惊诧，打开一看，箱中襯着海紫色的熟罗✽，装着黄金制的洲

✽ 熟罗：精致的丝织品。

諸的模型。模型上巧妙地畫着一只沈船、長着許多樹木的海島、和海邊的景色。模型背面有文字，但見一張寫着許多細字的白紙牽船在沈船上。把紙取出來一看，但見寫着：

『告別一聲船去遠，

望穿襟袖不勝悲。

欲申惜別之情，深恐遭人非議。已矣哉，夫復何言。』

這分明是那白面名駒的筆跡。事出意外，已使人不勝驚詫。母夫人也覺得奇怪，是誰叫他做這種無聊的事情的呢？四小姐和這少輔，本來不是情投意合的夫妻，也不曾共度像普通夫妻一般的生活，所以並無何等留戀。但看了這張条，畢竟不能沒有憐惜之情。

少將說：「把這个奉贈与左大臣夫人吧。」貪得無厭的母夫人說：「這东西很精美，还是我們自己要吧。」

四小姐想：左大臣夫人那樣地照拂我們。便順着少將說：「好，奉贈与左大臣夫人吧。」少將也說：「就是這樣吧。」他表示贊成，便拿着這东西，說：「那么，我就送去了吧。」

這件事情，愚笨的白面名駒想也不曾想到。但他的妹妹們聞到消息，想起兩人之間曾經生过孩子，總是不能拋撇的，因此做這件事情。

219

到了更深时分，母夫人回去了。元帅带领一夥人於早上卯正（上六时）出发，车子共十余辆。

朝廷再三宣旨，叫他早日赴任，因此当居山崎里时，不能从容地和故人们道别，立刻下筑紫去了。对特来送行的人，元帅都赠与路费。

许多侍女回到三条邸，纷纷谈论近日来的情形。她们说起母夫人曾经慎重地说：『这头亲事不是我作媒人的。』二夫人和夫人听到了，大笑不止。母夫人也暂时之间，为了要面子而装着脸，但过了一天，也就若无其事地忘怀了。

播磨守招待元帅，大排筵席，帮他接风。[illegible]

左大臣说："这样，一个人已经顺利地安排好了。还有一个人也要隐居处置呢。"

正这样快乐欢度岁月，可喜的事情层出不穷。

元帅平安地到达大宰府，派人送许多物品来奉献左大臣。

左大臣家的太郎君十二岁上举行加冠，小姐十三岁举行穿裙。祖父大臣疼爱第二个孙子二郎君，舍不得教他落后，也给他举行加冠。父亲左大臣笑道："这样地竞争！"

过了年，便要准备小姐入宫之事，对她的教养特别用心，飞也一般地过了一年。

220

少姬於二月中入宫。儀式之隆重，不須記述，可想而知。這位少姬是個優雅伶俐的美人，因此入宫後寵幸無限。尤甚是相當於她的叔母的皇后，非常疼愛這姪娘，對她比對以前入宫的女御優待得多。

播磨守升任了中弁。又，衛門（即阿漕）的丈夫（即帶刀）三河守升任了少弁，回京都來。

衛門當了少弁夫人，生了許多子女。她常常出入於三条邸，受到鄭重的待遇。

這期間，太政大臣為了身體不適，希望辭官致仕。但天皇無論如何也不許可。

太政大臣说："我自如此衰老，只为放弃朝政，於心不安，所以一直服务到今天。今年是如何伤情的年头了，拟思闲内静养。然而既任此职，朝中紧急政事，自必参与不可。今我不言辞职，但希望右大臣升进为太政大臣。他内才学甚可观。我这老人作为他的後援，尚能胜任呢。"他不仅自己说了，又托他的女儿皇后代为申诉。天皇说："这毫无问题。无事足必要为第一。"

於是左大臣升任了太政大臣。年龄四十，而位极人臣，世人无不仰慕。

新太政大臣的女儿升进为皇后。夫人的弟弟少将升任为中将，当了中宫的副官。太郎君的兵卫佐等也都升进。他由兵卫佐迁任左近卫少将。

这样一来，祖父就不肯甘休，说道：「同是兵卫佐的弟太郎，为什么迟迟不升呢？」他表示不满。

新太政大臣说：「这事情很为难了。我上任，立刻提拔自己的儿子，是不可以的。」

祖父说：「这是你的儿子么？不是这样的吧。他可说是外甥，这老翁的弟弟的儿子，所以外人不会非难的。以前，太郎当了左近卫少将，所以现在应该任命这孩子当左近卫少将。教父不可居侄儿之下，对不对？」他说的是无理之理。

新太政大臣说，「好好，一定遵命，非此安不可了。」就亲自去朝见天皇，竖辞奏请，给于任命這第太郎为右近卫少将。太臣说，「这使心平气和了。如果这孩子生得早些，要把自己的官位让给他才好呢。」虽然到这地步，也可说是彻底的了。

且说，新太政大臣的夫人，有一个可喜的遇，便是从前的苦难。穿着单薄的衫子住在落寞的房间的时候，做梦也决不会想到将来要当太政大臣的夫人和皇后的生母的。——还记得从前的情形的侍女们，悄悄地如此议论。此时三小姐已经当了皇后的御匣殿，即司理装束的女官。

222

元帥任期已滿，伴着四的她平安地回京都來。母夫人的歡喜自不必說。

母夫人眼看如此榮華富貴的景象，大概是有神佛保祐的吧，並不早死，長生到了七十多歲。

太政大臣的夫人說：「如此長壽，應該行些善事，以求來世幸福。」她便接受勸告，出家為尼。儀式非常盛大。

她說：「孝助世人決不可攜累前房的子女。前房的子女是這樣地可感謝的。」

既而又想道：「我想吃魚，卻教我做了尼姑。不顧惜我的肚子的人，是要不得的。」

不久她就死了。喪事概由太政大臣料理，非常体面。

衛門，即阿漕，當了皇后的內侍。以後的事，且待續記述。

兩个兒子，太郎和次郎兩少將，以後總是雙々對々地升進官位。

祖父臨終時，反復地說一句遺言：如果紀念我，須使次郎不讓步於太郎。太政大臣謹遵遺囑，也十分重視次郎。後來二人逐步昇進為左大將、右大將。他們的生身的母的幸福，自不必說。

元帥仰仗太政大臣的提拔，當了大納言。

223

那白面的名駒患了重病，做了和尚。以後消息全無。

那典药助不知何时被人踢了一脚，病死了。

太政大臣说："典药助没有看到我们这位夫人的荣華就死去，是可惜了。为什么把他踢得那么厉害，我希望他再活几年呢。"

衛门的叔母的丈夫和泉守，当了女御那中的家臣，万事顺利進行，因此衛门一向心甚感激。這个忠義的阿漕，现在也当了典侍。听说這典侍活到了二百岁。

落窪物語終

后记

文学作品的经典译作，为我们打开了一扇看世界的窗，让我们得以透过文字体味异域的风土人情。译者的译文手稿是研究文学翻译的重要文献，我们可以通过译者笔迹的变化和修改的痕迹，体会译者在推敲译文时的心境，从而对译文的形成过程多一分感悟。丰子恺先生所译《竹取物语》《伊势物语》《落洼物语》三部作品，讲究意译，特点明显。翻阅丰先生的译稿，不仅可以满足我们对古代日本的想象，也可以满足我们对译者思绪变化的好奇。

物语文学是日本古典文学的重要文学样式，诞生于平安时代，其内容多反映平安贵族的生活。《竹取物语》被誉为日本物语文学之祖，丰先生称其为『日本最古的神话传说之一』，其中关于辉夜姬的诞生与升天、宝物的设定、天人的描写等都体现出古代日本人的想象力。《伊势物语》是现存最早的和歌物语，描述了一位平安贵族的一生。丰先生评价『此物语很像中国诗经的国风。国风好色而不淫，此物语亦然』。其特点在于插入了大量的和歌，通过和歌推动故事情节的发展，更贴切地表达了人物的情感。《落洼物语》是现存最古的继母型故事，篇幅较长。其丰富的人物对白，使人物形象更加鲜活，人物性格特征更加凸显。

丰先生已很好地将原作内容译出，为帮助读者理解，还在译稿中加入不少译者注。我的学识远不及先生，为先生译稿作注，实在惶恐，作注的艰难程度也超乎了我的想象。经过反复阅读译稿，并与编辑老师讨论后，决定仅对手稿中出现的词汇加以注解。

感谢丰子恺研究会执行会长丰羽先生和天津人民出版社第五编辑室诸位编辑的信任与邀请，让我有机会完成丰先生译稿的注释工作。感谢上海大学上海美术学院张长虹教授、综合研究大学院大学虞雪健博士、北京外国语大学北京日本学研究中心马如慧博士在资料搜集与整理上提供的帮助。

注释完成前后虽进行了多次修订，但因个人学养有限，恐仍有纰缪之处，敬请各位批评指正。

蒋云斗 谨识

2022年9月5日

出版说明

本书是中国著名文学家、翻译家、漫画家丰子恺先生翻译日本物语文学的手稿，包括《竹取物语》《伊势物语》《落洼物语》三部作品。

丰先生一生翻译各类作品三十余部，其中尤以日本古典文学见长。其译文部分采用中国传统章回体小说的形式，并以中国古典诗体翻译日本文学中的和歌，清新典雅，独树一帜，极大地推动了日本古典文学在中国的译介和传播。

《竹取物语》《伊势物语》《落洼物语》的翻译工作完成后，其手稿交至人民文学出版社，并以此为基础于 1984 年正式出版简体中文版。其后，几经辗转，三部手稿终由丰子恺先生嫡孙、丰子恺研究会执行会长丰羽先生珍藏，此次出版，为其首次面世。为展现手稿原貌，本次出版不仅原比例复刻丰先生的译文笔迹，还邀请南开大学日语系副教授蒋云斗老师参照日文原文，为手稿作万字注释，析毫剖厘，引领读者走近日本唯美主义。需要特别指出的是，除得到丰羽先生授权及作序支持外，本书还有幸邀得中国著名艺术家陈丹青先生、日本熊本大学文学部教授西槙伟先生倾情作序。

此外，本书专门根据三部手稿各自的特点做了相应的版式设计。其中，《竹取物语》《伊势物语》左侧为译文手稿，右侧为注释及日文原文选段✽，读者既可品味以中国古典诗体翻译日本和歌之妙趣，又可欣赏和歌本身凝练流丽之韵律；《落洼物语》为中篇故事，手稿近五百页，因此，在设计上将译文手稿平铺每页，注释及插图置于下方，以便阅读。加之，丰先生习惯将译文随手写于方格信纸背面，但及译至《伊势物语》第九十九至一百二十五话（本书第 515—561 页）时，转而改用信纸正面，故本书在设计上特沿其形式。但因方格信纸正面纹路较重，字迹日久渐呈断线状，无法百分之百进行复原，特表遗憾。

✽参考岩波书店新日本古典文学大系第 17 卷《竹取物语·伊势物语》、小学馆日本古典文学全集《竹取物语·伊势物语·大和物语·平中物语》，以及河出书房版《王朝物语》。

自平安时代以来，物语文学常常作为绘卷的故事题材而以图画的形式广为流传。故本书特精选日本珍贵馆藏绘卷为插图，以明艳华丽之笔法展现日本物语文学之美。其中，《竹取物语》选用日本国立国会图书馆藏《竹取物语绘卷》；《伊势物语》选用国学院大学图书馆藏《伊势物语绘卷》卷一及卷二，并于卷首完整收录国文学研究资料馆藏《伊势物语绘卷》；《落洼物语》选用日本国立国会图书馆藏《落洼物语绘卷》。同时，因绘卷所绘场景有限，书中尚存未能与剧情一一对应处，特此说明。

由于编辑团队学识有限，尽管已竭力避免，但本书可能仍存疏漏及不足之处，恳请广大读者和各位方家批评指正。✽

天津人民出版社

2022 年 12 月

ISBN 978-7-201-18902-4

定价： 498.00元